謹以此書分享給喜歡電影、愛好文學、滿懷創作理想的人。

明基友達基金會

第五屆BenQ華文世界電影小說獎得獎作品集

河童之肉

黃唯哲、溫文錦、吳孟寰、李振豪、吳相——著

目錄

佳作

推薦序

什麼是電影小說／小野

每逢在評審會議上，每個發言的人都忍不住要試圖先給電影小說這個全新的文類下個定義。如果沒有先搞清楚比賽的原則，爭議和爭吵必然一再發生。根據主辦單位的說法很簡單明白，那就是希望這些得獎的，或入圍決賽的，甚至入圍初賽的，甚至為了參賽卻落選的這些小說作品，可以提供電影編導或製片人一個可以改編成電影劇本的原著。這個簡單的目標原來無關乎電影中的文學性，或是文學中的電影感，但是在一次又一次的評審過程中，我們也不知不覺將這樣更深刻的命題加了進來。

因此從這樣的角度來思考，已經連續五年的徵稿件和評審過程本身，便是一項深具探索性和實驗性的集體的心智活動，尤其是這些參與的人都是對文字和影像深具興趣和專業的，因此用「挑戰」和「刺激」來形容這五年的三段式評審過程並不為過。每一次的評審過程都「挑戰」著每個參賽者和評審者，對電影的見解和對文學的認知，這樣的辯證過程相當的「刺激」。例如我們會在評審過程中聽到這樣的見解：「這篇小說本身的節奏和段落充滿了電影感，簡直就像劇本。」「這篇小說雖然文字不夠成熟，但是角色鮮活、情節飽滿，很容易改編成電影。」這是兩種完全不同甚至相反的評審標準，但是辯論到最終，還是會回歸小說本身的分析，畢竟這個獎，電影是形容詞，小說是名詞。

本屆參賽作品在整體水準上略微下降，但是在題材的開發上卻更趨多元而混合，使評審工作更加困難充滿挑戰。遺珠之憾在所難免，但是從初、複、決三審的過程可以相信，評審們都已經盡力了。

自獎／

河童之肉

黃唯哲

矜持、愛慾、疑惑三千來，一切罪過都由此而生。同時，一切德性可怕發源於此。減少物質上的慾望，並不一定能帶來和平。為獲得和平，我們也得減少精神上的慾望。

我們比人類不幸，人類沒有河童開化。

——芥川龍之介《河童》

一

水花潑濺，葛永城以自由式在第一水道來回游著，他強而有力的臂膀迅速浮出水面，接著掌成手刀切入水面撥動，以優美的流線方式前進，展現他絲毫不亞於職業選手的泳技，如往常一樣，今天也游的很好，卻有些躁動。

從十歲開始，他每天早上都會去游泳，對他來說已是刷牙洗臉般的習慣，除了幾次颱風、水災與不可抗拒的因素，二十幾年來甚少缺席。鮮有人知道他近乎偏執的游泳習慣，即便偶爾早上爬不起來，那天之內他定會撥空去泳池報到，就算下班後累個半死也阻止不了他想泡泡水的癮頭。

游泳對他來說不只是運動而已，小時候他的身體並不好，患有關節、脊椎方面的疾病，他的國小生涯是在病床與輪椅上黯然度過的，直到醫生告訴他父母，他的肌肉、骨骼終於強壯到可以進行游泳一類的復健，才將他從痛苦、煩悶的輪椅生涯解救而出。雖然如此，他的膝蓋與脊椎仍不時發痠、發痛，唯有泡進池中，讓水的浮力減輕他身體各處關節的負擔。

跟很多人一樣，大部分生命中的第一次早已遺落在腦海某處，但他卻清楚記得第一次下水的感受，那突如其來的水壓從四面八方撲上來，全身的皮膚頓時因為冷冽的池水而緊縮，無法呼吸的恐懼使他的心跳猛然加速。直到數秒過後，他才發現嘴裡的那丁點氧氣，就能夠讓他在水裡存活數十秒，隨之而來是通體的輕盈感，自己好像失去了質量，成了水的一部分。他能感覺自己的心跳緩慢下來，寧靜、欣喜、自由的情緒在胸中膨脹，彷彿回到母親的溫暖子宮般令他安心，使得全身僵硬的肌肉逐漸舒展，多年來折磨的關節疼痛頓時緩解大半，他覺得自己身在天堂。

平常他都是緩緩的游，享受水壓的按摩與舒緩，但今天他卻奮力猛游，潑濺出大量的水花，引起旁人的側目。數週前，結縭七年的妻子向他提離婚，他迎上她冷漠的視線，點頭了。妻子說她要女兒的監護權，他瞪著妻子的眼睛，一語不發，用銳利的瞪視答覆她無理的要求。

永城即將結束他第五十趟的來回泳，在接近水道盡頭的牆壁前，他在水中向前翻身一圈，身體縮成蝦狀，腳底板一碰到牆壁後立即奮力蹬出，朝反方向飛衝而去，他打算再游個五十趟，再多泡水一會兒，好冷卻他煩躁的心。

二

他把車子駛入公司的地下停車場，沿著螺旋通道來到地下二樓，駛進A區，來到專屬的停車格，熄火停車。

他並不急著離開車子，他的職位已免去煩人的打卡程序，之所以賴在車上不走，是因為他忽然覺得今天來上班，可能是個錯誤，來回近百趟的晨泳未能消除他心中的煩躁，反而變本加厲。

永城拿起手機，撥了通電話給陳律師。對方沒有立刻接起電話，永城猜他大概還沒起床，他繼續讓鈴聲響著，直到響了第十五聲，手機接通後便傳來對方悶悶的應答。

「葛先生，我知道你很著急，但我說過很多次，睡眠不足會讓我做不了事。」陳律師沒好氣地說，鼻音特別重。

「抱歉，我只是很想知道……」

陳律師打斷他。「我直接跟你說，基本上，你們夫妻倆……更正，你跟張妍婷小姐拿到監護權的機率是一半一半。」

「怎麼可能是一半一半！你先前不是說……」

陳律師再度打斷他。「那是在我查到你的家暴紀錄前。」

「什麼家暴?!我從來沒有……」這次他的律師沒有打斷他，永城自己先閉嘴了。

「想起來了嗎？還是你根本沒打算告知我？」

「不是我不告訴你，我根本就忘了那件事，都已經是六、七年前的事情了，而且，當時只是個誤會，根本沒有鬧上法庭，我不懂怎麼突然變成家暴紀錄？」

他說謊，他記的很清楚。電話另一端的陳律師想，看來永城是真的覺得那件事沒什麼，但對負責判決的法官而言，他出手打老婆，還鬧到要警察出面，一點也不是「沒什麼」。

「而且當時根本是她自找的……我的父親過世，她竟拿出一狗屁的理由說她不出席葬禮，說什麼她最近身體虛弱，不想靠近陰氣太重的地方……根本狗屁不通，結果被我發現她跟朋友約好要去修指甲！而且我只不過打她一巴掌而已，她竟然就報警！」

「葛先生！我這麼說好了，這筆紀錄就擺在眼前，你就是曾經對她出手，就算只是誤會，就算沒有鬧到法院，對方的律師不會放過這一點，一定會緊抓這個把柄攻擊你。」

永城一言不發，緊皺的眉頭成了一座煩憂的小山。

「但你還是認為我有五成機會？」

「是的，我昨天從法院那拿到資料，你知道你前妻曾在二〇〇九年七月四日因違反兒童及少年福利與權益保障法第五十一條，被開罰一萬五千元嗎？」

「兒少法……二〇〇九……我完全不知道這件事？她到底做了什麼？」

「她把女兒獨自放在車內，跑到大賣場買東西，根據警方的紀錄，她說只是很快去買個東西，而且車子有留窗口縫隙，應該不會怎樣，結果剛好被巡邏的警察發現。」

「二〇〇九年……當時孟熙還不到兩歲！她竟然沒告訴我！」永城難以置信她竟然隱瞞這麼嚴重的過失，竟然把還是嬰兒的孟熙獨自放在車上?!他終於忍不住怒氣，一拳敲在方向盤上，立刻發出一聲響亮刺耳的喇叭聲，聲音在停車場的水泥空間中迴盪不去，如同他逐漸堆積的憤怒。

「所以我才說你還有機會，但現在還說不準，最關鍵是你女兒的意見，將會左右法官的判決。」陳律師繼續說，「你們還住在一起嗎？」

「令人遺憾，是的，我們還住在一起。」永城說，不帶任何感情。

「那很好，你可以就近觀察母女的互動，我猜她最近對你女兒百依百順，對吧？」

「對，你怎麼知道？」

「以前也遇過這種案例，通常都是媽媽以前曾傷害女兒，或是做過什麼虧心事，所以在判決前要拚命討好女兒，好讓女兒在法官面前說自己的好話。但那效果有限，我建議你多觀察她跟妳女兒的互動，你不用去理會你前妻的舉動，現在只要多多跟女兒相處，多說說話，多陪她吃飯，盡量爭取跟女兒獨處的機會就好。」

「好，謝謝你，很抱歉打擾你。」

「等一切結束，你拿到監護權再謝我吧。」

跟陳律師結束通話後，永城對張妍婷仍有滿腔的憤怒，但他知道那一切都不重要，現在他要專注在跟孟熙的相處上，無論如何，他絕不能失去孟熙，那是他最後擁有的一切了。

三

永城一出電梯，就發現他的祕書 Doris 已經在等他，Doris 剛接職位不久，是個不到三十歲的年輕女孩，做事還算俐落、細心，只是有些膽小、自卑，她那過度纖瘦的體態跟蒼白的臉色，加上鼻梁上那副鏡片很厚的眼鏡，使她看起來更弱不禁風，而現在她正一臉快被嚇死的表情看著主管，胸前抱著筆記本跟平板電腦。

「Doris？怎麼站在這裡？怎麼了？」

「范總跟經理親自來找你，要我第一時間通知副理你去開臨時會。」Doris 顫抖的說。

「妳可以直接打給我阿？幹麼站在這裡等。」永城問，一邊朝著辦公室走去，Doris 亦步亦趨地跟在身後。

「范總說不用打給你，說你到公司再通知就好。」

「所以妳為了第一時間通知我，就站在電梯口罰站?!」永城問，看到 Doris 一副可憐樣，他幾乎快笑出來，推敲一下她的上班時間，她大概站在那邊足足有一個小時。

「范總跟妳鬧著玩，下次在位子上等就好。」永城說，「妳到職差不多要滿三月了吧？」

Doris 點頭，快步跟著永城通過走廊，前往業務部的辦公區域。

「妳表現還不錯，只是膽子要再訓練，我會將妳加薪的簽呈向上提，還有，很多事我希望妳多變通一點，能夠自己做決定的事就直接執行，我不需要一個口令一個動作的祕書，了解嗎？」

永城說，注視著正低頭不敢直視他的Doris。

「是，副理。」Doris說，終於抬起頭來。永城注意到她的鼻尖紅紅的，她正在忍住淚水。

真是個脆弱的女孩，永城想。三個月前他在面試時，除了Doris之外的五個候選，清一色都是站姿挺拔、一臉自信，說話的口吻穩重有禮，對答清楚有邏輯，要她們來當祕書還真是浪費了人才，而在一輪面試後，他早已不考慮聘用Doris，縮頭縮腦、講話不清不楚，但最後他卻選擇了Doris。

原因是什麼他再清楚也不過，他已經受夠那種強人型的女人，自以為是、滿腹心機，腦子裡裝著數不清的手段，逮到機會就會踩著別人的屍體向上爬；對於金錢、地位、權利的渴望一點也不輸給男人。最後，Doris大部分的表現證實他的選擇是正確的。

在交待Doris一些事情後，他走進辦公室拿了筆記本，便回到電梯口，前往位於八樓的總經理會議室。

四

他才剛走近會議室，就聽到裡面傳來爆笑聲，永城大概知道他們在笑什麼，他推開沉重的會議室大門，所有人都轉頭望向他，每個人都笑嘻嘻地。老總、財務部黃經理、人資部陳經理、營銷部林經理等等幾個高階主管都到場了，當然還有永城的上司，業務部經理田村先生。

「我們的主角終於到了！」說話的人是老總，她站在會議桌的主位，咧開嘴笑著迎接永城。

老總姓范，除了少數幾個跟她關係比較好的主管，其他員工都叫她范總，是這家「貳式」日本外商公司台灣分部的最高主管。雖然瘦骨嶙峋、兩頰凹陷，但在那件剪裁合宜的高檔黑色套裝下，卻擁有一副比現場所有男性都要精壯的身材。

老總熱衷於運動，她那密密麻麻的行程中，永遠都有超馬、三鐵等運動賽事的安排，她快五十，看起來卻不到四十，長期養成的運動習慣，讓她保有過往的青春倩影，無可避免的皺紋也掩蓋不了她曾經有過的美貌。她隨時看起來都精力充沛、活力滿滿，也隨時帶著微笑，也正因如此，她的笑面偽裝讓人很難解讀她當下的情緒，猜不透她的想法。

她是留美的，奉行那一套淡化階級、待下屬如友的管理方式，表面上要威嚴，私底下玩耍樂，大部分的高階主管都買她的帳，樂於跟她打成一片，使得公司內部基本上沒有什麼派系的問題。

「你新聘的祕書真是個開心果！」老總說，用誇張的姿勢扠著腰，哈哈大笑。

雖然永城知道她玩心重，特別喜歡捉弄新進的職員，測試他們的能耐。雖然沒有惡意，但他向來不欣賞用這招來評比新職員，也不喜歡他們拿他的新祕書作為玩具。

「老總，我好不容易才找到新祕書，妳這樣會把她嚇跑的。」永城說，盡可能把語氣中的不滿壓到最低，他走到田村先生的左手邊落坐，打開筆記本。

「怎麼會呢？這小女生很好啊，說一就是一，叫她往東就往東，我最喜歡絕對服從的員工了！如果她提辭職，叫我一聲，我親自過去慰留她！」老總走過來，踱步到他跟田村先生的身後止步，並將手掌按在兩人的椅背上。

永城察覺到了她語氣中的譏諷，在場的高階主管們雖然也陪著笑，但這一瞬間，會議室的氣氛已截然不同。眾人跟老總不是第一天共事，或多或少都能解讀老總笑容底下，暗暗藏著的那把刀，卻不知道所為何事，會議室裡只有兩人了解暗中玄機，那就是永城本人與老總。

永城心中暗嘆了一口氣，那晚在總經理辦公室的荷爾蒙交鋒，跨階級、跨年齡的男女對峙，要是他拋開那層稀薄，卻又堅固無比的自我控制，任由肉與蜜在彼此身上流竄，也許那刀光會在老總的虎皮下藏的又甜又好，而不是這暗潮洶湧的情況，他知道未來將難以自保。

短暫的沉默總讓人有時間停止的錯覺，此時田村先生突然將辦公椅旋轉向後，笑嘻嘻地面對老總。

「老總，妳上次不是也說喜歡像我這種靈活的胖子，只有我有體力跟著妳東南西北到處跑，還是妳又要嫌我胖過頭了?!我也沒辦法啊，公司餐廳伙食這麼好！」田村先生愉快的說，又將辦公椅轉了一圈，面對著他右手邊的人資部陳經理。

陳經理打滾人資相關工作二十多年，金融海嘯期間，他曾在某一間大公司服務，每天的工作是奉股東之命，負責開除員工的燙手工作；除了董事階級以外，上至執行長，下至停車場保全，全都在他手下黯然交出員工證。說到看場面、讀表情，他算是箇中好手。所以他反應了一秒後，立刻接下田村先生拋給他的球。

「我聽說下個月的菜單還打算開賣生魚片！」

「生魚片?!雖然說餐廳的炸豬排好吃到吃不膩，但能換換口味吃魚也不錯。」

田村先生跟陳經理自顧自聊起天來，並適時的望向站在身後的老總，兩人巧妙的對話處理，支開了老總的話鋒，卻又沒有直接冒犯老總，他倆轉變了會議室裡的氣氛，其他高階主管見風轉舵，也開始加入對話，老總仍保持微笑，眼睛卻盯著永城跟田村先生。

僵持的局面被暫時化解，老總一點也沒有表現出她的不滿，反而抿嘴一笑，走回她的主位，重新主導會議進行，進行今日議題的討論。彷彿方才劍拔弩張的場面沒有發生過似的，營銷部林經理走上台開始報告，老總落坐高背的辦公椅，背對著眾部屬。

「老大，謝了。」永城在田村先生耳邊道謝，田村先生向他眨眨眼。

五

田村弘是個樂天的日本人，美日混血，他體重破百以上，但也比永城還要高出半個頭，看起來就像一頭熊，肥碩的體型絕大部分要歸功於他一半的美國血統。即便他是日本土生土長，卻仍讓他一點也不像刻板印象中的日本人，沉默寡言、過分禮貌，反而像個幽默、風趣的英國紳士。

田村先生不會擺架子，做事情不刁難人，罵人時就事論事，不像過去他所經歷的空降主管，一個個都新官上任三把火。半年前，田村先生帶著妻子從日本調職過來，接任業務部的經理，雖然打從他踏入職場開始，永城就知道別跟上司做朋友的鐵律，但隨著一天天的相處，永城發現自己跟田村先生真是相見恨晚，兩人對電影、音樂、女人、戲劇、酒品等等事物的品味極為相似，便以不可思議的速度成為職場上的好夥伴。

唯一讓永城有點感冒的，就是田村先生對於肉食的態度，實在讓他不敢恭維，因為他是個不折不扣的肉食動物，永城第一次與他吃飯是在某次業務部的中午聚餐，他的吃相不管是誰看到都會大吃一驚。首先，田村先生只吃肉，點了豬排飯只吃豬排，能用手就不用筷子，他撕咬肉類的模樣跟斯文日本人的想像完全背道而馳，反而像個餓壞了的食人族。

然而，永城是個從小吃素的人，很大原因是因為他的身體狀況，雙親自小規定他飲料不能喝、加工食品不能吃、便當也吃家裡做的，即便長大後，因為規律運動而較為健康，至今仍然維持素食的習慣。

他並不討厭肉類，其實是他的身體根本無法接受肉類食物，永城永遠記得大學時，第一次懷著無比興奮的心情走進學生自助餐廳，夾了滿滿一盤肉香四溢的佳餚，當他夾進人生第一口紅燒魚放進嘴裡，那一瞬間竄入腦門的魚腥惡臭，竟讓他忍不住把昨天到今天早上的自製健康食品全部嘔吐而出。猛烈的嘔吐如火箭般噴射而出，立刻引起旁人的側目與嫌惡，他懷著屈辱與悲哀交雜的情緒狼狽走出學生餐廳，回到住處準備他的蔬菜料理。

因此，田村先生對他不得不吃素這件事，感到非常的同情，也耿耿於懷兩人無法一起到高檔牛排餐廳品紅酒、大口咬嚼三分熟牛肉；即便如此，田村先生卻說雖然無法吃飯，但台北有的是酒吧跟雪茄店。永城很高興這份難得的友誼，彼此不用妥協，而是雙方能找到一個平衡點，天知道有多少聚會因為不提供素食，使他只能缺席或是餓著肚子。

「你最近還真是諸事不順啊。」會議結束後，田村先生與永城走出會議室。

「為什麼全天下的女主管都這麼不好『搞』呢？」兩人一走進電梯，田村先生便說。「真是個令人不解的謎啊。」

永城注意到田村先生語句中的重音，意味深長的瞥了他一眼，田村先生看自己的下屬一臉困窘，咧嘴微笑。

「瞧你緊張的。」田村先生拍拍他的肩膀，接著說：「自己當心點，老總那模樣，怎麼看都像討不到糖吃的小女孩。」

看來田村先生已經猜到他跟老總的衝突所為何來，永城頓時覺得這短短不到兩、三分鐘的電梯時間竟如此漫長，永城原本張口想說些什麼，卻率先被田村先生打斷。

「找個週末再來我家吃飯如何？」田村先生問道，似乎也不願讓奇怪的氣氛繼續蔓延下去。

「當然好，只是別在我碗裡偷放肉了。」永城說，勉強露出微笑。

「那就這麼說定了。」樓層到了，田村先生率先跨出腳，用他寬闊的身軀調皮地擋住永城的去路。「哎呀，真抱歉。」田村先生語帶歉意地說。

永城揚眉瞪著田村先生的後腦杓，便立刻聞到一股惡臭在電梯裡蔓延開來，永城猛地皺起眉頭，惱怒地看著田村先生一邊大笑出聲，一邊像個惡作劇的小孩般快步逃離現場。

他趕緊走出電梯，雖然滿鼻子都是田村先生的屁臭，他還是忍不住笑了出來，一邊快步跟上田村先生，滿心希望今早開始的負面情緒，都像田村的臭屁一樣，統統甩在身後。

六

日落的橘黃色晚霞撒在永城的辦公桌上，天花板的智慧燈管也在此時啪的一聲亮起，他暫且將視線離開電腦螢幕，緊閉著痠澀的眼睛，企圖擠出一點淚液緩和過度運作的雙眼。

是下班的時間了，他卻一點也不想回家。

他起身朝著落地窗走去，望著底下的城市光景，櫛比鱗次的高樓建築都鋪上了一層暗金色的地毯，走走停停的巴士、車輛、機車如同人類的血液般，在條條大路小道中亢奮地脈動著。永城一邊欣賞著黃昏夜景，一邊扭動他的肩膀與腰椎，僵硬的關節與肌肉藉著痠痛責備著他的疏忽與不察，他應該更常起身走動、伸展伸展的，雖然他從小就認清自己身體容易疲勞、肌肉容易僵硬的事實，但是想到到死前都得承受這種脆弱肉體的苦楚，偶爾仍替自己感到悲哀。

他回到桌前關掉電腦，整理桌上的文件，將抽屜上鎖，拎著公事包走出辦公室，立刻就看到他的祕書還盯著螢幕，而整個業務部早就鳥獸散，大家都忙著去跟客戶吃飯喝酒搏感情。

Doris一看到永城走出辦公室，表情立刻緊繃了起來，抓起筆記本就要迎上來，永城趕緊用手勢示意她坐回去。

「還不下班啊？」永城問。

Doris雖乖乖坐回椅子上，卻已經把筆記本打開，筆尖按在書頁上，做出隨時記下指示的準備動作，用那驚慌的大眼睛透過鏡片仰視著他，顯然很不習慣坐著跟副理講話。

「報告副理，我還有些資料想先整理完。」Doris說，她細不可聞的聲音跟天花板上微弱的空調聲不相上下。

「沒別的事就早點下班，不用擔心我會覺得妳不夠認真，再說，這個時間不是應該忙著約會嗎？」

「我沒有男朋友……」

「沒有男朋友總有女生朋友吧？」永城追問，雖然這牽扯到私領域，但他已從上一個祕書那學到教訓，了解下屬的一些私事總是好的，反正他們想回答就回答，如果他們露出進退兩難的困窘表情，他便會適時止步，不再追問。

Doris以低頭不語代替回答。這女孩該不會連女生朋友都沒有吧？但這也難怪，午餐時間不跟其他同事去外面吃飯交流，反而窩在電腦前悶吃著自己準備的便當，這種自閉的個性很難交到朋友。別說朋友，瞧她那悶勁，任誰也沒有興趣去認識她。

永城本想開口建議，她應該多主動跟同事去吃飯，多累積公司內部的人脈，卻又想想，還是讓她自己吃吃悶虧吧。祕書的工作可不是幫他處理事情而已，往後在其他部門碰釘子，她自己就得鼓起勇氣去認識其他部門的同事。

他忽地想起一個從事電影發行的朋友，先前送給他的免費電影票，便打開公事包，將那張雙人票拿出來放在她桌上。

「這票我用不到，就送妳吧。」永城說，Doris抬頭看著他，用一種三分驚喜七分迷惘的眼神看著她的老闆。

永城收起公事包，也沒等她道謝，便直接走出辦公室，但步出業務部大門時，他悄悄地回頭一看，發現他的祕書盯著手上的電影票發呆，嘴角似笑非笑的，永城頓了一下，突然苦笑了起來，希望她別誤以為那是他的私下邀約。

七

當他把車子停進住家公寓的地下停車場後，他的情緒又陷入今早在公司停車場相同的憂鬱漩渦中。一整天投身於公事，他成功讓忙碌麻痺了對家事的煩悶，現在卻又變本加厲地撲回他身上。永城很想自暴自棄就睡在車上算了。

他深吸一口氣，拿起手機將畫面解鎖，看著畫面上女兒孟熙的照片，那抹燦笑正呼喚著他回家，於是他把女兒的甜笑封存在心裡，如溺水的人緊抓救生圈一樣。

那張照片是幾個月，前一晚跟妻子大吵後隔天週六早晨在床上醒來仍一肚子鳥氣，卻看到女兒喜孜孜地趴在他的胸口上跟他道早安，使他尚未消化的負面情緒頓時煙消雲散，他抓起放在床頭的手機照下那珍貴時刻，喀嚓一聲的數位快門音效，是他心中對孟熙的愛滿到溢出來的聲音。

八

他一進家門立刻聞到油炸食品的臭味，在玄關脫了鞋子走進客廳，便看到張妍婷跟孟熙正在吃著漢堡，玻璃桌上堆著速食店的紙袋跟盒子，那鮮豔的包裝令他噁心，怒火在他胸腔火速燒起。

前妻看到永城回來，看都不看一眼，但孟熙一見到爸爸，丟下手上的小漢堡，也不擦拭嘴上的番茄醬，髒兮兮的衝上來抱住永城的大腿。

「爸比回來了！」孟熙開心地怪叫著。

永城不在乎孟熙嘴上的番茄醬沾滿了他的褲管，他蹲下來在女兒的額頭啄了個吻，孟熙讓爸爸親完後，跑回桌邊抓起兒童餐附送的玩具，炫耀給永城看。

妍婷坐在沙發上，冷眼看著永城跟孟熙的互動，永城無懼地迎上前妻的目光，盡量不使自己的口氣過於惡劣，他說：「怎麼突然買速食給她吃？」

永城嘴巴上是那麼說，但他心裡卻大罵著這個臭婊子，告訴過幾百萬遍不要買速食店的東西給女兒吃，他從未要求母女倆跟他一起吃素，但這些炸雞、漢堡都是些沒有營養的垃圾，操他媽根本故意要惹他生氣。

「就孟熙吵著吃嘛，偶爾讓她吃一下又不會怎樣。」妍婷完全不掩飾她的不耐，雙手抱胸，做出隨時都能跟他大吵一架的備戰動作。

這幾年他們的關係逐漸惡劣，到現在一打照面就惡言相向，但至少兩人很有默契，從來不在孟熙面前吵架，永城垂下眼瞼，看著在他懷中把玩著廉價玩具的寶貝女兒，他告訴自己再忍一下就好。她想吵架，他不會讓她如願。

他終於壓下回嗆的衝動，低頭小聲問孟熙待會要不要跟爸爸洗澡，女兒心不在焉的點點頭，他印了個吻在女兒紅嘟嘟的臉頰上，逕自離開客廳，瞥都不瞥僵坐在沙發上怒視著他的瘋女人。他走進自己的房間，關上門，倒在那張單人床上，臉朝下，不斷告訴自己這一切很快就過去了。但曾經相愛的兩人為何會走到如此結局？如此痛恨彼此，如此鄙視曾經愛著自己的另一半？

當然，他還沒有忘記多年前，第一眼見到妍婷，他胸腔深處的怦然心動，感覺時間在剎那間停止；也記得兩人初次接吻時，唇與舌之間成了正負極般，產生弧狀的熱情火花，以及無比甜蜜的首次交合，感覺自己終於不再孤單一人，內心的缺口被愛意給填滿。然而，現今回想起這些記憶，感覺卻像是別人的生命，他不再是過去的他，妍婷也不再是他過去口中的小甜心了。

在還沒生下孟熙前，結婚不到三年的兩人就已開始出現裂縫，當時到底都在吵些什麼，他已經不太記得，也沒力氣試著去回憶。只知道他們五天一大吵、三天一爭執，最後把彼此搞得疲累不堪，沒想到才正要討論是否離婚，妍婷卻懷孕了。兩人其實都沒打算生育，原以為這個不請自來的胎兒，將會使他們的情感更加惡化，卻沒想到孟熙出生後，他們的愛情竟在灰燼中復燃，彷彿他們是昨天才剛結婚的小倆口。那迴光返照的濃情蜜意大約持續三年後，便猛然直墜到谷底，演變成現在這副你死我活的醜惡模樣。兩人在黑漆漆的谷底裡互相瞪視、咒罵，並將孟熙的監護權，視為兩人最後的死戰。

「爸比要洗澡了嗎？」孟熙的聲音從門口傳來，永城坐起身，看著女兒正抱著她的睡衣走到床邊來。

「好，妳等爸比一下。」他迅速把西裝脫下，換上浴袍，跟著女兒前往浴室，孟熙邊走邊哼著歌，有些走音且不成調，但已讓他的心情逐漸溫暖了起來。

就跟任何上班族一樣，大多數時候他必須加班，或是跟田村先生、其他主管吃飯，不然就是跟其他客戶、朋友應酬，所以他格外珍惜與女兒相處的每分每秒；而與女兒一起洗澡，聽著她童言童語說著一天的生活，則成了他這幾年生活的解憂劑。雖然他與妍婷的決裂，即將上演監護權歸屬的殘酷判決，但就算他倆沒有離婚，再過幾年，當孟熙的歲數不斷增長，胸部開始發育、出現性徵，父女倆也不可能像這樣袒裎相見。

平常孟熙都語不間斷地說著她在學校的諸多種種，班上臭男生亂掀別人的裙子、校狗露露又在哪裡亂大小便，或是說今天老師教了什麼，她從不吝分享她的生活給爸比聽；然而，今天她卻很安靜，自顧自哼著歌，把玩著那隻黃色小鴨。

「孟孟今天好安靜。」永城說，父女倆恬靜地泡在浴缸裡，使他昏昏欲睡。

「爸比……我不想跟外公外婆住……」孟熙悠悠地說。

此話一出，立刻驅散了他的睡意，永城立刻猜到是怎麼回事，八成是妍婷先在她心底埋了種子……其實至今他未跟孟熙談到離婚的事，他不確定七歲的小女孩能否了解離婚的概念，他也不知道該怎麼說出口，難道要告訴她，爸爸媽媽不想再一起了，妳必須選擇，要跟爸比走？還是跟媽咪住？這種事情對小孩子實在太殘酷，但他又能怎麼樣？

「媽咪說你不喜歡她了，不想跟她在一起……所以媽咪說她要帶我搬去跟外公外婆住，難道爸比也不喜歡我了嗎？」孟熙說，一副快哭的模樣。

看到孟熙的眼角有淚在打轉，永城的心頭肉痛苦糾成一塊，張妍婷還真會說，沒錯，他是不喜歡她了，但這擺明就是要把他當成壞人看待，她刻意將一切塑造成都是爸比的錯，真是高招。

「爸比全世界最喜歡、最愛的人，就是孟孟，沒有別人了。」永城緊緊抱著孟熙，忽然發現懷中的女兒竟然如此單薄、嬌小，他如果不抱緊一點，她便會不斷縮小、透明，活生生在他的懷抱中消失不見。

該來的還是來了，他知道現在一定得跟她聊聊這件事，永城繼續說道：「雖然爸比跟媽咪以後不住在一起，但不會丟下孟孟，因為爸比跟媽咪都很愛孟孟，只是孟孟要想一下，以後想跟爸比住，還是跟媽咪一起。」

孟熙吸了吸鼻子，似懂非懂的點點頭，抬頭看著永城，問道：「如果媽咪她要帶我搬去跟外公外婆住，我還是能看到爸比嗎？」

「當然囉，如果妳跟爸比住，也能看到媽咪，就像有兩個家一樣，這禮拜孟孟跟爸比住，下禮拜就跟媽咪住。」他說，試圖用最簡單的方式解釋給她聽，但實情比這還要複雜多了。

孟熙聽完永城的解釋後，似乎很喜歡擁有兩個家的概念，想住哪就住哪，於是咧嘴燦笑，接著便把注意力放回那隻浮在水面上的玩具小鴨。然而，永城表情卻黯淡下來，想到因為夫妻的決裂所造成的巨變，將會對孟熙產生多大傷害，他覺得慚愧不已。

浴缸的水漸漸冷卻，他扭開水龍頭，讓冒著白煙的熱水注入浴缸，水溫逐漸回升到最舒適的溫度，然而卻暖不了他的心。

孟熙已經對玩具小鴨失去了興趣，永城看到她眼皮沉重、昏昏欲睡，便起身牽著女兒離開浴缸，用大浴巾將她擦乾免得感冒，穿上睡衣並吹完頭髮後，他攔腰抱起孟熙到她的房間，溫柔的安置她上床。沒想到已經快睡著的孟熙堅持要聽床邊故事，永城挑一了本關於小男孩進入夢中，來到月亮的世界，尋找拯救頻死母親的解藥的奇幻故事。但才剛讀到開頭沒多久，寶貝女兒就已經緩緩進入夢鄉，發出沉穩的呼吸聲。

看著孟熙靜謐的睡臉，也讓他全身的疲倦感催促著他上床，他輕輕帶上女兒的房門，打算一回房間便倒頭大睡，也不管自己的頭髮還沒吹乾。途中他經過大寢室，現在是前妻的房間，房門半掩，他看到妍婷正在收拾她的私物，並且看到房間角落堆著打包好的紙箱；前妻發現他的視線，兩人尷尬、無言的對視後，永城陰沉地走回自己的房間。

這間原本是用來當作客房的，房間的擺設非常簡單，木質書桌、一張小沙發、一張單人床、釘在牆內的衣櫃，除了一些乏善可陳的擺飾，基本上很像他許久以前剛出社會的單人套房，唯獨牆上貼著幾幅孟熙的蠟筆畫，女兒用色繽紛、想像力十足的繪畫，則是整個房間唯一令人溫暖的存在。

他換上睡衣，將頭埋進枕頭裡，試著立刻入睡，可惜這張單人床的彈簧偏硬，分房睡的這幾個月，總讓他腰痠背痛。直到他換了個較為舒適的姿勢，告訴自己別庸人自擾了，才緩緩墜入自己的夢世界。他誠心希望自己也能夠進入月亮的世界，找到讓自己身心痊癒的解憂藥，最後他終於睡著了，卻沒有夢。

九

孟熙監護權的最終判決，老早就訂好日期，永城巴不得請老天把時間變慢，他一點也不期待協調會，即便陳律師已經幫他準備好各種有利於他的資料，但始終無法保證能取得孟熙的監護權。日子過得又快又急，宛如一匹久未奔跑的野馬，如今它解開束縛，朝著前方死命奔跑，隨著協調會日期的逼近，永城越來越浮躁，每天的晨泳早已無法弭平他紊亂的心境。

他的生活雖然一如往常，每天晨泳、上班，回家跟前妻冷眼相望，然後把剩下的時間與心力都放在孟熙身上。直到某天下班回來，一開家門，卻發現客廳漆黑一片，無人在家，開燈步入客廳，他一眼就瞧見桌上那張用面紙盒壓著的紙條，他走上前用顫抖的手指拿起紙條閱讀。

「我們搬出去了。」

永城無比震驚，以致他都忘了此刻應感到極度憤怒。他反覆讀著紙條，從那寥寥數字感受到前妻的恨意與厭惡，以及勝券在握的得意感。她強行帶走了孟熙，間接宣示了她對女兒的控制權，沒想到她在協調會前夕使出這種手段……。

他手裡緊握著紙條，緊到他的指節都開始泛白，他走進大寢室，前妻的那些箱子都已不見蹤影，然後他走進女兒的房間，卻發現女兒大部分的東西都沒帶走。他看到散落一地的玩具，書桌上一疊疊的圖畫書，床上她最喜歡的大象玩偶孤零零的躺在枕邊，用哀戚的黑色眼珠與永城對望。

看來女兒一從學校回來，她的母親便趕在前夫下班回家前，匆忙帶著女兒離開，好殺他個措手不及。永城沒有看到孟熙的書包，課本也沒有在書桌上，他開始咒罵著前妻，只知道要帶走她的上學用具，卻沒有站在女兒的立場，什麼東西都不讓她帶走。永城盯著那隻藍色的大象玩偶，彷彿感覺到大象無言的贊同。

他抓起大象玩偶，立刻打了通電話給張妍婷，對方卻關機；他直接撥了通電話到前岳父家，沒想到是前妻接的電話，她完全不給他說話的機會，只說女兒睡了，然後協調會見，便無情地掛斷電話。

他渾身都冒著火，怒氣在他胸口燃燒，他甚至起了殺意，想像著自己青筋賁張的手掌緊掐著那賤人細緻的脖子，輕而易舉擠出空氣……他思量著如果他現在衝到前岳父家，到底會發生什麼事？然而，他費了好一番功夫，手裡感受著女兒大象玩偶具有撫慰情緒的柔軟觸感，他讓自己冷靜下來，然後打了通電話給陳律師。

他將前妻的這番舉動告訴了陳律師，陳律師靜靜聽完之後，出乎意料的沒有什麼反應，陳律師聲稱他的前妻在協調會前夕用這種奧步，只是狗急跳牆罷了，基本上影響不大，最後決定權仍在孟熙跟法官身上。

這不是他第一次覺得陳律師有說等於沒說，但事實卻正是如此，然而最近與孟熙的互動中，父女倆的關係達到前所未有的融洽，所以他覺得自己勝算頗大。陳律師告訴他別想太多了，對於前妻的舉動還是冷處理就好。兩人結束通話後，永城臂彎裡抱著那隻大象玩偶回到女兒的房間，他在床邊坐了下來閉目養神，他感到濃烈的睡意，便直接躺進女兒的小床裡。雖然有股細不可查的不安像山溝的小溪，在他心底默默流動著，他仍抱著那隻大象陷入半睡半醒的狀態。

十

週六他一個人在家，關掉工作用的手機，躺在沙發上看了一整天的電視，女兒的藍色大象就放在他的身邊，陪他從地理頻道、旅遊節目，到政治節目、綜藝節目，最後他甚至還看了半小時的宗教節目。然而，一天下來，到底看了什麼具體內容他完全沒印象，因為他滿腦子都在想著，如果他獲得孟熙的監護權，今後的生活到底有什麼變化？

他們父女倆可以不用看前妻的臉色，想去哪就去哪；他從來就不介意孟熙在學校的成績，然而她的母親卻連她考了九十分也要碎碎念個半天，禁止她這個那個的。拜託，才念小學而已，何必呢？然後他嘴帶微笑地想著，他也許可以請個連休假，帶她去日本的迪士尼。但想著想著，他卻突然意識到如果他失去了孟熙，他的生活到底會貧瘠到什麼地步……他想都不敢想，就連坐在他身邊的藍色大象，也用它那栩栩如生的雙眼，責備著永城竟強迫它看了一整天毫無營養的電視節目。

隔天，協調會早上十點準時展開，他與陳律師提早到，兩人默默在等候室裡乾等著通知，陳律師多次走出等候室去講電話，永城的膝蓋上則放著藍色大象。其實他等候的不是協調會的舉行，他只想快點見到孟熙而已。

當張妍婷牽著孟熙走進等候室時，孟熙一看到爸爸跟她最喜歡的大象玩偶，便掙脫母親的手，猛地衝上前撲進永城的懷抱。

「爸比！你把小象也帶來了！」孟熙將臉埋進他的胸懷中，聲音悶悶的。

「孟孟比較想爸比？還是比較想小象？」永城開心的問，極力不去注意前妻的視線，還有她身後一位表情生硬的女律師。

孟熙在他懷中仰頭看著爸爸，皺著眉頭嘟著嘴，似乎在責備他怎麼可以問蠢問題，氣呼呼地說：「當然是小象啊！誰叫爸比不來找我！」孟熙的回答出乎意料，突然淚眼汪汪了起來。

「孟孟對不起，以後爸比再也不會丟下孟孟，原諒爸比好嗎？」永城憐惜地說，輕柔吻著她的額頭，孟熙吸了吸鼻子，點點頭，然後再度埋進父親的胸膛裡。

原本張妍婷冰冷的看著父女會面，看到這一幕後再也忍不住，高跟鞋扣扣扣快步上前，強行拉起孟孟的手，語氣僵硬地說：「孟孟，走，我們去買糖果。」

「妳不要這樣拉她！」永城怒喊。

決裂的兩人開始一陣拉扯，孟熙首次看到父母激烈的肢體衝動，終於大哭了起來，陳律師看不過去，上前勸阻兩人，然而張妍婷有些失控，好在這場搶女鬧劇沒有持續多久，一位法院人員走了進來，通知他們協調會要開始了，他的視線落在嚎啕大哭的孟熙，毫不掩飾地瞪視這對父母。

協調室布置的相當簡單，四張長桌圍成一個方形，法官跟書記坐在主位，主位的對面則是兩位家扶社工，他們一進來，兩位社工起身輕柔地領著孟熙在他們的中間，永城跟陳律師走到左邊的長桌坐下，張妍婷則跟她的律師坐在右邊的長桌。

眾人在法官面前坐定後，大約四十出頭的年輕律師便厲言指責他們方才在等候室的行為，永城羞愧地低頭看著自己的膝蓋，張妍婷則抿著嘴一語不發，孟熙緊抱著她的藍色小象，眼睛跟鼻子都哭紅了，但情緒已經穩定下來，只剩稀疏的吸鼻子聲。

法官宣布協調會開始後，開始今天的流程，首先法官起身陳述今日開會原因、目標等等後，請家長雙方開始陳述；接著社工開始向法官陳述他們對永城、妍婷兩人的訪視報告，以及跟孟熙的訪談，再來是雙方律師的陳述與辯論。全程法官都只是靜靜聆聽，沒有多做發問，途中只休息了兩次。約下午三點時，輪到法官詢問孟熙本人的意見，永城跟妍婷雙雙被請出去，以免他們的在場影響了孟熙的發言。

永城跟妍婷站在協調室外面互瞪了半小時過後，陳律師通知他們進來，永城與他交換眼神，卻讀不到任何訊息。

兩人坐定後，法官忖思了半餉，便宣布他的判決，他陳述了多方面的考量，思考女孩在誰的監護下才能得到完善的照顧，而非單純依照女孩對於家長的喜好程度做判斷。最後決定將監護權給了母親。

永城閉上了眼，法官開始針對監護權的行使與永城仍具有的扶養權進行簡短的說明，然而永城一句話也沒聽進去。協調會結束後，永城不願看見妍婷得意的下賤表情，更不願面對孟熙的失魂落魄，於是他走到男廁洗把臉，然後一拳敲在洗手台。老舊洗手台的裂縫突地綻裂，硬生生被他徒手敲掉一塊，銳利的切口立刻削掉他拳頭下緣的一塊肉，當場血流如柱，他卻忘了要感到疼痛。直到正巧來上廁所的法官走了進來，他看到滿地的鮮血先是愣了半晌，反應過來後才趕緊幫永城叫了救護車，劇烈的疼痛如電擊般打入他的神經，永城開始狂冒冷汗。

法官從口袋拿出手帕幫他暫時包住傷口，語帶責備卻又有同情的成分說：「何必這麼想不開呢？又不是再也見不到女兒。」

永城回了法官一眼絕望，後者閉上了嘴，不再說話。

十一

日子是匹不會累的馬，就算你累的跌下馬鞍，它仍會毫不留情的拖著你向前跑，不管你是否被磨得頭破血流、吃得滿嘴沙土。失去女兒的監護權之後，永城沒有變成行屍走肉，他頂著受傷的手依舊照常上班，開著永無止盡的會議，承受老總變本加厲的責難，以及每週末去接女兒回他家過夜時，極力忽視前妻的尖酸言語。

對於這個家庭的巨大改變，唯一為此感到高興的只有孟熙。當然，起先她成天哭哭啼啼，為了雙親的分裂而悶悶不樂，而且因為搬家到淡水，媽咪堅持她要轉學到附近的小學，與學校好友的分離也造成小女孩心中的疙瘩；但等到永城辦了一隻粉紅色的手機，外加卡通造型的外殼送給她之後，孟熙便對這個新玩具愛不釋手。幾乎每天晚上，她都會打給爸比，即便他正在加班或是不方便通話，她也會在手機留下長達十幾分鐘的語音郵件。

雖然他與女兒仍舊享有過去的親密連結，父女仍處於分隔的狀態，即使前岳父家就在離市中心不遠的淡水，開車過去雖然也不過一小時，但前岳父家可不是說他想去就去，因此他們更重視固定的電話交談。令他自己也料想不到的是，如此的固定聯絡反而加深父女倆的羈絆。只是一個多月過去，永城仍不習慣回到家後，必須面對空蕩蕩的屋子，沒有女兒笑臉盈盈的撲抱，好笑的是他竟然也想念起前妻的冷言冷語。

很多人都以為離婚後的夫妻，從此能井水不犯河水，老死不相往來，但顯然是痴人說夢。簽下那協議書後，雖然一刀兩斷了不少紛爭，但卻讓情況更加複雜。乍看之下，永城跟妍婷表面上斷了聯絡，但身為孟熙的雙親，仍有女兒的接送問題、教育計畫等等事情必須溝通，手機裡最近的通話紀錄，仍能看到妍婷的名字。

但是，永城卻發現最近的自己多次想打給她，腦中打轉的話題卻沒有孟熙，他突然想問她的近況，倏地對她的生活感到好奇。還好理智告訴他，他只是不習慣徹底切割兩人的關係，畢竟兩人曾經共組家庭，攜手度過這麼多個春夏秋冬，只怕是正常人都會感到悵然若失。

他不想讓自己再多想他與妍婷的問題，於是主動跟田村先生約好，下班去公司附近的居酒屋喝上一輪。田村知道永城最近諸事煩悶，也難得沒有調侃他，二話不說便親自打給居酒屋，訂了個包廂；甚至下班時間未到，太陽都還沒下山時，田村便早早確認接下來沒有要緊的工作，以主管之名，命令永城立刻下班跟他去喝個夠。雖然略覺得不妥，但永城自己也無心上班，掛上電話後，交待祕書 Doris 幾件事後，便二話不說關電腦走人。

十二

兩人在小包廂裡吃了將近三千塊之後，肚子被燒烤物撐得鼓鼓，之後便專心喝酒。兩人的酒量都不算淺，畢竟業務出身都練就一身好酒量。但永城卻發現自己喝太快了，看著腳邊半打的燒酒壺，開始感到有些微醺，但他一點也不懊悔。

「女兒都還好吧？」田村叫了兩份烤雞肉串後問道。

「還算適應吧，只是偶爾會抱怨轉學的事情。」永城答，一邊研究著菜單，看還有什麼素菜能配著燒酒吃。

「那你呢？」

「勉強吧，其實並沒有什麼改變。」永城說謊，男人的自尊過濾掉許多呼之欲出的情緒，即便酒精逐漸模糊他的心鎖，但他仍把持的很好。

「老弟，我認識你的時間雖然不長……」田村喝了口燒酒。「但你可別太壓抑了。」

永城沉默地點點頭，兩個男人的氣氛頓時變得有些詭譎。

「話說你最近都準時下班啊，在偷忙什麼啊？」

「被發現了啊？」田村嘴角咧開狡黠的微笑。「也沒什麼，在找某個東西。」

田村沒繼續說，惹得永城挑起眉毛。

「嗯……要解釋我在找什麼，可說來話長。」田村說，看著他一臉明明想說，卻又裝矜持的表情，讓永城立刻賞了他白眼。

「主管大人，現在才八點，明天是週六，我也沒老婆管了，我們有的是時間，願聞其詳。」永城說。

田村噗哧一笑，濺出了一點酒水，說：「你沒有老婆，我有啊！」

「少來了，瑪莉蓮根本是全世界管丈夫最寬鬆的老婆，都不知道有多少人羨慕你！」永城說。

他見過幾次田村先生的老婆，瑪莉蓮是個典型美國鄰家美女，金髮碧眼、苗條纖瘦，雖然歐美民族的生理特性，讓她看起來比同齡的亞洲女性老了一點，但仍是個不折不扣的美女胚子；重點是，她幾乎不去管田村先生多晚回家、有沒回家，只要人活著就好。

田村笑笑，喝了口酒潤潤喉。

「大概是在一九八八年吧，泡沫經濟時，那時我已是當時的王牌業務，但經濟崩垮後，管你是金牌還是王牌，統統紅牌出局，街上到處都是被裁員的總經理，我也不例外。」

打工妹送來方才點的兩盤雞肉串，田村向她謝過，也不管燙口，直接往嘴裡塞。

「當然，我就被女友甩了，投資的股票跟基金全被套牢，真是從天堂掉到地獄。我陸續失去了高級公寓、賓士跑車、一大堆名錶，卻還欠銀行一大筆債務，最後我想說去雜貨店買根麻繩，乾脆開車去樹海自殺算了。」田村用手勢掐著脖子，模仿窒息的模樣。

「然後我真的去買了，先說你可別批判我啊，當時我還年輕，沒什麼失敗的經驗。」

永城搖頭說：「碰到這種狀況，你這是人之常情。」

「總之，當時我全身上下只剩下一張鈔票、一台二手的豐田車，想說都要死了，買完繩子還剩一點錢，便順便買了隻便宜的劣酒，大半夜在東京的街上一邊閒晃，一邊把劣酒往肚子裡灌。晃著晃著，我來到隅田川河岸，覺得開車到樹海太麻煩了，而且我也不會綁繩結，萬一自殺不成，只會更痛苦，乾脆直接跳河，方便又省事。我喝完最後一口酒，正要跳進河裡，突然聞到一股前所未有的烤肉香。」

田村抓起第二支雞肉串，卻沒有大快朵頤，反而嫌棄地丟回托盤上。

「那是一種讓人全身甦醒的香味！瞬間我酒全醒了，我丟掉酒瓶，大口大口聞著那股肉香，循著香味一路走到隅田川接近上游的地方，最後在岸邊找到一艘小小的破舊船屋，香味就從船裡傳來，我當下只覺得很奇怪，怎麼會有船屋在隅田川，時間、地點都不對，但我也沒想那麼多，畢竟我的注意力全都集中在那奇異的肉香。我走下堤道，便看到小小的船屋上，有個漁夫正在船尾處烤著肉串，我遠遠地就看到烤架上，那鮮紅色的可愛肉塊反射著油潤的光澤，吸引著我三步併作兩步衝到岸邊，近距離聽著油脂在火焰燒烤下的滋滋響。」

田村似乎陷入自己的催眠中，彷彿他就正站在岸邊，永城能夠看到他嘴角冒出的口沫，想必他現在滿嘴口水。

「漁夫立刻就注意到我，他咧開一嘴黑漆漆的爛牙朝我招手，我也沒遲疑，一個箭步跳上船。

漁夫說肉很香吧，我說對，他說請我吃，我遲疑了一下。憑著這肉品的色澤、香味來判斷，這一定是相當昂貴且稀有的肉，我疑惑這窮酸漁夫如何弄到的。但當他把肉盛盤，遞到我眼前，迎面而來的肉香立刻將我的疑惑給吹的煙消雲散。」

他喝了一口酒，和著口水統統吞下肚，繼續說：「我接過骯髒的瓷盤，看看漁夫，他也笑著看看我，也不管三七二十一，我直接用手抓起熱燙的肉塊送進嘴裡。要知道我永遠也忘不了那香肉碰觸到我舌頭的甜美感受。然後我開始嚼了第一口，那肉質的入口即化的程度比起我吃過所有的高級生魚片都要來的綿密；但是當你嚼下第二口，卻又發現它的飽滿，它的飽滿超乎你能想像，那瞬間，我生平吃過的高級牛排跟上等豬肉片全都成了地攤貨的碎肉，我發現我是一邊流淚，一邊品嘗那塊肉……」

「所以那到底是什麼肉？」永城問道，不知該如何想像那塊肉，就好像要盲人想像梵谷畫上的色彩。

「我哭著吃完那盤肉後，也這麼問漁夫。」田村突然不再說話，盯著頭看著桌上那串雞肉，表情顯得有些困窘，似乎在猶豫要不要繼續說下去。

「怎麼了？為何不說了？」

「哎呀，你叫我怎麼說，怕你把我當瘋子看啊，其實我自己也覺得難以置信，但這卻是千真萬確，旁人很難相信的。」

「你就說吧，我信也好，不信也好，也不會把你當瘋子，當作是故事聽聽也不賴。」

「好吧。」田村嘆口氣，仰頭乾杯。

「我問了他，漁夫笑笑看著我，勾勾手指要我跟著他。我滿腦子都是那肉的美好滋味，卻沒有放下警戒心，即使有點害怕，仍跟著他來到船艙中央，來到一個大釣箱前。」聽到這，永城突然有種不好的預感。

「他打開保溫箱，只看到上層的黑色帆布，漁夫用手勢示意我自己打開來看……然後我掀開那塊帆布。」田村瞪大眼睛說：「河童！那是一隻被大卸八塊的河童！」

十三

雖然昨晚他喝很多，但比起他過去與客戶們的酒局，昨晚算喝的適量而已。只是他不再年輕了，所以當他從田村家的沙發上坐起身時，後腦勺傳來陣陣疼痛，眼前也是一片霧濛濛。

雖然如此，他完全記得前一晚田村說的故事。故事？他不確定該如何定義昨晚田村講述的一切經歷，到底是真實發生的事情？還是一個潦倒的醉漢所經歷的逼真夢境？

吃河童肉……不管怎麼說都太匪夷所思、難以置信，他甚至開始暗中決定，今後可要重新評估他與田村的友誼距離。

他撐著沉重的額頭，腦海中持續回想著昨晚田村後續的故事。田村在發現那是一隻支離破碎的河童後，大吃一驚遠遠不足形容當時他的恐慌。永城原先猜測那可能是人肉，但看來，比起河童肉，人肉這個可怕的選項反而較可忍受。

田村目瞪口呆看著釣箱面，一手一腳已被砍下，肚子被挖空一塊的河童，頭頂的圓盤、鴨子般的嘴巴，在微弱月光下反射綠色光澤的皮膚，本來他驚覺這一切可能只是惡作劇，但是河上的微風一吹，將那如過期臭蛋的血腥味灌入鼻子，引起他一陣猛咳猛嗆，再再告訴他眼前是一個貨真價實的怪物。

田村當下酒全醒了，腳也軟了，即便想逃跑也渾身無力。漁夫看他痴呆的跌坐在原地，聳聳肩不管他，便鋪回帆布、蓋上釣箱，逕自踱步回到船尾。沒多久，那股比惡臭還要強烈的肉香飄進船艙內，熏的田村再度口水直流。

接著故事來到永城無法忍受的部分，數度想離開燒烤店，離開胡言亂語的田村，卻仍被難以理解的引力黏坐在原地。田村說他也不知道哪根筋不對，糊里糊塗的站起身，走到船尾坐下，跟著漁夫一起大啖。在知道那是河童身上切下來的肉後，他竟覺得那一塊塊河童肉，咬起來變得更香！更甜！更帶勁了！

根據田村的說法，他說就像被催眠似的，當下他只想要吃肉，其他什麼都不管，管他是人肉還是河童肉。他好像卸除了一切煩惱，只為了當下而活，只為了吃肉而存在世上。

他恍惚的回到小公寓後，一整夜沒闔眼，隔天精神卻出奇的好，思路前所未有的清晰，根本沒將昨晚吃河童的事情放在心上，立刻著手數個企劃案。之後，甚至一整個禮拜沒沾床，也不感到疲累。那晚吃的河童肉像某種強力電池，在他體內熊熊放出劈啪作響的精力閃電，接著他拿著那幾本企劃案，到各大公司死纏爛打，竟順利取得工作。兩週後，他便替公司談到一筆想都不敢想的大買賣。

一個月後，田村認為自己從谷底爬起，免不了歸功於那晚吃的河童肉，定是那肉塊裡隱藏了某種奇異能量，讓他能不眠不休，成為從地獄歸來的凱旋者，除了河童肉以外沒有其它解釋。就像嘗過甜頭的小男孩一樣，他的舌頭、牙齒、胃囊還想要更多！更多鮮嫩美味的河童肉塊！只要想到那些香噴噴的塊狀物，他的腦海就不知道理性為何，他必須回到那艘船上大吃特吃！

永城突然回想起中國神話故事中的《桃花源記》，因為田村買了一支昂貴的日本酒，興奮地重返原地，卻沒有小船，沒有一口爛牙的漁夫，平穩、寧靜的河岸上，沒有半點烤肉的香味。

田村直接拿起燒酒壺，一口飲盡，難過地說：「天知道當時我多麼想用一輩子經歷過的性高潮，去換一串河童烤肉啊……」

突然，他的眼睛向探照燈般亮了起來，大聲說：「不過，我最近打聽到，台灣這邊也有河童！」故事進展到這裡戛然而止，不省人事的不是永城，而是那個說了一整晚河童肉、猛灌燒酒的胖子，彷彿那些酒代替再也吃不到的河童肉，暫且填飽他永無止盡的肉食欲望。

他不得不承認這是個迷人的故事，可惜他不吃肉。這故事虛構也好，是真實也罷，反正都只會讓他喉嚨深處引起噁心反射。

「你醒了啊？」說話的人是瑪莉蓮，正拿著發泡錠跟一杯水走向他。

「早啊，瑪莉，真不好意思又睡妳家沙發。」他接過發泡錠跟杯子，將它丟進水中，杯內立刻發出嘶嘶響。光是看無數的氣泡浮上杯面，他的舌尖就喚起汽水清爽感的口腔記憶，奇妙地讓他的頭痛好上許多。

「一點也不啊，我跟村仔隨時歡迎你呦！」瑪莉蓮甜笑著。

永城突然心生感慨，如果他娶得是瑪莉蓮這種女人該有多好……他一邊喝著水，一邊不經意看著瑪莉蓮的居家打扮，短褲搭配輕薄的素色上衣，最簡單的穿著卻反而彰顯了她的超模身材。盈手可握的纖腰、修長筆直的美腿，以及大小恰到好處的乳房，即使知道眼前的美人是朋友之妻，但要他忽略瑪莉蓮的美色實在困難，尤其對數個月沒有性行為的男人而言，眼前的女人……他趕緊閉上眼睛，冷靜一下不道德的血脈賁張，專注喝乾那杯水。

「謝謝，希望我沒給妳添麻煩。」他將杯子遞還給瑪莉蓮，告訴自己別再亂看。

「別這麼說，我可是希望你能多來坐坐，我一直叫村仔邀你來吃飯，但天知道他記性到底有多差。」瑪莉蓮翻了個白眼，然而這個略顯醜態的動作，她做起來卻仍是美麗動人。「你也知道，我在這實在交不到什麼朋友，語言跟文化都差太多了。」

「不是他的錯，田村先生的確有跟我提過，只是最近家裡跟工作上都有事在處理，沒辦法撥出時間，真是不好意思。」

「我知道，田村跟我提過你家裡的事情，真是令人傷心，希望你能夠熬過這段日子。」瑪莉蓮無比同情地看著他，那雙電眼傳來的波光令他再也受不了。

「謝謝……我想我差不多要先走了。」永城抓起西裝外套便要離去。

「不留下來吃個早餐嗎？我剛好有準備一些……」

「不用，不用，我等下還得去接女兒，還是很謝謝妳的好意。」

他不斷婉拒瑪莉蓮的慰留，一瞬間他覺得乾脆留下來算了，但下腹部傳來的燥熱卻提醒他，最好是速速離這個女人越遠越好。

「唉，這樣子就沒辦法了……那我叫村仔再約你，下次可不准你拒絕啊！」瑪莉蓮雙手抱胸，裝出一臉生氣貌，卻一點也沒嚇到他，反倒是她手臂擠出的乳肉嚇壞他，他不等電梯門打開完全，迫不急待便擠進去。

「沒問題，我再跟田村先生約。」他堆起微笑，在瑪莉蓮看不到的地方，他的手指拚命按著往一樓的按鍵，瑪莉蓮笑著揮手道別，直到電梯門終於闔上，他才鬆了一口氣。

他不知道自己怎麼了，羞恥地感覺到下身膨脹起來，搞什麼啊?!又不是第一天認識性感妖嬈的瑪莉蓮，為什麼自己好像是第一次意識到女性胴體吸引力的青春期少年？尤其對象還是上司兼好友的妻子！

永城用西裝外套遮掩胯間的醜態，額頭抵著冷冰冰的電梯門板，為自己的失態懊悔不已。雖然他已經禁慾了一段時間，但在路上、在公司裡看到漂亮女人也不至於有此反應，直到他發覺有某種香味在鼻竇裡殘留。會是衣服上沾染昨晚的燒烤味嗎？他聞聞西裝外套與襯衫的味道，是有股厚重的油煙味，但一點也不香，他再次用力吸鼻，再度聞到一股奇異且濃郁的香味。

肉香？幾乎是瞬間，他腦海中竟猛然打出瑪莉蓮挺翹乳房的近距離特寫，耳朵卻是聽到田村如耳語般說話聲。電梯門開了，晨光照在住宅大廳的光亮拋光地板，亮得他立刻瞇起眼睛。他甩開思緒，告訴自己耳朵沒有聽到田村不斷說著河童這兩個字。

十四

正常人不會捏造那樣的事情，那純粹是痴人的妄想，或是嗑藥嗑太多了，腦子混亂成一片，但田村再正常也不過，那肥壯、精力充沛的模樣一點也不像吸毒的人，唯一的解釋是他喝多了。果然，那晚之後，田村再也沒有提到河童，他們進行往常的交流，工作、開會、下班吃飯，然後彼此投入各自的生活。

然而，自從聽了田村的故事後，他的睡眠沒有一天好過，剛開始是斷斷續續的失眠，但有幾次他夢到前妻把他綁在床上，用塑膠袋悶死他，窒息感之真，讓他真以為即將一命嗚呼。

他每天照樣晨泳，然後加班到深夜，把自己弄的極度疲勞，回到家連洗澡都懶了，體力與精力早已消耗見底，一沾床就失去意識。雖然無夢而安眠，早上讓手機鬧鈴吵醒後，卻發現自己跟沒睡一樣疲勞，簡直要崩潰，當然，他試過安眠藥，結論是一點屁用也沒有。

從那時開始，他開始做著千篇一律的夢，夢中他被迫坐在一張餐椅上，雖沒有繩索綁住自己，卻動彈不得，而餐桌上是一盤剛出爐，熱煙蒸騰的肉排。他的意識不受控制，他看著自己握著肉叉跟餐刀，從肉排上切下一大塊。奇異的肉香立刻竄入他的喉頭，然後他將肉放入嘴裡，正當他做好準備，要體驗到爆炸性的味覺快感，彷彿射精前緊縮臀部的準備動作，卻發現他嘴邊都是乾涸的口沫，躺在自己久未洗滌、日漸發臭的床單上，他瞪著灰黑的天花版，沒有肉，沒有香，什麼都沒有。

他有想過去給醫生看看，到底是心病還是他的大腦出了差錯，但後來便打住看醫生的想法，因為認真說起來，他這輩子真的沒吃過肉，導致那吃肉的夢總是戛然而止，沒有吃過肉的人怎可能夢見肉的口感呢？於是週末他一起床，臉沒洗、牙沒刷，抓著皮夾便到牛排店，叫了一塊牛排，即便他一臉憔悴，嘴角還掛著口水痕跡，服務生仍接受他的點餐。

吃就吃吧，拜託從今以後讓我睡個好覺，永城可悲地期望吃過肉之後，也許就能完成那個夢，也許就不會做著重複再重複的夢境，如果還是沒效，他只能走上看醫生一途。

如果醫生問他是否知道怎麼會做這樣的夢，追根究底，答案絕對是田村那晚在燒烤店的胡言亂語，但為何會被一個無稽的故事弄成這副德性？而且每次醒來，鼻腔總會堵著那股奇異肉香，如果幻覺是視覺上的幻想，那這就是嗅覺上的幻想。難道他的大腦真的出了問題，胡思亂想中，腦癌這個禁忌般的字眼立刻浮出，他不會這麼倒楣吧……。

這當永城陷入無謂的庸人自擾時，服務生端來那盤香味蒸騰的巨大肉塊，二十盎司的三分熟高級肋眼牛排，恰到好處的筋肉比例，熟度幾近完美的準確烹調，搭配驚人的視覺分量。然而在他戰戰兢兢拿起餐刀跟叉子時，昨晚倉促吞進的黑麥麵包與沙拉，像一枚暴走的火箭般衝出他的喉嚨，彷彿配有全球衛星定位般，精準地擊中那塊昂貴的肉排。

他付錢走人時，櫃台的收銀人員態度糟糕至極，那個幫他點菜的服務生，不屑地瞥著那塊彷彿遭輻射污染的肉排，然後朝著永城掃射過來，指責著他這個浪費食物的骯髒顧客。

他垂著肩膀走出牛排店，揉揉黑眼圈，覺得想死。

十五

田村觀察永城的狀況一陣子了，從他憔悴的表情、日漸消瘦的體態，以及他身上的汗臭，簡單推敲便知道他的下屬怎麼了。於是週五下班前，田村走進永城的辦公室，劈頭就問他要不要去南投。

「去幹麼？」永城蒙上一層因疲累造成的血紅，仍試著閱讀桌上那份本週業績報表，沒有抬頭看著上司。

「去找你夢中渴求的東西。」

永城猛地抬頭瞪視田村，眼神透露出訊息：你他媽在說什麼。

「別瞪我，我也經歷過那段日子，天天都夢到河童。只是你明明就沒吃過，為什麼會變成這樣，我就不懂了。」

「我知道你那個故事是瞎掰的。」

田村聳聳肩。「對你而言是真是假，問問你的黑眼圈吧！要說這棟大樓裡有誰比我更想吃河童肉，除了你以外沒有別人。」

「我知道你那是喝太多而產生的幻覺，世界上根本沒有河童存在的證據。」永城固執地否決道。

田村嘆口氣，也不多說什麼。「我今天下班就會出發，如果你要來的話，我在停車場等你。」

永城看著主管轉身離去，這才發現自己將這一切怪事都加諸在田村身上，而且是非理性的怨恨。如果河童肉不存在，那麼自己真的是病的不輕，不干田村；但如果河童肉真有其事，那麼這古怪的吸引機制又是什麼？他明明就沒吃過，為何只是聽了一個故事就變成這樣？

他不知道該怎麼辦，眼前選項少的可憐，去看醫生，腦科跟精神科都得看，或是就這樣跟著田村，去見識那個根本不存在的生物。當然，最後一個選項是什麼都不管，累死算了。

他把臉埋入手掌中，從來沒有這麼迷惘過。

十六

兩個男人將車子停在台北車站附近，搭高鐵前往台中，過程沒有交談，田村一上車便呼呼大睡，永城嫉妒地看著閉眼深睡的主管，一路上他乾脆把腦袋放空，半吊著眼睛看著車廂外迅速變換的風景。

抵達台中後，他們租台車子，車子保養的不錯，但卻有股酸味。原以為是車子裡的味道，最後他才發現是自己的體臭，永城拉開領口聞，立刻被自己的汗臭給熏的說不出話來。

專心開著車的田村朝永城一瞥。「現在知道有多臭了吧，大約再一個半小時就會到民宿，你可以在那好好洗乾淨。」

「嗯，謝謝。」

沉默持續向前行駛，就像這台瀰漫著汗臭的車子一樣，在深夜的國道上穩定前進著，直到永城問出口，那堵塞在心中已久的疑問。

「所以你到底打聽到什麼？」

「你終於想問了嗄？還以為你會更早問我的。」田村說道。「總之，在我去找那艘船屋撲了空之後，我一有時間就回到隅田川舊地重遊，抱著微弱的希望能夠遇上那艘船屋。當然，什麼也沒有找到。記得半年前我請了個假，回日本一趟嗎？雖然是回老家處理一些事，但我也擠出時間到隅田川一趟，雖然沒遇到那船屋，但我遇到了一個釣客，那老頭看到我好像在找什麼，就問我是不是在找一艘船屋。我很訝異，難道除了我之外，還有人吃過河童肉？我說我只是在附近逛逛，他皺著眉頭，似乎看出我在說謊，卻沒有點破我，反而打開他的釣箱，要我湊過去看，你知道裡面裝什麼嗎？」

「別賣關子，直接說好嗎？」永城沒耐心地催促著。

「是貓頭！一整袋用垃圾袋裝起來，血淋淋的貓頭！我差點沒吐出來，那老頭看到我一副噁心的模樣，似乎很引以為樂。我本來想大罵出聲，也同時覺得眼前這老頭是神經病，最好是走為上策，直到他告訴我，他正在釣河童。」

十七

田村訂的民宿還不賴，房間的設備、裝飾雖比不上商務旅館，但他還蠻喜歡這種舒適的居家感。他們抵達的時候已是午夜，匆匆登記入住後，兩人便到各自的房間休息。

他好好的沖了個澡，再將浴缸放滿熱水，全身浸入熱燙的水中。蒸騰的煙霧與溫柔撫著他的肌膚，令他放鬆許多，也帶走了近期失眠、惡夢所累積的身心疲勞。

想到再過幾個小時，他就要跟著田村進入國姓鄉的山區，依循著田村所謂打聽到的消息去尋找河童的蹤影，讓他產生一種抽離現實的感受。那天，田村被釣客嚇到後，意外打聽了釣河童這項詭異的行業閒談。那釣客說全日本河童出沒地越來越稀少，於是有幾個釣客分別跑到韓國、中國以及台灣去找河童，沒想到他有個朋友，還真在台灣的深山裡，找到了河童的棲息地。

田村以自己多年前在船屋的經歷，向那釣客交換消息，那老頭聽了他的分享後，將他朋友的聯絡方式給了田村。田村回台後，立刻寫了封信給那位叫阿政的釣客，最近終於取得聯繫，因此將他們帶領到這裡。

洗完澡後，他吹完頭髮，坐在床邊查閱手機裡的訊息，卻發現一則留言都沒有。最近孟熙似乎比較少留話了，不知道是因為他前妻的關係，還是因為自己的狀況而較少主動打給女兒，他很清楚原因是後者，但懊悔也來不及了。

他躺上床，沒有關燈，眼睛瞪著天花板上的壓花裝飾，知道自己快睡著了；但他知道不到兩三小時後，他便會被惡夢給嚇醒。然而，當他失去意識，會發現自己醒來時，已是早上八點，田村會用力的敲著自己的門，要他起床吃早餐，而他會坐在床邊，滿心疑惑著昨晚為何睡得香甜，彷彿夢中的他已經吃到那塊近在眼前，卻碰觸不到的肉塊。

他在腦海裡翻找昨晚的夢境記憶，卻是一片空蕩，如同他蒼白無味的舌尖。

十八

用過早餐後，他們驅車前往山區，一路上幾乎沒車，這次換永城開車，沿著像條巨大蟒蛇的山道蜿蜒向上。爬到頂峰後，看著窗外層疊而下的壯觀山景，接著一個大彎道，如滑梯似的向下滑行，一個山頭又一個山頭的起起伏伏，兩人一車在永無止盡的上山與下山的旅程中，進入一種無言也無思緒的放空狀態。

車程進行了兩個小時後，他們終於在路肩看到一塊斑駁、不顯眼的小木牌，要不是田村大叫出聲，永城根本沒注意到那塊刻著一個圓形、旁邊圍繞著一圈三角鋸齒的木牌。

永城倒車，駛進木牌旁邊的叢林小徑，小徑剛好容下一台車子通過，他小心翼翼開進去之後，心中思索著，到底是怎樣的人居住在如此偏僻的地方，這條小徑甚至連車轍的痕跡都沒有。顯然那位叫阿政的釣客根本不出門，至少不會是開車出門，但這裡離市區如此遙遠，難不成他都徒步？或是他有某種不需出門就能自理生活所需的方式？

正當永城滿腹疑問時，車子開出小徑，來到一塊位於山間夾縫中的空地，空地中央是一排極為簡陋的鐵皮屋，旁邊則有一小片菜園。當車子緩慢的往空地深處駛近，兩人更驚訝的發現，在鐵皮屋後面，竟是一大片平靜無波的湖面，這宛如世外境地的地方是一座山間湖！

他將車子停在離鐵皮屋不遠處，兩人下了車，便被山間的溼氣與寒意給凍得發起抖來，趕緊抓起外套穿上。

「看來就是這裡了。」田村說，四處張望著，突然指著湖岸邊。「你看！」

永城順著田村的方向，便看到一艘小船就停在湖邊的小碼頭，倏地一聲怒氣十足的吼叫嚇得他驚跳起來。一個乾瘦老頭兒抓著一把鏽跡斑斑、尖頭卻銳利得發出寒光的魚叉朝著他們奔來，一邊用日文如連珠砲似的咒罵道。

田村立刻舉起雙手，用日文回應道，那老頭兒聽到來者講日文，原本猙獰的面孔換上一臉疑惑，怒氣突然消了大半，但手裡的魚叉卻沒有放下來，仍然快步朝他們走來。永城警覺地往車子的方向退去。

不知道田村跟那老頭又說了什麼，那老頭微微點頭聽著，腳步卻不斷朝著他們靠近，永城眼睛緊緊盯著那把魚叉。直到田村從口袋拿出一封信件，那老頭瞇著眼看著那封信，這才放下了魚叉，布滿皺紋的老臉咧開一道恐怖的微笑，上前與田村握手。

「沒事了，放心，我告訴他，我就是跟他通過信的人。阿政說有很多人向我們一樣，都在祕密地找尋河童肉，其中有不少都是些窮凶極惡的人，所以他不得不小心一點。」田村說，但永城一點也放不下心。

田村與阿政進行著一連串的日文交談，永城一句都聽不懂，雖然他是在日商公司工作，但對日文一竅不通，他的英文跟德文倒是很流利，只是在這裡一點也派不上用場。田村揮揮手要永城跟上，一邊用日文與阿政交談，一邊用中文跟永城說話。三人朝著湖邊的小船走去。

「他正好要去釣魚，說現在就可以帶我們去釣河童。」

永城點點頭，不確定自己是否想上那艘小船。他始終還無法相信河童這生物的真實性，他仍然拒絕相信一切，不清楚自己著了什麼魔，跟著田村來到這個詭異的山中湖泊。

「我待在岸邊等你們回來。」看著田村跟阿政跳上小船後，永城說。

「你確定？」

永城點頭，站在岸邊望著他們朝著湖心前進，小船越行越遠，視覺上也越變越小，直到那條小船如水面上的一片枯葉。

他再度環視著被高山圍繞的峽谷，放眼望去皆是蔥綠蓊鬱的森林，各種清脆的鳥叫聲此起彼落，青蛙隱藏在岸邊的水叢中，發出規律的呱呱聲，空氣中瀰漫著溼潤的霧氣，他每吸一口氣，都能嘗到一股甜甜的水味。這地方的確是個不同凡響的世外桃源，永城發現自己難得感受到靜謐，一種與自然融為一體的美好。

然而，想到他們到底為何來此、田村跟釣客將帶回來什麼東西，他原本平靜無波的內心，此時激起一波不平靜的漣漪。他看到樹下擱著一張板凳，他搬了過來，面對著湖泊坐下，望著倒映著藍天與白雲的水面，聽著自己急促不安的心跳，很想就這樣丟下田村，直接驅車離開此地。然而，他卻只是呆呆地坐著，如一隻在樹下等待著兔子的野狗。

十九

一小時後，他便看到小船朝著岸邊滑來，他幾乎是驚恐地從板凳上跳起，兩腿僵直地站在原地，目睹著小船逐漸靠近，看到田村圓潤的臉龐因為興奮而泛著紅光。等到小船終於停靠在岸邊，他瞪著小船上的麻布袋，正顯出一個人形的輪廓，他盯著那麻布袋，不知道是害怕還是興奮過了頭而全身發抖。

「幫個忙好嗎？」田村跳上碼頭，對著呆若木雞的永城叫道。

永城驚跳起來，走上前幫田村跟阿政把船拉近岸邊，等到小船拉上去之後，田村將繩結套在小碼頭的木樁上，阿政跳上船抬起麻布袋的一端，並對著永城大叫著，似乎要他幫忙。永城只好跳上船，抓起布袋一端，使勁抬起，他意外發現比想像中輕。

田村綁好繩結後，也來幫忙搬運麻布袋，三人一路搬著麻布袋跨過草地，走進鐵皮屋。永城發現裡面又髒又亂，昏暗的燈光使得地上、牆上的不知名污垢更顯噁心，他們一路經過堆疊著紙箱、雜物的走廊，來到屋子深處一個類似廚房的地方，三人將麻布袋放在地上。

「裡面真的是河童嗎？」永城問道，發現自己的聲音有些沙啞。

「你要不要自己打開來看呢？」田村說，露出那招牌的狡黠微笑。

聽到田村這麼說，一股油然而生的強烈好奇瞬間洗刷掉他原先的恐懼，裡面八成只是條大魚，這世界上根本沒有河童，這一切都是田村與阿政兩人串通好的大騙局，他命令自己的手別再發抖。永城蹲了下來，再度打量麻布袋裡面的生物所顯露的身影。只是條大魚罷了，他終於可以揭開這布局已久的陰謀，沒什麼的，一定只是條大石斑，或是大鯰魚。等他掀開布袋，相信田村跟阿政一定會大笑著說，哈！騙到你了吧。

永城小心翼翼的摸上麻布袋頂端的套索，用顫抖的雙手解開套口，然後一口氣翻開麻布袋的頂端。他的理智一瞬間扯斷，裡面的河童正瞪大著雙眼望著他。

他發出一聲尖細的怪叫，彷彿喉嚨被人掐住般，他難以呼吸，膝蓋一軟，坐倒在地，震驚地看著那網球大小的眼珠無神地看著鐵皮屋的天花板。扁平圓滑的鴨狀嘴巴像兩個盤子般，正微微地張開，露出裡面紫綠色的口腔與舌頭；牠的頭頂就如同傳說中的那樣，光禿禿的圓盤圍繞著一圈肉色的鋸齒狀，點綴著一叢叢海草狀的毛髮；牠外露出的頸部與頭部的皮膚，皆罩著一層暗綠色，而在廚房微弱燈泡的照耀下，卻看起來像陰沉的皮蛋黑。

「很棒吧！你真該跟我們去湖心的，親眼看著阿政釣起這隻河童，將牠拉出水面的瞬間，我亢奮到差點尿了褲子！」田村說，用一種欣賞著美麗花朵的歡欣眼神瞧著麻布袋裡的河童。

阿政走上前，抽起麻布袋的後端，讓整隻河童滑出袋子，永城這才看清楚河童的全貌，牠全長大約一公尺，和小孩子的身高差不多，光滑細長的四肢如青蛙般，手腳都只有四根指頭，指間都有薄薄的蹼。

阿政轉身說了一串日文，田村趕緊翻譯道。「你最好後退一點，阿政要趕快放血，否則肉會變質，可就不好吃了。」

永城趕緊起身，還沒等他站好，阿政毫無預警地從口袋抽出一把彈簧刀，手指一按、刀鋒一彈、頭髮一抓、脖子一露、利刃一劃，他極為熟練、高度效率的手法一氣呵成。鮮綠色的血液如高壓噴泉般射出，河童血將灰色的地板漆成一片慘綠。

血腥的一幕如此真實，他幾乎無法相信自己的眼睛，他連肉都沒吃過，也從未經過菜市場的肉鋪，從未看過掛在鉤子上的豬肩肉，更別提親眼目睹宰殺。一陣強烈的暈眩令他險些站不住腳，喉頭一股壓力湧出；他衝出鐵皮屋，猛地彎腰將胃囊裡稀少的粥狀物，全都嘔在鮮綠色的草地上。

「沒事吧？」田村站在鐵皮屋門口憐憫地看著他，永城拒絕回答，用手背揩揩嘴後，逕自回到車子，拿出擺在前座的礦泉水漱口，將剩下的水喝了精光。他暗自決定一走了之，就讓田村跟阿政好好享受他們的河童肉吧。於是他飛快坐進駕駛座，手指摸向鑰匙座，卻發現沒有鑰匙，但他記得下車時，他沒有把鑰匙拔走。

田村站在窗邊，手裡搖著那一串鑰匙，面色凝重的看著永城。

「鑰匙給我。」

「不行，小老弟。你就這樣回去，只會更痛苦而已，你自己最清楚。」

「就只是睡不著而已，死不了，鑰匙給我！」

「快下車吧，十分鐘後你會感謝我阻止你的。」

「你走吧，我不打算下車了。」

永城怒視著田村，對方卻仍用那種同情的眼光看著他。

「阿政說不用半小時就能開飯，我們等你來。」

田村說完後轉身離去，走向鐵皮屋，直到身影沒入陰暗的大門裡。他感到口乾舌燥，沒有想到田村竟然先拔走了鑰匙，他一瞬間興起了搶奪的念頭，但那傢伙塊頭跟熊一樣，營養不良又缺乏睡眠的自己，八成會被他壓在地面上吃土。即使如此，他打定主意不下車，決定就這樣等他們吃個夠。

然而，半小時過後，即便車子離鐵皮屋少說有數十公尺，車窗也沒有搖下來，他卻聞到遠方傳來無比誘人的河童肉香，正挑逗著他的味覺感官，迅速侵蝕他已然脆弱的精神意志。

「喔，不……」他嘆道。

他恍惚走下車，腳步虛浮地尋著若有似無的烤肉香走去。他的鼻孔擴張，貪婪地吸聞著空氣裡的濃厚味道。他走進鐵皮屋，穿越那擺滿紙箱、雜物的走廊，進入一個像是客廳的地方，田村坐在一張方桌前等著他。

田村幫他拉了張椅子。「坐會吧，快上菜了。」

永城像被催眠似的走過去落坐，廚房就在隔壁，河童在他眼前被宰殺的記憶像是被抹去了一般，現在的他，滿腦子充滿了那逐漸淹沒他意識的肉香，他感覺自己的牙齒發癢、舌頭蠢動。

廚房裡，阿政哼著歌、烤著肉，他們則聽著肉在烤架上啪滋啪滋的愉悅聲響，與阿政嘴裡不知名的日式歌謠形成獨特的交響效果，永城的肚子也加入合奏，在他的體腔深處低聲騷動著。

彷彿等了一世紀，阿政終於端著三盤烤肉走出廚房，他的嘴裡已經咬嚼著一塊肉，而田村死命盯著那些嬌豔欲滴的小肉塊。等到阿政輕手輕腳的把那三盤肉放在桌上，田村立刻舉起筷子，如蜥蜴吐舌捕捉獵物的速度夾起肉塊，放入嘴裡咀嚼，發出男人高潮時的雄性呻吟。

「喔……老天……就是這個！」田村讚嘆道，聲音顫抖。

即使舌頭、牙齒、胃囊以及所有的感官，都在命令永城立刻舉起筷子，好好享受這人生第一次的肉食饗宴，解放那深埋在基因中人類對於肉類的渴望與需求，不用理會大腦僅存的理性桎梏。放膽吃吧！放膽咬吧！但他遲遲未出手，呆坐在椅子上，呈現一種想吃又不敢吃的尷尬狀態。

阿政看看大口享受著河童肉的田村，又看看遲疑不決的永城，咧開那嚇人的笑容並說了一句日文，一邊用手勢指著永城面前那盤如小山丘的肉塊，似乎是在說：請用，別客氣，你這懦夫！後面那句是他胡思亂想的。

河童肉……不過就是肉嗎?!河童又怎樣，全世界都在吃牛羊豬雞，區區河童的肉，有什麼好怕?!永城想著，緩慢地舉起筷子，夾住其中一小塊肉。布滿血絲的眼珠看著肉塊上閃爍的美麗色澤，翠綠的表皮下是鮮紅的纖維堆疊，肉塊承受筷子輕微施力的夾取，竟如吸滿水的海綿般擠出了一大滴肉汁。他突然發現自己的視線只容得下眼前的肉塊，兩顆眼珠聚焦成特寫鏡頭，使肉塊上每條肌肉的紋理、纖維之間的皺摺全都盡收眼底。他緩慢將肉塊放進嘴裡，原以為會像過去嘗試吃肉的經驗，他的身體將無法承受肉類在嘴裡的味道與觸感，引起咽喉的嘔吐反射，而再次浪費一盤上等好肉。

沒想到，迎接永城的卻是天堂。

當他的舌尖一碰到柔軟的肉塊，所有的味蕾齊聲放出尖叫；當他的牙齒嚼了第一口時，那蘊藏在每一條肉絲、每一條纖維中的濃厚汁液便宣洩而出，在他的嘴裡如小型核彈般引爆，每一滴、每一分極致甜蜜的美味呈放射狀炸裂開，使得這世上沒有任何言語，能夠完好形容它極致的味覺刺激。永城閉上眼，讓自己的心靈包圍嘴裡的極致美食，慢慢地接受河童肉爆炸性的刺激，就像一顆含沙的蚌，緩緩地、慢慢地將沙粒轉變成稀世珍珠。

他的眼角無聲的滑落兩顆淚珠，同時感動於河童肉的美味，也同時感慨萬一以後吃不到怎麼辦。即便只是一瞬，他的生命仍從此屈服於河童肉，並非是上癮了，而是他今後的人生已經跟河童肉合一，沒有河童肉，就沒有他。然而在他意識深處，卻開始後悔根本不應該吃，不應該來這裡，不應該認識田村，不應該活在這世上……。

即便如此，他埋頭猛吃，對心靈深處的警告充耳不聞。三人吃了一盤又一盤，他們優雅的吃、慢慢的吃，彼此不發一語，將意識與感官專心投射在自己的味蕾，等到他們吃到幾乎要把肚子撐破，眾人的腰圍膨脹到需解開褲頭，才能緩解那幸福又辛苦的腹脹感。

永城打了一個巨大的飽嗝，惹得阿政吃吃笑。

「阿政說我們幾乎把一整隻河童吃掉了。」田村懶懶翻譯著。

阿政突然起身走進房間，拿出三只酒杯跟一瓶兩公升裝的日本酒，酒瓶上面標示著「天狗祭」，一邊笑著說了幾串日文。

「哇！這酒可不便宜，日本市面上也很難買到。」

阿政撕開酒瓶的封口，幫兩位客人斟滿酒，田村拿起酒杯，用日文跟阿政道謝，永城也照做，口拙說出謝謝的日文，阿里嘎多。阿政笑著搖搖頭。

「阿政說，明天我們三個一起去釣河童吧。」

永城猶豫了半秒便點頭，再度忽視意識幽谷下的自我扯開喉嚨的警告吶喊，在他的耳裡比蚊子的拍翅聲還要小。

三人乾杯，再來一杯。即便永城已經飽到快漲出喉嚨，他仍舉起筷子，夾起桌上的冷肉送入口，美味依舊，只是有點冷。

二十

隔天早上他在駕駛座上帶著微笑醒來，他打開車門，走出去伸展伸展，深吸晨間的新鮮空氣，許久未有的舒眠讓他神清氣爽，肚子因昨天的河童肉，仍有一股飽足感。

他的心情前所未有的愉悅，沒有煩惱與憂愁，站在這個山中幽谷中，迎面而來帶點寒意的冷風，讓他感到爽朗而非冰冷，活在當下的感覺有多好，已經是他很久沒感受到的快樂。他發現他的關節、脊椎一點僵硬的跡象都沒有，要是以前的自己，睡在車上一整晚，包准失眠一整夜，更別妄想睡得香甜。他開始感受到腹中河童肉的神奇威力，全身充滿精力。

他腳步輕快的走進鐵皮屋，田村也剛好從客廳的沙發上醒來，阿政則早就準備就緒，換上一身釣客服裝，手上提著一桶從冷凍庫拿出來的東西，稍會兒他才知道，那是用來釣河童的貓頭。不需洗臉也不需刷牙，早餐也不用吃，三人立刻出發，搭上小船前往湖心去釣河童。

看著阿政將貓頭勾在魚勾上，他竟一點不覺得血腥，只覺得理所當然，就像小時候看著父親釣魚時，把蠕動的蚯蚓用魚勾從中刺穿一樣，沒有覺得哪裡不對勁。

看著田村興奮的站起身，引起小船一陣搖晃，因為阿政的浮標猛地沉下，河童上勾了！阿政雙臂青筋暴露，猛力拉起一隻活生生的河童，他小小的恐懼早已被興奮感沖的一乾二淨，阿政甚至讓他用那柄鐵鎚，朝著河童的耳邊奮力敲上一記，讓牠當場頭殼碎裂，四肢頓時一癱。阿政大笑著將河童拉上小船，眾人凱旋而歸。

理所當然，他們的午餐便是河童肉，這次阿政用炸的，不一樣的口感，同樣的究極美味，三人再度盡興吃著炸河童肉。永城跟阿政透過田村的翻譯試著聊大，友誼的展開使得飯局更加美味，永城告訴阿政，下次他們要帶啤酒與威士忌來，他們好好喝個夠。

日落將至，橙色陽光射進鐵皮屋，提醒他們歡樂時光總是過得特別快，是時候打道回府，更何況，他們吃得比昨天還撐，肚子裡滿滿都是河童肉，三人都覺得充實美好，整個人輕飄飄的。

兩人向阿政道別，依依不捨望著湖泊，阿政再三囑咐一定要再來，其實不用他說，永城跟田村還巴不得就此住下來。

一路上，他們用手機播放著搖滾樂，放開喉嚨歡唱著，車內的氣氛與前天兩人的一言不發有如天壤之別，相反地是一種嗑了藥、接近微醺的無憂狀態，以至於他們開出南投縣，上了快速道路經過酒測站，警察攔下車後，立刻嚴厲地要這兩個雙頰通紅、臉上掛著詭異微笑的兩人吹氣檢查。

想當然爾，兩人測不到半點酒精值，警察一臉疑惑，這兩人看上去跟那些喝了一整晚，抱著僥倖心態酒後開車的混蛋們一模一樣，臉色紅通、神情愉悅，看上去有精神恍惚。酒測器給出的數值卻一反警察直覺的判斷，他一度懷疑酒測器是否故障，然而，他也沒從這兩人的口中、車上聞到半點酒味，最後只好放行。

田村跟永城向警察道謝後，便驅車離開酒測站，兩人互瞥了一眼後，便同時爆出大笑，像兩個對鄰居惡作劇成功的青少年，然後他們繼續扯開喉嚨歡唱，派對持續進行。自從大學畢業以後，永城已經好久沒這麼開心了。

二十一

回到工作崗位後，他跟田村都像換了一個人似的，他們不眠不休地處理公事，河童肉的威力大為發作，使他們思路清晰，能輕易看出自己與下屬的專案、報告的關鍵問題與缺失。他們能輕鬆維持數個小時之長的高度專注力，處理事情的效率之高，所有下屬都覺得經理跟副理是不是嗑了藥；但是大家看著自己的業績不斷飆漲，如潮汐吸引的海水般不斷升高的士氣，以及背後所代表的豐收進帳，上司們到底有沒有嗑藥，只是個無傷大雅的問題罷了。

原本各自奮鬥的業務部，為何在短時間內形成一股團結、目標一致的團隊，他們的業績節節攀升，令其他部門的人不解，而最為疑惑的人，非老總莫屬。她雖然很滿意帳面上的數字，卻是由田村跟永城帶領的團隊，讓她高興也不是，不高興也說不過去。

於是她通知永城到辦公室。趟，這是自從那次之後，幾個月來她再度找永城。不知怎地，她竟然有些緊張，她拉了拉身上的襯衣，一個下意識的動作更讓她感到不解。她捧了捧乳房，試圖將它們在胸罩裡變得更為集中、托高，好強調視覺上的女性魅力，她竟期待永城的視線落在自己的胸上，那俐落、嚴肅、保養有加的臉上頓時抹上了淡淡的潮紅。

「范總，我是永城。」說曹操曹操到，永城站在門外。

「進來。」

「范總找我有事嗎？」永城問，嘴邊帶著一個禮貌性的微笑。

「我們到沙發那邊談吧。」老總從辦公桌後起身，與永城一同到沙發區落坐。

「我看了你們最近的業績，挺不錯的，應該說，我從沒有看過短時間能夠達到標竿業績的部門，跟我分享一下吧。」老總問，一副正經八百、公事公辦的口吻。

永城有些疑惑，這問題為何不問經理田村，問他這個副理做什麼，但他依然如實回答，告訴老總關於部門業務的調配，某些難纏大客戶的應對策略，以及一些企劃的重新布局，剛開始他全心全意都放在如何解釋這短短數週他跟田村所做的一切，他的目光卻不自主地瞥向老總有些腫脹的胸口。

「你應該知道，即便是大型業務單位，也需要長達數月的發想與推敲吧？你們怎麼做到的？」老總沉吟問道，並換了個姿勢，將右腿放在左腿上，將胯間緊緊夾住。

問題很簡單，但也不簡單，實情是他跟田村完全不需要睡眠，完全不需要吃東西，河童肉的威力超乎想像，使得他們能一口氣對整個部門做改造。這背後的緣由當然不會告訴老總，況且，他發現自己的心思開始失去掌控，察覺自己的雙眼不受控制，眼神在她特別突出的胸部與胯下之間游移著。

乾柴一瞬，烈火燃起，永城突然失去身體的控制權，慾望的火焰突然在胯間又紅又燙的燒起，他像個獵豹一般撲向老總，用他的嘴精準地封住她的香脣，箍住她的雙手，將她壓在沙發上猛烈親吻。

她想尖叫，被舌頭封住的口腔卻只能發出悶悶的嚶叫，同時感受到恐懼、興奮，長期沒有真實男人進入的私處已像洩洪的水庫，任憑狂暴的性慾淹沒自己。壓在她身上的男人開始粗魯地扯開她的褲子，以獵食者的速度精確的捕捉獵物，帶著一聲嘶吼進入了她。

交合的快感對於禁慾許久的兩人都是肉體的解放，他們從沙發上到地毯上，從地毯上到辦公桌上，然後她將他壓在身下，讓他的背在羊毛地毯上猛烈摩擦。永城突然扯下他的領帶，纏在她的脖子上，起初她有些抗拒，但胯間的狂流卻讓她抵抗不得。他開始勒緊領帶，讓她逐漸失去空氣，氣管緊縮、臉頰漲紅，脖子上的青筋猛然跳起，她無法呼吸，拚命想吸吮空氣的卻不是喉嚨，而是她的下體，永城突然發出一聲怒吼，一股非人的野性噴發而出，貫穿了她。

他終於鬆開了領帶，她倒在一邊拚命喘氣，將氧氣灌入喉嚨，知道其實再多個兩三秒，自己可能就一命嗚呼，方才的慾望狂流轉化為憤怒、恐懼。當永城撫上她的背，她甩開，帶著憤怒與驚怕的眼神瞪視永城。

「出去。」她冷冷的吼著。

永城也沒有多說，穿上褲子便離去，一點也沒有意識到自己做了什麼。因為他滿腦子只想要更多更多，不管是性慾的滿足，還是食慾的滿足，他好想吃河童肉。

二十二

范總再沒有煩他，反而極力無視他，說是無視卻不夠精確，他偶爾捕捉到老總看自己的眼神，似乎是恐懼多於憤怒，對此他樂得輕鬆。

他跟田村幾乎每週都去找阿政，每次都帶不同的酒類過去與阿政分享，永城會買紅酒、威士忌、米酒、一箱啤酒，他們甚至試了勞工界很有名的維士比加維他露P。田村不是很喜歡，但永城跟阿政蠻喜歡這種勞工喝法。

他的生活現在除了工作、河童肉以外，最近的變化則是跟祕書Doris迅速發展的肉體關係。某次下班，辦公室只剩下他跟祕書，他用那天對老總的粗野方法占有了她，一樣的快感，卻有不一樣的火花，其過程跟結果與老總的性交截然不同。

這個悶騷害羞的女子在情慾的解放下，竟是一個極為淫蕩的慾女，他們的肉慾之情如電光般迅速展開，公司的辦公室、廁所、天台都有他們留下來的汁液；去看電影，也會特別選最角落的位置，點燃彼此的慾火。

從前他都不知道自己能對慾望如此放縱，想吃就拚命吃，想做愛就拚命做愛，幸運的他不管是性慾與食慾都有最好的夥伴，他已經不是過去的自己了，他的野性已被釋放，讓他成了一個眼裡只有享樂的野獸。每一次慾望的滿足，肉與高潮，都沖散他的心靈。靈魂先是支離破碎，浮盪在無意識的洪流中，然後才緩緩凝聚成一股厚實的滿足感。

唯一美中不足的是，他無法空出時間與女兒相處，他每週忙著驅車前往深山，與阿政、田村一齊釣河童，研究各種河童肉的烹調法，忙著跟 Doris 一整天躺在床上反覆交合。即便女兒對於他的冷落有些不滿，手機裡的留言數也不斷減少，他卻告訴自己，反正前妻已經搶走女兒了，他再怎樣也挽回不了。

他知道女兒會諒解的，因為現在他已經不能沒有河童肉了。除了河童肉，他跟田村吃的所有東西都食之無味，只要一天沒吃到河童肉，他的脾氣變得暴躁、易怒。對於肉的渴望常讓他在半夜惡醒，肚子索求著河童肉的填塞，他只能悲哀地起床，到廚房猛灌白開水，或是去找 Doris 做一整晚的愛，讓性慾填充他永無止盡的慾望深坑，渴望著週末快點來到。

二十三

永城並沒有拋棄身為父親的自覺，他仍然珍惜與女兒相處的一分一秒，有趣的是當他跟女兒一起到遊樂園、去逛逛市集，或是帶著她去河邊放風箏、騎腳踏車，他發現自己稍微忘卻了河童肉的渴望，他專注聽著女兒的笑聲、注視著她逐漸長到腰際的飄逸秀髮。

這週他也撥出時間，打算帶女兒到美術館培養一點藝術鑑賞力，當他把車開到前妻家門口時，卻注意到一台瑪莎拉蒂停在她們家的車庫，這可不是他前岳父的車。

當女兒衝出來抱住他時，他也注意到女兒脖子上掛著一條銀項鍊，這可不是他送的，也不會是前妻買給她的，她不是那種會買昂貴品給女兒的母親。

「那是郭叔叔送給我的。」女兒說，拿起脖子上的項鍊，將那隻銀色的海豚放在爸比眼前。

「郭叔叔？」永城問，什麼時候蹦出了個郭叔叔？「所以這是他的車？」

「對，郭叔叔是媽咪的朋友。」

永城大概猜出了郭叔叔是何許人是也，八成是前妻的男友吧，果然沒錯，當他看到張妍婷走出大門，雙手抱胸倚著門，嘴脣微微上提，到底是微笑還是嘲諷，他再清楚也不過。前妻故意激怒他，然而他完全不在乎，與其說是在乎，不如說這個女人在他的記憶中已經逐漸淡去。

她想讓他產生半點嫉妒的心情，可真是大錯特錯，他反而替她高興，對著她露出一個大大的笑容。她的表情立刻僵住，像被他打了一巴掌似的，永城在心裡暗自竊喜。

「新男友？」永城用下巴點著那台車，大聲問著前妻。

「有意見嗎？」前妻挑釁地說。

「沒有，倒是這車真不錯，妳喜歡他嗎？」永城問，直視前妻那雙他看了十多年的眼眸，依舊是那樣的凌厲逼人。

倏地，他在那雙眼裡讀到了一絲逃逸出來的訊息，這才恍然大悟，真正放不下過去夫妻身分的，原來不是自己，而是她。永城問出口的簡單問題，讓她察覺到對永城放不下的恨，然而，恨與愛是一體的。

這段日子他走出了兩人過往的濃情蜜意，以及彼此的恨意怨懟，他放下了一切對妍婷的感情，只剩下一個虛浮的名字、片段的記憶。妍婷顯然對於永城率先斬斷那份曾經海誓山盟的感情，心中感到極端複雜。

「當然，孟熙也很喜歡他，你知道下個月是什麼日子吧，小郭要幫她辦派對。」

他對孟熙投以求證的目光，看到女兒猛點點頭，紅紅的雙頰高高鼓起，露出一個無比興奮的笑容，卻讓他看得有些心痛。生日派對……她女兒的第一個生日派對竟是前妻男友辦的，除了嫉妒與憤怒外，更多的是為人父親的慚愧與沮喪。

「在這裡辦嗎？」

「對，如果你沒空，也沒關係，反正你最近很忙嘛！」

永城很難忽略她語氣中的酸苦味，他最近的確以工作忙為理由沒來接孟熙，但看著黏在身上的女兒，她似乎不在意。

「我一定會來喔！孟孟。」

「沒關係啦，爸比工作很忙，媽咪要孟孟體諒爸比。」孟熙的這句話，比起前妻至今對他說過的惡語酸言，還要令人心痛百倍。

「這是孟孟的生日，所以爸比一定會來。」

「真的嗎？」

「真的。」

「那打勾勾，不來的是小豬。」

「好，那再蓋個拇指印！爸比沒來的話就是大豬。」

二十四

他從來沒想像日子能夠如此快樂無憂，現在想想，前陣子的一切苦難都只是迎接他走向快樂的荊棘之路，苦盡甘來。週末跟田村跟阿政的聚會持續進行著，他甚至學會了粗淺的日文，能跟阿政簡單溝通，跟阿政一起宰殺河童，學習如何去除河童的內臟與表皮，在正確的關節處下刀，砍掉牠們的四肢，將大塊大塊的河童肉從骨頭上小心地割除。

他與 Doris 仍停留在肉慾的關係，這很好，沒有婚姻的壓力、沒有男女朋友無形的制約，他們見面，然後做愛。只是令人意外的是，Doris 在公司時仍是那副戰戰兢兢的緊張模樣，旁人根本看不出來兩人夜裡的瘋狂。從外表絕對看不出來，永城反而是被壓在身下的人，但也因為 Doris 這樣的落差，讓永城深深沉迷於她肉慾的解放，在她的帶領下邁入一個又一個高潮。

直到田村開始抱怨最近老是掉髮，喝水總是無法解渴時，永城才感到一絲不安。上週起，他每天早上都會收到田村請病假的訊息，卻沒有明說到底是什麼病，但想必挺嚴重的，因為那週末田村甚至缺席了河童肉聚會。

於是永城買了雞精禮盒打算前去探望田村，其實他很想外帶一盒河童肉，想像著田村聞聞河童肉後就能夠不藥而癒。不過他們早就試過了，河童肉只要一從河童身上割下來，不管你怎麼保存，冷凍、醃漬、烘乾統統沒用，肉聞起來總是臭的，無法入口。

當田村的家門一開，永城便看到瑪莉蓮深鎖的眉頭、睡眠不足的黑眼圈，使得她美麗的臉龐蒙上了一層灰暗的色彩。她一看到是永城，也不打招呼，直接就撲上前抱住。

「謝天謝地你來了。」瑪莉蓮感慨道，濃濃的鼻音，放開了永城。

「這麼嚴重嗎？」

「你進來看吧……」瑪莉蓮領著永城進家門。「不管我怎麼說，他就是不去看醫生，我買成藥給他吃，也都沒用，東西也不吃，只喝水。」

隨著瑪莉蓮帶著他走進屋子，經過客廳時，他發現沙發上有折好的棉被跟枕頭。瑪莉蓮苦笑道：「我現在都睡在客廳。」

他一走近他們夫妻倆的房間，就聞到一股刺鼻的臭蛋味，然後看到房間門縫被毛巾緊密的塞著。

「那臭味不知道從他身上哪裡產生的，真的很臭，而且會從門縫飄出來，必須要用溼毛巾塞住。」

瑪莉蓮從口袋拿出四個口罩，自己戴上兩個，另外兩個要永城戴上。「戴著吧，聞太多會讓頭暈。」

「沒這麼誇張吧。」永城詫異地看著瑪莉蓮，但她拿著口罩的手懸空著，他只好乖乖戴上，看著瑪莉蓮蹲下身，把溼毛巾挪開，開門，請永城進去。

房間很昏暗，床邊那盞小燈是唯一的光源，隱約能夠看到床上躺著田村的身影。他跨步走進房間，便理解為何瑪莉蓮堅持要她戴上口罩，房間窗戶沒開，整個空間充斥著刺鼻的臭蛋味，即便隔著兩層口罩，他一瞬間仍被那股充滿惡意的臭味給熏得頭昏腦脹。

他走近床邊，立刻被嚇得說不出話來，攤在床上的田村整個人瘦得不成人樣，頭髮幾乎掉光，床邊的小燈暈黃的光線，更使得田村消瘦面孔上的陰影更加明顯。田村的皮膚泛白且冒著一層冷汗，閉上的眼睛雖然露出了一條小縫，卻被一層乾涸的分泌液給封死；而湊近田村時，他彷彿走進了臭味所構築的泡泡，那股臭蛋味立刻穿透口罩，將他整個人都包圍住，彷彿能夠觸摸到漂浮在空中的黏稠氣味。

「天呀，田村……」

原本像灘爛泥躺在床上的田村突然聽到永城的聲音，竟像捕鼠器般猛地彈起抓住他的領口，眼睛啪的一聲大大張開，撕開那道淡綠色的眼睛分泌物，用一雙異常突出的眼球瞪視著他，鼻子貪婪的吸嗅著。

「肉的味道！你嘴裡有肉的味道！」田村大吼著，張口漆黑惡臭的大嘴竟要咬下永城的嘴唇，還好瑪莉蓮的一聲驚呼，他才回過神來，趕緊向後跳開，田村的咬噬撲了空，上下顎的牙齒撞在一起，發出驚人的咬合聲。

永城害怕田村跳下床來追咬他，趕緊護著瑪莉蓮往房間退，還好田村因為沒有力氣，他只能趴在床邊，張開嘴瞪視著他跟瑪莉蓮，像一隻掉入陷阱中的飢餓野獸。

看到這一幕，瑪莉蓮終於忍不住哭了出來，她坐倒在門邊，將臉埋進手掌裡啜泣失聲，永城只好關上門，把溼抹布塞進門縫，呆站在原地看著瑪莉蓮哭泣，手足無措。

永城大概猜得出來田村為何會變成這樣，但他不知道如何開口，也沒有心思去安撫瑪莉蓮，因為他現在冷汗直冒，因為造成田村變成這樣的，除了河童肉，再無其他解釋。

難道河童肉其實是有毒的嗎？可是這些日子以來，他們吃的河童肉，可能要用幾百公斤來計算，就算河童肉有毒，要發作早就發作了。那到底是什麼原因？可是為甚麼他跟阿政都沒事呢？他又不能去看醫生，生怕被檢查出體內河童肉的奇怪成分，搞不好會被抓去作實驗……但他可不想要變成這副慘樣，最後他得出了一個結論，一定是田村吃太多了，對！只要自己暫時不吃河童肉就好！

「我到底該怎麼辦？」瑪莉蓮哭哭啼啼地說。

永城仍然無法回答，他扶起瑪莉蓮到客廳坐下，到廚房倒了一杯水給她，瑪莉蓮接過，卻雙眼無神，只是握著那杯水，一口也沒沾。

「我好累……」瑪莉蓮苦哀道，水汪汪的眼睛抬頭望著永城，立刻讓他心揪了一下，對她感到無比的憐憫。

「你可以載我到旅館嗎？我不想待在這裡了。」瑪莉蓮突然問。

永城雖然覺得她的確需要好好睡一覺，眼睛卻不自主飄向田村的房門。

「我決定明天就帶他去看醫生了，你都看到了，他竟然還想咬你……到現在我需要好好休息一下。」

永城答應了，於是瑪莉蓮開始整理要簡單過夜的行李。他則坐在客聽裡，內心卻越來越不安，因為他現在好想來一盤又香又甜的河童肉。

二十五

永城與瑪莉蓮保持聯絡，卻只局限於手機的通話，他無法忍受田村散發的氣味，也不想看到他逐漸變形的身體。當然，最多的其實是恐懼，自從那天差點被田村咬下一塊肉後，他每分每秒都擔憂自己會不會也走入田村的後塵。

他在電話中得知，瑪莉蓮未能將田村送進醫院，因為他虛弱到無法下床，也不願下床，而且她也不太敢接近他，生怕自己的丈夫突然抓狂起來，咬下她的耳朵，她只敢用吸管餵他喝水。

雖然他告訴自己暫時不准吃河童肉，但是他根本忍不到週末。某天中午過後，那飢餓感難以忍受，對河童肉的渴望支配了他的身心，他甚至連假都沒有請，便驅車前往火車站，立刻前往阿政那。一路上他猛灌開水，填補胃囊的空虛，仍止不住嘴裡的口渴感。

事情發生得很快，洗澡時他發現頭上冒出一圈圈的鬼頭禿，排水口被頭髮給堵塞住，他痴呆的盯著那團頭髮，突然感到噁心，將剛跟阿政一起吃的河童肉全都吐了出來。

他越來越容易疲累，也非常容易感到口渴，眼看著毀滅性的轉變如今也發生在自己身上。他打一通電話給瑪莉蓮，卻發現沒人接。他必須知道田村到底會變成什麼慘樣，他暗下決心，如果情況不樂觀，他必須趁自己還能動的時候去醫院，相信高科技醫療能夠治好自己。

當他來到田村家門口，敲了好幾分鐘的門卻始終沒回應，卻發現門根本沒有鎖，於是逕自開門進去，那撲鼻而來的臭味熏得他猛嗆，比之前的味道還要強烈，那是一種混合臭雞蛋、死老鼠的腐敗味。

整個房子昏暗無光，所有的窗簾都用膠帶封住，還黏上了厚厚一層報紙，他呼著瑪莉蓮的名字，卻是一片沉默。他輕手輕腳來到田村的房間，床上沒人，床下則散亂著大量的寶特瓶空罐，走近床鋪，竟看到棉被沾滿綠色的黏液，甚至還有一灘血漬。

突然他聽到水花潑濺的聲音，是從浴室傳來的，他全身的神經瞬間緊繃了起來，為了壯膽，他拿起擺在房間一角的登山杖，走出房間前往浴室。他站在浴室門口，那股臭味極為濃烈，使他幾乎要嘔吐出來。

永城轉開門把，退後兩步，用登山杖頂開門，一攤水便流出門口，昏暗浴室的地面淹著一層髒水，他這才看到角落癱坐著一道身影，其中一隻手臂則靠在浴缸上。

「瑪莉蓮？」永城喚道。

她的身影動都不動，下巴抵著胸口，像是死去一般，永城瞇起眼睛，卻看到那隻擱在浴缸上的手正輕微地擺動著。

「瑪莉蓮？妳沒事吧？」永城再度喚道，朝浴室內跨了一步，卻看到了令人難忘的恐怖景象。他倒吸了一口氣，差點把自己的舌頭吞了進去。

裝滿髒水的浴缸內是一隻河童，體型卻比他們在阿政的湖泊內釣到的河童大上許多，其他特徵一模一樣，巨大而突出的雙眼、鴨子般的嘴、頭頂一片光禿圍著一圈毛髮與鋸齒狀的肉瘤，暗綠色的皮膚……。河童窩在浮著一層綠色、紅色的液體的浴缸裡，牠握著瑪莉蓮的手臂猛啃著，而瑪莉蓮的耳朵、鼻子都已經被啃掉，露出空洞的白骨與破碎的血肉。

「田村?!」永城忍不住驚呼，那隻河童聽到自己原本的名字，猛地轉頭瞪過來時，嘴上還咬著一大片帶皮的肉塊。

田村發現新的獵物後張開大嘴，露出裡頭的尖牙朝永城威嚇著，嘴裡的肉塊掉在浴缸裡，發出噁心的噗咚聲，牠緩緩地從浴缸裡站起，通紅的大眼緊緊盯著在門邊的永城，發出粗啞的低聲嘶吼。

在求生本能與恐懼的聯合作用下，永城反射地摔上門。果然下一秒，田村便撞上大門，撞擊力道之大，竟把金屬門撞凹了個洞。他巨大的心跳聲像空襲警報般，在他的體腔內大聲作響，幾乎要震聾耳朵。幸運的是，田村並沒有再次撞擊，門的另一邊悄然無聲，他猜想，會不會是撞暈了？但他不想拿自己的生命開玩笑，他發抖的雙手將登山杖插進握把，將門卡住，希望能擋一陣子。

他知道自己應該迅速離開這裡，但腳底板卻被隱形的釘子固定在原地，他的雙腳不聽使喚地顫抖著，但他恐懼的不是田村隨時會撞破門、啃食他的皮肉、讓他全身顫慄的是，他極有可能跟田村一樣，變成一隻吃人的河童。這就是吃河童肉的報應嗎？經歷變形的痛苦，然後變成河童？他完全無法想像未來會是怎樣，腦海中突然閃現過世的父母、前妻、瑪莉蓮，以及孟熙燦笑的臉孔。

二十六

他沒有時間哀悼田村，倒是對瑪莉蓮感到非常難過。那晚載她去旅館後，她希望他留下來陪她，當然大家不是第一次接觸男女世界，都知道那是什麼意思。永城不得不承認打從他認識瑪莉蓮以來，的確深深受到這位金髮美女、朋友之妻的吸引，但當時他卻婉拒了。其實他應該拋開道德的拘束，好好用性與愛安慰彼此，尤其當下的瑪莉蓮極度渴望陪伴，但不知從何而來的自制力，他婉拒，與她道別，去找他的祕書床伴。

現在他終於知道，那不是自制力，而是對田村的雙重愧疚感在作祟，但如果他能夠多關心瑪莉蓮，陪她一起注意田村的狀態，也許她就不會死在自己丈夫的利嘴之下……他根本不敢想像，她死前到底體驗了怎樣的恐懼。而田村……姑且說兩人的來往關係可稱為朋友，但現在他卻對田村生起一股怨恨與懊悔，也許有一點同情吧……。

離開田村家後，永城直接飆車到國姓鄉，去找阿政問個究竟，到底阿政知不知道吃河童肉的後果？如果知道，他為何還繼續吃？只是永城也知道答案，即便知道後果，人的自制力在河童肉的面前，也只是一張薄薄的紙，一戳就破。

當他把車開進那祕密山谷，阿政抓著魚叉跑了出來，一看到是永城，這才放下魚叉，笑著前來迎接，卻換來永城一臉憤怒，他劈頭就用簡單的日文質問阿政。

「你是不是知道吃河童肉的後果?!」永城怒吼道。「田村他……變成河童了！」

見阿政沉默不答，永城更是氣急。「你果然知道！為何不告訴我們！」

「告訴你們又怎樣，你們會因此不吃嗎？」

「但你至少讓我們知道危險性！」

「變不變河童因人而異，說了也沒用，我吃了幾十年也沒事。」阿政突然陰沉問道：「我說阿……你……是不是也……」

「對！你最好立刻告訴我怎麼阻止！」

「沒有辦法，變了就是變了。」阿政竟咧嘴笑了起來，永城注意到他仍手握著魚叉。

「告訴我，變了河童會怎樣？」

「我怎麼知道，我又沒變成河童過，不過我聽人家說，人類變成的河童更肥美、更多汁……不然這樣好了……」永城警覺到阿政話裡的暗示，眼睛盯著那根魚叉，開始往車子方向退。

然而，永城顯然不夠小心，阿政立刻高舉魚叉，像獵豹般朝永城撲上來，永城驚險閃過倒在地上。但阿政雖撲空，卻立刻又攻來，永城抓起地上的碎石跟砂礫本能地朝阿政丟去，雖然碎石起不了阻擋的作用，但砂礫跑進阿政的眼睛，他痛的大吼，手中的魚叉胡亂揮舞著。永城逮到機會，抓住空檔朝阿政的背部一踢，阿政哀號一聲向前仆倒，永城趕緊跳進駕駛座，逃離此地。

一路上，他心臟狂跳不止，車速也越來越快，即便腎上腺素逐漸消退，在他開出腸道般的山路、換上高速公路時，仍一路猛踩油門，至少被三架以上的測速器照了相，卻沒有打算減速，彷彿一路狂飆就能逃出自己的命運。他滿腦子都是阿政高舉著魚叉，將他視為另一隻肥美的河童般，用那雙狂眼猛瞪著自己的恐怖表情。那些被他吃掉的河童，臨死之前是否也感受到自己嗜血的瞪視？

二十七

永城跑了趟大賣場，一口氣買了尋常家庭一個月分的生肉，結帳的時候，著實把收銀員嚇了一跳。他推著大賣場的採買車，來到停車場，吃力的把一包包的生豬肉、生牛肉扛進後車廂，雖然車廂塞的滿滿，他仍懷疑這是否足夠讓他度過……度過什麼？他還真不知道，難道他指望這就像感冒一樣嗎？變成河童後，多喝溫水、吃點肉，十天半個月就會康復嗎？他心裡滿滿的都是焦慮與疑惑。

即便如此，他看著那一包包冷凍堅硬的肉塊，思緒仍渴望著河童肉，真是不見棺材不掉淚阿……他不確定到時候能否吃得下這些肉，但現在也管不了那麼多了，他憤憤地摔上後車廂門，嘴裡渴得不像樣。

就像田村一樣，剛開始那幾天他渾身發燙，與普通的感冒發燒無異，他打了電話要 Doris 幫他請假。

「副理，你有沒有吃藥？」Doris 關心道。

「算有吧。」

「我去看你好嗎？」Doris 壓低聲音問著。

「不用了，會傳染給妳。」

「這樣阿……可是……」

「沒事，就這樣吧，過幾天我就回公司。」

「是的，副理，我等你。」

永城知道後面那三個字的意味，旁人聽起來沒什麼，就是職員與她的長官普通的對談，然而他知道她已對他產生了感情，不論兩人在事前指出這段關係除了性以外別無他物，永城的確如此。但他猜想，Doris 並非像她表現的一樣，純粹沉溺於肉體關係。

除了發燒以外，他無時無刻都很渴，喝再多的水都無法止住那缺水感，像刺在肉裡無法拔除的針。他身體也越來越虛弱，他什麼都沒有吃，感覺到自己的脂肪、肌肉，以及他正常的心智，在分分秒秒中逐漸流失。他成天躺在床上，做著河童肉的夢，有次甚至夢到他生啃一隻河童的手臂，那河童突然轉過頭來，是田村，田村問永城，他的肉好不好吃，永城被嚇得驚醒，躺在床上像個五歲小孩般大哭失聲。

電視成了他唯一的消遣，是他攤在床上時，忘卻身體灼熱與苦楚的止痛藥，他讓電視二十四小時全天候播放著。一方面是支開自己的注意力，另一方面電視裡面熱鬧的景象讓他不會如此孤寂。

直到他看到那則新聞。

「……根據目擊的住戶指出，他們看到怪物攻擊鄰居，竟然張口咬下受害者的肩膀……」記者抑揚頓挫，用極為戲劇化的語氣報導著。

「我一走出走廊，就看到那個東西趴在一個人身上，我仔細一看，夭壽！他好像在吃他的臉，嚇得我趕快躲回家裡，打電話報警。」一個住戶比手畫腳的描述著。

「……目前已經調閱大樓監視器，由於犯人可能還在大樓內，我們已疏散大樓內所有住戶，目前不排除是一起精神失控的謀殺案……」

「記者剛剛得知消息，目前除了三名傷者之外，已有一名受害者死亡……」

永城關掉電視，渾身是冷汗，那是田村所住的公寓大樓。那扇鐵門果然阻擋不了多久，田村一定是跑出來，見人就咬……。永城忍不住再度打開電視，看到一個中年婦人在鏡頭前哭著。

「我本來以為她只是跑去跟網友見面，誰知道會發生這種事情！」

「……目前家屬已經確認死者的身分是就讀於立益國中的陳××，早先被發現陳屍在大樓地下室……」

「本台剛獲得獨家消息！我們取得了第一手的監視影像……」

記者興奮地說著，畫面上突然切換至一幅模糊、粗糙的監視器影像，但誰都能認出那影像中的怪物，與童話、故事中對河童模樣的描寫如出一轍。

永城看著新聞不斷播報著河童吃人案的最新動態，腦袋空白一片。

二十八

他的燒退了，前一晚他被身體內外的絞痛感給痛暈，甦醒後，發現自己脫了一層皮，原本的人類皮膚像一件皺摺的肉衣，肉衣底下是暗綠色的河童皮膚。他一醒來便皮膚乾痛，立刻起身到浴室沖澡，一邊扭開浴缸的水龍頭。

他沒等浴缸滿水，便猴急的跳了下去，當皮膚一投進清水的懷抱，每個毛細孔立刻吸飽水分，如同久未飲水的沙漠渴者，他精神為之一振，體內彷彿有個生命活過來一般。

皮膚乾痛全然退去後，他注視著雙手雙腳，悲哀發現自己成了河童，不過幾天前，他在身體的疼痛漩渦中，眼睜睜目睹著自己的手腳逐漸扭曲、拉長、沾黏，頭殼上方則變成一圈圓盤，無可避免地成了這副河童模樣。

變成河童後，他的肉塊終於派上用場，脫下原本的人類皮膚後，他感到強烈的飢餓感，於是他把大浴巾跟浴袍整個浸溼，包裹住全身後跨出浴缸，因為他發現只要一離開水面不到幾分鐘，他的皮膚就會感到一陣陣乾痛。他從冷凍庫把生肉丟進水槽裡退冰，直接用嘴裡的利齒撕破袋子，大口囓咬著生肉，再度悲哀地發現生肉竟然如此可口，但轉念隨即想到，至少他不再想吃河童肉了。

為了殺時間，他費盡千辛萬苦地把電視搬到浴室，然後成天泡在浴缸裡面，吃著尚未解凍完全的生肉。

他非常想念外面的事物，但就連走到房間的落地窗這件如此簡單的事情，對他而言也是非常不愉快的離水任務。他更想念女兒孟熙，算算日子她的生日派對在上禮拜就結束了，但那個時候他正經歷著痛苦的變形過程，時間的概念已然模糊，手機也早已沒電了，家用電話也鮮少響起，早先他尚保有人形時，就接到老總傳來的簡訊，說他惡意缺席，不用幹了。然而，自己的消失，竟然無法對身邊的人起半點漣漪，令他忍不住感到刺刺的辛酸。

他對生肉的消耗量超出原先的想像，沒多久，冰箱裡剩沒幾包，這攸關性命的問題焦慮著他，他已經得出結論，他之所以能夠保有理性，不像田村一樣，變成河童後便四處攻擊人，對了，新聞上說警方並沒有抓到他。大概是因為他照三餐進食，可是看著幾乎要空蕩的冰箱，他漸漸冒出跳樓了卻餘生的念頭。他可不想跟田村一樣，失去理智，造成無辜性命的逝去。

他越去想，這個念頭便越在他心中堅定下來，但至少，他希望在死前，可以最後聽一次孟熙的聲音。

他再度包起溼浴巾、穿上溼浴袍，從公事包翻出手機開始充電，過程中，手機不斷傳來叮叮鈴鈴的來電與訊息通知，除去不知名的來電者，那些通知有來自老總的、祕書的、陳律師的、前妻的，以及將近百封來自女兒的語音信箱。

永城看著那一封封來自女兒的愛意，卻一封都不敢打開，但反正自己都要死了，長痛不如短痛，他揀選最後一次的訊息，看了看日期，是她的生日，他深吸一口氣，播放那則訊息。

「爸比，為什麼你不來看我了？為什麼你不來參加我的生日派對？為什麼你不見了？我好傷心又生氣……可是又好想念你……爸比你到底在哪裡？媽咪說你一定是不要我了，叫我再也不要理爸比了……可是……可是……」接下來便是足足五分多鐘的啜泣，永城再也忍不住，痛苦地全身顫抖著，心中的悲傷淹沒了他。

直到手中的電話突然大聲響起，在浴室裡迴盪起惱人的回音，他拿起手機一看，來電者赫然是他的前妻，他應該掛斷吧？應該讓他的存在，成為前妻、女兒心中一道難看的陰影就好，不該再攪起更多的漩渦。

他卻按下通話鍵。沒等他開口，前妻搶先發難，足足在電話中用極為難聽的字眼臭罵他十多分鐘，才大口地喘著氣。

「葛永城，不說話你是死了嗎？」

「嗯，妳說的沒錯……我是要死了……」他說，卻發現自己的聲音竟變得尖細難聽，看來再沒多久，恐怕他就無法說出半點人話了。

「你的聲音怎麼變成這樣？」前妻的怒氣突然消失大半。

永城掛了電話，靜靜地泡在浴缸裡，吃下他最後一包生肉塊，他緩慢嚼著，因為這是他最後的晚餐。

二十九

猛烈的敲門聲使他在浴缸裡驚醒，有人來了，這簡單的概念使他全身的汗毛都豎了起來，雖然他並沒有汗毛，但是那股驚悚感仍讓他心中的警鈴大作。

「葛永城，開門！」這聲音是……是張妍婷！

別理她，反正沒人開門，她待會就會走了。永城這麼想著，聚精會神聽到門口的動靜。

「葛永城，你馬上開門！不然我要報警了！」張妍婷吼道。

報警?!他沒想到還有這招，他不清楚她要用什麼名義報警破門而入，但她很聰明，他不應該抱著僥倖心態，萬一她真的帶著警察闖了進來，後果不堪設想。可是他能開門嗎？他現在這個模樣，跟新聞畫面裡面那個吃人的田村沒有兩樣阿！

「葛永城！我數到三！你再不開，我就當你死在裡面，報警幫你收屍！三……」

沒辦法，先跟她取得溝通再說。永城飛速將溼浴巾、溼浴袍緊緊保裹住自己，衝出浴室，來到門口前。

「二……」

「別數了！我不能開門！」

「你還沒死阿！為什麼不行開門！而且你的聲音怎麼變成這樣……我還以為我聽錯了，而且裡面怎麼傳出奇怪的臭味……總之，你開門！」

「我說不行就不行！」

「你到底是怎麼回事？你知不知道你對孟熙造成多大傷害?!」

「妳不用說我也知道，但我不是故意的！我病了！」

「病了？什麼病讓你對女兒不理不睬！你最好讓我進去好好打你幾巴掌！看可不可以把你打醒！」

永城好想開門，畢竟說他不想念妻子是騙人的，他很希望現在有人能陪伴他，但是他這個模樣不應該被人看到，尤其是自己的前妻。但是自己的手卻搭在門把上。心中想著，也許妻子能夠幫助他，也許他不用死，可是……。

「我病得很重，會嚇壞妳的。」

「葛永城，就算你的臉腫成豬頭，鼻子爛掉、耳朵爛掉、下面也爛掉，也嚇不了我的，還有，你到底有沒去看醫生？」

「我的狀況看醫生是沒有用的。」

「你到底在說什麼阿？總之，你開門好嗎？」

永城經過一番天人交戰，腦子裡拚命告訴自己不能開門，細長的河童手指卻扳開了門鎖，緩緩的打開了門。他只打算先開個縫，卻沒有想到妻子手一推，大門猛地敞開，差點打在他臉上。

門一開，他身上散發出的臭蛋味立刻像溢出的毒霧一般，包圍住門外的妍婷，熏得她嗆得猛咳出淚。等到她稍微習慣後，目光一發現眼前的人，一瞬間幾乎要尖叫，這個自稱是他前夫的東西，竟是一隻穿著浴袍、渾身綠色的驚異怪物。

「妍婷……」那東西叫著她的名字，讓她意識到這不是一場詭異的夢，她雙腿一軟，如斷線木偶般向前攤倒，頭殼撞在地板上，發出巨大的匡噹聲。朦朧之中，她感覺到有人扶起自己，焦急地叫喚著她，她最後看見的，是一雙網球般巨大突出的眼睛，以及那雙眼眸深處，屬於她過往愛人的熟悉目光。

三十

印象中，她並沒有這麼重，卻費了他好大一番力，才把她半拖半抬地放上沙發。為了怕她醒來驚慌失措傷了自己，或是陷入恐懼而攻擊他，他不得以從衣櫃隨便抓了幾件褲子，將前妻的雙腳跟椅角綁在一起，用膠帶貼住她的嘴巴。事情做完後，他感到非常疲累，可能是因為他肚子非常餓，又暴露在空氣中太久。他走進浴室用蓮蓬頭淋溼自己，然後回到客廳，拉了一張單人沙發坐著，焦慮地等著前妻甦醒。

沒過多久，她像從惡夢中甦醒般猛地上身抬起，發現自己雙腳被綁住，嘴上也纏著膠帶，然後她雙眼一定，再度看到那隻綠色的怪物坐在沙發上瞪著自己，便放聲尖叫。還好永城把膠帶貼得很穩，她只能悶悶地發出模糊的叫聲。

「妳冷靜點！我是永城！妳冷靜聽我解釋！」永城起身疾呼道，眼前這女人完全不聽她解釋，甚至沒發現他並未綁住她的雙手，她隨時都可以撕掉嘴巴上的膠帶。然而她歇斯底里地瘋狂扭動著，完全沒冷靜的跡象，永城只好解開身上溼答答的浴巾朝她的臉猛力抽打，她才終於冷靜下來。

「聽我說，我是永城，妳冷靜下來，我沒有綁住妳的手，妳可以自己把膠帶撕下來，但我求妳聽我解釋。」

她困窘地發現自己的手還真沒被綁住，才冷靜下來，紊亂眼神回復了理智，她抬起手，撕下膠帶。永城靜靜看著她的一舉一動，看著她解開綁在腳上的褲子，看著她在沙發上蜷起身體，警戒地盯著他這個怪物。永城嘆了口氣，盡可能向她解釋一切。

兩個小時多後，他說完了。過程中，妍婷從原本的警戒，到聽到他吃下河童肉的驚訝，到明白眼前這個人確實是前夫後，便將臉埋進膝蓋中，不發一語。永城說得口乾舌燥，皮膚也非常乾痛，他很想就這麼起身，衝去浴室泡進浴缸裡，然而他只是看著妍婷，等著她打破沉默，說點什麼都好。

「天呀……你怎麼會把自己弄成這樣……」妍婷嘆道，抬起頭來半是責備半是憐憫地看著前夫。「難道真的沒有方法變回去嗎？現在醫療這麼發達……」

「不行，我絕不會去醫院的，我絕對會被抓去做研究。」

「可是你不能一直這樣阿！」

「我當然知道，但又有什麼辦法！」永城忍不住吼出口，嚇得妍婷縮了一下，再度警戒地看著他。

「對不起……我好渴，皮膚又乾又痛，我先去浴室一下。」永城說，卻責備自己不應該大吼的，要她跟一隻河童怪物待在一個房間內已經不容易了，自己好不容易才能跟其他人說說話……。他裹緊浴袍，從沙發上起身，沉重地走向浴室，並注意到前妻正猛瞧著自己細長、帶蹼的河童手腳。

當他把身體泡進浴缸後，皮膚填充了無比溼潤的水分後，再度感受到河童身體的完整感，卻被一陣怯懦的敲門聲給打斷。

「那個……我可以幫忙做些什麼嗎？」她在浴室外問著。

永城驚異於她語氣中的溫柔，她的個性本來就較直來直往，多年前他們剛交往時，她說話都是趾高氣昂的語氣。一瞬間，永城有想哭的衝動，他不記得上次她向他獻殷勤是多久以前了。但轉念一想，大概是因為她在可憐他吧，也許是害怕，不敢惹他生氣，生怕一個不小心，他就會獸性大發攻擊自己。

「謝謝……妳可以幫我買食物嗎？」

「好，我馬上回來。」她急促回應道，連問都沒問他想吃什麼，便一溜煙快步離開。

他這才驚覺大事不妙，她會不會就這樣去報警，或是通報醫院機構，說她的前夫變成河童了，歡迎你們把他抓去研究。她是應該這麼做，畢竟現在的他，的確是個怪物，就讓他們把自己大卸八塊，剖析他的河童血肉，是否能夠研發出幫助人類的藥物……。

沒想到，他竟又聽到急促的腳步聲走回來，妍婷再度敲門。

「抱歉……你……現在可以吃什麼？」

永城很難開口，在那一瞬間，他已經做好被人魚肉的赴死打算，反正他這怪物存活下去也沒意思。然而妻子一個簡單的舉動……也許她不會舉發他……一個簡單的問話，稀鬆平常，一切彷彿重回原樣，像中餐時，妻子詢問丈夫今天想吃什麼。他是能夠活下去，即便從此要作為一個河童，一個只存在於鄉野神話的怪物，但那又如何？能活著不就挺好？

「肉……或是魚，生的。」他困窘地回答道。雖然他找回了一點求生意志，但要說出自己當下想吃的東西，已經超出人類日常生活的飲食範疇，令他覺得有些不堪。

「喔……好，我會把門鎖上。」

前妻的腳步聲逐漸遠離浴室門口，他豎著尖尖的河童耳朵，聽著她打開大門，想像她正從外向門內伸出手臂，扭上鎖栓，然後關上大門。永城忽然覺得那道大門鎖上的聲音，在他的心裡聽起來卻像是鎖被打開的聲音。

三十一

記得多年前，他在大學時代曾讀過卡夫卡著的《變形記》，故事主角莫名奇妙變成大甲蟲之後，家人一個個對他感到噁心，最後遺棄了他，放任他逐漸腐敗，讓肥大的螞蟻歡欣的分解著他的屍體……。當時他覺得這家庭實在太冷血，現在的人對待貓跟狗都比待自己的父母還要好，即便是變成甲蟲，放任他死活也實在太過分。

但轉念一想，變成甲蟲的確是太不幸了，不像貓狗般惹人愛，也無法發出任何聲音表達情緒，死去的確是個對大家都好的解脫。那麼他呢？如今他完全變成一隻醜陋無比的河童怪物，雖然至少還能說人話，但天知道何時他會變得只能像青蛙般呱嘎怪叫。但他告訴自己，不管是人類還是河童，過一天是一天。比起變成大甲蟲，變成有手有腳、還能說話的河童，已經是天大的恩賜。只是偶爾想起放肆吃河童肉的那段日子，卻又覺得一切都是咎由自取，活該死好。

自從與妻子坦白自己的河童困境後，兩人再度取回了某種聯繫，她每個禮拜天會幫他採買一週分量的生肉與生魚，並警告他可別貪吃，幫他買這些的魚肉可是要花上不少錢。不過永城知道她只是喜歡唸他，她們家向來不缺錢。

起初他害怕前妻沒多久，也會受到河童莫名的吸引，也會興起想吃掉他的衝動，所以他每次都很小心地觀察著妍婷的眼神，是否透露出半點狂亂的訊息，卻始終沒出現類似的徵兆。也許河童肉的吸引力也是因人而異吧，他這麼想。

由於他身上散發的臭蛋味實在太臭，鄰居頻頻敲門抱怨。原以為妍婷會出口責備他，卻意外的什麼也沒說，買了一整箱檸檬口味的消臭盒，大量放置在窗戶旁跟門口，效果驚人的好，整個房間頓時充滿了檸檬的清香。

雖然她不曾久留，但能夠與她簡單聊幾句，問問她的近況，成了永城最期待的事情。而妍婷出乎意料變得很健談，她會叨叨絮絮地說父親最近又在亂投資，她媽再度搞失蹤出國去玩。即便永城再遲鈍，也注意她老是巧妙地避開她自己的事情，當然，也極少談到孟熙。即使永城一再追問，她只會寥寥數句說女兒很好，不用擔心，之後就再也不說話。久了之後，永城也知道最好不要再問女兒的事情。

說來好笑，光憑他們一次會面的談話，就比以前一整個月下來，兩人說的話還要多。總讓他有種錯覺，彷彿他們又變成夫妻了，在無形之中默默完成和解。永城也發現他開始在對話中發現前妻的另一面，隱藏在易怒惡口之下，其實是直率與純真，是他從未發現的。但其實他一直都知道，那些曾經吸引他的個性，在漫長的生活中卻越磨越尖，不僅刺穿了他，也弄痛了她自己。

他生日到了，原本不知道該抱持著什麼樣的心情迎接這個變成河童後的首次生日，妍婷竟準備了一個極有創意的蛋糕給他。當永城看著她掀開蛋糕盒蓋，出現在他眼前的，是一個用大量生魚片層層疊上的大圓塊，上面還有新鮮的生蝦、生海膽、生蚵點綴出不同的顏色與造型。打從十五歲後，他就再也沒有被生日蛋糕給感動過了，如今他身穿溼潤的浴袍坐在椅子上，大顆大顆的河童淚珠像瀑布般流洩而下。

「這……真是太棒了……」過了好久，永城才哽咽吐出這幾個字。

「你喜歡就好，我想我們就不用點蠟燭了，總之，生日快樂。」妍婷嘴角勾著微笑，接著拿出兩個小盤子、兩雙筷子，並將醬油跟芥末擠在小盤子上。

「愣著幹麼，趁新鮮快吃阿。」妍婷說，自顧自地拿起筷子，夾起生片開始吃起來。

他被她的體貼感動到說不出話來，她準備這個海鮮蛋糕想必花了不少心力，而且如此一來，兩人能夠一起共食這塊蛋糕，像個家人一樣坐在餐桌上安靜享受食物的美味，不再需要躲在浴室裡進食，不再像隻猥瑣的野獸窩在角落野蠻地啃咬著肉塊。

「我們好像好久沒有這樣一起吃飯了。」妍婷說。

「是阿。」

「可以問妳一個問題嗎？」

永城本來想問，當時她為何沒有直接拋下他，做出任何正常人都會有的反應，反而決定擔負起照顧他飲食的責任？這個問題不斷盤旋在他的腦海中，她這麼做到底是為什麼？他們已經不再有夫妻、情感的關係了，剩下過往的愛痕以及孟熙這兩條一扯就斷的脆弱聯繫著彼此，她這麼做是要證明什麼嗎？她是想挽回什麼嗎？但是遲遲問不出口的問題，仍然堵在喉嚨。

「怎麼了？」妍婷疑惑道。

「沒事……」

「拜託你話別講一半好嗎？」

「孟熙……在學校都還好嗎？」永城只好笨拙地用孟熙的近況，搪塞住自己問不出的問題。

姸婷放下筷子，發現永城又來這套，用別的問題代替本來要問的事情，但這已是他的慣用伎倆，她也懶得去戳破了。

「英文學得很不錯，老師也說她作文蠻有天分，只是數學有待加強。」

「這樣阿……那很好，她……還有問起我嗎？」

姸婷對孟熙的事情口風很緊，是因為女兒對於爹地的失蹤這件事，從原先的哭鬧、傷心，但現在表現得十分冷漠，然而她冷淡的並非父親的失蹤，而是所有事情。她的成績一點也不好，自從轉學以後，也沒交到任何朋友，老師在聯絡簿上的評語總是要家長多多與她溝通，她在學校不僅上課不發問，下課也只是坐在位子上不發一語，表現出一個小學二年級女生不該有的孤僻。

原本她打算讓永城就這樣消失在女兒的生命中，雖然令人難以置信，她的前夫變成了河童，但事情已經無法挽回，也不知道他有沒有可能變回人類。那就讓時間去發揮作用，讓孟熙逐漸忘記父親的存在罷，這是沒有辦法中的辦法。

小郭最近跟她走得很近，人也不錯，對孟熙也很好，爸媽也不再管她跟男人的來往，乍看之下，他的確是個代替永城成為父親形象的最佳選擇。雖然她對他沒什麼動心的感覺，但如果孟熙也喜歡小郭，那也順其自然吧。然而，最近她卻察覺小郭對女兒的好，對孟熙每一分的照顧只是刻意要表現給她看而已，仔細觀察後，才發現他對待孟熙的方式，都是為了討取她的芳心，也只好宣告他出局。

但是她還有其他選擇嗎？雖然她知道自己尚有幾分姿色，但如今她已經沒有心力再去愛情的戰場廝殺一番，其實沒有男人也無所謂，她跟孟熙兩人照樣能活得好好的，她只是不希望孟熙長大的過程中，缺乏一個父親的角色而已。現在想想，才察覺永城的確是個很不錯的爸爸。

妍婷明白自己不是個及格的母親，很多時候她都不知道如何安撫孟熙，如何與她溝通。就連孟熙還小的時候，換尿布、泡奶粉的重責大任，多半是由永城扛下，而不是她這個母親。

前陣子與永城的離婚衝突後，她雖然獲得孟熙的監護權，並且十分得意看著永城失落的模樣，但之後的這段日子，卻讓她驚覺，原來日常生活中少了永城，竟對她起了如此巨大的心境改變。

最近她才領悟，當時她以為生下女兒可以讓兩人的感情變好，但實際上卻是剛好相反，兩人的爭吵反而變本加厲，甚至多了孟熙能夠當作吵架的引子，她便對這個容易哭鬧的孩子感到厭煩。而且更過分的是，當孟熙越長越大，與永城的關係也更加親密，甚至讓她無法逼視。不是常有人說，女兒是丈夫前世的情人嗎？等到她意識過來時，她發現自己竟然嫉妒起孟熙，難堪的是，甚至有些許恨意從理智的圈圈外竄了進來。

雖然永城變成河童，她一度要抓狂，當時她看到這個綠色的怪物，開口說永城的話，卻又回想不久前那則綠色怪物吃人的新聞，幾乎就要打電話報警⋯⋯。但不知道何來的勇氣，她選擇了觀察。實際上，她是知道自己為何能夠忍受眼前的怪物，畢竟再怎麼說，從他的說話方式跟語氣、他走路的小動作，證實了眼前這個綠色的河童曾是她的愛人、她的丈夫、她女兒的父親。

永城擔憂地看著妍婷一臉眉頭深鎖的苦惱樣，心中開始胡思亂想起來。難道是女兒發生什麼事？不讓他知道嗎？難道是在學校被人欺負了？難不成是出了意外妍婷沒讓他知道?!諸多的猜測瞬間在他的大腦瘋狂打轉著，直到妍婷終於說話，他的思緒便像是高速行駛中貨車頓時猛煞，前妻的那句話如同突如其來的慣性，使他眼前一片暈眩，一方面興奮，但大多數卻是害怕。

「你見見孟熙吧。」妍婷說。

三十二

他記得很久以前，為了準備他第一次在經理級會議的報告，他花了整整一個月的時間，每天晚上都在練習如何掌握時間，如何將自己的話說得清楚，如何確保長官們臨時的發問，自己能夠完好的答覆。報告當天，他怯場了，他緊張到胃整個絞痛，整場報告像在念稿，說話結巴，當時的副總生氣的說，這是有史以來他聽過最糟糕的報告。

與孟熙見面的前夕，比起那次報告的緊張感，根本是小巫見大巫。他全身發燙，必須泡在注滿冷水的浴缸才能冷靜下來。

永城跟妍婷事前做了不少推敲，最終他們獲得共識，兩人都覺得不要讓孟熙看到他河童的外貌比較好，雖然他的聲音變得比較尖銳，但其實還是能分辨出他的聲音。

妍婷已經告訴孟熙，其實爹地這一陣子因為生很嚴重的病無法下床、無法說話，又怕傳染給她，所以才會搞失蹤，但是現在他的病稍微好點，醫生讓他住在家裡養病……其實這個理由非常蹩腳，但孟熙畢竟還是個小孩，聽得一愣一愣的，似乎全盤相信了，只怕她要是再大一點，這招可就不管用了。

總之，兩人見面時，永城會先穿上浸溼的浴袍，外面再罩上一件雨衣，然後他會躺在床上，床墊會事先覆上一層垃圾袋防水，然後蓋上數層大棉被，將他整個人都包得密不透風，只讓眼睛稍微露出一點，到時唯一能動的只有他的雙手，但整個手臂也會包上一層棉被，手掌也會戴上三層棉質手套。

妍婷已經出發去載孟熙過來，不到兩個小時後，他就要跟女兒見面，卻臨陣退縮，突然覺得這不是個好主意。既然他已經無法抱著她到處玩，無法繼續陪她成長，出席她的畢業典禮，或是在她失戀時放話要去教訓教訓那個王八蛋，那這次父女的見面還有什麼用?!妍婷才是對的，他的確應就此消失在女兒的生命中……可是他實在無法遏止能夠再看到女兒的興奮，他覺得自己好自私。

放在洗手台邊的手機終於響起，前妻傳來訊息，告訴他十分鐘後她們就到了。他趕緊爬出浴缸，套上溼浴袍、裹上溼浴巾，回到房間縮進被窩裡，床墊下方的垃圾袋不斷發出沙沙的摩擦聲。

很快地，他就聽到大門口傳來開門聲，聽到妍婷跟孟熙說話的窸窣聲。妍婷開門走進他的房間。

「路上還好嗎？」永城問。

「不是很好，要出門時她突然哭著說不想看到你，費了一番功夫才把她勸上車。」

「……也難怪……」

妍婷開始幫永城蓋上一層層的棉被，將他塞的密密實實，確保他的河童四肢不會露出來，最後連頭部也被小毯子給包住，全身上下的窒悶感漸漸強烈，他的皮膚也因為悶熱而逐漸升溫，而且他無法動彈，雖然有些難受，但他必須得忍耐。妍婷再三確認永城是否都包在被窩裡，才滿意地點點頭。

「好了，你忍得住嗎？」她問。永城發出一聲咕噥代替回答。

妍婷走出房間後，縮在被窩裡面的永城發現自己心跳聲大到像在打鼓，他根本沒有做好心理準備，他該跟女兒說什麼？他能說什麼？他並沒有站在女兒的立場去想，如果最親近的父親突然一聲不響就消失在自己的生命中，沒有解釋、沒有道別，如今突然又說他其實是生病，希望她能來探望一下。即便對一個剛滿八歲的小女孩而言，想必也是愛與恨交織的複雜感受，複雜到她的心智尚無法了解、無法訴說那種心底深處的強烈苦楚。

正當永城陷入自身的厭惡時，妍婷已經將孟熙帶進房間，房間沒有開燈，只有床邊一盞小檯燈，當孟熙遲疑地走向病床，躲在被窩裡的永城一看到他的寶貝女兒的神情模樣，對自己的責備像顆炸彈般在心中引爆。

女兒瘦了，頭髮更長了，即使年紀還小，卻已經散發出一股憂鬱小美女的氣質。她的眼圈下稍微黝黑，這不應出現在她這個年紀的特徵，卻掛在她悶悶不樂的臉上，他得負全責。

「爸比……」

「嗨……孟孟。」

「爸比，你怎麼包成這樣？」

「因為我生病了，包成這樣才不會傳染給妳。」

「爸比……你為什麼都不打電話給我……我好傷心，以為爸比不要我了……之前我好討厭你……覺得爸比是全世界最壞的人……」

「孟孟對不起，爸比不是故意的，我也很想孟孟，可是妳看我變成這樣了……」

「爸比對不起……之前這麼討厭你，可是看到你這樣，我覺得爸比好可憐……」

「沒事的孟孟，爸比會好起來的，等我好起來就又可以帶妳出去玩，帶妳去國外看無尾熊。」

永城帶著哭腔說，為了女兒而哭，為了自己再度拋下無法遵守的諾言而哭。

孟熙的下一個舉動沒人預期，站在一旁的妍婷來不及阻止，孟熙便已經跳上床抱住永城，女兒的重量如此沉，仍比不上他心裡的愧疚。永城用眼神示意前妻一切沒事，然後他顫抖地抬起包著毯子的手臂，笨拙地將手掌放在女兒的背上，溫柔的搓揉著。孟熙將臉埋進被子裡，壓抑許久對父親的思念瞬間解放而出，宏亮的哭聲如海浪般一波接一波。

他多麼想伸手掐掐孟熙的粉紅雙頰，將她緊緊的抱在懷裡，讓兩人的心跳聲合而為一，賦予她祥和與平靜。然而，如今他卻只能隔著厚厚的棉被，感覺不到她的體溫，連最基本的擁抱都辦不到。

醒悟之後，前陣子投身於河童肉、性慾的狂放行為，現在看起來只有愚蠢二字形容。雖然他對孟熙的愛不變，對於妍婷的愛……也從未真正放下；然而他已經失去了人類的皮囊，肉體雖只是軀殼，卻是維繫著他與外在環境，與他們三人的生活的重要工具。

他現在才真正了解，自己變成河童衝擊最大的不是自己，是孟熙與妍婷這兩位真正在乎自己的人，而他卻不負責任的放任自己墮落……今後，他將再也無法擔任前夫、父親，甚至是一個人類的責任，他不應該因為自己眷戀於過去而用隱形的繩子綁住母女倆。

永城抱著孟熙慟哭著，不斷施加力量緊抱著孟熙，卻只能透過厚厚的棉被感受到女兒虛浮的存在。他心裡已經默默做下決定，這個決定會再度傷害自己、傷害母女倆，但卻是個正確的決定。他酸苦地想著，這也許是他這輩子做過最正確的事了。

三十三

永城發現孟熙在他的懷中哭到睡著，妍婷便上前抱起孟熙，卻發現她的手緊抓著永城身上的棉被不放。

「我帶她到客房去睡。」妍婷小聲地說。「你皮膚一定很不舒服吧，你要去浴室泡一下嗎？」

「我擔心她半夜爬起來……」

「嗯，不然我跟她一起在客房睡好了，我會把門擋起來。」

「謝謝。」永城說完，妍婷便抱著孟熙走出房間。

聽到妍婷進入客房的關門聲後，永城掙脫出那一大團棉被，走出房間，發現外頭正下著磅礴大雨。真是天助我也啊……他再度苦澀的想著。

他來到浴室，將浴缸重新注滿清水，然後將自己全身都泡浸在水中。從外面看起來，像是要把自己淹死似的，不過他是河童，能在水下憋氣很長時間。永城正在水中忖思著他所需要的東西，想來想去，卻覺得根本沒有東西是他用得到的。隨身攜帶的皮夾、鑰匙、手機現已成了無用之物，後來決定只帶了份北台灣地圖，以及三罐鮪魚罐頭，再找了個防水夾鏈袋把東西全都裝進去。接著，他開始思考該穿些什麼，好掩蓋住他河童的身體。等到一切所需都在腦海中成型後，他爬出浴缸，橫下心來，再度催眠自己，這麼做是正確的。

當他準備就緒後，穿著好幾層溼透的衣服，手上抓著一把黑色大塑膠袋的永城站在客房門口，猶豫著是否應該留張紙條？想想後還是作罷。但他始終想見她們最後一面，他扭開門把，施力推開門直到露出一道小縫，他探進頭看著躺在床上依偎而睡的母女倆，一股猛然竄起的酸楚像鐵鎚般奮力敲打他的心口。他們有多久沒有三人一同躺在一張床上，聽著彼此的呼吸聲安然而睡了？

突然他不想走了，河童又怎樣？如果他們能想個辦法，讓孟熙也能接受變成河童的自己，他們還是能過生活……是這樣嗎？你真的想這樣嗎?!他腦海中一股淩厲的聲音對他指責著。

正當永城糾結於自身的掙扎，他瞥見床上的妍婷似乎聽到他心中的爭執而張開眼，與永城的大眼珠子四目相交。千言萬語也比不上一個真切的眼神交流，他在妍婷的眼神中感受到遠超過自己想像的濃厚愛意，然而在愛意背後卻是沉重無比的現實。那瞬間他才明白，他早已丟下了責任，而妍婷背負了起來，如今這個家庭的責任已經是扛在她身上了，他這個河童哪能負起一個人類家庭的重擔呢？而一切都是自己造成的，他必須得彌補，而唯一的方法便是離去，徹底消失在她們的生命與記憶中。此時此刻，他才真正下了決心。

而他的愛人似乎也感受到那股悔意、愛意揉合而成的離別思緒，她緊緊抿著嘴，眼眶突然溼潤起來。感受到永城傳來的憐惜，最後她換個姿勢，偏過頭去，再無看永城一眼。

他關上門轉身離去，經過廚房，穿過客廳，來到大門口，將細長的河童手指放在門把上，最後一次轉頭環視著這個一家三口經歷過春夏秋冬的場所，這裡曾有過歡樂、有過爭吵，這裡是他的家。

河童閉上了眼，腦海裡快速閃過一切在這裡發生過的記憶，他將它們一一捕捉下來，存進大腦一處光明的角落。他穿上布鞋，套上用黑色塑膠袋與膠帶製作出來的雨衣，扭開門把，卸下了曾為人類的一切眷戀，朝著外面的傾天大雨而去。

三十四

永城爬樓梯來到大廳，警衛正巧打著瞌睡，他經過大廳中央一面裝飾繁複的大鏡子，看著自己在鏡中的倒影，不禁替自己的偽裝感到驕傲，任誰看到自己都會覺得只是個邋遢的流浪漢。

他走出大廳，外面持續下著大雨，漆黑冷冽的天空中落下成千上萬花生般大小的雨滴，他感受到空氣中豐沛的水氣，令他感到精神抖擻，渾身溼潤又清爽，想想他已經好久沒有踏出房間，於是他邁步向前、走上街道，雨滴打在他自製的垃圾袋雨衣上，發出啪沙啪沙的聲響。

他一路走來的人生都是有目標的、有所指示的，了解自己今後無法再度踏進人類社會後，他一邊走著，一邊陷入迷惘，他能去哪兒呢？他想起阿政那個深藏在山谷中的湖泊，那裡也許是個居住的好地方，那座湖泊想必有不少淡水魚類，可惜阿政的存在……。

想著想著，他的肚子竟餓了起來，他打開了其中一個鮪魚罐頭後，卻發現沒三兩下就吃完了，根本撐不了一天，他後悔出門時沒先填飽肚子，也沒從冰箱抓幾條魚藏在衣兜裡。永城決定先不管去哪裡了，他必須先解決食物的問題，食物……食物，哪裡有最多的食物？能夠讓他取得容易不會被發現……要取得生肉太困難，那麼魚呢？答案只有港口。他停在商店的遮雨棚下，正要翻出那張北台灣地圖，卻發現他早已知道該去哪裡——淡水漁港。

他不可能光靠步行就出發去淡水漁港，這場大雨可不會持續多久，也不確定他變異出來的河童雙腿，是否禁得起長途跋涉，總不能去搭乘大眾交通工具，他可不確定這身打扮能不能瞞過多疑的台北市民，即便多數人可能只忙著滑手機，但他不願冒風險。剩下的辦法就只能從這裡走到離淡水河最近的地方，再想辦法游到港口。

永城再度佩服起自己的裝扮，雖然說已是深夜，但入夜的台北到處仍有來去匆匆的行人，他已經好久沒有在城市的街道徒步走動，幾乎都要忘記首都的夜色蓬勃。他經過近百家燈火通明的便利商店、晚上經營的小吃麵攤、擠滿夜貓子的深夜咖啡廳、傳來男女叫囂與低音振動的夜店門口，以及無數對他視若無睹，沉浸於自我世界，以及身邊情人的市民們。他觀察著一切，彷彿他不曾為人，而以河童的全新視線觀看著城市大千。最終，他證實了先前的推測，他的河童雙腿早已腫脹痠痛，接近天亮時，他終於來到了淡水河的沿岸河堤。

永城打開最後一個罐頭，一邊吃著油膩的鮪魚肉塊，一邊欣慰地看著流動的河面，便迫不及待找了個隱密處，脫下身上的自製雨衣，以及偽裝用的衣服鞋子，將他們藏到河堤邊一個髒亂的大型垃圾堆積處，也許將來派得上用場。然後他嘴裡叼著裝著地圖的夾鏈袋，光溜溜地露出一身河童軀體，確認沒有人類的視線，便跨過欄杆，走下斜坡，來到河岸邊的水叢。他的腳立刻感受到水流的清涼，不過，他依稀能聞到河水的微弱臭味。

他朝著河床中央走去，直到全身沒入水中，他輕吐一口氣，沉入水面。他不再驚訝他竟能在污濁的水下看清一切，也不意外他輕而易舉地在水中前進，帶著薄蹼的手一撥、充滿彈性的雙腿一踢，便輕輕鬆鬆前進好幾十公尺。他看到身邊三三兩兩游著灰黑色的魚類，往河床底部一望，看到下層的稀疏水草中，藏著不少小蝦小蟹，不過大部分都是卡在淤泥中的垃圾。

雖然他彷彿重獲自由，踏進了全新的世界，心中充盈著樂觀的興奮，但他告訴自己別高興太早，這裡的魚恐怕髒到不能吃。食物的問題尚未解決，於是他在水中擺動四肢，輕盈靈動地在水裡飛速游進，一路前往出海口，腦子想著港口裡大量的甜美鮮魚，於是加速四肢的滑游，像水下的噴射機般衝出。

天亮了，在水面下的他感受到水溫的上升，太陽開始在水面上噴灑著它的熱力，他浮出水面，這才發現他已經非常接近港口了。越接近出海口，整個河面隨之擴散，他朝左邊望去，便認出那是觀音山，右邊則是連綿的堤道。他冒險將頭整個浮出水面，看向遠方水平線浮著大大小小的黑點，那是貨輪船跟出航的漁船，他嘗到了水中一絲絲鹹味，想到待會就可以試著抓到一條魚，好好飽餐一頓，便感到無比興奮。

突然他的視線捕捉到一尾大魚正在他前方悠遊著，隨即加足馬力上前追捕，當他越游越接近，忍不住連連讚嘆這尾脂肪豐富的獵物；然而，大魚的求生本能似乎注意到後方迅速接近的飢餓掠食者，便猛地擺動身體，像魚雷般朝大海逃離。永城享受著首次追捕的樂趣，於是他解放肌肉的力量，施展河童全速前進的速度上前追捕，根本沒有發現他的皮膚逐漸傳來的刺痛。等到那刺痛條的猛然增強，痛得他不得突停煞車，檢視自己的皮膚，竟發現原本光滑潤澤的皮膚竟像是脫乾的水果般，整個蜷縮、收緊，出現一疊又一疊的皮膚皺摺；而且原本像螞蟻囓咬的疼痛突然轉變為灼傷感，難道河童不能碰到海水?!

劇烈的疼痛也由不得他多想，他趕緊折返往回游，卻發現剛才追魚的時候耗掉太多力量，他的四肢已疲軟無力，驚恐地發現自己的意識正迅速模糊。算了，就這樣死去也好，只可惜了他才剛下定決心，從今做一個河童好好生存，想不到自己還沒機會認識這皮囊，就因為莽撞死去……他再也游不動，直到疼痛斬斷了他的意識。

三十五

永城悠悠地醒來，艱難的睜開眼睛，便看到一雙大眼珠瞪大瞧著自己，雖然嚇得直覺想後退，卻發現自己全身疼痛、動彈不得，那竟是一隻河童，那河童發出一連串像青蛙叫與鴨叫結合的聲音，雜有人類般的彈舌聲。永城發現自己竟能理解那連串怪聲的意義。牠說：「笨！游到海裡，笨！豆！」

他環視自己的處境，發現自己正蹲踞在一個廢棄的大油桶裡面，泡在有著奇怪異味的黑綠色黏液中。

「笨！游到海裡，笨！豆！」那河童重複說道。

他聽著他不斷重複那句話，一遍又一遍，感到極度的疲倦，再度墮入無意識之中。永城不斷處於混沌不明的狀態，他的意識在漆黑的深淵邊緣原地踱步著，他知道只要向前跨一步，就能夠從此解脫，然而他不時被打斷，重新恢復與現實的連結。感覺到一隻小手掰開他的嘴巴，塞進一團黏稠的東西，他照著本能艱苦的咀嚼、吞嚥，再度回到漆黑的深淵。

如果他知道時間的話，會訝異自己竟躺在鐵桶裡兩個禮拜了。他被海水灼傷的皮膚終於緩緩康復，意識也變得更加清楚，並從阿豆那了解到，原來這桶子裡的黑綠色黏液是牠們的尿液。當有河童被海水燙傷，便要泡進去直到康復。喔，對了，永城稱呼這個救他的河童叫阿豆，是因為牠說話尾音總要加個「豆」字。

與河童對話、產生某種友誼，真是一種非常奇特的經驗，想到那段日子他們屠殺了多少、吃了多少河童，每次與阿豆對看，總會心生害怕與愧疚，生怕牠看出自己曾是任意宰殺牠同類的凶手。然而，顯然是他多想了，牠甚至不知道永城曾是個人類。

即便他能聽、能懂河童語，但阿豆所給出的訊息都是支離破碎，只能表達簡單的動作與概念，不像人類有連接詞、介係詞等語法。饒是如此，他從阿豆那得知，這裡是港口邊的下水道，牠跟其他的河童從小便住在這裡，靠著捕魚、捕老鼠為生，阿豆說貓肉是最好吃的，可是很難抓，狗很好抓，但肉好臭，牠們不吃。永城非常訝異竟然有一群河童就住在都市的下水道，雖然他目前仍成天泡在鐵桶裡，除了阿豆以外，沒有見過其他河童。

當他終於斷定已經康復，皮膚曝露在空氣中，終於不會再感到赤裸裸的刺痛，永城謝過阿豆，畢竟牠不僅是救命恩人，也把他照顧的很好，還餵他吃嚼碎的老鼠肉，雖然他得知實情時差點吐了出來。

永城伸出手，搓搓阿豆扁平的頭顱，阿豆發出高興的呱呱叫，邊跳邊叫看著他爬出鐵桶。永城提議想出去走走，阿豆點點頭後，便領著他前往外頭。走在阿豆的旁邊，再度注意到他與真正河童的體型差異，他高大、健壯、長手長腳，像人一樣，而阿豆的頭頂只與他的腰際並齊，走在一起就像大人帶著小孩。

他們終於來到下水道的出水口，永城立刻聞到風中的海水鹹味，而出水孔透進來的光線經過溼答答地面的反射後，照亮了整個空間，永城終於看到其他河童。

永城跟阿豆的出現並沒有引起注意，因為在通道的中央，兩群河童正在咭咭呱呱的彼此叫囂，看起來正在吵架；其他的河童則三三兩兩蹲在角落，大大的眼睛驚恐地盯著中央的火爆場面。

他很久沒有想起田村先生，他的上司兼好友，引他走向河童肉不歸路、一個吃掉美麗妻子的王八蛋。當時他在電視新聞上引起一陣騷動，後來永城也沒聽說警方有找到凶手，沒人知道田村到底逃哪去了。而如今他瞪視著那個異常高大的、顯然是一方領袖的河童，從那熊般的體型，以及臉上因為撞擊留下的傷疤，他認出了變成河童的田村。

「他，吃人肉，教我們吃人肉，人類很討厭，但肉酸，不好吃，豆！」阿豆嘎嘎說著。

永城得專注聆聽，才能從粗嘎的叫囂中理解談話內容。一派由一個較老的河童指責田村一派，牠們怒罵田村為「吃人的」。最近有好多河童被壞人類抓起來吃掉，一定是田村去外面吃人的關係，人類向牠們報復，吃更多河童，要求田村別再吃人，魚跟老鼠都很多，吃魚跟老鼠就好。

齜牙咧嘴的田村則指出，人也很多，吃一點又不會怎樣，而且說那些被吃掉的河童都是笨蛋，被吃活該。田村一說完，惹得老河童那一方氣得直跳腳，雙方便開始扭打起來。沒想到這一打起來，方才窩在旁邊的河童都站起身來為雙方助喊吶威，場面實在野蠻又吵鬧。

永城實在看不下去，問阿豆有沒有其他的路可以出去，阿豆點點頭。正當兩河童走回下水道迷宮，永城突然發現田村站在原地，腳踩著其中一隻河童的肚子，凶悍的眼神與永城的四目相交，他發現田村河童的目光中閃過一抹疑惑，彷彿認出了昔日熟人。

那一瞬間，他擔心田村會不會認出他來，但他多想了，如今那已經不是過去的田村先生，因為田村馬上就甩開永城的視線，重新跟另一個體型較大的河童搏鬥著。現在的田村全無人性，只是一隻侵略性強，腦海裡裝著殺戮與食慾滿足的巨大河童罷了。阿豆拉拉他的手，催促著他，永城別過眼，不再看那場河童之間的紛爭，跟著阿豆走上另一條往外的下水道。

三十六

阿豆指出的另外一條通道較為狹窄，也是一個排水孔，且遠離大部分河童的居處，而阻攔沙泥、垃圾的金屬柵欄早已腐蝕，露出一個可以讓人鑽出去的大洞。永城爬過去朝外面一望，發現外面即是淡水河，只是離出海口較遠。永城覺得這裡很好，他能夠短暫在這裡落腳，直到他想出下一步該何去何從。

自從看了那一幕河童紛爭、野蠻的場面後，他根本不打算在這裡久留，之後幾日的觀察中，他更發現到這些河童就跟沒有教化的野孩子一樣，不管大小河童，都會為雞毛蒜皮的事情吵架，大多都是因為食物、住處，或是看不順眼而大打出手、互相齧咬。牠們根本沒有中心領袖，都只管自己的死活，完全沒有團結的跡象。不過他後來才慢慢發現到，基本上分為比較乖的跟比較壞的河童，像阿豆這種就是比較乖，而比較壞的就會搶奪其他河童的食物，或是惡意破壞乖河童用腐爛的木材與雜物堆出來的居所。

入夜之後他會跳入河中捕魚，有時候阿豆會跟他一起去，他游的速度總是比阿豆快很多，且在簡單練習之後，他變得非常會捕魚，三兩下就能抓到五六條魚，每次都帶回大豐收，惹得阿豆開始對他投以崇拜的眼光。另外一個永城稱為啵啵的雌河童也漸漸融入他們，其實啵啵是阿豆的配偶，阿豆領牠來見永城時，那是他第一次見到雌河童。阿豆解釋說，雌河童少，大家搶，要躲起來。

永城保持低調，對於比較大群的河童們迴避，當然也避免和田村所率領的那群壞河童有所接觸。河童生活逐漸穩定後，他也漸漸了解河童的一切，便開始打算下一步，但他需要地圖，然而那份北台灣地圖早在那次追大魚時遺失了。

捷運服務台旁都會放幾本簡單的旅遊小冊，也許他能夠去偷一本簡單的地圖來，但他需要偽裝，他可沒打算游回之前藏衣服的地方，太沒效率了。於是他問阿豆哪裡找得到人類的衣服，沒想到還真有個河童喜歡收集流進下水道的人類衣服，不過阿豆說牠很奇怪，不是正常的河童。雖百般不願，阿豆仍領著永城進入下水道迷宮，來到一個堆滿人類衣服的小山前。

當那個怪河童從小山裡爬了出來，永城忍不住噴笑。牠頭上帶著藍白格紋的襪子，上半身穿了件橘色的骯髒背心，下半身則是一件塑膠材質的窄裙。討價還價之下，永城用了三天的漁獲，在那個小山中找到他需要裝扮成流浪漢的全套衣物。

他的計畫還算順利，成功偽裝成流浪漢，到捷運站拿取了一份北台灣旅遊地圖，雖然站務人員一度要上前關切，讓他差點沒嚇死，即便安全回到出水口後，他心臟仍劇烈猛跳著。他立刻翻查著那資訊簡陋的地圖，意外想起一個極佳的棲息地，卻忍不住責備自己真是糊塗，因為順著淡水河往上游，便會接到新店溪，沿著新店溪再往上，便是人人都知道的翡翠水庫。

阿豆不清楚永城到底要幹麼，當永城告訴牠，他要離開這裡，到水更乾淨、魚更好吃，還有綠樹、小鳥，而且又沒有人類打擾的地方，牠聽得雙眼放光，要永城立刻帶牠去。可是當永城說路途遙遠，且永遠不會回來時，牠卻立刻退縮，不想去了。

確實，對一個從小到大住在這骯髒、狹窄地區的河童而言，這地方是牠們唯一的住處，而且即便對永城來說，前往翡翠水庫的旅途，可能會比他想像中還要困難。洄游的一段路上，將會面臨食物的問題，那些受污染的魚根本無法食用，表示他必須上岸抓老鼠吃，或是碰上無法游過的障礙，必須走陸路繞行前進。但即便成為河童，他也不想要生活在如此骯髒的地方，跟下水道老鼠當鄰居。

他知道自己有責任說服阿豆，不管自己是否父性大發，將牠視為女兒孟熙的替代品，他仍得努力說服牠，到河童真正應該棲息的地方。但談何容易，要牠離開自己的群體這件事……這就像自己變成河童，從此離開家人，脫離整個人類社會同樣困難。自己是被迫的，但阿豆不是，牠何苦呢？就連他雖已接受自己是河童這事實，偶爾仍會想念起孟熙跟妍婷，以及人類生活的一切。

目前他只缺少用來保存溼潤、留住水氣的雨衣，他在下水道獨自找尋著，卻只找到大小不一的透明垃圾袋，他需要是大型的黑色塑膠袋，以及可以將之黏合的膠水或膠帶，下水道裡什麼鬼東西都有，就是沒有他需要的東西。

也許是他思念過頭，某天他出門去找材料，在河堤翻找著堆積的垃圾，黃昏時刻，正好是小學放學之時，他遠遠看到一隊背著小書包的孩子們，嘻嘻鬧鬧走在堤道上，前後各有一位大人引導，似乎是安親班的老師，此時他注意到一個短髮的小女孩低著頭走在隊伍的最後面，女老師不斷轉過頭催促著她。

孟熙?!他不敢相信自己的眼睛，也不敢相信這天降的巧合，他趕緊加速跟游上去，試圖更近一點看著那小女孩，腦中的自己卻嚴厲地發出警告：別跟上去，別再讓自己想起女兒了，你已決定斷絕過去，過去也容不下你，放她走吧，也放過自己吧。他卻再度背棄了警告，手一滑、腳一撥，便跟了上去。讓我看一眼就好！一眼就好！然而，整個小學生隊伍卻來到堤道盡頭，走下樓梯，消失在河堤上方，那短髮小女孩沒了蹤影。

永城感到無比失落，一方面卻又覺得這樣就好，兩度拋棄女兒的父親根本沒有資格再看到女兒……可笑的是，他甚至不確定那小女孩到底是不是孟熙……。雖然他再三警告自己，卻忍不住在特定的時間繞到河堤，那安親班隊伍總會在固定時間出現，他卻再也沒看到短髮小女孩。

冥冥之中，似乎有股力量在催促著他立刻離開這裡，別再抱持著想看到那短髮女孩的妄想。說也奇怪，自從見到那個很像孟熙的女孩後，他很快便收集到所需的材料，而阿豆竟然答應跟他去有乾淨水、好吃魚、沒有人類的地方。那天牠垂著肩膀來找永城，說又有一群河童被壞人抓去吃掉，其中包括啵啵的母親、啵啵的父親，還有啵啵。

三十七

他們終於收集到一切需要的東西，打算馬上就出發。他最後一次出去捕魚，打算盡可能多抓幾條魚，因為接下來可沒有魚能吃，得吃上一陣子老鼠肉了。他又忍不住繞到河堤邊，再度看到安親班的隊伍，卻赫然發現那個短髮小女孩再度出現，老師似乎也不理她，任憑她一人遠遠落單在後。

正當他猶豫著是否要游上前，竟瞥到田村跟一小群壞河童正躲在河邊草叢，虎視眈眈瞪著小女孩，永城立刻意識到牠們在打什麼主意。糟了！牠們要把她拖進水裡吃掉！永城立刻施展開肌肉，飛速游上前阻止，卻已經看到田村跟一群河童已經壓低身子，在草叢的掩護下爬上堤道。

再快一點！再快一點！再快！永城對自己吼著。田村卻已經翻過欄杆，鬼祟地接近小女孩，他猛然撲上去用大手摀住她的嘴，一個翻身便躍回草叢處。女孩拚命掙扎，卻掙不開田村的怪力。眼看著一個小生命即將葬送在水底，成了嗜血河童們的大餐，永城即時趕到。

他抓起一根腐爛卻堅實的木棍，奮力朝田村頭顱敲上去，其他河童根本沒注意到永城，看到首領被敲暈，膽小的牠們發出尖聲怪叫一哄而逃。他趕緊抱起女兒回到堤道上，女兒從驚嚇中回神，摀著嘴巴認出了她的爸比。

「爸比?!」

永城的腦袋空白一片，不了解為何命運要捉弄他，心中雖然萬分欣喜再度見到女兒，甚至即時解救了她一命，卻是在如此狀態下再度相見，更疑惑為何她一瞬間認出了眼前他這綠色怪物。

「爸比是你吧？我知道你是爸比！你怎麼變成這樣?!」孟熙一瞬間丟出數個大哉問，他無法回答，不發一語在堤道上放她下來後，便翻身躍回草叢中。他很想承認，對！我是爸比！然後緊緊抱住她。但他選擇沉默，再度見到女兒終於讓他領悟，他已經不是孟熙的爸比了，他只會帶給她痛苦，沉默最好，離開最好。

「求求你，別走！告訴我你是爸比！求你別再離開我了！」孟熙踏上欄杆哭叫道，然而他已經沒入水中，不願再看著女兒的淚流滿面，在水中向上看，安親班老師發現孟熙在後頭的騷動，趕緊衝上來將她拉下欄杆。永城牙一咬、淚一吞，然而即便在水中，他仍聽到女兒淒厲的哭喊。

突然眼前一道黑影猛然衝向他，沉浸於痛苦的他根本反應不及，一個重擊砸在他的臉上，使他暈死過去。

三十八

來自頭部的壓迫感痛醒了他，因為田村正用他的大腳踩在他頭上。幾乎所有的河童都聚集在此，將近上百隻，永城訝異躲起來的河童還真不少，而牠們此刻正聚精會神聽著田村粗嘎的演說。

大體上在指責永城阻止他吃人類，而人類是河童的敵人，他決定從今以後所有河童都得吃人肉，不從者就要死。

早在先前，他知道其實河童雖討厭人類，但對人肉興趣缺缺，也不想冒反被抓起來的風險，所以當田村霸道的宣布他的主張，底下出現咕咕呱呱的反對聲浪，甚至有個河童走上前指責田村，最近越來越多河童被抓去吃掉，都要怪罪田村愛吃人！

沒想到田村一巴掌將那河童打在地上，臭罵是牠們太笨，老是上人類的當，死也要吃人類的貓頭餌，所以牠們應該要多吃人，變得跟人一樣聰明！以後反對他的，就要死，就像他現在踩著的永城一樣。突然田村猛地施加力道，劇增的壓力幾乎要讓他的眼珠暴開來。

「快逃！壞人類！爬下來了！快逃！」突然有個河童大呼小叫衝來了進來，解救了永城，田村移開了大腳，對著亂成一團的河童們大呼小叫。

「怕什麼！來一個！吃一個！」田村嘎嘎大叫著，似乎失去了折磨永城的興趣，跟著幾個齜牙咧嘴的壞河童離去。

永城頭昏腦脹的坐起身，河童的驚慌怪叫在下水道的環境下不斷反射，接連不斷的回音使他耳朵嗡嗡作響，直到一只細瘦的小手拉著他，他定住眼神，是阿豆。

「快逃，會被人類吃掉！快逃！去好地方！現在就去！豆！」阿豆說得對，如果那些人真的從下水道孔爬了下來，八成是跟阿政一樣的河童釣客，那麼這地方真的不能待了。他用力呼了自己一個巴掌，從暈眩中喚醒自己，跟著阿豆走進下水道迷宮，前往牠們的出水孔。途中看到河童們驚慌失措的到處亂竄，像巢穴被人類搗弄的螞蟻般，毫無目標地四處逃竄。

「還想逃啊！你們這些河童！」粗魯的吼叫在下水道迴盪著，其中還有狗的吠叫聲。

他們經過一個轉角，卻碰上一個拿著鐵撬的男子，那男子露出一嘴爛牙，看到體型巨大的永城河童，口水都流了出來。

「哇靠！好大一隻，這少說也能夠賣超過百萬！」那男子自言自語地說。

阿豆害怕的躲在他身後，那男人踱步向前，高舉鐵撬就要往永城頭上砸，卻沒有想到河童也會反擊。他抽起腳邊一根鏽鐵管拋了過去，鏘的一聲命中那人的額頭，男人痛得倒在地上大罵。

他們終於來到出水孔，卻來不及穿上準備好的衣服跟雨衣，因為那些河童釣客放了狗出來，兩河童即時爬過生銹的柵欄，跳進淡水河，才免於被那隻凶狠的土狗咬傷。

兩河童朝著河中央游去，一些即時逃出的河童們也朝著他們游來，永城看到有個背著一把魚叉槍的男人站在堤道上，正用高瓦數的工地燈搜尋著河面。但今天月亮隱藏在雲層之後，那釣客將難以在漆黑的河面找到河童的蹤影。

永城朝著內陸游去，卻發現阿豆沒在身邊，這才發現阿豆跟其他河童都浮在原地，望著牠們唯一的家。如今那出水孔卻不斷閃出那些壞人類用來照明的工具，不時傳來河童同伴被宰殺的尖聲哀號。在微弱的月光下，他看到每個河童都露出哀傷至極的表情，忍不住同情牠們起來，但一回想起曾經有段日子，他手拿鐵鎚，親手敲破多少河童的頭殼……。

他拉拉阿豆的手，示意牠們必須往前游，心中卻想著，有一天他是否得向阿豆全盤托出自己的過去……。阿豆眨眨眼，跟著永城向前游，其他河童看到永城跟阿豆的行動，只好失魂地跟了上去。

三十九

來不及帶上事前準備的東西實在很可惜，但永城知道計畫永遠趕不上變化，還好他的計畫並不複雜，就是直直沿著這條淡水河游到翡翠水庫。那些跟上來的河童不熟悉永城，但牠們知道阿豆。當牠們從哀悼的氣氛轉為疑惑，再從疑惑轉為不耐時，終於忍不住追問阿豆。牠簡單地照著永城跟牠說過的話，說要去一個有乾淨水、好吃魚、沒有人類的地方，牠們半信半疑，卻又從未游這麼遠過而不敢脫隊，只好不顧地跟在永城跟阿豆後面。

被釣客突襲後，永城不敢掉以輕心，他多次回頭望去，看到不少釣客正在河岸邊搜尋，甚至緊跟在後頭，顯然是土狗正追蹤著河童的氣味，他看到釣客用無線電聯絡彼此。

接近日出時，他們終於把那些釣客遠遠甩在後頭。離開淡水河，接到新店溪，他在防洪堤道下找到一個水泥凹室，讓眾河童休息，他不想冒險在白天趕路，只不過他肚子好餓，並聽到許多河童咕咕嘎嘎抱怨自己為何要跟來，肚子餓死了。永城要阿豆下去傳話，要大家忍忍，日落後可以小心翼翼地到陸上找老鼠吃。

牠們雖然是群烏合之眾，跟人類其實有難以言喻的相似之處，只是牠們容易滿足，只關心幾件簡單的事情，如睡覺跟吃東西。不過牠們很難相處，幾乎不聽永城跟阿豆的話，之所以聽從，是因為永城知道哪裡安全，哪裡可以睡覺，而只要一到安全的地方，牠們就會愛理不埋，叫也叫不動。領導牠們如此艱難，但第三個晚上時，終於抵達第一道水閘。

他把地圖記得很清楚，新店溪有兩道水閘，再過去便是翡翠水庫，這代表離目的地不遠了。雖然這裡已經少有人煙，但他不想冒險，入夜之後，他艱難地用河童語百般解釋，終於分批帶著眾河童爬上山丘，繞過水閘，再回到新店溪。

平心而論，這趟旅程算很順利了，釣客沒有追上來的跡象，除了途中經過一段滿是工業廢水的區域，一聞到那嚇人的詭異味道，他趕緊帶著阿豆衝上陸地，並要所有河童快上岸，沒想到有幾個河童不聽，一沾到有害廢水，隨即臉色發紫，掙扎地要爬上陸地，卻咕嚕咕嚕沉入水底。

第四天晚上，他們來到了第二道水閘，也很順利在夜色掩護下，爬上陸地繞過水閘，然而，當殿後的永城看著最後一隻河童回到新店溪後，一聲狗吠令他警覺起來，他猛地回頭便看到水閘另一邊的山丘上，看到一道道強光打出的光束。不會吧……那些釣客竟然追了上來，永城不解地思考著到底有沒有這麼想吃河童肉？但旋即回想起那日在下水道，鐵撬男說過關於黑市的話，的確，河童肉恐怕比毒品還要強大，讓人不眠不休，還能增強性慾……也難怪這些人如此瘋狂。

他趕緊下水，告訴河童們，壞人追上來了，要趕路。難得眾河童沒有抱怨，跟著永城加速前進。不到半小時，他們來到水庫高聳入雲的水閘，眾河童從未看過如此壯觀的建築，紛紛驚訝地張口呆瞪。但現在不是欣賞人類建築偉業的時刻，他聽到此起彼落的狗吠、粗魯的咒罵聲以及吉普車引擎的咆哮。趕緊催促所有河童爬上陸地，他們得爬上高地，才能繞過水閘，絕不是趟輕鬆的路程。

河童的下盤並不適合爬山，而且會使皮膚的水更快乾涸，先前越過的兩道水閘都只是小山丘而已。眼看著釣客越來越接近牠們，眾河童卻吃力地越爬越慢，他有一種大難臨頭的無力感，果然，河童追捕隊已經來到山丘下，殿後的他開始聽到清楚的叫囂。

「聽著！小的一隻十萬，中的五十萬，大的一百萬啊！」

在他聽到身後的狗吠聲後，迅速在地上找到一根粗樹枝，他綠色的皮膚冒著冷汗，盯著前方的河童隊伍緩慢攀上。果然，他聽到一陣腳步迅速滑過落葉的啪沙啪沙聲，轉頭便看到一頭黃色的土狗張開大嘴朝他撲來，他算準時機，一棒敲在狗頭上，那隻狗旋即攤倒在地。

右手邊卻突然傳來河童淒厲的哭喊，他緊抓木棒趕了過去，便看到一隻落單的河童被兩個釣客按倒在地，其中一人拿出鐵鎚，對著牠的頭殼猛敲一記。

「白痴啊！打死了沒用！要活的！」

「幹！不早說！」

沒等他們吵完，永城高舉粗樹枝撲上去，當場敲碎鐵鍋男的頭上蓋，另一人反應過來，抽出一把開山刀朝他揮舞，在他的肚了上劃破了一個口子，流出翠綠色的血。永城害怕地盯著對方的刀子，知道自己打不過，便腳朝地面一踢，捲起一片枯樹葉與塵土，那人立刻摀著眼睛咒罵著，他趁隙向上脫逃，爬上山丘頂端。

他欣慰地看到幾隻河童已經抵達山丘下，躍進水庫清澈的湖水中，卻仍有不少的河童卡在山頂，被土狗攻擊而動彈不得，成打的釣客已經爬上山麓，有人的背上繫著魚叉槍。

他再度翻找著粗樹枝，衝上前去解救被土狗緊咬不放的河童們，他分身乏術，心中咒罵著這些河童怎都不反擊，直到瞥見阿豆拿著石頭，敲著一頭咬住同伴手臂的大狗。

他叫阿豆趕快下山進入湖裡，自己則再度衝進樹林裡，確保沒有河童落在後頭，卻發現自己四面楚歌，前後、左右都是拿著大刀開路，朝他邁步而來的釣客。他壓低身子在山丘稜線上奔馳，這才發現皮膚乾枯，全身開始疲乏無力。

他被逼到無路可退，只能踏上水閘頂端的狹窄步道，水庫的湖面在他下方數百公尺遠。他看到倖存的河童都已經遊離岸邊，那些釣客只能在岸邊咒罵。然而自己卻深陷絕境，步道兩邊各有幾名釣客小心翼翼地包夾他。

他能從這麼高的地方跳進湖面嗎？大概會摔得稀巴爛吧，他想。然而情況卻由不得他多想，只見一個釣客從後方接來一把魚叉槍，已經打開保險，瞄準著永城。他立刻翻身躍過欄杆，底下河童目瞪口袋看著永城，跳下。卻慢了一步，魚叉猛然刺入他的左腰，墜落。

他遲遲沒有迎受從高處落水的衝擊，反而發現自己漂浮在一片浩瀚無光的黑色海洋中。我死了嗎？他問著。不是說人死前，一輩子的記憶會如跑馬燈般在眼前流轉，為何他只能看到一片漆黑？他想起來了……他現在是河童，不是「人」了……真是！直到死後，他還是無法接受變成河童嗎？仍以「人」自居嗎？

他這輩子作為一個人是大大的不及格，他有做善事嗎？他有留下對後人有益的貢獻嗎？作為一個自私的人，體弱多病的年少時他活在自己的世界，長大時在生活與職場為了自己，傷害了多少人，想想，他的人生還真是難堪啊！想到自己讓妻子失望了，也讓女兒失望了，想到自己吃了河童肉後，學會如何宰殺後，連反省自己的能力都沒有了。

那麼變成河童後呢？他有讓自己失望嗎？他不是接受了成為河童的事實，才狠下心來，為了心愛的妻女，而拔除自己在她們生命的痕跡嗎？讓她們忘卻自己，能夠繼續過生活？他不是花了這麼大的力氣來到翡翠水庫嗎？他不是耗掉這條命，把倖存的河童帶到這個牠們真正所棲之地嗎？他大可拋下這群麻煩的怪物們，自己來到這裡度過下半河童輩子的。

你殺了那麼多河童，幫助牠們，賠上你自己一命，算是便宜你了。永城自嘲想著。

「你成功了！我們成功了！豆！豆！」阿豆大叫道。

永城醒了，發現他漂浮在水面上，眾河童簇擁著他，用一隻隻小手撐著他，不讓他沉下。那支銳利的魚叉仍穿透他的左腰，傳來逐漸加強的強烈疼痛。但他知道牠們會想辦法拔出魚叉，想辦法幫他治好，將他泡在河童尿液裡。他知道自己會好起來，阿豆跟其他河童會抓又甜又鮮的淡水魚給他吃，直到他完全康復，大家在清澈純淨的湖水一同捕魚，一同比賽游泳，看誰能夠搶先游到最深的湖底。永城閉上眼，比起做人，做一個河童，也許還不賴吧。

黃唯哲

◆作者簡介

黃唯哲（筆名默郎），男，一九九〇年生，南投。世新廣電系電影組畢業，現於影視製作公司任職 in-house 編劇、企劃。折衷主義者，沒有固定的見解與立場，酷愛融合各種創作風格、方法、理論、類型，因此各類作品在大小劇本獎、小說獎驚鴻一瞥，處處留痕彷彿野狗撒尿，但仍孜孜不倦進行創作中。

創作態度奉行「不怕沒人看，只怕寫不完」。作品不求重用，但先求自己寫爽，是個無可救藥的樂觀派寫作流氓。

◆得獎感言

已是第二次投稿，上一屆的作品僥倖進入決審，仍以零票之姿悲壯墜地、粉身碎骨。今年捲土重來、東山再起，能夠獲得諸位評審們的肯定，一方面感恩感謝，將背負著眾前輩的鼓勵，繼續在創作之路上踽踽獨行。

另一方面卻是受寵若驚，向來清楚自身詞藻不夠華美，文句不夠詩意，也未能像個「文以載道」的知識分子，透過故事闡述人生道理、含納社會議題，我只是一個喜歡寫故事的人。此次得獎、此次獲得眾人青睞，將使我的志向更為堅定，今後也會認真作為一個橋下說書人。

評審的話

◆小野

這是一篇充滿驚悚的奇幻小說，描述有人發現河童出現在台灣的深山湖泊，如果吃了味道絕佳的河童肉之後，性慾旺盛體能超強，可是最後也會變成河童。這樣的故事給很少有這樣類型的華人電影世界帶來了無限想像空間。閱讀這篇小說的經驗是半信半疑的看著一個新手駕駛，挑戰一個難度超高的越野賽，翻山越嶺過吊橋渡河，一路跌跌撞撞，最後竟然以冠軍之姿抵達終點。這篇小說的書寫難度在於說服讀者從半信半疑到完全相信有這件事情，奇幻轉為於寫實，這是作家高明之處。

◆周芬伶

在芥川龍之芥的小說中，河童象徵著人類的覺悟和精神力量的超升，利用此傳說寫成的本土奇幻小說，河童成為救贖與墮落的轉化，作者的想像力具有生活基礎與真實感，其主角在絕路與厭世中，聞到河童肉的香氣，而引起慾望，我深被這點打動，是想像力的產物，不純為幻想。

◆陳玉慧

卡夫卡的《蛻變》一直是被視為嚴肅的現代主義文學經典之作，《蛻變》中的男主人翁早上醒來變成一隻蟲，其實是黑色幽默；〈河童之肉〉亦有類似的黑色幽默，帶有一些日本漫畫或後現代的奇幻氛圍，文本寓意明顯。引用日本民俗文化中的河童作為物欲的象徵，諷刺現代社會的墮落，想像力豐富，充滿狂想和戲劇大師布萊希特告誡的戲劇守則——驚奇。情節總是在意料之外進行，小說的戲劇張力十足。

◆鄭芬芬

或許因為預算與技術的影響，台灣的奇幻文學被改編成影視產品的不多，可是此一類型往往是最受年輕讀者與觀眾歡迎的。喜見〈河童之肉〉這樣內涵與技巧都令人激賞的作品出現，希望能帶動不管在文學或是電影創作上質與量的進步，只是借用了日本文化的河童概念移植到台灣，雖然融合得不唐突，但希望未來能有更具自己文化特色的奇幻靈魂作品出現。

◆蔡國榮

河童本是來自日本文化，卻言之成理的引入台灣，甚至藏身在翡翠水庫與地下水道，並將河童轉化為試煉人類慾望的度量衡，構思堪稱精妙。對於食物與食慾的描寫尤為生動，居然能具體的將「香」描繪得躍然紙上，敘事很可稱道；加上人物刻劃生動，故事引人入勝，戲劇張力十足，成就了一篇難能可貴的夢幻體電影小說。

◆駱以軍

將「吃河童」這個古怪、邪氣的事，寫得讓人真的彷彿為那香味著魔，同時又被其敘事扭力帶進那「人吃著異族高智慧生物」，並慢慢「失去人形」的卡夫卡噩夢。全篇故事的布置、氣氛、怪誕感皆層層如牌陣打出，朝想像力的邊境不斷翻牆而出，最後反思人類在「審美－慾望－剝削他者」這個文明內造的瘋狂，是原創力極強的一部作品。

貳獎／西貢往事

溫文錦

一

一個雨天傍晚，我揣著小如貓咪的行李袋敲開了那所房子。

房子有些黯淡，溼呼呼的藥水味兒彌漫了整個房間。狹長的暗白色的橫棱格木窗隱約透出的光映穿了她的半邊臉，她用有些嘶啞的聲音喚我道，「進來吧。」

說的是中文。

放下行李袋，隨著她穿過走廊去盥洗室洗腳洗臉。那麼小的房子，走廊卻長得驚人。脫了鞋，光著腳跟著她白色的奧黛裙裾走動時，直讓人覺得像是穿過了沁涼的長頸鹿脖子。

我的房間在長頸鹿脖子的另一頭。

「澡，妳會洗？」

「會。」我說。

她的普通話不太標準，聽上去像是另一國度的人講的另一種語言。但我不知不覺就懂了。我用懵懵懂懂的普通話大聲地回她，起初是兩個詞兩個詞地，後來是斷斷續續的短句子。

阮扶貞是她的名字。

洗澡的時候，打溼了劉海。我對著鏡子將溼成一綹一綹的劉海撥到一邊，爾後塗上強生ＢＢ霜。

「走廊的燈，記得關。」扶貞站在門口像看白色空氣似的看著我，然後消失在門後。

「好。」我的回答穿過暗夜的走廊無人聽得。

這一帶，奇奇怪怪的公寓和風俗店一家挨著一家，扶貞的房子就在最裡面靠近山腳的地方。四周全是緊緊挨著的形如小盒子的寓宅，簡直黏成一片。這一爿房子的建築風格類似十九世紀的法國，天藍色或是奶油黃的三角形屋頂很是常見，房門和窗戶也大半裝飾成粉彩色。

扶貞的房子有個狹小的院子，清早起來我蹲在院子裡刷牙洗臉。院子裡栽著鳳仙花和天竺葵，以及僅有的一棵結實的黃檀樹。每到放學時間，便有一群小學生擠過來，唧唧咕咕說著語調怪誕的越南語，趴在明黃色鐵門上朝裡張望。我才一隻腳踏進院子，他們便一湧而散，又重聚攏在其他家門口。我不曉得孩子們是否都這樣嬉耍，還是僅對我們這個來了中國人的院子情有獨鍾。

對面的二層樓公寓，樓上住著一對年輕夫婦，具體有多年輕不曉得，只每天看著掛在細小陽臺上的衣物褲衩和胸罩，寶藍的、黛紫的，還有粉橘色和細花格子樣兒，突啦啦地甚是招展。有時會聽到他們用越南話吵架的聲音，但大部分時候，二樓窗戶和陽臺的門都是緊閉的，有斑斕的太陽花枝條像幾近無人看管的兒童般垂到馬路上來。

來這個家時，我沒有同扶貞講過我的事情，她也沒問，自顧自地招待我吃飯。聽舅娘說，扶貞這兒常接待親戚朋友什麼的，她都慣了。「那孩子，打小就獨自生活，曉得照顧人。」

「噢，那太好了。」我記得當時自己是這麼說的。

可是，哪有一天到晚不理人的道理呢。

扶貞上班以後，我就一個人搬了凳子來到院子，在屋簷下看書。西貢的烈日甚是濃郁，明晃晃的，雷厲風行的日光像鋸齒一樣赫然把白日和陰影劈成兩爿。雖然蜷縮在屋簷的陰影裡，可是看不了多久，太陽穴就會隱隱作痛，眼睛也瘆瘆的。

真傻啊，後來我就不那麼幹了。

剛來的第二天，扶貞問我吃什麼，我都說可以。她說了句冰箱裡有吃的，就不再管我了。感覺上她總在睡覺，早上我起來的時候她還在被窩，基本上是過了中午飯的時間才起床，盥洗室一通聲響後她的房間又歸於平靜。大概是從冰箱拿了點三明治或者法國長麵包和咖啡，又回房去了。

下午接近五點的時候她才化完妝施施然地出來，揣著白色小兜，頭髮吹得像褐藻，對我說聲上班去了就不見人影了。

「真不想來這裡啊。」我看著扶貞的背影模模糊糊地想。可是一開始鬧著要來越南阿舅家的不就是我嗎？高中畢業沒考上大學後，母親就催促我復習一年重新考試。「要是能去儘量遠一點的地方，打工其實我也願意。」我是這麼對母親說的。

可是現在，果真能夠待在什麼都沒有的地方，清清白白地從頭開始嗎？

我不知道。

扶貞上班的時候，我曾百無聊賴地偷偷進去過她的房間。牙白色的床單被子疊得非常隨性，咋一看像坨開過了花期的白水仙。梳妝台倒是很大，零亂地放著許多外國商標越南文字的粉底、脣膏、香水之類的，從包裝和設計上看得出是幾個有名的外國牌子，不過是由越南本地生產的罷了。扶貞似乎不怎麼用護膚品，僅有一罐黃油和護手霜，乾巴巴地擺在角落裡，儼然像失寵的狗。

啊，是那樣的女人。我在床頭櫃的鬧鐘下方窺見一個紅色包裝的安全套，像是見到了什麼不得了的祕密似的趕緊將目光移得遠遠的。

屋子裡有股淡淡的菸味兒，不像平常男人們聚集房間後留下的粗魯刺鼻的香菸味道，聞起來淡腥淡腥的，像是被萬里晴空的海水過濾的菸味兒。我想，那應該就是抽菸的女人身上常有的體味兒吧。

像菸啦，脣膏啦之類的，雖然現在還不怎麼曉得，應該將來就會像扶貞姊一樣熟稔的吧？

在這所房子待了快一個禮拜，我每天都把房間收拾得整整齊齊，打掃院子，給花澆水，用手擰乾抹布將粉青色大理石地板來回地搓。用過的碗筷、案板小心翼翼地抹過一遍，馬桶也認認真真地洗了，本想把窗簾也一併拆下來洗，可是豎長型的窗戶實在太高了，只好放棄。母親說，到了人家家裡，要手腳勤快、嘴巴甜。可是，我做的這一切，扶貞都好像沒有看到的樣子。大概她就是那樣一個生性大大咧咧的人吧。

「噯，還沒睡？」

「沒。」

扶貞終於同我講了幾句話，不過是打招呼而已。她推著突突作響的摩托車進到院子裡，我開了門，才十二點不到，竟然回來得這樣早。

「小碗，幫我拿一下包。」聽到她用中文叫我的名字，吃了一驚。來這裡後好久沒人這麼叫我了，乍一聽好像在叫別人似的。

「好的。」我應了一聲，從她肩上卸下那只白色小兜。

「不，是那個。」她朝摩托車下方努努嘴。

「噢，是袋子。」我看見她的女式摩托車腳踏板裡放著兩個白色包裝袋，拎起來一看，是印有英文商標的服裝袋子。

「今天下班這麼早，噯。」我說。

她好像對我的問題不打算回答，把摩托車熄了火，卸下頭盔，走了進來。毛茸茸的長捲髮被壓出了印痕，有點兒像不成形的結縷草。

我跟著扶貞穿過涼涼長長的走廊，把包裝袋拎到她的房間。

「放桌上就好。」她擰開梳妝台上的白黃色鏡燈，開始對著鏡子卸妝。先是摘下睫毛，接著擦掉口紅，然後把頭髮盤了起來。

放下袋子，我在門口站了小一會兒。扶貞姊的樣子，讓我想起初中時候讀過的言情小說裡的女二號，通常那樣的女人都有長長的捲髮，玲瓏浮誇的唇和粉紅色的脖頸。我想起來那天在她房間看到的紅色安全套，再一瞥，已經不見了。

當我正小心翼翼地把扶貞卸妝的樣子從鏡子中一點一滴烙入腦海的時候，她突然扭過頭來說，

「先去睡了吧，這麼晚了。」

我點點頭。她把妝卸到一半，眼角殘存的黛藍色眼影，有點像哭，又像蝴蝶死後的多餘的身體。

「有空帶小碗妳去海邊玩吧。」

走出門的時候聽見她這麼說。

回到自己床上，我想著扶貞的樣子，想著她突然熱情有致地說起到海邊玩那番話。到這裡一個多星期以來，這也算是她說過的比較親密的話了吧。扶貞的樣子，同我之前認識的中國女孩完全不同，不管是樣貌也好，身子也好，完完全全一副婉轉得不得了的樣子。比方說那天早上我吃過早餐後躺在客廳的吊床上晃蕩著看書，扶貞穿著睡衣忽然呼拉拉地從我身邊跑過，看樣子是要去門口拿什麼快遞，豐腴又細小的白色腳踝從我眼前一晃而過，接著又晃了回來。長這樣子的腳踝的女人，真是羨煞人啊。什麼時候起她會對我親熱起來呢？我想像穿著自己那套橄欖綠泳衣同她一起到海灘遊玩的情景，不禁覺得溫柔起來。

第二天一大早，我被曬到額頭的陽光熱醒了。一骨碌爬起來，才發現昨晚睡覺時窗戶沒有關，鵝黃的窗簾被撇到一邊，七八點鐘的太陽直刺刺地在床上形成一灘日炙。

我像往常一樣舉著牙刷往肩上搭著毛巾到院子裡刷牙洗臉。在我「呸」地一聲往下水道吐漱口水的時候，聽見門口傳來「哐當」一聲。抬頭一看，原來是上學路過的偷窺小學生。穿著黑色

校服的平頭小孩「咕嚕」地把腦袋往後一縮，消失不見。我起身扠著腰，探頭往路盡頭望去，那邊除了白花花的太陽形成的反光路面，什麼也沒有。在西貢，太陽是最不吝惜自己熱情的，什麼時候外面看上去都像白得失去細節。

我洗了把臉，用洗臉水澆了花，往房間走去。要是這時候扶貞醒了就好了，說不定馬上會帶我到海邊去玩，不是嗎？走過扶貞房間時，我將耳朵趴在她的房門聽了聽，什麼動靜也沒有，那裡面簡直像闃無人跡似的。

拉開冰箱門，發現兩天前買的長麵包早已吃完，只剩下用來夾麵包的一根黃瓜和兩個番茄。趿拉著拖鞋到巷口的早點攤買了一份春捲、一杯豆漿。付錢時想了想，又多添了一份。通常我早飯只吃夾著黃瓜和番茄的長麵包，從不動手煮米粉或者蒸飯糰之類，也不準備扶貞那份。但她昨晚回來得那麼早，說不定會早起想要吃點什麼罷。

來西貢這段時間裡，哪兒也沒有去過，光是在唐人街的阿舅家住了兩個晚上，就背著包來這裡。阿舅在唐人街是做盆景生意的，也兼賣點古玩和陶瓷，也多得舅娘同我媽講，小碗來這裡同阿舅舅娘學做的生意，也總比留在國內打工強。我這才得以來了越南。剛來的那兩天，暈頭暈腦地在唐人街逛了一晚上，阿舅舅娘請我吃了一頓潮州菜，就叫了一輛摩的把我往扶貞姊家送。說到底，我連西貢這個城市具體是什麼樣兒，都還不曉得。

吃完春捲沒一會兒，扶貞就起床了。不過，她好像沒有同我講話的意思。我在吊床上搖曳著讀從阿舅那兒拿來的那本《鴛鴦刀》，聽見盥洗室傳來嘩啦啦的水聲。聽她洗澡，像是在同什麼人做激烈的鬥爭似的，水聲響得轟轟烈烈。過了一會兒，浴室靜悄悄的，聽得房門吱呀一聲響，扶貞又回房裡去了。

她出來的時候同昨晚回來時妝容一樣，只不過略微淡了些。已經卸了的捲髮末端黏在絲光白的奧黛上，沿著胸口不聲不響地垂下來。

「買了春捲和豆漿，吃嗎？」我將書撲到胸前，看著她。

「謝謝，有事要出去。」扶貞的中國口音很生硬，可能是起得太早的緣故，她的聲音聽起來拒人千里之外。

「噢。」我抬眼瞥了瞥桌上綠色蒸籠裡的春捲，模模糊糊地想那也只好把它當午餐了。

扶貞推著摩托車出院門的時候，我撩上拖鞋起身到院門，扶著摩托車送了把力，院門口有個臺階，不高也不低。她披上防曬的披肩，又朝著臉上戴上印有 Hello Kitty 貓的口罩，爾後罩上頭盔。從深深的頭盔裡看她透明的眼睛，只覺得很遠很深邃。她朝我做了個拜拜的動作，輕踩油門離去。

仔細關上鐵門，從門的縫隙裡看出去，對門的老婆婆坐在門口的籐椅上正在一動不動地瞅著我，由於逆光，看不清她的表情。對面樓下那一家的老頭子，每天都把腿腳不靈便的老婆子搬出來，放在門口透氣。越南的老婆婆，同中國的老人家似乎也沒什麼兩樣，只不過更瘦小更滄桑。

還有，他們總是對中國人很好奇。

回到客廳，我想了想，又接著把留給扶貞的那份早餐一股腦吃了，接著繼續搖搖晃晃地在吊床上看書。

電話鈴響起的時將近十一點，我遲疑了半天，才決定接。

「喂。」我拎起話筒試探著喂了一聲。

沒想到是扶貞。

「喂喂，是我啦。」

「嗯。」

「能不能麻煩妳將我房間的兩個白袋子送過來?坐摩托車過來就好。」

「好。」

「地址我直接發訊息給妳,記得給司機看就好。」

放下電話,我這才想起扶貞根本沒有我的手機號碼,我來住了這麼多天,她壓根兒沒打算問我。她的號碼,還是舅娘當時留給我的。

我拿出手機,用拼音打出自己的名字「我是小碗」發送過去,隨即推開了房門。

昨天像鼴鼠的那兩包東西今天還是像鼴鼠。我拎著它們,拎到了自己房間。遲疑了半晌考慮自己該穿什麼衣服,最後換上茶藕色半袖襯衫和白色的七分褲。襯衫有點褶皺,不過也算了。

扶貞發給我的地址是兩行用字母拼出的文字,仔細看又不是英文單詞,大概是把越南字母換成英文字母發出來的吧。拿給巷口的摩的司機看,那個坐在本田摩托車上頭髮略微花白的男子朝我伸出五個指頭,我想大概是五萬盾的意思吧,便點頭跨上後座。

我將兩個紙包放在座位前,一手攥住紙包另一只手緊抓後座的扶手,任由車子匯入車流。中午時分的西貢,太陽暴烈,空氣悶得胸口發燙,摩托車在狹窄的車道上靈活地穿行。可能是這段時間都窩在家的緣故,一出門覺得四周的光景浮白得煞人,兩旁的挨挨擠擠的商鋪、招貼廣告,街中心的花圃以及時不時一閃而過的巷角的小寺廟,讓人覺得眼前的一切曝光過度得幾近失真。

不多會兒暑氣濡上來,只覺得額頭恍恍的。遇到紅燈停下來時,周圍幾輛摩托車一擁而上,突突地響著,像幾頭喘著粗氣的怪獸。一個穿著青紫色奧黛蒙著口罩的女人騎著車,在我旁邊停了下來。我摁了摁手上的紙袋,微微傾側著臉看了她,看不見臉,也看不見表情,只覺得她的目光從口罩上方直直地落在前方斑馬線上。可能是身處異國的緣故，我對新鮮的人的感受格外敏銳，即便隔著她的淡白色的口罩，也覺得她那樣堅毅的神情，大概潛藏著某種不為人知的困頓的哀愁吧。正在這麼想著的當兒，綠燈霎時亮了，女子的車比我們先行一步抽離，一掠而去的空氣瞬間留下半秒鐘真空。

很快我們的車也發動了，司機駛著摩托車穿行之際，感覺自己被酷烈、粉塵、日光和濃郁的街景包裹成困頓萎靡的小貓。期間司機似乎問了我幾句什麼話，大概是朝哪裡走的意思，我不願意被他看穿自己不是當地人，含含糊糊地「嗯」了聲便算搪塞過去。

最終車子停在一間星級酒店的咖啡廳門前。我付過錢，拿下紙袋，朝這個招牌上畫著一只看起來像麝鼠的貓的咖啡館走去。被法國梧桐環繞的幽靜咖啡館，看起來同國內的這類場所沒什麼兩樣。站在門口的男侍應為我推開沉重的玻璃木門，一股婀娜的過於森冷的空氣迎面撲來。果然，不管在哪個國家的高檔場所，冷氣必然是過於充足，完全抽離實際存在的。

進來後我站在門口呆立半晌，目光沿著吧檯和周圍的桌子徐徐梭巡。像找人啦送貨啦這類活兒我最拿手了，在家的時候，就常常幫著雜貨鋪的媽媽送貨到客人家裡去。不過，當我站在這個富麗堂皇的咖啡館時，覺得自己穿得未免有些單薄，茶藕色的半袖衫和白色七分褲，怎麼看都像是上不了檯面的打雜姑娘的裝扮，連周圍的幾個女侍應生都穿得比我齊整得多。

落地窗邊的角落裡有人沖我招手。遠遠地看到被蜷曲的頭髮纏繞的扶貞，一瞬間覺得她變得嬌嫩弱小得讓人不可思議。

可能是從來沒有在距離那麼遠的地方看見過她的緣故。

我抱著兩個紙袋若無其事地走過去。

「嗨，來了。」扶貞說。她身旁坐著一個白襯衫藍領帶的男子，兩人隔著不遠不近不鹹不淡的距離。

我把抱得快要變形了的紙袋遞過去，在他們對面的黛棕色真皮沙發上坐下來。深陷在巨大的充滿褶皺的真皮沙發的我，和同樣深陷在沙發裡面的對面兩人，感覺像是包子裡的肉餡似的又暄又軟。

扶貞把紙袋接過去放到一旁，笑著對我說，「這是哲先生。」

「哲先生，你好。」

扶貞沖哲先生說了一句越南話，他轉過臉來看著我，用相當地道發音的英文說了句「Hello。」

扶貞沖我嫣然一笑，「他不曉得中文。」

我點點頭，隨即回應般地笑了笑。

這個人給我的第一印象就像只彬彬有禮的歐洲紅松鼠。略微稀疏的額髮，掩蓋著快要鬆懈的髮際線。與大多數越南男子不同，哲的皮膚相當潤澤，看不出應有的熱帶男人的淡黑色膚色。衣著也好，神態舉止也好，均像與星級酒店匹配般的相應和。

「小碗喝點什麼吧。」

「恩。」

扶貞問侍應拿來了菜單，遞給我，我一頁一頁地翻著，越南文下方無一例外地印著英文，很是好懂。

「要不乾脆在這裡吃午飯吧。」扶貞看著我，「如果不急著回去的話。」

我看了看扶貞，又看了看她身旁的哲，掂量了一番在這其間吃飯的可行性。

扶貞以相當鼓勵性的眼神看著我。說起來，和她的目光如此深長的對視，大概還是頭一次吧。

我點了點頭。

在扶貞同那男子細細翻看菜單的當兒，我不免有些浮想聯翩。不知道為何，總覺得在這裡遇到的她，比此前在家來得真實和親切得多。青天白日下凝神細看那女人，家裡有的神韻，這裡有；卻是單單多了一些觸手可及的遐和。不單是我，是緣著她身畔的男人的緣故麼？我在心裡搖了搖頭，那男人同扶貞姊不像是情人一類的角色，更多地帶有已熟知和未熟悉的進行時的關係，大約是什麼具有曖昧性質的客戶一類的人罷，我想。

偷偷瞥了眼翻看菜單甚有默契的兩人，隨即低下頭玩弄墊在桌上印著酒店logo的餐巾紙。

扶貞點了鮮奶芝士通心粉和水果沙拉，我則要了火腿蛋鬆餅和一份燕麥優酪乳。哲先生則連菜單都沒讀，便要了一份西冷牛扒、烤麵包和鵝肝沙拉。

點完餐，哲先生以詢問的眼神望著我，用英文說道：「還要喝點什麼嗎？」

我搖搖頭，客氣地笑了。他讓侍應給我上了一杯鳳梨蘇打水。

我咬著吸管，喝著冒著微微氣泡的冰涼蘇打水，凝眼呆滯地望向落地窗外。厚厚的茶褐色玻璃內向而自省，透過玻璃映襯出大棵大棵的梧桐、柏油路、私家車、男人、女人、侍應，和靜謐得快要消失的陽光。那麼酷烈慘澹的西貢正午，隔了質地厚實的玻璃窗，變得安好、平實。來時我額頭沁出的細汗早已蒸乾，枕著玻璃杯的臉頰涼涼的，身體適應店裡的冷氣後，便覺得完全疏離了先前的酷熱又狼狽的世界似的。

扶貞同哲說著話，從他們談話的表情來看，大約是與工作相關但並不正相關的內容。我半看不看地將大部分目光都落在玻璃窗上，玻璃上也映著扶貞和那男子的臉。表情是有的，經過光的折射已經不太明顯。她的紅的唇、描過的眉、卸了的髮梢，顏色已經不得見了，只剩下好看的輪廓，淡而純熟的舉止。不知為何，我覺得玻璃裡映出的扶貞姊，像有淡淡的哀慟似的。明明她同那人講話講得那麼熱烈，連笑也是縱情得體的，可是這種感覺，像是被喝光的牛奶渣子似的黏在我心裡。

上菜的時候我有點兒拘謹。到底是不熟的人，沒來由的一句也聽不懂的話。哲先生大方地給我和扶貞姊夾切好的牛扒，我稍稍正了正位置，再一次偷偷打量那人。還算說得過去，如果是情人的話。哲切好牛扒，側身往扶貞的盤裡送去。從側面看，他挺拔的鼻梁劃出一道優美的弧線，同他溫柔的落在牛扒上的目光交錯成一體。扶貞姊淡淡地笑著，用手護住盤子邊緣，垂著眼簾說了句聽起來大概像是「謝謝」的話。

我靜默地用刀叉吃著盤裡的牛扒和蛋鬆餅，任由兩人親切的，時有時無的越南話交談的聲音貫入耳膜。

突然，哲轉過頭來，用細長的眼睛盯著我看了好一會兒，問道：「Are you Tide Shar person ?」一時之間我有些措手不及。

扶貞笑道，「他問妳是不是潮汕人呢。」

我點點頭。

哲先生笑道，「我的外祖父也是。」

哲的英文發音既地道又流利，我卻花了好半天才聽得清楚。說起來，在西貢這段時間，我已有相當長的時間沒有正經同人交談了。

「是嗎。」我說。

「從來沒有去過那裡，」哲攤開手，「我想那一定是個美麗的地方。」繼而他憋著舌頭用發音很怪的潮汕話說了一句「你好」，我也用潮汕話回答道：「你好。」我們都笑了。阿姊看著我，笑迷迷地不說話。

靜默半晌，我又低下頭把注意力放在那盤蛋鬆餅上。這個看來頗有風度的男人最後會成為阿姊的情人嗎？我用叉子費力地叉出剩餘那塊鬆餅，塞進嘴裡，很大口地灌了一口已經不凍了的蘇打水。

侍者收拾完桌子的時候，我們三人又回到先前的狀態。吃完餐後甜點，我的目光無處落腳，翻了翻一旁雜誌架上的時尚雜誌，又轉而瞄向窗外。扶貞和哲似乎仍回到先前的話題的討論——就表情而言，是那麼回事。

不大一會兒，我感受到了某種靜默，扭過頭來發覺扶貞靜靜地看著鋪著黃褐色桌布的某處，她的眼神落在某個虛處，像是驚悸的鴿子飛翔過後的無處可去的短暫令人心憐的停歇。

哎。

我瞥了一眼哲。他同樣在靜默，表情有著某種程度的滯重。

兩人的靜默裹挾了我，如月色下沙丘踽踽獨行的我。恍然覺得大概就這樣下去的話，大家都會越來越迷茫的吧。

「吃飽了嗎？」

我抬頭，發現阿姊正在認認真真地盯著我。

「還要點什麼喝的嗎？」

「不了，我先回去吧。」我勇敢地迎向阿姊的眼神，發現她瞇著眼沖我笑了起來，那樣子像隻萬分乖覺的狐狸。這一笑，先前的疑惑瞬間豁然開朗，像阿姊這樣的女人，什麼時候都值得男人倍感珍惜的吧。可是我，什麼時候心底暗暗稱呼起她阿姊來了呢？

「真的不喝了嗎？」

「嗯。」

「那回去的話，路上小心點噢。」

我想扶貞姊她大概有什麼要緊的事情要跟哲先生下決定吧，我轉頭瞥了一眼拿過來的那兩個紙袋，此時它們怪模怪樣地趴在阿姊身邊，大概等我走後阿姊就把它們拿出來給哲這傢伙罷。我想了想，沒能搞清楚這裡頭到底裝的是什麼。

「那麼，我先回去咯。」

起身的時候，扶貞姊微微笑著看著我，哲也溫和地一點頭。他們倆，有那麼一剎間是相互對稱，彼此呼應的。可能是扶貞姊身邊有著能夠應和的男人的緣故，對我的好，都那麼真切起來了啊。

所以，他們是，有可能成為情侶的吧？

直到我踩著木地板，穿過吧檯，推開沉重的玻璃門，才感覺他們的目光從我身上收束而去。可是這一天，扶貞姊回來得同之前一樣晚。仍是半夜兩三點迷迷糊糊的時候，聽見摩托車低低的發動機轟鳴聲，接著是門響，門底的隙中傳來一絲昏黃的光。悶聲的腳步聲由遠及近地經過房間，一切都歸復平靜。

來這裡之前，舅娘就同我講過，扶貞姊在中國人開設的酒店上班。晚上回來得晚讓我別太介意。白天的話，走路做事什麼的也儘量輕手輕腳一點，畢竟是常常上夜班需要休息好一點。「因為是普通話講得很好的緣故，扶貞姊她可是很受中國人歡迎的喲。」舅娘倒是這麼同我自豪地講述來著。可是見到扶貞姊的第一面，我就推翻了舅娘這種老一輩人的古板說法，明明就是因為扶貞姊她風情萬種，同會不會講普通話關係不大吧。

每次見著扶貞梳妝打扮後認真推著摩托車出門的模樣，我就不由自主地幻想她工作時的模樣，可是無論怎麼樣設想，也絲毫想像不出那到底是個什麼樣的地方。今天白天見著她坐在咖啡廳沙發同男人談笑風生的模樣，大約等於一半時候她工作的樣子吧？我躺在床上胡思亂想，走廊那頭的盥洗室水聲小得幾乎沒有，但眼下這當兒扶貞姊必定是在洗澡，我憑著想像一點一點地勾勒出浴室的聲音。直到後來迷迷糊糊入睡，我都沒能分清耳邊傳來的水聲，究竟是我的想像呢還是真實存在的。

二

那天以後，阿姊一如往常上班下班，偶爾漫不經心地同我說上幾句話，眼角眉梢還是那樣疏離，彷彿那天送包裹同哲先生之間的遭遇，平淡得沒有發生過似的。興許扶貞姊就是那樣的人罷，我胡思亂想過幾回，想法也就淡去。

照例窩在家看從老舅那兒拿來的武俠書，有時會到巷口的菜市場買菜，買完菜沿著巷尾的山腳慢慢蹓一圈，又回來。舅娘說，等他們這邊把新裝店鋪整修好，我就可以過去幫忙了。說起來，她說這話也有十來天了，還是那個陰雨天傍晚，舅娘將我的行李提上摩托車尾，囑咐司機將我送到阿姊家時說的。可是，究竟什麼時候去上班，也沒個准信。這樣的話，媽媽給我的錢，也在一天一天地減少。

白天這個城市總是熱浪炙人。那種熱是從骨子裡透出來黏在皮膚上揮之不去的悶熱，即便是每天洗上三次澡，黏膩的滯悶的熱氣還是無法消散。大白天的，只要站在明晃晃的外頭，不管是街道上還是樹蔭裡，不多會兒溼答答的汗水就往外冒，像被開水淋過了一般狼狽。阿媽說我是個夏天出生的孩子，「這樣的孩子怎麼會不由衷地喜歡夏天呢？」媽媽的這個說法，我也是承認的，可是，一旦離開了中國，到一個完全炎熱得沒有盡頭的地方去，是我這個夏天的孩子完全沒有辦法想像的。剛剛來到這個城市，感到滯悶的頭幾天裡，我總是半夜熱醒，偷偷去浴室沖個涼，頂著溼溼的身子鑽回被窩。僅只是那樣，也只能是在片刻的涼爽裡透口氣罷了。

我總在傍晚出門，或者天氣晴涼的早上六七點去採買食物。就食物來說，熱帶地方的瓜瓜果果感覺比國內鮮豔明翠得太多，茄瓜也好，番茄和大頭菜也好，什麼看上去都是脆生生的。還有一些我叫不上名字來的水果，一籮兒一籮兒擺得極是熱鬧。扶貞吃得少，早餐又常常不吃，晚餐和消夜大約總是在上班的酒店解決，我把做好的飯菜留在餐桌用紗罩罩著，她嘗過幾回，卻沒怎麼正經吃完過。因此我在做飯方面也就盡可能簡單、清爽些。

買完食物，時間尚早的話偶爾會沿著巷子胡逛一通。這裡的巷子同中國的一樣的狹小，只是火柴盒般的房屋顏色鮮豔，摺疊得像是經過商量似的好看。我通常踱到巷子盡頭的山腳，繞著山腳走上一通，再回去。山很小，貼近山腳的人家沿著山種了些嬌豔的蝴蝶花以及油綠油綠的菜蔬，邊邊緣緣弄得煞是齊整。可是這裡墓多，走幾腳時不時地便冒出幾座來，光天化日乍一看，讓人心裡有些逼仄。可能這個國家是這樣罷，生者和死者習慣挨得很近，慢慢我也安然接受起來。

那天下午，我買了油麥菜、苦瓜和新上市的兩斤橘子，沿著回去的小路看到一位穿灰色僧袍的女尼，她戴著灰色無簷帽，拎著西瓜和橘子，撩起半邊僧袍，往那山上走。

原來那山中有路呵！想著想著，不由得跟上了她的步子。雖說一身灰袍，卻走得甚快。跟在她身後四五米的距離，覺著神祕兮兮的。路窄小，也像平常少有人走，階梯時有時無的。可能原本就不是什麼大山的緣故，很快我就隨著她到了半山的地方。原來那是一座小廟。由於這小路是通往寺廟後門的緣故，只見得到後門邊木頭搭成伙房、柴房和洗手間。

女尼閃進寺廟時我愣了愣，提著菜蔬在那條路的盡頭發呆了好久。一隻樣子乾癟半大不小的狸花貓從伙房的灶頭跳出來，遠遠地望著我喵喵地叫，那樣子像是有話要講但又不願靠近。

我往前湊了幾步，貓倏忽一下跳遠了。那麼荒涼的山頭，貓啊貓是為什麼呢？

隔了兩天我對扶貞提起這事兒，她愣了愣才說，「山上是有廟。小時候去過的，現在不曉得。」

連扶貞姊也不曉得噢。

舅娘打電話過來的時候，我正沖完涼用毛巾揉著短髮。接電話的時候，脖子還沒擦，涼涼的一塊，被頭髮滴下的水濡溼了後背的T恤。

「準備一下，禮拜一可以過來上工了哎。」

「哎。」我瞅了瞅掛曆，是後天。

「可以的話，明天同扶貞過來吃晚飯。」

「哎。」

「之前同她講過，她曉得。」

「好，我知道了。」

舅娘同阿舅，已經不怎麼說家鄉話了。她同我講，也像是隔了很久一樣捂出來的詞。扶貞不一樣，從小就把中文作為一門課程來學。簡單的普通會話說得很是順暢，但那大概是在酒店工作練就的吧。

阿舅大舅娘十二歲，他們離開中國的時候，我媽還是個孩子。說起來，媽媽也有好多年沒有見過她的哥哥了。在那種情況下，媽媽對她同父異母的哥哥是懷著什麼樣的心情來思念的呢？我始終揣度不來，就好像阿舅見到我第一面，就若無其事地將我視作是他一直以來熟得不能再熟的侄女似的。

明天是禮拜天，扶貞照例休息。一想到今晚扶貞可能又回來得很晚，我覺得應當先發個短訊把這件事同她講。

「舅娘講，明天我們一起過去吃飯。」在手機裡寫好這則短訊，我想了想，又逐字刪掉，改為「明晚有空嗎？舅娘喊我們吃飯。」

簡訊發送後，水紅色的諾基亞手機很快閃爍出新的訊息，扶貞回覆道，「ok」。

自從我曉得手機可以直接傳中文簡訊給她，很多瑣碎的小事，我都透過短信跟她講。大概這樣做，是因為我不曉得怎麼同扶貞姊溝通的緣故。

因為想著晚上吃飯阿舅可能要跟我談論工作的事兒，早上起來我特地換了一套看起來成熟些的細格抽摺襯衫和小黑裙。邊吃早飯邊發懵的時候，我總不由得想著阿媽的話。阿媽的這個哥哥，有生以來只見過一次，加上今天也只是第二次，可是為什麼他們一家對我，親熱到多少讓人覺得有些茫然的程度呢？

可能是因為我，是唯一一個從老家過來的親人吧。

吃完早飯，我順手把碗洗了，拿了只蘋果站在屋外的廊簷下啃。初升的日頭暖烘烘的，照得院子璀璨動人。院落裡長出來的雜草，越來越同扶貞種的那些鳳仙花們融為一體了。我偷偷睨了一眼對面的老太婆，她正一動不動地坐在自家屋門口閉目養神。對面那屋沒有院子，因此老太婆閉目養神的時候總把腳丫子透過天藍色的柵欄，伸到巷道上去。

真是個霸道的老人家啊！我邊啃蘋果邊想。

扶貞起床的時候已近中午，我不僅拖了地，洗了衣服和被單，連中午的飯菜都準備好了。

「咦？」扶貞走過廚房喝水時掀開鍋蓋看了看，「好香呀。」

「是我做的釀豆腐。」我說，「打算晚飯時帶過去，讓阿舅舅娘嘗一嘗。」

「不錯哎。」扶貞慢慢地眨了眨眼睛，拿著鍋蓋的手停在半空中，一臉溫柔地端詳起那在蒸屜裡睡得像瓷娃娃的釀豆腐來。我偷偷看著充滿食慾的扶貞姊，覺得她可愛極了。什麼時候見過那麼為食物心動的扶貞姊呢？好像還是頭一次呢。

「阿姊喜歡的話，吃午飯時就可以嘗一嘗呀。」

「好呢。」

從咕嘟咕嘟響的鍋裡冒出的白色蒸汽籠罩了阿姊的臉，她那樣子真讓人覺得嬌脆欲滴啊。

「那天那個人，是阿姊的男朋友嗎？」我搓著手裡的玉米，裝作很不在意地問道。難得阿姊有這麼親切的時候，不知不覺就讓人鼓起了勇氣。

「啊，妳說什麼哪？」

「那個人……」

「沒有這回事啦。」

「可是，那人看上去很好的樣子。」我沖著她露出細細肩胛骨的吊帶睡裙嘟囔道。阿姊好像沒有聽到我的話，喝完水後，徑自進去了衛生間，嘩啦一記拉上了門。隔著雕花玻璃看著她那影影綽綽的淡粉紅色影子，我想，可能是男朋友太多了，所以才說不清楚的吧。

出發的時候差不多快四點。午飯後打了個盹，然後收拾好東西塞進提兜，來到門口，太陽又澀又刺眼，院子裡的花花草草蜷得像脫了神。我用手搭成涼棚仃在額頭，呆裡呆氣地站著。

發呆的當兒，扶貞已經將摩托車從樹蔭下推到院門口，立住腳蹬，扣上頭盔後，邊繫著頭盔的帶子邊轉頭對我說：

「小碗，妳也戴上頭盔吧。」

「好。」

扶貞說起「頭盔」這個詞，感覺發音怪怪的，像是在說「積木」、「烏龜」那一類的詞兒。我放下拎包，回到客廳拿出掛在門背後的備用頭盔，稍稍拍了拍灰往頭上戴。可能是不習慣戴這玩意的緣故，覺得腦門被箍得緊緊的。

「笨蛋，戴的時候要向後轉一下啦。」扶貞叫我「笨蛋」的時候我稍稍愣了一下，沒等我反應過來，她就走到我身邊幫我拿起頭盔重新扶正，還撇了撇我額前的劉海。被她扳正腦袋溫柔地扣上圓乎乎的頭盔一剎那，我覺得整個人暈暈的。含有花露水清香的扶貞姊的胸部靠得我很近，她的嘴唇幾乎碰到我的鼻翼，我還來不及看清她的眼睛，她已經走開了。

這樣的舉動真讓人害羞哪。

阿姊駕駛的摩托車突突地響著，靈巧地在狹小的巷子穿行，那樣子就像慣於躲避獵犬的獾。坐在後座扶著她的腰，好長一段時間我都傻乎乎地對阿姊剛才的舉動沒有回過神來。

是好看的女人，才會讓我害羞的吧？我覺得阿姊舉手投足真是沒得說。即便是像我這樣遲鈍的、不諳世故的高中畢業生，也暗暗地將她的魅力偷偷地吸收進腦海，反覆地回味。

在我浮想聯翩的當兒，阿姊「吱」地一聲停下車，我定睛一看，原來馬路對面有個騎本田的年輕男子在沖阿姊打招呼。那男人穿著牛仔罩衫，罩著鋼盔的臉看不清面容，他輕旋車頭，調頭逆行過車流，朝我們這邊開過來。

「嗨。」

「嗨。」

摘下頭盔後的男人看起來像個文質彬彬的文化人，不太年輕但也並不老，算得上是個溫和的中年男子。兩人打招呼之後的對話，我一句也沒有搞懂。只覺得阿姊同他說話的樣子像是親切中含有單純的包容成分。

那之後摩托車依然「突突」響著繼續上路。戴著頭盔的腦門黏著搭成一撮的劉海，很是不便，因為頭盔是阿姊給戴上去的，所以怎麼也不想摘下來重新捋一捋。沿途經過公園、學校、商鋪和人來人往的交通要道，加之路旁花花綠綠的招牌、看板和綠化樹，彷彿一一疊合了阿姊身上花露水味兒似的讓人難以忘懷。也許坐在她身後，那股香氣特別讓人在意的緣故。

車子很快駛進了中國人聚居的地方。在這裡，什麼都是濃郁地打著中國的商標。沿途的招貼、看板、門聯和燈籠倏突變成繁體漢字，擺放著熟悉商品的商鋪比比皆是。剛來的時候匆匆一展眼，因為是晚上的緣故，什麼都沒來得及瞄清。現在撲入眼簾，頓時覺得親切無比。

「快到了吧？」

「快了。」

阿姊騎車時從頭盔後面露出來的被壓彎了捲髮，時不時地撓著我的臉。真心覺得如果就這樣坐在她身後一心一意看風景，也是自在呢。

車子經過一個拱形牌坊，停在巷子邊的紅門院子。阿舅的家，晚上來的時候，恍然覺得深深邃邃的，現在青天白日的，覺得敞亮好多。我跨下車，跟著推車的扶貞姊走進院門。

羅漢松、榕樹、棕竹、海棠等等各種各樣的植物灌滿了庭院。深青、茶青、卵綠、綿靛藍、郡綠和濃稠墨綠，各種青青綠綠，說是灌滿，一點兒也不過分，連石階和鐵架子上，都層層疊疊地擺放著各式盆景。先前來的時候，天太黑，只覺得魆黑中一片浮青在院子重遝，沒想到敞亮了是這般光景。

「媽，我們來了。」扶貞跨進客廳，擰開了吊扇。越南話母親的發音，同中文一模一樣。

我隨著扶貞走進來，脫下汗津津的盔帽，用手搧著風。裝著釀豆腐和武俠文庫本的提兜，順手放到了客廳的桌上。

客廳看上去陰涼涼的，實際上空氣仍是滯悶。老舊的檀木家具在沉寂中發出暗啞的光。扶貞從八仙桌上拿起陶罐，給我倒了碗涼茶，又給自己倒了碗。我喝在嘴裡，覺得澀澀涼涼的，大概是夏枯草一類的涼茶。

「我去廚房找阿媽，妳就在這裡待著吧。」扶貞喝完茶，將碗扣回原處，轉頭跟我說。

我點點頭，兀自低頭喝茶，突然想起提兜裡的釀豆腐，便也拿出來去了廚房。

廚房在後院靠近花圃的地方，潮呼呼的，走進去便聞到一股濃濃雞湯的香味。大概是放了生地土茯苓一類的藥材，聞起來清清澈澈的，一時之間不免讓我有些犯鄉愁。舅娘正在蹲在地上剝毛豆，扶貞撩著粉沙色的奧黛裙緣，也蹲在一旁幫手。脆生生的陽光灑落潮涼的廚房，光線恰恰只落在她們手邊。

「舅娘，我來了。」

「哎，細碗來了哎。」

阿舅舅娘總叫我細碗，不曉得是母親在電話那頭介紹我的時候，沒把名字搞清楚，還是他們口音重，喜歡把「小」喚作是「細」。

「舅娘，這是我做的釀豆腐，你們嘗嘗。」

「哎，細碗乖。」舅娘起身往圍裙擦了擦手，接過我手裡的保鮮盒。

我擰開水龍頭，將手伸到冰涼的水龍頭下，將手洗了個透淨，轉頭低在地上揀起毛豆來。用涇水熬煮過的毛豆滑溜溜的，輕壓豆莢豆子便噗嗤一通滑出來，簡直像是逗孩子。

扶貞同舅娘嘀咕了幾句越南話，因為不懂，我便自顧自地吶吶地剝著豆子。扶貞倒是說著話，時不時地將幾粒豆子塞進嘴裡，我也學著她嘗了嘗，半生不熟的毛豆味道怪怪的。

「喂，說妳呢。」扶貞突然轉而用普通話同我講。

「唔？」

「住得慣不？」舅娘說。

「恩，挺好的。」

「看樣子細碗挺喜歡這裡的生活啊。」

「哎。」

「乾脆嫁到這裡來好了。」

「啊……」我不知道該做出什麼樣的表情，只好傻傻地笑了。

「妳阿媽身體還好嗎？」

「還好，就是老犯鼻炎。」

「哎，有空讓她過來這邊玩。」

「好的。」

我們很快剝光了一筐毛豆，剝出來的豆子擠在寶藍大瓷碗裡，綠晶晶的看著真熨心。

「細碗出去玩吧，阿舅就在園子裡。這邊我們來就好。」舅娘說。

我看了看扶貞姊，她起身卸下蜷在膝頭上的奧黛裙角，拍了拍裙子，笑著對我說，「去啊，看種樹去。」

「好，要幫忙就喊我噢。」

扶貞姊親切地笑了。

園子其實並不大，可能是栽了很多樹的緣故，感覺又深邃又厚重。這裡頭種的樹都頗為古裡古怪，除了我認得的羅漢松、榕樹、棕竹一類的盆栽植物，大部分都叫不上名字。園子的邊邊角角還堆著各式假山、卵石、陶瓷盆和肥料什麼的。西貢單純而濃烈的太陽在這裡似乎減緩了它的明度，連日翳也受到植物的影響變綠了。

我在濃濃重重的樹裡走，發現阿舅就蹲在角落的黃檀樹下剪枝椏。頭戴斗笠的阿舅穿著顏色有些漬的白汗衫，手裡拿著粗粗的剪子，蹲在地上撫弄一小盆樹。雖然斗笠擋著看不清阿舅的臉，只憑身影便能察覺得出他的神態。

晦暗的樹影擋住了他的大半部分身子，他的目光很慢很慢地落在手裡的樹上，像凝視什麼小動物似的。原來我有這樣一個阿舅啊！甚至在一個月之前，母親沒跟我提起要到越南的時候，我還懵懵懂懂地對是否真有其人並不知曉。如今這個人活生生乾乾脆脆地出現在我面前，屏息凝視起來，鄭重其事地感知著「這是媽媽的哥哥」這樣的事實，真讓人覺得不可思議哪！

「阿舅。」我站的地方有點兒遠，聲音有點怯，好像更寧願他聽不到的樣子。

「哎，細碗快看。」

阿舅直截了當地招呼我過來，連頭都不帶抬一下那般自然。

我趕緊小跑過前去，蹲在一旁。

「嘖嘖，多美。」

實在鬧不清這種乾癟癟的枝椏盡是分岔的半枯樹木美在那裡，只覺得這麼根枝粗壯的傢伙擠在一個靛藍瓷盆裡怪憋屈的，要我來養，定會讓它痛痛快快地想長什麼樣就什麼樣吧。

「妳看，它像什麼？」

「有點像缺了半只角的山羊的臉吧，也有點像小時候玩過的那種木滑梯。」

「唔……」

我不曉得自己比喻得對不對，感覺把阿舅的心愛物說得有些粗俗了，要是讓我細細思考，定會說出類似像倒立過來的仙鶴啦，長了翅膀的烏龜那樣高大上的比喻來。

「每種樹木都有自己的個性，細細了解它們各自的性格的話，就會發現很多不一樣的地方噢。」

「原來是這樣呀。」

仔細看過去，才發現那樹頂上纏繞著細細的鐵絲，看上去要成為某種形狀的樣子。我暗暗地想，阿媽所說的學做生意，就是跟著阿舅像這樣料理植物嗎？真是很怪的工作誒。比起我那些同學畢業後要麼上大學、上高職，要麼到咖啡館或是服裝店打工來說，究竟我這樣的工作算什麼呢？

在我默默地想著心事的時候，阿舅卻不知不覺地站了起來，像變戲法似的從一旁的工具簍裡拿出一個斗笠遞給我：「幹活的時候，要記得戴這個啊！」

斗笠拿在手裡結結實實的，怪讓人覺得踏實的。

到了晚飯時間，太陽還沒落山。在這裡，太陽總是透亮透亮的，連帶傍晚絢爛的霞光也不放過。美歸美，總是太酷熱。摘下斗笠跟著阿舅從園子返回客廳，一時間的植物帶來的清涼又被悶熱所取代。天氣雖熱，可不管怎麼說，我這個年齡的女孩總歸不會因為天氣熱而影響胃口。說起來，這也算是年輕的好處吧。

八仙桌上滿滿擺著白斬雞、滷水鴨、蒸螃蟹、各種青菜，還有我帶來的那盤白嫩嫩的釀豆腐，擺放齊整的碗筷旁還襯著得體的小酒盅。滿漾漾的菜肴一時之間勾起了我的鄉愁，恍然間覺得自己好像哪裡都沒有去，先前發生的，現時門外車水馬龍的奇言異語，不過是無心造就的一場夢罷了。

連阿舅在海關工作的大兒子欒雄同兒媳、園子工作的工人阿丁也來了。

吃飯的時候大家話多，各人說著越南話我一句也聽不懂，除了舅娘不斷地往我碗裡夾雞肉和鴨肉，基本上我只顧拄著筷子悶頭扒飯。酒是有的，從壇子裡倒出來的老黃酒裝在壺裡，扶貞姊一杯一杯地倒進小酒盅，我跟著大家熱鬧鬧地一口氣抿了，只覺得喉間熱辣辣的。

阿舅話少，同剛剛在樹木面前親切的模樣判若兩人，不曉得是否因為和植物打交道多過和人交流的緣故，身為一家之長的他在眾人面前看上去怪嚴肅的。

扒完飯，我加了塊蹄膀，沒頭沒腦地咬著。雖然很快地把飯吃完了，可我不想就這麼快離席，只好又吃起來。我一邊吃，一邊想著明天就要跟著面前坐著的阿舅、阿丁一共幹活了，感覺上梗梗的、怪不踏實的，我還沒有從明天起就要跟這兩人一起工作的意識。自己的第一份工作，是在離家千里之外不熟悉的地方、不熟悉的語言環境下開始的，怎麼都覺得很茫然。

從院裡跑過來的一只大白狗在桌下四處亂竄，我把咬完的蹄膀扔在腳邊，大白狗饒有興致地啃個沒完。

大家話說得熱鬧，我卻把興趣轉移到桌下的大狗身上。坐在我旁邊的扶貞夾起一塊雞肉，喚道：「huiaiwei！」說著遠遠地把雞肉往院子裡一拋，白狗一箭步地竄上前去，極為神氣地啃了起來。

「牠叫妖怪。」

「啊！妖怪？」

「對。」

「越南話發音叫『huiaiwei』。」

「huiaiwei。」

我注視著虎頭虎腦啃雞肉的妖怪，心裡默默地記誦著「huiaiwei」的發音。

有時候，妖怪也能給予人力量吧，我不知怎麼想到這個，可能是因為院子裡樹木密密層層的，幽深的地方有妖怪是好事吧。

回去時舅娘給我打包了一盒蹄膀，說是滷了很久的讓我放在冰箱裡同扶貞姊一起吃。「這孩子，平時也不曉得做飯。」說的是扶貞姊，卻笑吟吟地看著我，搞得我很不好意思。

同來時一樣，拎著裝蹄膀的網兜跨上後座，扶著比我還細的腰身的阿姊，我們離開了阿舅家。跟來時不同的是，我兜裡揣著一張舅娘給的西貢地圖，上面標著從家到店裡坐的公交線路。銅版紙印的地圖塞在兜裡，被我揣得汗津津的。

三

上班以後，我就沒多少心思關注扶貞的一舉一動了。反正大部分時候，她也是一副對我順其自然的樣子，說不說話好像也沒那麼重要，總之，她就讓我覺得是那種即便不怎麼用心交流也能感到其魅力的女人。有時候她也會同我說上幾句，大體上是半鹹不淡的「睡得好嗎」、「小碗的衣服真好看哪」、「這種東西在中國也很受歡迎嗎」諸如此類的對話。久而久之，我也學著用阿姊那種說話方式同她交流，可是不管我怎麼說，感覺上總是有點兒彆扭。

這只能說明我本來就不曉得該怎麼和她相處的緣故吧。

阿舅的店叫萬曆堂，是一家賣盆景兼古玩的店，售賣的東西除了阿舅自己栽種設計的盆景以外，還有從中國進貨的一些古玩珍奇，雖說不上古董級別，倒也非常別致。說不上特別好的生意，忠實的顧客倒也不少。大多顧客對阿舅的盆景手藝都很上心，時不時地來挑挑貨，鑑賞一番。有的客人還拎著鳥籠或者穿著類似馬褂的袍子。得知我是中國人，客人就特別喜歡同我說話，什麼「泰山是一座怎樣的山」、「電視劇《紅樓夢》妳看過嗎」，或是「真想去長城看一看哪」，也有問「現在的中國姑娘都長妳這樣嗎？」這種不來氣的問題的。有時候我莫名其妙，有時候也挺得意的。好像在這裡，中國人挺受歡迎的。

當然，也有人會拿著中文書來問我一些古裡古怪的問題，幸好上中學時課外書讀得多，有些常識性的問題還能湊合著應付過去。有個姓楊的老頭，好像是附近倉庫管帳的書記，就時不時拿著不知從哪裡買來的繁體字版《小窗幽記》來問我，多半是問這個字什麼意思，那個字怎麼念，我暗暗地感到頭痛，心想要是說不會的話，那也太難為情了。

不過還好，裡頭大部分繁體字我都認得全，實在是不會的，假裝端茶倒水的當兒查一查阿舅案頭的字典或者乾脆連矇帶猜也能應付過去。

我上班的時間是早上八點半到下午五點半，雖說是店裡的銷售兼會計，但概括起來就是什麼都幹，像修剪植物、打理苗圃、送貨之類的活兒也要兼顧。阿舅說我不會越南話，因此銷售的事情不能完全讓我打理，我總是跟在阿舅或者阿丁屁股後面一邊幫忙一邊記帳。像盆景啦，陶器古玩什麼的，大多都有頗為詩意的中文名稱，記起帳來也完全不是問題。

阿舅的店就在堤岸區的商鋪街上，從旁邊一條巷子拐進去走五分鐘就可以到阿舅家。店裡擺放的都是古玩和小型盆景，如果客人要挑選大型盆栽的話，便由我直接領到苗圃去。不過，通常培植成型的盆景都被擺放出來，尚未養成型的盆景阿舅也捨不得讓人瞧見，據說是那樣樹木的精魂就難以完全變得美麗了。

可究竟什麼是樹木的精魂呢？我覺得這種事物大概只存在於阿舅的瞳孔裡罷了。

說法歸說法，總覺得阿舅是個規矩頗多的人，雖然表面上總是對我很親切，可是一旦做起事來，不小心按少了他的要求可是會蠻嚴厲的。

我漸漸能分辨一些瓷器和盆景的種類了，奇奇怪怪的古玩也知道一點兒。什麼陶瓷、紫砂、根雕、漆雕、奇石之類的，從櫥窗裡拿出來拭擦的時候，也慢慢領會到其中美感。

扶貞來過店裡一次，那天她冷不丁地騎著摩托車停到店門口，我正對著一椿冒了芽的榆樹發呆，滿心思是中午吃飯時阿舅同我叮囑的，如何料理新進貨的紫砂壺那些事兒。阿舅下午在家休息，阿丁則送貨去了，店裡只得我一人。

「誰，小碗在哪！」

抬頭一看，是扶貞姊，她穿著珊瑚紅披肩，一邊卸下頭盔一邊走了進來。「扶貞姊來了。」

「蠻像回事的嘛，小碗。」

「還行吧？」

我低頭打量了自己，除了衣服外頭套著一件幹活時用的咖啡色圍裙，穿著上同從家出來時沒什麼兩樣。大概她說的是我站在櫃檯時的樣子吧。

「剛畢業的時候我也曾在這裡站過幾個月櫃檯，爸爸這個人，他養的花草可是難侍候得很呢。」阿姊把從車上取下的一大串鑰匙放在玻璃櫃檯上，右手不斷地撩著鑰匙圈，笑迷迷地看著我。玻璃被鑰匙磨得沙沙響，聽上去又硌耳又撩人。

阿姊在萬曆堂工作的事情我聽舅娘說起過，不外乎侍弄花草售賣古玩不合乎她的興趣，索性轉頭去了酒店工作。「年輕人吶，還是喜歡富有朝氣的工作，成天對著花花草草和 些不知什麼年代的老舊物品，很難唄。」這麼說的話，我不也是年輕人麼？認真說起來，我還比阿姊要小個四五歲啊。我暗自嘀咕的舅娘的話，想來想去也覺得這樣沉默古怪的自己適合這樣的工作。要是在國內的話，我沒准也會找一份會計或者圖書管理員之類的工作。

「所以妳呀，要好好加油喔。」

「我知道了阿姊。」

扶貞姊像是看什麼似的在店裡轉了一圈，爾後抬起頭來說：「真了不得啊，又添多了這麼多新品種。」

看著阿姊弓著腰瞪大眼認認真真欣賞阿舅的作品的樣子，我不由得想，這個扶貞姊到底是有多久沒來過萬曆堂了呢？

扶貞姊走的時候留下一打榴蓮蛋糕，說是酒店剛出鍋的新鮮蛋糕，要我們嘗嘗。她說自己是上班時間順便兜過來的，「記得讓阿舅和阿丁嘗嘗啊。」平時不怎麼說話的阿姊，突然出現在工作的地方，還那樣的叮囑我，想想都窩心啊。

雖然她只是想要送蛋糕過來罷了。

阿丁送貨回來的時候，我正在翻看放在店裡櫃檯橫隔放著的那本《盆栽趣味》，作者是周瘦鵑。說起來，阿舅除了有一堆古董，相當古老的中文書籍也為數不少。這本一九五七年出版的書皺巴巴的，比我比阿媽的年紀都要大。不知為何，自從到了西貢，我看書就變得專注起來，連這種平時不大看得上眼的專業類書籍都看得津津有味。至於阿舅那幾本港版的金庸小說，更是翻了一遍又一遍。大概是所能找到的中文書少，而閒暇時間又太充裕的緣故吧。

抬頭看見阿丁進來，我從櫃檯下拿出阿姊帶來的榴蓮蛋糕，招呼他過來吃。

「阿姊拿來的蛋糕，嘗一嘗吧。」我說的是英文。

「好的，謝謝。」

阿丁走到櫃檯後，用掛在臺邊的手巾擦了擦手，從桌上的水瓶倒了杯茶，一咕咚喝下去，這才走到我面前。阿丁總是這樣，送貨回來累得滿頭大汗，就稍事休息又開始忙這忙那。聽舅娘說，他是附近技工學校的畢業生，因為一心喜愛阿舅的園藝手藝，才一門心思留了下來。

「這個……」

阿丁好像對我擺在臺面上的蛋糕看著有些詫異。也難怪，阿姊從酒店拿來那麼精緻的小點心，這種不是任哪個貨攤上都買得到的東西，確實讓人納悶。

「阿姊從她店裡拿來的啦。」我說。

「噢……」

我們兩人的英語都很蹩腳，交流起來經常要重複好幾遍加上比劃手腳才鬧得清楚。我買了本中越對照詞典，憋急了會拿出來翻看，有時也用手機的，手機上有那種中越對照的軟體。不過我同阿丁之間，基本上沒有鬧到有那麼深層次交流的地步。

阿丁吃蛋糕的樣子有點兒像啃番薯，我們隔著櫃檯對桌，面前攤著一張報紙，墊著濺下來的蛋糕末。

大部分時候，就我同阿丁守著店。阿舅喜歡同他尚未長成的植物在一起，在店裡的大部分辰光，也是搗鼓整理那些古董雜碎。我打了個呵欠，眼角餘光瞥見阿丁塞滿腮幫子蛋糕的嘴巴，正有力地嚼著。看他吃得津津有味那樣子，心想那大概也是個喜歡過阿姊的人吧。

世界上的男人，可以分為喜歡阿姊的，和不喜歡阿姊的兩類。自從認識扶貞姊以後，我不由得有了這種單純而簡單的二分法。

四

扶貞突然提起說帶我到海邊玩，是我上班差不多一個月後的事情。

「去海邊玩兒，怎麼樣？」

「好呀。」

她一面說著，一面扶著連衣裙後襟，讓我幫著拉上後腰的拉鏈。我正坐在飯桌前撕魷魚絲，手乾澀澀的，趕緊起身往圍裙上抹了抹手，嘩啦一聲將她的魚尾連衣裙拉上。

「剛剛祖來電話，說星期天一起去海邊玩兒。」

「啊，祖是誰？」

扶貞沒有回答我的問題，順手從盛著魷魚絲的碗裡捏出一根，放在嘴裡細細地嚼著，吃得一股子愜意。

「這個星期天，記得了喔。」

扶貞沖我粲然一笑，扭頭回房去了。大概又是在準備化妝出門上班吧。這個無論什麼時候都對任何人任何事物展放她的溫柔的女人，心底到底是怎麼想的呢？雖然對她所說的去玩兒這件事很是嚮往，可是我也下定決心默默抗拒她的魅力。

見到祖的時候，我還是有點兒吃驚。他穿一件質感很好的白色恤衫，秀氣的額髮下，一雙細長的眼睛又深又黑。我本以為他會對我說點什麼才上船，誰知他只是璀璨一笑，蠻有默契地接過我同阿姊背的挎包，就同我們一起登上了船。我心下嘀咕著，這樣的男生，究竟是阿姊的男朋友，還是阿姊男朋友裡面的其中一個呢？本以為阿姊的男朋友大都是上次在酒店見到的哲先生那般，是既成熟又穩重的社會精英。這個秀美的掐得出水來的少年，同阿姊走在一起，無論如何都過於單薄了吧。

一路上阿姊和他有說有笑地站在船舷，海風款款，掀起他的額髮和阿姊的裙襟，甚是醉人。即便是遠遠地坐在木椅上發懵的我，也偷偷地想要往他們那邊瞅上一眼。

祖掛在恤衫口袋的太陽鏡，時不時地朝這邊反射出光來。由於太陽很曬的緣故，他們靠著欄杆背對著海。戴著大簷草帽的我，冷不丁地抬頭瞥見祖撩著阿姊被風吹散的長髮，覺得害羞便低下了頭。

來到西貢這段時間，基本上哪兒都沒去過。在人生地不熟的地方，一心一意地待在自己的小世界裡。上班面對花花草草瓶瓶罐罐，下班獨自睡覺或是做飯，這樣子的活法，有生以來還是頭一次。如果，有可能的話，我還想繼續這樣子生活下去看看。揉著手裡的船票，不知不覺中我抬起頭，看著蔚藍的天空。

天空是令人期待的碧晴色，那種毫無污垢的綠，同阿舅園子裡的樹木既相似又全然不同。大口大口地呼吸著清新得令肺腑顫動的空氣，不知怎地，我落下淚來。

微妙的、晃動不安的高三結束之後，我就打算開始獨立地生活。雖然母親和繼父一而再地挽留我，說什麼無論如何也希望我同他們一起生活，我還是選擇了這條路。也許，任性地擺脫看起來像是束縛的關係，是自父親離開我們後，我埋藏心底多年的選擇吧。

至於耀輝，中學時代的男朋友，也是這場選擇之中連帶需要被放棄的地方啊。也許從認識耀輝的那天起，這個決定就早已存在了的。只是眼下身處異國的我，隨著船舷輕微晃動的身體，不知緣何又重回昔日情境。

在西貢的兩個多月的日子，好像數不完的日日夜夜似的，離開家鄉的整個人，大概從頭至腳都翻了一番。我將雙手夾進合攏的膝頭，任手心漬出汗，黏溼了船票。

說起來，我在這個城市還沒有認識任何一個朋友，即便是扶貞，關係也是淡淡的。至於一同工作的阿丁，有時候覺得他總有些什麼事情想對我說，健康而局促地微笑著，用有限的幾個英語單詞說著說著便不了了之。還有阿舅，雖然每日面對老瘦嶙峋的樹木不怎麼說話，隱隱覺得他什麼都明白似的。哪怕只是輕輕抬頭喚我一聲「碗兒，去把拉絲刀給我拿來」，我也覺得他內心深處一定是對某個事物了了分明的。

那是一個同上了年頭的榆樹一樣讓人心安的人。

正在我胡思亂想之際，扶貞姊踩著高跟鞋格的格的走上前來，遞給我一罐可樂。罐裝的可樂迎著夾雜著腥氣的海風喝起來格外爽口。許是因為扶貞姊笑意盈盈的緣故，剛剛小情緒倏然消散，我甚至因為自己面對如此風和日麗的光景沉湎傷感而感到害羞。

「喜歡這裡嗎？」

「喜歡。」

海風照例撩動坐在我一側的阿姊的長髮，我屏息靜氣地坐著，默默感受著海風、淡藍色的欄杆、粉紅色的海鷗和從阿姊髮梢發散的氣味。

「那個……你們常去海邊嗎？」

「啊。去過幾次。」

「祖很帥。」我故意地、狠狠地流露出讚許的語氣。

「啊，是嗎。」阿姊彷彿什麼也不知道的樣子，她瞇著眼，視線透過仍然站在船舷的祖，落在比我還遠的地方。

逆光中的祖，頭髮的邊緣鑲著淡金色，他好像沖著我們這邊笑，但笑容融化在刺目的陽光裡讓人看不確切。

因為不會游泳，祖跑到海灘附近的商店去給我們租救生圈，我則跟著扶貞躺臥在椰子樹下的躺椅上，一人捧著一只插著吸管的椰子。穿著橄欖綠泳衣的阿姊，大部分肌膚裸露在椰子樹的陰影裡，淺黑的皮膚看上去像是塗了一層蜜。

我很怕曬，一年到頭戶外活動的次數少得可憐，這次也是帶足了防曬霜裡裡外外抹了個遍。說來還真怪，來西貢這段時間我竟然長胖了，直到穿著屁股緊兜兜的泳衣時我才發現這一點。

「他的皮膚真白啊。」祖拎著兩只泡沫樣式的救生圈回來時，我不由得沖阿姊感慨了一番。誰知祖竟然像是聽得懂中文似的，朝我非常有默契地笑了。

我尷尬地望向阿姊，像是尋求什麼幫助似的。

「還真是。」阿姊不以為意地聳聳肩，她的肌背黏著的沙子都快要脫落了。

祖將救生圈放在我的椅背後，笑嘻嘻地看著我，那一剎我以為他會脫口說出什麼「皮膚真的很白嗎」那樣的回答來，誰知他只是用英文說了句「常常聽扶貞提起妳呢。」

「真的嗎？」我睜大眼睛，連方才大大咧咧調侃陌生男人的羞愧都丟到腦子後了。

「扶貞說她有一位很可愛的中國表妹。」

「啊，謝謝。」比起祖圓潤又自如的英語來，我的回答還是滿蹩腳的。近距離地看著這位清秀的男子，覺得他比方才更生動更像真的——隔著一段距離看上去，那人總有一股不真實的美感。

「有空要向妳請教中文噢。」祖大大方方地搬了張躺椅在我們中間坐下來，雙手枕在後腦勺。

「噢，好。」我怎麼也想不出「不敢當」這個英文單詞該怎麼說，只好稀里糊塗地應了句「好的」。

「我的中文名字……」祖隨手撿起一根樹枝在沙地上沙沙寫起來。他的手很修長，盯著看久了會有連同他的手陷入沙子的感覺。

「阮、元、勇。」我緩慢地讀了出來，「對嗎？」

祖笑著點點頭，輕輕地在那個名字下方劃下一個圈。

寫完自己的名字沒多久，祖牽著阿姊的手去了海裡。我兀自留在椰樹的陰影裡，呆呆著看著那個人的名字，一點一點地被風吹卸。

那日見過祖後，這傢伙似乎就從我和扶貞姊的生活裡消失了。既沒有他的消息，也沒有聽阿姊再提起過。

親密成那樣的一對男女，怎麼會突然就煙消雲散呢？

「元勇怎麼樣了呢？」有一天我趁著拿龜苓膏去阿姊房間的機會，假裝無意地問道。

「啊，那個人呀！」

好像在說不相干的人似的。

「還是老樣子啊。」

這樣一來，我就沒話說了。什麼老樣子不老樣子的，根本就好像沒有那回事似的。

阿姊將叼著的菸放在琺瑯彩的菸灰缸裡，拿起我端過來的龜苓膏一勺一勺地咬著。那次去海邊曬出來的游泳衣印痕，早已從她身上無聲無息地消失了吧。我瞥了一眼穿著米老鼠背心和短褲的扶貞姊，她正漫不經心地坐在床沿翻看一本時尚雜誌。她那樣子，就好像我前世是她丫鬟似的。

說不定就是啊。明明長了一副丫鬟臉，卻又不甘寂寞地打聽著打聽那的。

「祖在法國啊！」阿姊突然抬起頭來認真看著我，「我們小時候常在海邊一起玩的，後來他跟著父母移民去了法國念大學。」

「哇。」我說不清是驚訝還是失望，也許又有一點點難過，竟然「哇」了一聲出來，簡直像個孩子。

「怎麼了？」

「啊，以為是阿姊的男朋友呢。」

扶貞搖搖頭，既沒肯定又沒否認，眼神淡然得跟昨天似的。

我裝出對祖沒什麼興趣的樣子，沒頭沒腦地吃著自己碗裡的龜苓膏。

雨季一來，我花在園子裡的時間就多了起來，總要幫阿舅幹著幹那的，不是怕暴雨淹了小樹苗，就是怕雨水打翻嫁接的枝幹，還得忙著清理被落葉泥漿堵塞的通水管道口。

植物種在盆子裡就是好，任人搬來搬去也毫無怨言。我總是自說自話地冒出各種無厘頭的想法，可能是待在這裡，能真正用熟悉的語言交流的，只有我自己吧。

下雨天的時候，人手不夠，萬曆堂就得暫時歇業半天。在掛上阿舅用毛筆字寫的中文和越南文的「本店歇業」牌子後，就可以合攏大門往阿舅家的園子裡跑。

有一天，來了個怪客。

是個女尼。

穿著灰色的僧袍，用很沙啞的聲音指著鐵架上的一株羅漢松問我：「那是多少錢？」那是一株擺放了一段時間的附石式盆景，因為松樹被怪裡怪氣的石頭遮擋了大部分的緣故，問津的人並沒有多少。

「多少錢」的越語，我還是曉得的。我用電腦打出價格，湊到她面前。

女尼用幾近好奇的眼神看著我，不說話。我感到她圓圓的眼睛裡，有某種怔忪的純真。那樣的人，會喜歡那樣的石頭和樹啊。我覺得不可思議。

她只是稍微地過問了下價錢，就不再說話。輕輕地在店裡走了個來回，流覽了其他零零散散擺放的陶瓷、紫砂和漆雕之類的，她的目光重又聚攏在那棵松上面。

那棵樹，好像就是她久遠以來就認識的什麼親戚似的。我見過的客人裡，都沒有她這種眼神的。曾聽阿舅說起，這附近有所佛學院，跟中國的佛學院是很像的。年輕的出家人在那裡學習從中國傳來的佛教、漢字和經文。有的出家人，經過一段時間的學習之後，甚至會去臺灣或者大陸留學。那個女尼，會是他們的其中一員嗎？我愣愣地想著。「喜歡嗎？」這句中文不知不覺就說出了口。

「嗯？」她轉過頭來看我，好像是聽懂了的樣了。

「喜歡嗎？」我又重複了一遍中文。

她點了點頭，露出一絲欣喜的笑，隔了好久才說出「喜歡」兩個字。雖然身著灰色的僧袍，左肩上背著的挎包卻是土黃色的。她攥了攥土黃色的包帶，試圖對我說些什麼，猶豫了半刻，卻又說的是越語。

「啊，對不起。」我攤開手，表示自己聽不懂。

「沒關係。」發音有點怪，但我大體上聽懂了。為了表示自己的最大誠意，我又按了一遍計算器，一個比原來低得多的價格。

她看著那個數字，流露出溫和的、單純的笑容。看不到失望，也並非對這個價格的否認或是拒絕，好像我擦的BB霜那樣真實無害的表情。

那個女尼走了以後，我一直愣愣地回味著她的表情和面容。那樣的面容，讓我想起那日跟在後山上寺廟的女尼的面容。雖然僅僅看到她的背影，連側臉也不曾見到。或者今天下午這個女尼的出現，是對於未曾見過真面目的後山女尼的補充呢？

我坐在椅子上，扭來扭去地想著這件事。藍色圓珠筆一戳一戳地在廢棄的帳本上留下印子，只生生地認為，她大概是最適宜那盆松的性格的主人了。

晚上回到家，我見到扶貞姊在房裡一邊吃著泡芙一邊上網玩遊戲。頭髮隨意盤在腦後，真絲睡裙有好幾道看上去像是睡出來的印痕。她時不時地突然加班，又時不時地突然休息。休息也大都在家玩遊戲或是睡覺，總之，能和她在一起的聊天玩兒的機會沒有多少。

當我換上家居服正準備去盥洗室刷牙洗臉的時候，盥洗室的門猛地打開，冒出一個襯衫紐扣沒怎麼扣好的大男人來，嚇了我一跳。

「哎呀，嚇死人了。」我尖叫起來。脫口而出的是中文。

襯衫男子很是惶恐地向我道歉，他上身的襯衫只扣了三個紐扣，穿著一條不知哪兒來的花式家居短褲，狼狽的樣子比我好不到哪裡去。

確認他是哲先生足足花了我十五秒時間。

各自道歉後，哲先生喏喏地返回阿姊的房間，我也沒好氣地回房褪下家居服套上一件起了球的碎花連衣裙。待我打理停當出來時，發現扶貞和哲先生早已打理停當，他們坐在客廳的沙發上，一個抽菸，另一個翻看報紙。

「還沒吃吧？」扶貞望向我。

我望向哲先生，哲先生笑迷迷的，儒雅、平靜的樣子讓人覺得剛才好像什麼也沒發生，我的心情也一瞬間好轉。

「哎……」我說。

「出去吃吧。」

「嗯。」

快八點了，繁華的街市喧囂得有些落寞。浮燈、夜攤、擠來擠去的人群和露天咖啡座，顯示著這個城市深處醉人的活力，夜色宛如剛剛噴張似的。我跟著這兩人走在湧動著夜風的小徑上，隔著不遠不近的距離看過去，這兩人的背影一個輕俏一個沉穩，隨著輕快的步伐，支離的燈光在他們身上生生掠過。

扶貞帶著我們從一個網吧旁邊的樓梯拐上了二樓。這個叫「軟風」的小店隱藏在一家小型超市的二樓，平時不注意根本看不到。雖是小店，布置卻滿舒適，我們靠近涼臺拉門的位置坐了下來。

正是晚飯時間，店裡客人滿滿漾漾的，老闆娘咯吱窩裡夾著兩張菜單，一邊給我們寫菜單還一邊不住地往扶貞和哲先生的身上瞄。

「阿姊常來這裡吧？」

「嗯。」扶貞漫不經心地將頭髮攏到一側，對我的提問一點兒也不以為意。

「好地方呀。」

「嗯。」

我悶頭想著，先前同扶貞姊來這地兒吃飯的，都會有誰呢。因為是分開的沙發椅，我們三人圍桌攏坐著。店裡的空調並不怎麼涼快，反而是掛在牆上的幾台風扇，開足馬力地像帶電的小騾子般轉得很得勁。

等上菜的當兒，我好奇地左顧右盼，畢竟被人帶著來這種風俗小店吃飯還是頭一遭。哲先生和扶貞慢悠悠地聊著天，我既聽不懂也插不上話，只覺得這兩人比先前那一次見，說話的樣子更溫吞一些。

蔗蝦、炸春捲、豆腐沙拉和海鮮酸湯。

菜一上來，我就開吃。扶貞姊用纖細的塗著櫻紅指甲的手敏捷地夾著菜，雖然之前一個勁兒地吃著泡芙，現在吃菜的樣子可是一點兒也不含糊。

席間，哲先生說起了一個笑話。他先是用越語對扶貞姊講了一遍，阿姊笑得前俯後合，像個沒心沒肺的洋娃娃，連桌上的椰子酒都快被她的笑聲漾出來了。

笑罷，阿姊說，我講給妳聽吧。阿姊說話的當兒哲先生也點點頭，我於是放下筷子瞧著他們倆。

「從前，越南農村有家有個老太太，老太太有個兒子。這個兒子呢，是個很胖很胖的年輕小夥子。他到底有多胖呢……」阿姊伸出櫻紅指甲的手來，從我這頭比劃到哲先生那頭，「這麼胖。」

「這個胖小子喜歡吃米飯，每到稻米收穫的季節，這個胖子就開始吃。他到底吃了多少呢？」扶貞姊又開始比劃，「這麼多……像蔗蝦這麼多，像炸春捲這麼多，像豆腐這麼多，像小碗的花裙子這麼多……」阿姊一口氣說著「這麼多、這麼多、這麼多」的，簡直停不下來。

這時哲先生笑了，他笑起來眼角下方出現細細的皺紋，讓我不禁想起小時候鎮上冬日街頭搖著撥浪鼓的賣貨郎的笑。只有那種走街串巷的賣貨郎，才會笑出來那樣的紋路吧？

我呆呆地想著，不由得也跟著這兩人傻傻地笑了。真不是什麼好笑的笑話啊，哲先生也根本不是適合講那種笑話的人。可能是我們都灌了幾盅酒的緣故，開懷變得非常容易。

吃得差不多的時候，我提出要先回去。

「好啊。」阿姊答道，「要當心哦。」

哲先生也隨之微笑點頭。

我暗自嘀咕，這兩人應允得這麼有默契，阿姊今天大概是不會回來了。我沖哲先生略略點了點頭，「不好意思，讓您破費了。」

英語很是蹩腳，哲先生這回的微笑與剛才搖撥浪鼓的賣貨郎的笑完全不同，是得體的大方的紳士式笑容。

真是的，明明那麼渴望了解扶貞姊的事情，一旦她同哲先生的關係若無其事地在我面前展露的時候，我又變得厭倦起來。我打了個飽嗝，推開掛著鈴鐺的玻璃門，門外的燠熱撲面而來，我閃身走了出去。

因為吃得過飽，我慢慢地沿著一條略微清淨的林蔭小路踱回去。樹蔭下盡是露天的咖啡桌，三三兩兩地坐著聊天的年輕人。在越南，咖啡館就像是露天的大排檔一樣廉價和普遍。時不時有刺眼迷離的招牌霓虹燈光打在我的身上，粉紫橙黃和翡翠綠，經過的時候感覺換了一身顏色。

手機嗡嗡地在兜裡響。自從來這裡換了當地號碼後，就沒什麼人會來電話。除了阿媽，便是舅娘。阿姊是用短訊溝通的，我們不說電話。

「喂。」

「喂。」是阿媽。她說話永遠是又輕又急又暢快。那個人做什麼事都風風火火的，跟我完全都不一樣啊。

「啊，阿媽，這麼晚了。」

「阿碗，明日是妳阿爺二十周年祭。」

「噢，二十年了啊。」

「記著啊，要想念阿爺一下。」

「噢，好。」

快十點了，阿媽竟然會冷不丁地打這樣的電話呢，平常都總是問些閒事，什麼身體還好嗎、工作順利嗎、住得慣嗎之類的。突然鄭重其事地交代要我懷念阿爺，這點不太像她啊。一般人家的小孩子，會同他們這樣說嗎？阿爺被查出胃癌那一年，我才剛出世，被阿媽抱到病床前，「娃啊娃」地逗給阿爺看。阿爺很歡喜，沒多久就過身了。阿媽時常同我講阿爺最疼的是我，可是一個剛出月的孩子，哪兒會有記憶哦。

掛了電話，我在林蔭裡站了好一會兒。這是林蔭裡的盡頭，露天咖啡的喧囂到此結束，往前拐的小巷子，就是家那頭的巷子了。

停下來時才發覺腦門上盡是細細密密的汗珠，我靠著樹，用腳搓了搓樹下的泥，心想要是帶了零錢，在剛剛的咖啡桌坐下來喝一杯冰咖啡也是好的。

扶貞回來得同平常一樣晚。在熱烘烘的床上輾轉反側的時候，我聽見了門響。那女人，終究還是回來了啊。我屏息半晌，只聽得阿姊的腳步聲由遠及近地經過，心中預期的男人的腳步聲並沒有響起。

只是寂寥的，阿姊褪了高跟鞋的腳，踩在黑暗中水磨地板上的聲音。

第二天依然是個大晴天。晴得分明純粹，連院子裡的鳳仙花都快蔫敗了。我把洗臉剩下的水倒在花叢裡，乾乾地盯了一會兒蜷成小卷的鳳仙花葉子，便轉身收拾東西去上班。

自從在萬曆堂上班以來，我的早餐幾乎都是在車站旁邊的一家河粉鋪吃的。一忙起來胃口就大了，吃得就更多了。待我急急地吃完早餐趕上電車時，已經八點十五分了。店鋪離我們住的地方正好三站地，十五分鐘的話有點夠嗆。擠在早晨的充滿活力人群的電車廂裡，扳著一晃一晃的扶手環，不由得想起阿媽昨晚對我說的事情。

說來也怪，之前在家時，阿媽從沒對我提起過什麼要思念阿爺的事情。忌日那天阿媽會早早起床，在院子擺好海菜、腐竹、腰果、發糕等素七樣，要求我們小孩跟著一起燒香上供。阿媽還總是自己摺元寶燒給阿爺阿婆，說買的太潦草，還是自己摺的好。

懵懵懂懂地，跟著大人一起度過了這麼多個阿爺的忌日啊，我胡亂地想著。

站我前面的是個穿白色奧黛校服的女學生，好像正在塞著耳機背英語單詞。好幾次我怔忪地盯著她的後背看，過於貼身的奧黛顯出文胸帶勒出的多餘的肉，書包是淺綠色的，鼓鼓地跨在右側，怎麼看都和這一身白校服不搭。

隨著電車忽快忽慢的駕駛，我一面抓緊手環微晃著身子調整著自己跟前面女生的距離，一面竭力地回憶著對我來說幾乎素未謀面的阿爺，把之前從阿媽擺好的供桌上看到的阿爺的笑容同我嬰兒時代的照片聯繫起來，就是那樣一個老爺爺，將我抱在懷裡，開心得如獲至寶的樣子。

好多次了，也只能回憶到這個。

離開中國，遙遠的阿爺卻變得親切起來。那是隔著二十個忌日的阿爺啊！是我一個人生活得太久，思緒被過濾得乾淨得緣故麼？

電車毫無預兆地「哧」一聲剎住車，抬眼一看，白色奧黛女孩已經不見蹤影。到站了，我想。

車門外是洶湧的天光色，才八點多，陽光就燦爛得離譜。燦爛陽光下攢動的人群裡，有大半是流著中國血統的越南人罷？

蔫蔫地趴在櫃檯上，幾乎快要睡著了，腦門前頂著看了一小半的《浮生六記》。好看的武俠書都看完了，只剩下這種看得直讓人打瞌睡的古書。門口那只關公的黑臉照到太陽的時，正是阿舅和阿丁中午休息的時間，只剩我獨自一人待在店裡，無聊得與瞌睡做鬥爭。

我從兜裡拿出手機，插上耳線，打開音樂播放器聽起歌來，聽的是 Beyond 的〈真的愛你〉。澎湃的鼓點激越著腦門兩側的太陽穴，我跟著小聲地哼著，多少有些振奮起來。

手機裡存了一百多首歌，都是我來越南之前從電腦拷出來的，都是像什麼陳奕迅啦，王菲、周杰倫之類的流行歌曲，也有搖滾一點的像 Beyond、朴樹和黑豹樂隊之類。在異國他鄉插著耳塞聽著中文的歌曲，感覺格外的爽利。每次我戴著耳塞走在喧鬧得令人咋舌的街上，撲面而來的異國風景和耳朵裡傳來的鄉音情懷交相融匯，有股說不出的溫柔。Beyond 的〈光輝歲月〉、〈海闊天空〉和朴樹的〈那些花兒〉那幾首都快被我聽爛了。

正哼得起勁，手機嗡地響了。

「喂。」

「細碗哪。」

「哎，舅娘。」

「今晚過來吃飯，五點就收工吧。」

「這麼早？」

「是啊。妳阿舅交代了，早點關店早點過來。」

原來阿舅把阿爺的照片掛在雜物房裡啊。那件雜物房，原先是放貨的，後來萬曆堂搬店了，貨大半都移到店裡，只剩一些畫框、沒用的茶壺、花瓶之類，還有斷了胳膊的佛像什麼的。

阿爺的照片掛在房間最深處，不走進去看不見。同我小時候從照片上看見阿爺不同，這張照片上的阿爺年輕些，頭上的白髮並不多，柔柔地笑得很傻。供桌上擺著豆干、芝麻糕、無花果、花生和海帶乾這些。兩旁的蠟燭搖搖的，映得照片上的阿爺一小爿一小爿的紅暈。

不知怎麼我就怯了。

舅娘喚我先去給阿爺燒支香再來吃飯。「讓阿爺保佑細碗順順利利、聰聰明明。」我同舅娘洗了手跟進屋來。

拈著香時我問舅娘：「阿舅他們呢？」

「早上供過了，就剩妳了。」

恭恭敬敬上香的時候，我就想，阿爺若是泉下有知，該是在家鄉呢還是在西貢？指不定他老人家來回兩邊跑很忙吧。

米飯熟的時候，舅娘喊住我，叫我盛兩碗給阿爺供上。我把米飯堆得老滿，可是都沒有辦法像阿媽做的那樣，她供給阿爺阿婆的米飯，上面永遠是座塔。

晚餐只有咕嚕肉、鹹魚乾、乾蒸的蕨菜和海帶拌胡蘿蔔絲。看來平常阿舅和舅娘就吃這麼些。

「妳哥嫂早上上供的時候來過了。」舅娘沙沙拉拉地說著，好像在對空氣說話。

我低頭扒著碗裡的米飯。

「扶貞下午上班前我喊她來了。」

「噢。」我還是些許應了一聲，阿舅則沉沉地吃著，看不出有什麼表情。和阿阿舅娘坐一桌吃飯，好像我是他們的獨生女兒似的。

祭拜過阿爺之後，有好幾天我覺得很安心。我在電話裡把這事兒跟阿媽說了，她看來好似很欣慰的樣子。

這天，我無端端地問起扶貞：「見過阿爺不？」

扶貞正在絞指甲，邊絞邊看電視上的歌唱選秀節目。絞指甲也好，看唱歌比賽也好，扶貞都好像有點漫不經心，她的心思好像放在什麼地方似的。

「什麼？」

「阿爺，妳見過不？」

這個問題使得她抬頭看我，認認真真地盯著我看，搞得我差一點以為自己問的是什麼不得體的問題似的。「阿爺啊，沒有見過。不過大哥好像見過。」她說的大哥是那個在海關工作的欒雄，欒雄大扶貞差不多十歲，欒雄出生時，阿舅娘應該還在老家吧。

我點了點頭，張口想說點什麼，結果只是「哦」了一聲。

「小碗見過吧？」

「我太小，沒有印象啦。那時候都還不到一歲。」

扶貞若有所思地點點頭，她想了想，說「給妳看個東西。」就放下剪子，起身回房去了。

會是什麼呢？

照片上有年輕的阿爺、阿婆、阿舅、舅娘、阿媽，還有舅娘懷裡抱著的嬰兒——那大概就是欒雄。穿著白襯衫挺括西褲的阿爺，看起來恍若隔世。我費了好長時間，才將上面的人一一辨認出來。穿著細花襯衫頭腦門紮著小辮的阿媽，看起來足足比阿舅、舅娘小一輪，簡直是個孩子。

在這張照片上見著的阿媽，遠比實際上我認識的她來得更為親切和柔和。在我還沒有降生的年代，阿媽和阿爺阿舅他們一起，過著和現在截然不同的日子啊！

我不由得看呆了。

扶貞似乎也對這張照片情有獨鍾，她小心翼翼地把它放在相冊的第一頁，接下來才是阿舅舅娘的結婚照，和紮著小辮坐在童車上的她。

電視機的唱歌節目仍在響著，時而傳出呼啦啦的歡呼聲，時而又是歌手縱情煽動的歌聲，我低著頭，隨著阿姊櫻花色的指尖指引，專心致志地看相冊。

「什麼時候扶貞姊來中國玩兒就好了。」看到阿舅當年在中國意氣風發的樣子，我輕快地說道。然而阿姊沒有答話。

我又像是故意開玩笑似的說：「中國的男生也很帥呢，不比祖差。」

扶貞像是沒有聽到的樣子。我只得作罷，吶吶地繼續翻了下去，看到一張阿姊穿著校服奧黛的樣子，梳著齊劉海的兩根辮子，羞澀地笑著，旁邊是國旗、操場和有五顏六色的太陽花組成的花壇。

這麼年輕的，跟我年紀差不多的阿姊，我還是第一次看到。我下意識地瞅了瞅阿姊，她若無其事地扶著相冊鍍金的邊緣，一副無所謂的樣子。

「哎呀，這麼可愛的阿姊我還是頭一次看到。」見阿姊好像沒有反應，於是我放心大膽地說出了心裡話。

「我有點累了，先去洗澡了。」阿姊突然合上相冊，仄仄地伸了個懶腰，扭身往房間走去。亮閃閃的指甲剪還留在沙發上。

「哎。」

我不該說那話的。

五

雨季的西貢，總在快要傍晚的時候變天。飽含著白天暑氣的積雨雲轉眼間變成了烏雲，接著是轟隆隆的雷聲、閃電聲。我已經養成反應迅速的習慣，一見到積蓄著烏雲的天空就馬上將擺在門口的小花盆啦，木架子啦什麼的往店裡移。基本上還沒等完全挪進店裡，傾盆大雨就沿著屋簷直直瀉下來。

一到下雨天，萬曆堂就變得幽密起來，店裡盡是老古董，紫砂的老茶具啦、根雕啦、陶瓷造型的馬啦，各式各樣的手藝品，加之盆景裡暗綠的植物，這些老舊的什物因為雨天的緣故隨著光線陡然轉暗，讓人覺得店裡的空氣質地都變得濃稠起來。

這時總要擰開日光燈。吱吱作響的交流電的聲音混在雨聲裡，聽上去冷冷的。

就是這麼個雨天。阿舅對我說，下班時間到了，我什麼時候回去都可以。他把臉埋在鑑定物品的櫃檯裡，就著裡面的燈泡對著一只老得不會走動的懷錶說的。

我說我曉得了。

那段時間我已經開始學起越語來，雖然沒有在這個國家一直生活下去的打算，一時興致所至，突然就自學起越南文來。可能是因為封閉的時間已經夠久了，我也會開始想要真正地了解生活在我身邊的人的緣故吧。

我有一本中越對照的小冊子，加上又買了本辭典，和從網上下載的mp3教程，自個兒琢磨起來。阿丁在這裡，沒事的時候會教我。他是那樣耐心和醇和的一個人，讓他教我的話，這種交流比直接地聊天說話還要好。一開始我就把店裡貨品的名稱先學會了，什麼碗啊、椅子啊、錶啊、馬啊，茶壺什麼的。接下來才慢慢學習日常會話。

阿丁有個習慣，同我說話的時總用左手支棱著右胳膊，右手抵在下頷下。一講話下頷就被右手抵得一動一動的。

「這個，你喜歡阿姊嗎？」有一天我問他。

「喜歡啊。」他老老實實地說。

由於他說得過快過於不假思索，我反倒納悶起來。「你喜歡扶貞對嗎？」「是啊。」我得到這麼個答案。由於他說的過於實在，搞得我覺得怪怪的。大概他不曉得我說的「喜歡」的意思吧。英語單詞裡，「喜歡」太簡單了點。

阿舅說可以下班了，我還趴在櫃檯前翻看越語詞典。今早出門的時候，在夾著的門縫裡發現一張明信片，看樣子是大清早郵遞員放那兒的。明信片正面印著一根羽毛，背景是淡而簡潔的構圖典雅的歐洲鄉村風景，背面則貼著印著FRENCH的郵票，看樣子是祖從法國寄來的。

由於明信片上的字跡潦草，我迎著光細細翻看了幾遍，也沒搞懂大致的意思。就憑我學的那點兒越語，只看得懂開頭的「妳好嗎」、「很想妳」和署名「祖」。中間稀裡糊塗的越語單詞連在一起是什麼意思，卻是個謎。

我歪著腦袋想了半天，就急急地把明信片放在客廳的茶几上就上班了，心想扶貞起床後會看到的吧。今天上班時，腦海時不時地浮現那幾個詞。這個祖，到底在對阿姊說什麼呢？

阿丁來接班了，晚上店鋪總是阿丁過來值守。傘溼漉漉地佇立在門口，和關公挨得很近。他走進來的時候，我才看到他半邊身子都被雨水打溼了。

阿丁朝我和阿舅點點頭，就到櫃檯前整理起帳目來。

「嘿，阿丁。」我往阿丁這邊湊過來，「這個詞什麼意思？」推過來的筆記簿上寫著今早看到的那幾個詞。

「歉意……拖延……」阿丁費力看了老半天，最後嘟嘟囔囔念出那個詞是「結婚」。

由於阿丁每次教我單詞的時候，都是翻譯成英文意思後字正腔圓地用越語念出來，這回他英文說得結結巴巴的，我費了半天勁兒才聽清。

「啊，是這樣！」我沖阿丁點點頭。

這傢伙一筆一劃地在我的筆記簿上寫上英文翻譯，我卻很著急似的用力扯過簿子，大聲地說了聲「謝謝」，搞得阿舅回頭瞪了我一眼。

幾天過去了，沒見到扶貞收到那張明信片後有什麼動靜。究竟是我對祖的明信片上面寫的那番話會錯意了呢還是阿姊壓根兒不在乎？

「明信片收到了嗎？」趁著阿姊打開電視機的功夫，我飛快地問道。

「恩。」阿姊冷冷地說道。

真是的，竟然把對祖這傢伙的情緒也波及到我身上來了。

懶洋洋的午後，我窩在屋簷下的吊床上看《二刻拍案驚奇》。來越南沒多久，我的語文水準倒是長進了不少，都是成天看這些古文書鬧的。這本書前兩天才被我從雜物房翻出來，看了不到一半。上班以來，像這樣痛快窩在家的時間實在不多，上午把該洗的衣物洗了，該收拾的家什也統統收拾一通，午飯後便賴在吊床上翻著閒書不起來。

對面的老太婆好像有好長一段時間都沒出來了，不會是死了吧？我感覺自己這是相當沒有禮貌的想法，可誰叫她是老人家呢！不過，對面二樓的那間房裡，倒是傳來了斷斷續續的吉他聲。猶如蹣跚學步的彈撥弦聲聽上去怪誠懇的，是〈愛的羅曼史〉啊，我不由得笑了，是那首我在初中吉他社學過的曲子。在這種遠隔重洋的地方聽到，有種乖戾的親切感。要是彈得再好一點，說不定我就感動了。

我打了個哈欠，將注意力集中到書本上，卻不知不覺地哼起這首曲子的調子來。院子外有人騎著摩托車突突經過的聲音，本以為摩托車聲會越走越遠，沒想到卻停了下來。鏤空柵欄的鐵門外，出現的是戴著頭盔的哲先生的面孔。

嚇了我一跳。

我趕緊將大赤赤搭在吊床上的雙腿踩下地來，套上涼鞋。粉黃色柵欄外的哲先生正不緊不慢地地敲門。

「你好。」打開門，我用發音不太標準的越語說。

「妳好。」哲先生是在對我說話，眼神卻明顯越過我，投向屋子裡。屋內有些幽暗，我敢說站在烈日下的他什麼也看不清。

「扶貞不在家。」我慢吞吞地改用英語說道。

哲先生好像沒有聽明白我的話的意思，連人帶動作都有往裡走的意思。看他這樣子，我意識到還是由得他比較好。

在沙發上坐下，哲先生仍是一副若有所思的樣子。

「找阿姊什麼事？」我遞上從冰箱拿出來的罐裝紅茶，又自己拉開一罐喝了起來。

哲先生遲疑著接過紅茶，他那樣子似乎在凝神感受房間內阿姊的氣息。跟上次見面相比，他的臉頰輪廓深了些，眼神也有些淡。

我暗自好笑，這個大男人，為阿姊失魂落魄成這個樣子，真是夠可以的。

「不在家嗎？」

「是啊。」

「什麼時候回來呢？」

「應該和平常一樣吧。怎麼了？」

「電話一直打不通。」

「噢，是嗎。」我見他悶悶地看著我，又加了一句，「可能她在忙吧。」

就此無話。

對面樓上的吉他仍沒有停。時斷時續的不成調的吉他聲統領著房內的沉默氣息，我盡可能坦然地聆聽著，任這聲音從我耳朵穿行。

哲先生終於打開了那罐紅茶，一小口一小口地飲啜著。看起來真可憐。

沒話說的感覺真奇怪，好在我是外國人，本身就說不來。我默默地喝著手裡的紅茶，抬頭一瞥，恰好與他四目相對，一瞬間我的血都要凝固了。扶貞姊不是很能搞定男人的麼，她會不露痕跡地搞定這個難纏的傢伙的吧。哲先生看著我，很可能是在確認我是不是在撒謊，我咽了咽唾沫，隨即朝他微微一笑。

連自己都覺得勉強。先前還饒有興味地盯著兩人關係探究個沒完的我，此刻恨不得讓扶貞姊把這個鼻涕蟲甩得遠遠的。我覺得自己的想法有些過分，不禁低下頭。

對面的門突然咯吱地打開了，老頭子搬出了椅子，曳著椅背慢悠悠地往一旁搬，直到搬到我看不見的一側的地方。太好了，老太婆沒死。不知為什麼，我想起那天晚上哲先生講的笑話，

「從前，越南農村有家有個老太太，老太太有個兒子。這個兒子呢，是個很胖很胖的年輕小夥子。他到底有多胖呢……」

六

黃絹色拈花兒的，雙色暈染淡淡兒刺繡的，灰絹兒帶點兒粉，還有斑斕紫色、暗粉、豆綠，檸檬黃兒的，純白和彩霞色的更不會少。

挑得眼睛花燦燦的，最後選了一匹純白、一匹檸檬玉綠色的。

我的個兒好像長了一點點，但這也許是錯覺。在這個地方，女孩兒普遍都不高。因此我走到哪兒，幾乎都會比周圍的女孩個兒高上那麼一點。舅娘帶我去的那家裁縫作坊，就在阿舅家不遠的巷子裡。給我量三圍的女裁縫眉眼細細的，看上去跟舅娘長得很像。

量完三圍，她又拿著軟尺給我量下胸圍、脖圍和上臂圍。哎呀，精細得跟做洋娃娃似的，一寸肉都不能少。即便是在國內做衣服什麼的，好像也沒這麼多名堂。我一聲不吭地任裁縫翻來覆去的度量身子。

舅娘一面和女裁縫嘮嗑，一面打量著我的身子什麼的。舅娘翻了翻眼皮兒，沖著我小聲地說，「人家說妳個兒高呢。」

「哎。」總這樣，我個頭頂多一米六五，在這個地方卻什麼時候都比別的姑娘高出一截子。兩個中年婦女打量起我來猶有愛憐似的，搞得我很不好意思。

月底領了工錢後，揣在口袋，直不知道怎麼花。除了打算請扶貞吃一頓好吃的，剩下的就不知該派什麼用場了。舅娘提議我定兩套這裡的旗袍，說我穿上會很好看。也沒等我同答，就自行替我預約了這裡最好的裁縫。

我茫然地看著裁縫鋪裡水族箱爬上爬下的兩只龜，裡面乾癟癟的沒有水，等下單的當兒，一只較小的龜已經翻了個兒。

「小碗也喜歡奧黛啊。」回到家沒多久，被扶貞喊去了房間。她打開衣櫥上下翻動，我站她身後，茫然地看著她纖細、扭動的腰肢。

扶貞一邊同我講話，一邊將褐木衣櫃裡搭著奧黛一件一件拿出來在身上比劃，我嗯嗯啊啊地回答著，撓著自己牛仔褲兜上的破洞，最後一屁股在梳妝台旁的方凳上坐了下來。

「哲先生來找過妳。」

「噢。」

阿姊好像不在意的樣子。

「是昨天。」

「曉得了。」

往下我就不知該說些什麼。阿姊淡淡地回應著，好像老早把這人撇到一邊去了似的。我扭頭看見梳妝台上的那本相簿，順手翻了起來。

因為夾著明信片的緣故，我一下子就翻到了祖和阿姊的那一頁。

照片是用拍立得拍的，照片裡的祖和阿姊，一個蹲立在岩石上，一個則臥在旁邊的沙灘上，笑容璀璨，年輕得簡直要榨得出汁來。那時候的祖和現在的祖好像沒什麼兩樣，同樣年輕同樣俊美。可是阿姊，那時候的容顏真的好青澀好燦爛。那個時代的阿姊跟祖，才是天造地設的一對璧人吧？我要找的理應是這樣的東西，可一旦真的看到了，又覺得很內疚。

我合攏相簿放回原處，若無其事地搓著手，又拉了拉牛仔褲兜上的貓鬚。

試衣服的時候怎麼也攏不上後腰拉鏈。

畢竟是後腰太肉了，面對阿姊拿來的過去穿過的奧黛，我竟然一件也套不上。怪不得，那女裁縫要上上下下地把我量一遍，奧黛這種衣服，不恰如其分不行吧。

「小碗喜歡的話，就收著吧。」根本穿不下，扶貞姊還是這樣一味地說著。粉紅的、象牙白、和青山綠的衣衫，還帶著過去少女時代的阿姊的氣息。若是穿上身的話，恐怕會了知那時她的所思所想吧。

阿姊懷孕了。

那天早上她在盥洗室嘔吐時，輕輕鬆鬆這樣對我說的。我扶著她的腰，她的手搭在盥洗臺上。

「啊。」一瞬間我在想這到底是誰的。

阿姊伏起身，慢慢地撫平胸口。她的動作很慢很慢，看著她凝固得近乎乾涸的身子，我有一點點心痛的感覺。

要是嘔吐的是我就好了，自己竟然冒出了這樣的想法。

那天她還是一如既往地打點好妝容、穿上帶荷葉邊的無袖連衣裙，照常出門上班。因為擔心阿姊，中午休息時間我偷偷地從萬曆堂溜回家，結果扶貞姊像往常一樣好像什麼事兒也沒有似的準備出門。搞得我一時手足無措，拉開冰箱門喝了罐橙汁，沖著她的背影嘀咕了聲，我來拿本書，就一頭栽進房間翻了本《西廂記》出來。

她大概不當回事吧，還是不想讓我當回事？

那次以後她還嘔吐了兩次，都是早晨。一次我在吃早餐，另一次我正蹲在衛生間裡解手。突如其來的很。我呆呆地坐在馬桶上，看她往盥洗盆裡吐東西，其實什麼也沒有，就是乾吐。我很大聲地問了句：「是哲先生的孩子嗎？」

反正問她也不會回答，索性大聲地問出來算了。

結果阿姊趴在盥洗臺上回頭沖我媽然一笑：「妳想呢？」

「我最喜歡小孩子了。」不知道是說給阿姊聽還是自己聽，我蔫蔫地答道。

阿姊擰開水龍頭嘩啦啦地將盥洗盆沖洗一番，默不作聲地關上衛生間的門。坐在馬桶上的我，什麼孩子的父親是誰啦之類的問題一概想不出來。

新做的奧黛腰部卡得貼貼的，胸口卻有點鬆。舅娘囑我換個厚點的文胸，「這個地方，」她說，「必須要撐起來。」

不是按著一絲不苟的尺寸量的麼？大概女人那地方，都得符合奧黛標準才行。那個看起來蠻好說話的女裁縫，才不管我具體尺寸是多少，總得按了老一輩的審美方式走。真討厭，雖然沒有扶貞姊那麼挺拔，但我也不太平公主，非得打造成那種樣子麼？

穿著上身緊巴巴，下身飄逸的奧黛站櫃臺，才半天功夫我就覺得彆扭。因為是長袖的，上身扯得緊，像伸胳膊啦，彎腰等動作多少有點受限，脖子處的立領也高高的，搞得非得端莊坐好了不可。

阿丁幫我在店裡拍了兩張照，一張是我站在一米多高的黑松旁邊，不倫不類地做了個剪刀的手勢。另一張是阿丁趁我不注意在櫃檯拍的，我支棱著胳膊，黑眼珠子亮晶晶地望著門口。看到照片的時候我才覺驚訝，自己眼睛怎麼那麼黑，黑漆漆的跟阿舅案上那塊墨水匣兒似的。自己望向門口時，到底在想些什麼？認真回想起來，好像那時想的也無非是跟客人商量幾點送貨，或是昨天登記帳本少算了件花盆，還有暖壺的茶什麼時候該重新泡了之類的事兒吧。

自己竟有這樣的表情。

看到這樣的自己，心裡還蠻愜意的。我按下發送鍵，手機裡的這張照片就隨著信號飛躍重洋發送到阿媽的手機上了。

看到這樣的女兒，阿媽會覺得欣慰嗎？

哲先生再沒來過我們家了，不知怎地我竟然希望他能再來。哪怕被驚擾也在所不惜。

對面二樓的那間房裡，彈奏的曲子換成了我不知道的旋律。既蒼老又輕快的旋律在我耳畔飄蕩，讓人搞不清這首曲子的本來面目。躺在吊床上，卻把腿伸到了陽光下。醇熱的日光麻痹著小腿神經，輕微的麻酥感從腳尖傳到脊背，人變得鈍鈍的。讀著《西廂記》，卻幻想起扶貞姊的孩子的模樣兒來。那女人，生出來的孩子一定很漂亮吧？像祖也好，像哲先生也好，甚至可能不是他們當中任何一個人的孩子都好，都會很漂亮。

可是，阿姊像是那種會生孩子的女人嗎？況且她好像連誰都沒告訴。我想像著緊緊的奧黛貼合住上身，用腰部開叉出來的裙裾下，有阿姊圓滾滾的肚子，覺得那真是件不可思議的事情。

正當我胡思亂想之際，放在客廳的手機響了。我的這部手機，到底多久沒響過了？模模糊糊的手機鈴聲讓我疑心這是幻覺。

「喂。」

「喂喂。」

竟然是祖，他問我阿姊在不在，我說不在。他說了聲謝謝便掛了電話。因為太過驚異，一時沒想清楚這傢伙為什麼會有我電話。

是因為明信片沒有收到回覆所以打來電話嗎？還是這傢伙已經回國了呢？這個俊美少年的臉像浮塵一樣浮現在我面前，僅僅見過一面，便覺得他是那樣好。

思來想去，我迫不及待地打電話給扶貞說了這事，她正在上班，電話那頭聽起來相當吵雜。

「噢，知道了。」她也只是淡淡地回了一句。

全然不顧及肚裡孩子的心情啊，我悻悻地想。

正準備掛電話，阿姊突然追問道：「明天早上有空嗎？」

「啊？」

「想去山上走走呢。」

「好啊。」我答應了下來。

這麼早，空氣這麼好，因為懷孕的關係，變得喜歡散步了吧？

我們去是巷子盡頭那個小山。

「好久沒走吧？」

「好久呢。」

「多好啊，這樣。」

「哎。」

我們在巷口的早點攤吃過米粉，再沿著巷子慢慢地踱進去。幾個戴著肩章的小學生嬉鬧著擦肩而過，一股屬於兒童的奶糕般的味道撲鼻而來，留下唧喳喳的笑聲。我瞅了阿姊一眼，她並不在意，恬心靜氣地往前走。孩子出現的世界真是怪哉，片刻就把屬於我和阿姊的默契攪得失去了方向。

我拽了拽阿姊的袖子，好像在確認她還在似的。

走到快要到山腳時，扶貞姊朝四周瞭望，這才篤定向山上走去。

這個地方同我兩個月前來的時候差不多，連沿途樹木的形狀都沒有變。在越南南部，季節有兩個，山中的景致卻不為季節所動。旱季也好，雨季也好，樹木總是不改初衷地綠著。

人要是也能像樹那樣就好了。走著走著，我走神了。緊跟著阿姊的步伐，心思卻落在四周。

才不到八點，蟬鳴得厲害，陽光也穿透層層葉陰以絲線般的形態落下來。在店裡和園子裡見慣了個頭小小形態奇崛的樹，來到山上，見到這麼多自由奔放的樹木，竟然不適應起來。

「好像很多墓呀。」

「是呀。」

什麼事情到了阿姊嘴裡，都變得平常起來。我心裡想著，卻又覺得這樣的阿姊，才是強烈地吸引著我的原因吧。

「哪裡都是這樣嗎？」

「哪裡都是這樣。」

我們沉默了一會兒。石頭砌成的階梯偶爾出現時，阿姊的高跟鞋便在石階上咋然作響。

「小時候，常來這裡玩。」

「啊？」

「不知道吧，我可是打小住這兒的。」

「從小住這裡嗎……」我眼前浮現出小小的，孩童樣兒的阿姊在這裡玩耍的樣子。像她那樣的女童，在這種地方的話，一定會遇到林間的妖精之類的吧。我是說，如果有妖怪的話，會青睞阿姊這樣的女孩子吧。

「我們一家五口從前就擠在那棟房子，後來哥和我都長大了，阿爸在堤岸區買了新的院子打算搬出去，可我捨不得，就一個人在那房子自己住了下來。」

怪不得，住在那裡總感到那房子深得像口井。我以觀察植物般的眼神看著阿姊的背影，她走路的樣子很輕盈，又自若。

不知不覺，我們走到了那個小廟。

廟門虛掩著，從寬寬的門縫瞥得見裡面一片綠。扶貞姊平心靜氣地推開門往裡走，我稍一遲疑，也跟著跨了進去。

沿著牆邊種著番石榴樹，走過石榴樹，便到了庭院。齊整有致的景觀植物修剪得很是精緻，杜鵑啦，紫薇啦，木槿啦，中央還有兩棵大大的合歡樹，一點兒也不像後門看上去那樣荒涼。扶貞姊熟門熟路地往庭院深處走，磚紅色的大殿掩藏在那深處，愈近就愈覺得那地方淳然。

阿姊是什麼時候來過這裡的呢？她說的好久以前來過，是多久？

殿裡沒有人。靜靜謐謐的，彌漫著檀香的氣息。不過早上八點，大約做完早課的師父們都回房休息了罷，我心想。

香燭繚繞前，鎏金的佛和菩薩沖著我和阿姊微笑。我偷偷地望向阿姊，只見她跪在蒲團墊上，低下頭虔誠地祈禱著。阿姊拜佛的時候我愣了許久，便也乖乖地跟著照做起來。不管怎麼說，拜菩薩總是好的。

阿姊搖了籤，竹籤從桶裡掉出來的時候，是數字五。我也學著雙手握著籤筒搖了搖，不知為什麼，搖的時候心裡亂亂地想著不相干的事。

淨是這樣，越集中注意力就越不著邊際。

離開大殿時，阿姊往功德箱裡塞了香油錢，她的白皙的手捏著錢往裡放，真是特別白，特別生動。

太陽漸漸地熱了，才從大殿出來，便噓噓地冒汗。同阿姊坐在涼亭的石凳上歇腳，她看她的籤詩，我看我的籤詩。籤詩寫在一張黃色的紙條上，因為是越南文寫的，我琢磨不來，便順手揣進兜裡，心想回去再翻字典。

涼亭的影子陷入前面水塘中，陰影的地方游動著鯉魚。和阿姊在這個地方瞻仰菩薩，總覺得其中有夢境的成分似的。我、阿姊、菩薩、鯉魚，其中之一的實感略遜於其他三者，既非不存在，又非完全真實。

清風徐來，我恍惚起來。

有位女尼遠遠地從前方的走廊路過。淡灰色的僧衣，寬逸地走在廊簷陰影裡。雙重灰色構成了她的身子，覺得她同我之前見過的任何一位出家人沒有什麼兩樣。我想起那日上山見過的女尼，可能是她，也可能不是。她的輕捷的身子不消多久便消失在走廊深處。

原來是有人的啊。

我清敏地擴張著身上每個毛孔，感受著這一切。

阿姊，阿姊也是吧？我微微轉頭看了看她，她仍舊拿著那張詩籤，淡黃的籤紙攥在手裡，而她已經不再往那張紙上看了。

「說的什麼？」

「啊，籤紙上寫著的，是真的嗎？」

扶貞姊沒有回答。

阿姊對我的問話沒有表現出什麼興趣，只是朝日光深處的地方瞇著眼。我沿著她目光逗留的地方看過去，卻什麼也沒有。

「十四歲那天，阿媽帶我在這裡抽過籤。籤上說我要留在這裡，才會好。」

「是這樣麼？」

「不曉得。」

我想像著少女時代的扶貞姊獨自住在細長房子裡的情形，不知為什麼，浮現在我腦海中的情景格外深刻，揮之不去。她在高高的梳妝台前慢慢地梳著長辮子，舀水、煮飯和洗衣裳。連院子裡的那棵黃檀樹和天竺葵，在我腦海中也改變了它們的色澤。

「不過，多少有點害怕吧？」

聽了我的問話，阿姊好像笑迷迷的，日光彌散中她的眼角紋細細的，像抖著翅膀的小蜜蜂。

太安靜了，靜得想流淚。庭院裡的花香很濃郁，是那種不顧一切地盛放的斑雜的香氣。這裡的花太多了，氣味不甜美不行。我細細地嗅著，猶如一隻沒心沒肺的鼬鼠。自從在萬曆堂和植物打交道以來，鼻子就敏感得不行。月橘是清恬的，榕樹則有著清醒的澀味，滿天星和相思樹都有點兒甘冽，但那種味道非常非常淡，只有在月色飽滿的夜晚才能聞到。

所以這裡的空氣這麼清甜，會不會是拜菩薩所賜？一時間，我很想拉緊阿姊的手，又覺得那樣太矯情。

我一個人在店裡算著帳。回來幾天，我很快忘了求籤的事兒。籤紙被我從兜裡翻出來順手夾在一本植物圖鑑裡，同那乾澀澀的榆樹葉子標本一起，時間久了大概會散出植物和書的清香吧。

在阿丁回來之前，我已經把上個月進貨的檀香和陶瓷的帳算完，揉著眼睛去倒了杯茶水。電扇靠得太近，吹得渾身倦懶。不過這風扇若是搬遠了，又完全不解熱。喝著涼津津的柚子茶，覺得倦意消了大半。

阿舅這幾天去了河內，店裡的事都由我和阿丁攬著。不知為何，阿舅幾天不在，店裡的植物看上去有點蔫蔫的，起初我懷疑是澆水不夠，按平常的經驗多澆了一點，也沒什麼改觀。

一定是我面對植物，信心不足吧。也不曉得阿舅平時究竟是怎麼同植物交流的，他一定會向他照料的植物說一些平常不肯對人講的話吧。我心想。要是那樣的話，我的想法是不是也可以同榆樹啊、月橘、羅漢松什麼的講呢？扶貞姊那件事，同相思樹講應該不過分吧？

我嘖了嘖口裡酸酸甜甜的柚子茶，俯身對著那棵種在厚墩墩盆子裡的相思樹尋思起來。樣子跟河童差不多的相思樹，估計年齡比我還大。我噗地朝著樹冠吹口氣，葉子瑟瑟抖了一番，又靜止如故。「哎……那個……」捏著玻璃杯的手沁涼沁涼的，到底還是沒說出來。

「哈囉！」

一個細聲細氣的聲音嚇了我一跳，扭頭一看是個小孩。

「買什麼？」我用越南話同他講。

他用指尖捅了捅我的大腿，用大大的眼睛望著我。

低頭仔細一看，這小傢伙另一只手還拿著肉丸串子，腮幫子咀嚼個不停。

「哈囉。」我也學著他的聲音細聲細氣地和他講。

小傢伙咯咯地笑了。

看樣子，是哪個顧客的小孩吧。

小男孩拿著肉丸子到處亂竄，對樹木頭啦、關公啦、陶盆和亮晶晶的錫壺什麼都興趣盎然。真怕他不小心搞壞了店裡的東西。

「你媽媽呢？」我用學來的簡單辭彙問他。

「媽媽。」

「對，媽媽在哪兒？」

「阿媽。」

很懷疑自己學的越語實在太差，這傢伙幾乎沒有正經理會過我的問話。他看起來比阿舅對那些老古董老木頭的興趣還大，溜溜地轉個不停。

「你叫什麼名字？」

「睿。」

不知道是「睿」還是「勇」，吃完肉串之後，他就一屁股坐在地上，玩起來包裝用的泡沫紙來。家長不在，我也拿這個小孩沒轍，只好瞅著他在地上撒歡邊照料店鋪。

睿長得有點像大鼻子三毛，光光的腦門留了一撮頭髮，褂子和短褲上都沾了不少灰。像這樣子，說不定是中國人的孩子。想著想著，睿突然哭了起來，我走過去，他就立刻抱住我的褲腿兒，鼻子蹭了過來。

「你怎麼了？」我蹲下身去，用越語和中文把這話各說了一遍。誰知這孩子竟然頂著哈喇子破涕為笑了，真是不可思議。

從抽屜裡翻出一小袋早餐吃剩的蘇打餅和兩顆蜜餞，扯開包裝遞給這個鼻涕交加的傢伙，他毫不客氣地吧嗒吧嗒吃了起來。

「吃的好香喲。」阿丁一回來就說。

「這孩子，你認識？」

「恩。」阿丁看上去非常有耐心的樣子，仔細替睿擦起臉來。

「沒想到。」

「什麼？」

英文也好，越語也好，我都說得詞不達意，索性沒繼續解釋下去。

「隔壁英泰家的孩子。」

搞不清英泰是誰，大概也是隔壁哪一鋪人家吧。阿丁說著將他抱起來，往門外頭走去。那孩子送回去以後，我用笤帚掃地，連帶他摸過的瓷盆缸子也擦了擦。我有點兒痴，把那孩子的臉和扶貞姊肚裡娃娃重合起來想了幾次。

阿舅回來這兩天，活兒多了起來，光是整理分類陶器兒就累得不行，他還進了一些檀香、木器，和念珠。

「這個，送妳。」阿舅手裡拿著一串念珠，對我說。

「啊。」我接了過來，看他的臉上似乎沒什麼表情。為什麼即便是送個東西，也是一副嚴肅的樣子呢？

我沖著阿舅的背影說了聲謝謝。

幹活兒的時候阿舅光穿個白色褂衫，即使有客人來也沒打算換，儼然長工似的。我倒好，穿著極不利索的奧黛，起身挪個花架也覺得彆扭。「不用換，那樣挺好的。」阿舅這麼說，我也沒好意思再換。總的說來，阿舅在店裡時比對著那堆花花草草時嚴肅得多，也嚴厲得多。

那一天，我們盤點整理貨物一直忙碌到十一點多。下班時，阿舅吩咐阿丁送我回去。雖然汗水濡溼了大半件褂衫，但從阿舅的臉上完全看不出疲倦。阿媽若是看到她的阿哥是這個樣子的人，心裡會怎麼想呢？

回去的路上，摩托車頂著風開，坐在阿丁背後的我一邊想一邊都快睡著了。

這段時間阿姊好像已經不嘔吐了，睡覺和上班還是老樣子。有時候她跑到盥洗室，我便豎起耳朵傾聽裡頭的動靜。好幾回，她洗完臉刷完牙又若無其事地出來了。大概真是好了吧。

這天休息，我在家做了燉馬鈴薯、溜丸子、糖醋排骨和酸辣蝦仁炒飯。不知是否習慣了我在家做飯的緣故，阿姊在家吃飯的時候多了起來。意識到給阿姊做飯也能夠讓她開心，我就不由得多做了一些。

「懷孕，有多久了呢？」

趁著扶貞姊吧嗒吧嗒吃著溜丸子的機會，我順嘴就問了出來。

「兩個半月。」

「啊。」我下意識地看了看她的腹部，套頭背心下的小肚子，扁扁平平的。

扶貞姊對這個話題好像不怎麼感興趣，繼續悶頭吃著馬鈴薯。馬鈴薯被我燉得爛爛的，應該很合她的胃口吧。

「不嘔吐了吧？」

阿姊點點頭，隨意盤著的捲髮在腦後形成一個自由自在的花苞。

「那就好。」我自顧自地說著，看她好像沒有打算繼續跟我說下去的樣子，就用筷子戳著丸子，也悶頭吃了起來。

「孩子的父親是誰呢？」覺得這個問話有點兒傻，收拾碗筷的時候還是不由自主地問了出口。

「不知道。」

都問過兩次了。究竟是阿姊自己不曉得呢，還是不方便說，我訥訥地突然臉紅起來。

夜裡，扶貞突然沖到衛生間，把吃的東西全吐了。我拍著她的背，像心疼什麼似的。多半是孕婦不適合吃羅勒葉吧，我想起自己在蝦仁炒飯裡放了不少羅勒。阿姊吐得非常厲害，感覺五腹六髒全被掏出來似的。那麼瘦小的身子怎麼可以吐出那麼多東西，連我自己都忍不住了。

「對不起，都是我不好……」我一面說著，一面傷心地撫著她的背。

喝過我倒的熱水，阿姊輕輕靠坐在沙發上，臉上蠟白。我關掉白熾燈，打開客廳一角的壁燈，幽黃的光線帶來不少溫暖。阿姊順手從桌上拿起了一包七星，抽出一根點著了。

「孕婦抽菸不太好吧。」我在心裡默默歎謂，說出口卻變成了，「早點休息啊，阿姊。」扶貞像是沒有聽到似的，蜷著腿靠著沙發。粉紅色空氣中的她顯得那麼淒美絕倫，讓人為之震顫。

「懷孕的事，祖知道嗎？」

扶貞搖搖頭，她好像什麼也不打算多說。因為嘔吐失去過多水分的她的身子，緩緩地復原著。在這悽楚的夜晚發生的這一切，好似一場甜美的夢境。

「要是祖在就好了。」我卻任誰都不敢說，包括我親愛的阿舅、舅娘，還有阿媽。

睿來過店裡好幾次，這傢伙認得來的路，卻不曉得回家的路。每次都是玩膩了由阿丁領回去的。一貫嚴肅的阿舅明明看在眼裡，卻什麼都不說，任這個搗蛋鬼在這個地方玩嬉。

自阿舅進了些檀香、念珠以來，店裡生意多多少少有了些改觀。本來這種古董鋪子生意一天下來也沒幾個客人，但像念珠啦、檀香啦，買這種小物件的顧客一多，讓人覺得門面登時熱鬧起來。我也學會了摺包檀香用的紙袋，一邊摺還一邊哼著輕快的小調。

女尼來的時候是下午兩點，我正在摺香袋，被她湊得很近的鼻息嚇了一跳。

女尼認真地盯著我手裡摺的香袋，像欣賞什麼寶物似的。不愧是出家人啊，連走路都那麼安靜。我笑著將臺上的檀香拿出來，擺放在她面前。

還是那樣圓圓的眼睛，看不出年齡的面容。

她拿起檀香，饒有興味地嗅著，爾後放回原處，兜著挎包四處流覽。才來了兩次，我卻很習慣她在萬曆堂欣賞古董的樣子。因為最近進貨和整理貨品的緣故，那棵羅漢松被挪到了角落裡，她好像沒有發覺——或者已經忘了也說不定。

兜轉一番，她又回到我櫃檯前：「那個，有嗎？」

我立刻明白了她的意思，將她領到那棵松面前。因為擺放角度的問題，羅漢松的造型看起來沒有先前那麼好看，葉子上也因為搬動沾染了淡淡的灰。她半躬著身子，湊近了細細察看。

看著她認真的樣子，一剎那我感到了某種信任，心裡明明白白地覺得，風和日麗的那天上午，如果能夠同扶貞姊在跪拜著的菩薩面前碰到她，那該有多好吧。在這裡工作以來，我碰到了數不清的真心欣賞植物的人們，他們對於植物的態度都很鄭重，很珍惜。可是像她那樣專注地去了解植物內心的人，也一定會同樣專注地去了解人類的心情吧。一瞬間，我心頭有股熱呼呼的衝動。

趁她在觀看羅漢松的時間，我從那本植物圖鑑裡翻出那張籤詩來。

「這是什麼意思？」我把籤詩遞給她，懷著某種隱隱的憧憬。

女尼接過泛著榆樹葉子香氣的黃色籤紙，捧在手心細細地看著。

一會兒，她很小心地用英文解釋著，「菩薩說妳之前沒有照顧好妳媽媽，妳要好好地照顧媽媽。父母在家的話，不要出遠門。」

我盯著她的唇，確認那從古老的越語詩句翻譯成英文的句子裡，沒有錯漏過任何一句解釋。

離家之前剪短的頭髮長長了很多，齊耳的頭髮長到脖頸出，沁得熱熱的。我不太習慣在這邊的理髮店剪髮，因為怕溝通不好。稍稍打薄一點啦，髮根儘量向內拱啦，要側分不要中分，劉海也要弄得微微翹一點啦。總之，這方面的要求不好用英文跟理髮師說。

對著盥洗室的鏡子，我把額頭前的頭髮用梳子梳下來，掀起一小撮用左手的食指和中指夾著，提前剪子平平地剪過去，再掀起一撮，再剪。我不會剪髮，按照之前理髮師剪髮那樣兒，輕輕地削短劉海應該還好。

幾個回合下來，額前頭髮短得像參差的門簾。我歎了口氣，看著鏡子裡的自己。淡而黑黝的臉，圓乎乎的，耳朵兩旁往裡弓的頭髮看上去傻呼呼的。這樣普通的，圓鼻子圓臉的女孩，說是個越南姑娘都不會有人反對。

我還沒有打心眼裡有過離鄉之愁，所以那天那個女尼跟我說起菩薩的意旨時，我只是茫然地覺得那樣的感情終究會成為我生命體驗裡深切的一部分，我將她的話深深地藏掖在心裡，反復思量。

「父母在，不遠游。」那句詩，大約是從中文的詩歌編譯成越語，又被解籤人翻譯成英文，最後化成這句話傳達給我的啊。可是，我應該怎麼去做呢？鏡子裡的自己，好像流淚了。我覺得很傻，因為劉海剪得太短，這樣參差地露出本來就很寬的額頭的我，看上去不適合流淚。

扶貞姊好像曉得了籤詩的內容吧，因為她看上去一點兒都沒有不自在。辦理產檢也好，購買孕婦奶粉、懷孕手冊還有孕婦裙也好，都那麼有條不紊。而且，她開始記得吃早餐了，什麼燕麥粥、雞蛋羹、菠菜麵和火腿雞蛋三明治，她都喜歡吃。有時還下廚做給我吃。

「真是托了寶寶的福啊。」早上醒來後，吃著阿姊做的酸湯芽菜米粉，有種煥然一新的感覺。阿姊看上去心情很好，我往湯碗裡加辣椒醬時，她多給我舀了一大勺酸湯。

「呦，怎麼穿了件孕婦睡裙呀？」

扶貞姊對我的打趣不以為意，笑呵呵地去了廚房。她頭上別著的髮卷鬆了，一縷頭髮從耳邊瀉下來。乾脆別剪髮了，留阿姊那樣的頭髮就好了。

「妳求的籤什麼內容呀？」

「保密。」

「真羨慕阿姊，就快要當媽媽了。」

「還早呢，還有七個月。」

「能一直吃到阿姊做的米粉就好了。」

「想得美。」

和開心的阿姊說話，我也覺得很開心。去上班時，電車緩慢地駛向街道口的紅色牌匾，我的心慢慢地開出花兒來。

七

收到扶貞姊寄來的信時，我正隔著厚厚的落地窗，看著窗外鵝毛大雪，手裡捧著的咖啡暖烘烘的，都捨不得喝。回國以後，好幾次想給扶貞姊寫信，都因為不知該說些什麼而不了了之。倒是阿舅，我以像模像樣的鋼筆楷書寫過好幾封格式規整的信，什麼「舅父大人敬啟，母親與我甚好，勿念。」之類的話。我還是同原來那樣不擅長說話，只好一個勁兒地寄照片，或寄一些由阿媽特製的梅菜、乾蘿蔔糕什麼的土特產什麼的。

真正成為公司職員以後，才曉得原來每天朝九晚五是那麼地忙碌。每天一骨碌地從床上爬起來，刷牙洗臉化好淡妝沖進電梯，在裹著一股人味兒的公車上戴著耳塞聽早間廣播，下車時在公司樓下便利店買了紙杯咖啡和三明治回到辦公室。接著是例會、計畫書和打不完的客戶電話。

早晨起來後，淡淡的屬於窗外黃檀樹的馨香早已消散不見。回國後很長一段時間，我都在適應醒來後掀開被窩，感受到溼冷陰霾的北國初冬。那個讓人光著腳刷牙洗臉的明媚小院子，還是一年到頭酷熱如夏吧。

阿媽說我變得黑乎乎的，連中文都不好好說反而更木訥了。因為那段時間總跟阿舅同樹啊泥巴啊什麼的打交道，手變得糙糙的，一點兒都不像這年頭應有的時髦女生。頭髮倒是長長了，一板一眼地紮在腦後，一回頭就被母親大人拉著去燙了個淡紅色的栗子頭。

所以，究竟什麼樣改變才是值得被肯定的？

我有在每天描眼線。原先在扶貞姊家時就偷偷學會了的，真正開始那樣做還是回家以後。把眼睛描成雙眼皮後，公司的人都說我看上去活潑又神氣，我也隱隱有把自己塑造成那種個性的女孩的意思。

在公司裡，同事們大聲地喚著我的全名「黎永楠」時，我一點也沒有羞赧，大大方方地跟他們開著這樣那樣的玩笑。這樣的舉止，是我過去想都沒想過的。

我和同期進來的一個個頭很高女孩成了朋友，她拉我一同去夜校學習，猶豫再三我終於決定報名文祕專業。當然，我報名念書的事情，並沒有告訴阿媽。什麼時候想念書，什麼時候不想念書，好像都找不到足夠的理由跟母親解釋。

飯也不做了，我總是忙到很晚。因為資歷淺，工作上的事兒總要擠出時間來加班才跟得上趟，這樣一來時間就不多了，而且剩餘的時間還得去夜校上課。公司食堂的套餐和樓下茶餐廳的速食其實也不難吃，吃完每日例牌的特惠套餐還有奶茶或者例湯贈送。卡包裝著一遝樓下派送的速食優惠券，我總是按照邊緣剪切線撕下來小心翼翼地拿去兌換。

勉強算是都市女郎了。

每當給辦公桌上的綠蘿換水的時候，就感覺自己辜負了那些植物。具體是哪些植物，怎麼辜負的不曉得，總覺得每天匆匆忙忙上班卜班，掠過我眼前的行人道上的大葉榕啦、芒果樹，和紫荊樹什麼的，成了擺設一樣的存在，原先敏銳的，對於植物的變化好像愈來愈淡漠了。春天過去是夏天，夏天來了會開花，秋天之後滿樹都是果實，對於這一切，我好像都不在乎了。

是我的錯吧。只有桌上綠蘿綻出新芽時，我才有一點點欣喜。在同事面前，我也沒有勇氣提起自己當園藝工人的經歷，只有描著眉塗著唇對著連著網線的電腦飛快打字整理表格的時候，才覺得自己和別人是一樣的。

喝了一口咖啡。醇和的，意式咖啡。我們這裡沒人喝越南咖啡，茶水間擺放的要麼是速溶咖啡，要麼是袋裝的義大利咖啡豆。

那有什麼關係，我想。只要是暖暖的，入口醇厚的味道就好了。

那孩子叫阿弟。好像不是阿姊的兒子而是她弟弟似的。這樣比較好，風華正茂的扶貞姊拉著阿弟的手，什麼時候看上去都像一對小情侶。

我把馬克杯放在桌上，將夾在信裡的照片抽出來，逐一對著燈光翻看。有花的、有阿弟的、有扶貞姊和阿弟的，也有阿舅舅娘在海灘上憨憨笑著的樣子。

什麼時候阿舅笑得這樣憨了啊。

「這是誰？」同事指著一張老太婆坐在淺藍色小洋樓前曬太陽的照片問道。日光明麗，過度曝光的照片上，只見得到藍色的光和暗藍的影子。

「啊，這是我外婆。」

「嘖嘖，真年輕啊。」

「那是哦。」

溫文錦

作者簡介

溫文錦，女，一九八二年生，廣東梅州。大學畢業後在廣州從事報紙編輯工作，現為自由寫作者。二〇〇四年開始以「拖把」為筆名開始發表詩歌、小說、作品散見於《今天》、《天南》、《青年文學》等文學刊物。著有詩集《當菩薩還是少女時》，超短篇小說集《人人都是謬誤家》刊於《獨唱團》。

得獎感言

寫了近十年的詩歌，從去年才正式開始小說創作。對我來說，越南是我的第二精神故鄉。提筆寫作〈西貢往事〉，很大程度是為了緬切心中那份難捨的越南情結。初嘗小說創作，便嘗試深切又全然不夠把握的異國題材，難免心中忐忑。

當我把這恬淡的毫不曲折的西貢故事投到電影小說的專業評委手中時，我在想，自己心中流露的淡淡的熏染著熱帶陽光的影像，是否真正地符合電影故事的本質呢？直至小說獲得了評委老師們的肯定和稱許，我覺得自己就像個孩子般歡欣和鼓舞——為著這份獎項的鼓勵，也為著繆思女神對我一直以來縈繞心頭的越南故鄉的深切撫慰。

評審的話

•小野

這篇小說展現了一種文學的另一種可能，那就是從文字本身，句子本身，段落本身，創造了完全像是一部電影作品的樣態。你可以看到攝影機的運作，看到自然光和打燈所形成的明暗層次，看到美術設計的用心，室內裝潢和色彩的搭配是那麼仔細。你也可以聽到各種的現場收音或是事後配音。作者對於聲光細節的處理能力使我們相信，她也會是很多的電影編導。

•周芬伶

雖以老西貢為背景，人生活細節與絕美人物交織，淡淡的詩意頗有畫面感。場景氣氛突出，加上舒緩的節奏與精細的文字，為文學電影的好題材，不管出書或篇成電影，都是風格之作。

•陳玉慧

藉由一名遠方中國少女的初來乍到，書寫一位同鄉女子的異國生活，由少女的角度觀看，女子在情愛與現實生活中擺盪，異國女子看似平淡及對生命態度疏離，其實又有命運之不可抗拒及無可挽回的覺知。

文本雖然並沒有重大戲劇性的轉折，但在人物心理變化和微小細節的掌握清晰可見，因此讀來彷彿在小說中聞到女子的香氣和酒氣，也充分感受到南方溫柔的女性氣質，文筆蘊涵了東方文化的溫潤與美感，時間的移動節奏相對緩慢，安靜而恬適。

◆鄭芬芬

有人用小說寫「情」，有人用小說寫「物」，〈西貢往事〉帶我們認識了一個「人」。透過少女的眼，越南女子阮扶貞的形象歷歷在目，異地情境的生活也栩栩如生地翻飛在眼前，小說文字的魅力令人激賞。但考慮影像化後的成果除了以氛圍取勝之外，若能為少女日後回到家鄉後再創造一點更強力道的回憶的悸動，帶出成長的祕密心情與青春的不可復返，將使作品更為雋永。

◆蔡國榮

大陸高考失利的少女，到越南暫住阿舅家，見識到如謎一般的女神的表姊，將兩人互動賦予青春探索與性啟蒙的意義。情節不強，人物刻劃生動，寫情景、情境尤其不俗，很堪咀嚼，並有回甘之感。

◆駱以軍

寫一種少女擱淺於南方異國，憂悒沉默卻又感官打開的某個「追憶」，某種慢速的時光之歌，寫得暗夜芙渠，搖曳生姿。非常美的一篇作品。用少女的視覺，旁觀在胡志明市酒店上班的表姊，沒有掉入任何通俗劇的老套，細微精緻的人情，隔著一道無聲的障蔽，摸索著，感受著。是這次我閱讀參獎作品中，藝術性最高的一篇。

參獎／

烏鴉

吳孟寰

烏鴉希望全世界都是黑的
貓頭鷹則但願全世界都是白的

——威廉・布雷克（William Blake，十八世紀英國詩人）

一

徐七樓的腦袋傾斜四十五度，手指推揉左腦太陽穴浮出的青筋，這個姿勢彷彿可以舒緩他的頭痛症狀。

今晚，所有的壞事像似約好了一樣同時挑在夜半三點集合。

頭疼，是七樓今晚面臨的第一樁壞事。至於第二樁，則是躺在地上嘴巴成O字型的男性死屍。是的。今晚接近凌晨三點整的時刻，在他來去自如熟悉的住家廚房裡發生命案。

這輩子活了三十五年的七樓還沒想過，自己有一天打開冰箱取壺冰水的時候，冰箱的門扇竟會卡住死屍的腦袋。

地上的死者是他已過世岳父的老朋友鄭三吉，七樓等晚輩都尊稱他三吉叔。

他凝視著仰躺在腳旁的鄭三吉屍體，有時覺得他半闔半開的眼睛就像是進入深層睡眠一樣，但停滯在他睫毛上搓弄前足的蒼蠅，倒像是以邪惡的複眼盯著七樓謝道：「嘻嘻。這老頭已開始發臭了！感謝恩賜！嘻嘻。」

七樓發現了三吉叔的右腳掌底有著嚴重的足癬，他突然想起有一個牌子的藥膏十分有效，如果三吉叔還活著的話他應該會推薦給他吧？

他又想著如果……如果……。

如果三吉叔不是那麼貪婪的想要併吞他們夫妻經營的這家店，他們今晚應該會在這間大廚房裡喝酒暢談職棒押賭的對象吧？

越是多瞧那死屍一秒鐘，七樓的頭痛症狀就越折騰他一分鐘。雖然有個死人躺在自家的廚房地磚上，但事實上那並不是他親手殺的。

真正動手的人，是七樓的老婆——石苔青。

「你頭痛嗎？」苔青問。

「對。」七樓唯唯諾諾地點頭回應，好像初次蒞臨豬肉屠宰場的乳豬。

苔青在餐廳置物櫃上取出普拿疼藥錠，地上的屍體並沒有讓她感到不自在與拘束，她游刃有餘的身姿宛如地上死了一個人算不上大事。

七樓接過藥之後，張開口也沒急著服用。反是提出盤桓於心中的基本問題。

「老婆……妳為什麼要殺了他？」

七樓脫口的問話聲微微顫抖，那是他欲言又止狀態下的膽怯反應。因為這問題的答案很有可能會直接牽連他們婚姻的和諧，或者換來老婆一頓痛罵。

苔青並沒有像平時一樣的敲七樓腦袋朗聲斥責，反是冷靜凝視七樓，似乎有千言萬語想訴盡，但輾轉思慮後苔青仍是冷眼瞪著七樓。

「後悔了嗎？老娘我根本沒叫你幫忙！」苔青倒了杯水遞給七樓，一如往常見慣的婚姻生活一樣平凡，但七樓的心情無法如她一樣的冷靜。

「我怎可能不幫妳？如果我沒壓住三吉叔的身體，單憑妳從他背後用繩索勒得死他嗎？要是被他跑了出去，殺人未遂的事情就要傳開了。所以我……」七樓說完話，一口飲盡藥丸與開水，吞藥就跟吞氣一樣。

「你想退出就快講。有事老娘我一人擔。」

「我是那種放著老婆受罪獨自去歡樂的老公嗎？我只是覺得，妳也太衝了點。」

「三吉這老頭已經踩到老娘我能夠忍受的底線。如果事情再重頭來過一遍，我照樣再殺他一次。」苔青捋起袖子，不疾不徐的把勒斃死者的凶器——繩索，綑綁在一箱收納廢棄物的大紙箱上。

殺人之後，苔青的一切行動都是那麼舉重若輕，從容的態度讓七樓感到不可思議，突然間他對結縭了四年的妻子感到前所未有的陌生與畏懼，甚至懷疑這到底是不是自己認識的老婆。

如今七樓已經逃不出共犯的連鎖關係，但他現在苦惱的第三樁壞事就是屍體的後續處理方式。殺人凶器繩索可以隨著廢紙箱大搖大擺地移出家門，但屍體要離開這個家絕對不可能如此草率。

「要怎麼處理三吉叔？」七樓在凝結的氣氛下問了最重要的主題。

苔青倒了杯冰水，冰塊撞擊玻璃杯匡啷匡啷的聲響蓋過了七樓的喘息。苔青簡短回了一句比冰塊還要冷的兩個字。

「埋了。」

她飲乾冰水之後，加補上另一句。「把我弟阿和叫過來，他還在網咖裡等我和三吉談判的消息。對了，順道叫他把紅仔車開回來！」

阿和本名叫石正和，是苔青的弟弟。至於苔青口中的紅仔車就是一輛小型農用車，前座能搭載兩人，後座的空間寬敞，十幾簍的馬鈴薯或載一條祭拜用的公豬是沒問題。當然，七樓也明白，今晚要搭載的貨物是鄭三吉。

這款小型農用車沒有車牌，在滿街都是監視器與行車紀錄器的年代，駕駛一輛沒有車牌的農用車就像是獲得在城市隱形的魔法披風。阿和平時駕駛慣了，在這座大台北城市裡他也開了紅仔車四處遊走，當晚則是開到了網咖。

苔青對七樓下達指令後，手上的冰水一杯接著一杯灌入喉嚨。七樓猜想苔青或許不如他所想像的那麼堅強，那一杯杯吞入喉中的冰水似乎正在壓抑著她的情緒。

凌晨四點，夜晚的街道上傳來一陣狗吠聲。

阿和駕駛的紅仔車驚擾了幾隻守候著暗夜的黑犬。七樓站在門外等著他。

阿和掛著滿面燦爛笑容，開朗的神情與七樓陰晴不定的臉色恰好成為反比。阿和笑問：「阿七。裡面狀況如何？我姊姊是不是和三吉叔談妥了？」

他的臉上洋溢著期待的閃光。這讓七樓完全不知該如何接話。他實在不想破壞阿和善良單純的笑顏，天知道宣布答案有多殘忍。

「依結果來看……應該也算是談妥了。」七樓苦笑。

「我就知道，姊姊在談債務這方面的工夫比我這個男人還要高哪。說起來，我也真是孬到丟臉，什麼事都得交給姊姊。阿七，你可別對外說出去唷。要不然我可就很難交到女朋友了。」阿和咧嘴展開笑顏，多話的他與沉默寡言的苔青相比，總常常讓別人誤以為這兩人沒有血緣關係。

「是啊是啊。的確是不能說出去的……」七樓的頭痛症狀變得更為嚴重。

阿和一直都在等著姊姊苔青與鄭三吉談判完的好消息，他相信強悍的姊姊無人能敵。原來苔青今晚約了鄭三吉來家裡，正是為了解決阿和與鄭三吉之間的債務。

他們的父親石發財於一年前過世之後，阿和與苔青便繼承了過世父親賣了十幾年的滷味麵攤，並且將不起眼的巷內一樓住宅改為有店家的石記小吃店。

這間麵攤早期在石發財手中經營時，只能算是一攤勉強餬口維生的攤販，但轉手到兒女石正和以及石苔青手中之後生意竟是奇蹟似的翻轉。

苔青研發出香味四溢的滷肉湯汁調味，再以一套平價的滷豬腳套餐抓住了尖峰時間的用餐客戶，人們甘願排隊排到馬路上等候，門庭若市的營業狀態讓不少門可羅雀的同業羨慕又忌妒。石發財的老朋友鄭三吉，也是忌妒到眼紅的其中一個人。

鄭三吉看準了石記小吃店已經從過去的爛攤子蛻變為金磚搖錢樹，於是便是抬出了他們過世的父親積欠他的兩百五十萬賭債，來威脅阿和在兩個月之內還清這筆舊帳。

鄭三吉點算鈔票時手指觸碰舌頭的模樣就像一隻狡獪的狐狸。他的手指在計算機上加加減減之後，對阿和說所有負債總計金額得收上四百萬方能善罷甘休。

阿和是個年長到三十歲卻還保有十五歲單純的超齡男孩，他聽了這筆金額先是咋舌呆了三分鐘，隨後才懇求他的三吉叔寬延期限。

他謙卑有禮的態度，成為狐狸狠狠吃定的對象。

鄭三吉拍拍腦額同情似的願意幫忙死去老朋友的孩子創業，但他也得要成為這間小吃店股東來當作抵債條件，並且為了讓店家經營長久，他要求繼承家業的阿和將店家的負責人更換為他的名義，以示自己對晚輩的照顧與用心。

狐狸總在鎖定的獵物走頭無路時露出尾巴。

苔青於今晚凌晨十二點約了鄭三吉來家裡談判，並且安排一桌佳餚與啤酒招待。鄭三吉大剌剌地坐在餐桌板凳上大聲談著他的貪婪抵債計劃，苔青趁著他吞服牙齦止痛藥丸時。走到了鄭三吉背後，左右手在半空中拉出一條繃緊的繩索。

面對鄭三吉這尾狡猾的狐狸，苔青這隻寡言的老虎下定決心咬死他。鄭三吉被勒死之前，在他迷迷濛濛即將熄燈的神智裡，閃過了一句耳熟的老諺語——「會咬人的狗不會叫」。

阿和帶著愉悅的腳步往店裡的黑暗處走去，七樓實在不知道該怎麼對他說明今晚解決債務的方式有多驚悚。他當下只能趕緊拉下鐵門，以預防待會兒阿和發出的驚叫聲傳出了門外。

不過，阿和出乎意料的沒有發出尖叫，倒是不小心砸破了一組價值上萬的茶具。

阿和陽光般的笑臉消失了，那些跟了他三十年的赤子心已經隨著眼前的驟變而崩解。七樓知道今晚墜落到地獄的夥伴又多了一人。

「苔青……三吉叔……你們兩個發生什麼事？」阿和的聲音微略顫抖，他跪倒在鄭三吉的身旁，輕拍他的肩膀。「三吉叔叔，三吉叔叔……你醒一醒呀。」

「他不會醒來了。」苔青冰冷的聲音在密閉的室內迴響。

「是阿七做的嗎？還是……」阿和的靈魂開始淹入泥沼，他的純真本性在人間只剩最後一口氣，他的喉嚨發出來的聲音如同遭泥水吞沒而僅存的細小乾啞微音。苔青望著怯懦的弟弟，她彷彿轉變成了一名天使，蹲在阿和面前呵護他。

「阿和。你一直以來都是這麼溫和，但面對欺凌我們家族的人，你的溫和就成了軟弱。三吉叔已經爬到我們頭上。或許，這也是最好的結果。」

「姊，妳平常凶歸凶，但我還真不敢相信妳能這麼做。三吉叔再怎麼說也是我們的舊識了，他的女兒婉宜還是我國小同班四年的同學。我現在該怎麼面對……」阿和拉拉雜雜的抱怨聲音就像快哭了一樣。

「你是男人吧？你十五歲那年如果可以勇敢一點，婉宜也不會被別的男人追去了。現在還嫁到國外……」

「我就是孬嘛。如果我能勇敢點跟婉宜告白並且娶來我們家，或許今晚也就不會有這樁命案了。都怪我，都怪我……」

苔青站起身，她對自艾自憐的弟弟投以輕蔑的眼神。

「如果你和七樓要退出的話，現在就可以先走了。我自己會搞定三吉叔的屍體。但我只要你們知道一件事，我做了這些都是為了誰。」

打從苔青殺人之後到現在從未露出倉皇失序的模樣，口中所言之語亦是冷靜出奇，彷彿不是第一次殺人一樣。

七樓和阿和聽完之後，自然知道她是為了自己以及這個家。七樓這時候心想若舉手表態想要退出也實在太不上道。索性就徹底協助自己老婆，並且把這樁殺人案件隱藏起來。

「老婆。夫妻本來不就是同心嗎？妳別多疑心我和阿和了，當然是挺到底囉。我知道附近有個私密性還算高的山林，趁著天亮前把遺體帶去吧。五點之前我們得趕回廚房滷肉，那麼就不會讓六點來上班的小梅知道了。怎麼樣，阿和？」

小梅是這間店聘請的員工，手腳俐落動作敏捷，但最大的缺點就是聒噪。倘若巷頭有隻貓吃了蟑螂，經由小梅的口舌傳到巷尾則可能成為蟑螂吃了貓。

他們一定得趕在小梅上班前搞定這一切，只因小梅的嘴是無法受控制的。

七樓看著阿和不表示意見，就直接當他是同意了。在時間有限的前提下，他不容阿和再猶豫不決。「既然阿和也同意，那我們三人就算是同舟共難了，眼前刮什麼風我們就應對什麼浪，別怕。咱們把人搬到車上。」

為了掩人耳目，三吉叔被包裹的像一顆巨型釋迦。鏟子、鋤頭以及兩把山刀和鐮刀則壓在裹屍的布袋上。七樓坐在三吉叔旁邊，苔青駕駛著紅仔車，沿路對垮了臉的阿和解釋今晚的一切。

他們夫妻不時地凝視阿和，只覺阿和僵硬的表情比三吉叔還要像個死人。

紅仔車開到四獸山，暗夜即將退色，天際的遠處可見濛濛的靛藍。

象徵台北地標的一〇一大樓，像是一隻守護神一樣呵護城市。

阿和由山上鳥瞰著樓房縮小的城市，他的第一個念頭竟是想要躲藏起來，彷彿聳立的一〇一大樓有一顆眼睛正在盯著他；七樓也一樣的望著城市夜景，只覺燈火如繁花燎原般絢麗，徐徐涼風讓七樓忘了自己正背負一條人命。

苔青的眼瞼容不下那片夜景，她沒有欣賞的雅興，只顧著鄭三吉的屍體有沒有可能從袋子內滑出一截手臂下來。

兩男一女扛著一具屍袋走到一座樹林遮蔽的山坡頂端，此時已經過了凌晨四點。

苔青手持開山刀開路，她劈砍樹枝長草的動作十足幹練。七樓與阿和則是氣喘吁吁的扛著鄭三吉遺體走上山來，這段路讓他們累得發誓以後絕對不再蹚殺人藏屍這渾水。

微微熒弱的天光讓他們的手電筒變成累贅，但即將轉變的天色也意謂著他們就要失去黑暗的保護色。

「阿七。快挖土了！不是說你從當砲兵的那兩年最厲害就是拿鋤頭挖洞？一把鋤頭拿得比槍還熟。現在是你發揮專長的時候了。」

苔青手上的開山刀在月光下隱隱發亮，像是驅趕牛羊的牧童一樣催促七樓。

七樓把鋤頭上手，身手矯捷幹練的在泥土地面上刨坑，雙腳落地的位置隨著挖掘點繞圈。消耗體力可以短暫忘卻自己結縭的妻子可能內心住著魔鬼。

為了逃避殺人刑責，他們三人弓著背在為自己的光明未來挖掘逃生口，彷彿他們才是埋在土裡拚命逃出坑洞追求自由的青蛙。

東方山巒的邊緣隱隱發亮，夜的暮色即將被靛藍色沖淡。地面刨開的坑洞深度與寬度已經足夠埋入一個人。

「差不多了，真是累死人。」七樓拍拍阿和的身子，開玩笑說道：「既然挖洞這麼辛苦，我看以後還是不要殺人啦。摸牌還是比摸鋤頭有意思多了。」

七樓是個嗜好麻將的人，口裡的玩笑話也常常離不開打牌術語。不過阿和今晚對他的玩笑一點也不感到有趣。

「你們這對夫妻到底是不是人？怎麼一點罪惡感也沒有？還能開玩笑……」

「你倒是說看看，這種時候除了笑我們還能怎樣？」

「我們也可以選擇自首啊。」阿和脫口的話讓七樓發怔。

「自首？」苔青手上的山刀斜劈過一株草莖，彷彿暗示著違背她的人的下場。

夜風吹拂過他們的頭髮，也將一道來自不遠處的聲音帶入七樓的耳裡。

「別說話，好像有人。」七樓低聲說完，阿和神經緊繃的讓心臟跳動加速了一倍。

果然，下方斜坡的野草傳來窸窸窣窣的摩娑聲。

這一次，苔青也聽見聲音了。

「不妙，真的有人。先把屍體藏起來。」苔青皺起雙眉，手上的鐮刀握得死緊。

七樓緊握鋤頭，環顧身旁有無可藏身的位置。阿和本就已經魂不附體，如今這聲響更加讓他六神無主。倉皇地在四周繞圈找尋可躲藏之處。

「這種狗不拉屎的地方也會有人來……可見這是天意，天意。對的，老天希望我們自首，所以安排了人經過。姊，七樓，我們不該忤逆上天……我們要自首。」

「冷靜。阿和！」苔青拍了她弟弟的臉頰，起初一拍還沒有效用，直到重賞了第三次耳光才讓阿和鎮定了一成。

「不要慌張胡言亂語，先把屍體拖走。只要死人不曝光，活人就沒事。」

苔青彎下腰，示意他們快過來搬挪三吉叔。

於慌亂的陰暗中，七樓的右腳不經意地踩入了一個坑洞，他的腳踝也意外的扭傷。不過他並沒有時間去關心腳踝，反倒是整個人下去坑洞中摸索一陣，赫然發覺這個坑洞的大小恰好足夠他們三人蹲在裡面。

「喂，這有個可以躲的地方。」七樓輕聲說道。「快把三吉叔搬過來了。」

天色未明，那個坑洞是從何而來的他們也沒有時間多查。阿和與苔青二話不說，立即把屍體搬了過去放入坑洞。

隨後，三個活人一具死屍全都勉強擠在坑裡，洞穴旁的野草成了絕佳掩護牆，剛巧將他們的位置完美隱藏。

隔了半晌，果真見到兩道人影由低處斜坡緩緩上山，那兩人一前一後辛苦地扛著一樣事物。站在前方的男子氣喘吁吁，一把便將搬上山的東西鬆手丟下。那樣事物落地時發出悶悶的一聲重響。

「媽的！這麼重。快把你老仔累死。」站在前方的男子累的坐在一塊石頭上，點菸。擦拭額頭的汗滴。夜晚微亮的月光下，七樓看見了這名手長腳長的男子留著接近光頭的短髮，身材結實，就像一名站在拳擊擂臺的硬漢。

後方男子的身高則是矮了短髮男子很多，七樓目測他大約只有一百五十公分多。矮個子的打火機在他的臉上打出一團光影，他吸菸的姿態看起來像一尾面目猙獰的拳師狗。七樓直覺這一高一矮兩個男子不好招惹，希望他們能趕快走過這個區域，就此遠離。

然而事與願違，這兩名男子停在這裡抽香菸聊天。

「喂，香菸別亂丟。」高個子對矮了男喊道。

「哼。」矮個男把香菸捻熄撿回口袋，望著即將由山巒縫隙迸出的曙光。「天快亮了，做事啦。」

高個子男瞪了他。「就把人丟下去而已，你自己一個人沒力氣麼？」

「班長說我們這一組是同夥的意思，就是什麼都一起做。」矮個子男回嗆。

「話說在一個小時之前這整個洞都是我挖的，你的人不知道在哪抽香菸。再說當初這個人是你幹掉的，你就親手把他埋了去，我一點也不想再碰到死人。」

矮子把手指上的香菸彈到山下。「啐！囉嗦。」

「我他媽剛才都叫你別丟菸蒂了，你還給我彈到山下去？」高個子吼道。

「丟個菸屁股是會死喔，這種地方你講什麼環保？」

「菸屁股會有你口水上的DNA。如果這個死人被發現，菸就是你他媽的證據了。看你殺人的時候跟個變態一樣，朝人家的臉打個不停，辦起後續卻又像個白痴。媽的！」高個子怒氣橫生，踢了一顆石土，碎石彈動到阿和眼前的草叢間，嚇得他以為被發現了。

「啐，我知道你怕這個死人影響你升官。」矮個子改不掉吐口水的壞習慣。

「真不知班長怎麼會找了你這樣的人加入。」高個子哼了一聲。

躲在一旁的七樓等三人面面相覷，因為從這兩名陌生男子的對話中不難理解他們搬運上山的那一袋「東西」應該是個人，也不難判斷出這兩名男子的交情不合。

七樓則比苔青和阿和多了一層思慮，關於兩名男子口中所談及的「班長」，似乎是這兩個男人的領導者，但是這兩人的衣著與年齡都不像是士兵，反倒近似黑道人物。七樓也不禁猜疑起這位「班長」的身分究竟是何等人物？

高個子和矮個子兩人隔了半晌不再吵嘴。高個子男將包裹的布袋一層層掀開，七樓透過草叢的縫隙窺探，果真見到一具屍體從袋子內被拉了出來。

那具屍體的樣貌讓阿和更加反胃，他胃裡的消夜忍不住嘔了出來。因為那是一名被某種棍棒或金屬物品打扁了臉部的男性，顏面內凹下顎歪斜，頭顱失去了原來的弧度，那是重複不斷重擊顏面同一個位置造成的傷勢，足以可見下手的人手段之凶殘。

高個子男摸著下巴，滿臉狐疑，開始左顧右盼。

「喂。好像怪怪的……」

「怎麼？」矮個子問。

「這個坑不是我挖的。」

「不是嗎？」

高個子很肯定的回道：「絕對不是。這個坑比我挖的還工整，旁邊的土丘也堆的比較高，四個邊挖的有菱有角，整齊寬敞的可以放棺材了。這不可能是我挖的，我沒那麼細工。」

躲在一旁的苔青轉頭怒視七樓，她的表情猶如在怪罪著七樓為何要把一個講求簡捷便利的埋屍坑洞挖的那麼費工又完美？

「難道……」矮個子男的說話音質提高到了緊張的高音階段。

「小心，這裡恐怕有別人！」高個子一瞬間全神戒備，警覺地喊道。

這句話傳入了躲在坑裡的七樓等三人耳裡，七樓和阿和皆面色蒼白。他們三人此時摸索起自己藏身的位置，驚覺這個大小恰當的坑洞正適合用來埋人。

此時此刻七樓等人明白了一切，原來他們躲藏的地點才是這名男子挖的坑洞。不過，他們已經來不及逃走。

當高個子男子越過一道土丘，站在這個坑洞前的小土丘上，他們三人也恰好仰起頭看著他。高個子驚訝的合不攏嘴，他找到了自己挖掘的坑洞，也發現了三名親眼看見自己正在掩埋屍體的目擊者。

雙方第一次面對面相會，每個人的心臟都像是縮緊揪成一團球般的緊張。

當不應該被看見的真相全被瞧個精光之時，每個人的心底浮出了接下來可能將發生的兩種選擇——殺了對方滅口，或是被對方殺死。

高個子瞠目結舌的瞪著洞坑裡的三人，他無法理解的望著這兩男一女在如此深夜裡蹲在自己挖掘的坑洞中的用意為何？

高個子男發問：「你們是誰？在這裡幹什麼？」他的聲音猶如緊繃的吉他弦。

但對方既然已經親眼目睹自己正在藏匿殺人罪證，他的內心是不容許這三位目擊者存活下來的。他的右手從後臀部口袋裡抽出一把彈簧短刀。不過他還沒來得及將刀柄亮出，高個子已經被苔青抓住右腳踝。

「把他拖下來。」苔青急道。

七樓與阿和哪敢不照做，三個人合力把高個子拖下洞坑，苔青手中的開山刀抵在高個子的咽喉上，他一聳一聳的喉結被刀鋒劃出一絲絲的刀痕。

「快過來！」高個子求救似的對坑外的幫手嘶喊，旋即土丘上多了矮個子的人影。

矮個子一見坑洞中的三個人，驚聲吼道：「你們是誰？」

「白痴，沒看到我的處境嗎？快拔槍！」高個子對他喝令。

「槍？」阿和大驚，他沒想過自己的人生際遇上會有這項物品出現。

矮個子果真從腰際間掏出了一把手槍，瞄準七樓他們三人。

槍的出現，讓場面的危機氣氛提升到臨界點。

七樓手中的鐮刀在高個子的脖子上貼的更緊了，阿和則是顫抖起來，先行爬出了坑洞。

「不要開槍，不要開槍。我什麼都沒有看見。」第一次面臨生命威脅，阿和發出求饒的聲音。

高個子對他喊道：「你們放開刀子，我就叫他不開槍。」

「不！叫你朋友放下槍，我才對你鬆開刀子。」苔青說話的時候，刀鋒又更嵌入了高個子的頸子皮膚一層，淌出一滴血珠。

兩把刀子抵在致命部位，高個子只能聽命於她。「好，先別開槍啊。」

矮個子對這突如其來的遭遇感到莫名奇妙又新奇緊張，他並不害怕，反而對於能夠屠殺同類的機會有一種期待。他的眼神往下移了半吋，隨後又對七樓他們腳下的三吉叔屍體大聲驚呼。

「那個死人是怎麼回事？」他手中的扳機幾乎就要扣下。

高個子此時才發現，原來自己腳底下還有一具屍體。

「你……你們三個到底是來幹嘛的？」高個子發出感受到恐懼的聲音，他已知悉眼前的三人恐怕不是爬山運動那麼簡單。他斜眼睨著矮個子的手槍，心底嘀咕著這個笨蛋到底什麼時候才要開槍。

兩造人馬內心皆交雜著千般惶恐與萬般疑惑，五人的思緒陷入混沌凌亂。但是對於眼前解決問題的方式卻都有著一致的答案——殺人滅口。

七樓心下判斷，倘若真要將對方這一高一矮兩人滅口掩埋的話，他們三人合力奮戰之後有多少取勝的機會？長得高的那一位七樓認為還可以談判，但長得矮的那人卻像隻四親不認的猛獸，眼裡盡是想要殺人的盼望。

七樓有了結論，不能得罪這個矮子，然後盡量與高個子溝通。

「各位，大家是不是應該先冷靜一下？也可以請你那位朋友不要拿出那種不友善的東西好嗎？」七樓另一隻手的食指瞄向矮個子手上的槍，但矮個子並沒有把槍頭壓低的意思。反而是再移高槍管，瞄準七樓的頭顱。他的眼神一如夜市裡的男孩端著空氣槍瞄準氣球輪盤一樣興奮。

苔青從頭至尾沒有受到槍的脅迫，她反而把開山刀移位到高個子的胯下，眼角閃過殘酷的冷光。

高個子等了許久都沒有槍聲，他心底暗自嘟嚷著矮個子怎麼還不快把這個凶婆娘開槍打成蜂窩。但如今事已至此，他只能先以假和平後算帳的計畫來協助自己脫困。

「你們放下刀子，我的朋友不會開槍的。」高個子的左手掌對著矮個子示意壓低槍管。

七樓和苔青挾持高個子一起離開坑洞。但是他們的刀依然貼著高個子的身體，那是保護自身的最後一道防護線。

「你們要嘛就殺了我，不要嘛就給我一個理由。為什麼三更半夜你們會躲在這個坑洞？還有那個死人是怎麼回事……」高個子對著七樓問道。

七樓看了苔青一眼，只見苔青點了頭，他才說道：「既然現在大家都算坐在同一張牌桌上，我也就直說了。其實……我們算是同行。」

「什麼同行？」矮個子則納悶的問道。

「你們來這裡做什麼，我們也就是來這裡做什麼。這不是同行是啥？」七樓盡量讓自己保持紳士風範的微笑。

七樓指了指腳下的鄭三吉，這具沾染了碎土砂石的屍體正說明了一切。

「既然這樣，你們也報上個姓名，住哪裡。」高個子的口吻宛如警察偵查一樣。

「問別人名字之前，你怎麼不先說自己是誰？」苔青回話，她手中的刀柄雖然隔著褲子，但卻已經觸碰到高個子胯下的囊中物，這讓他冒出一身冷汗。

矮個子不知高個子的心情，只管怒喊。「我有槍，就不需要講禮貌。妳如果不想報上名字就先準備吃子彈。」

豈料這句話對苔青一點震懾效應都沒有。

「那把槍有子彈的話，你這個矮子早就射了……」苔青的話還沒說完，七樓已經先遮住她的嘴巴，以免老婆激怒了那位暴力分子。

「啐！」矮個子的情緒很容易受言語激怒。「凶婆娘，我早晚弄死妳！」

「別再說了，現在交給我來處理。」七樓為了緩和氣氛，將身子隔擋在兩人眼對眼的視線中央，那條線彷彿真的磨擦出火花一樣激烈。

苔青滿臉怒容，但她也曉得七樓圓滑的個性的確很適合處理僵局，索性不再多話。

「兩位大哥，我們就不要多費工夫去問對方的姓名了，因為我也不打算知道你們的名字，這是為了你和我的安全著想。咱們這些人就像坐在同張牌桌，大家目的都是一樣，最好的結局就是北風北打完大夥兒帶著歡笑收場回家，誰也不用去記得誰。」七樓有如一名推銷保險的稱職業務，一字一句恭敬有禮不失和氣。

高個子勉強擠出一個笑臉。「很好，有共識。這位同行兄弟說得不錯，小矮子你先把槍收起來。」他不能把同伴的名字說出口，只得給了他一個臨時綽號。

「啐！去妳媽的小矮子，都是你這個蠢蛋被抓到。」矮個子對不能開槍射殺人類略感失望。但他看見高個子對自己悄悄眨了眼的表情，猜想高個子心底另有蹊蹺，只得先照做把槍收回腰際後方。

苔青見狀，也很識時務的把刀子放回身後。

見了氣氛稍稍緩和，七樓趕緊開口說道：「謝謝兩位大哥願意聽從小弟的建議。小弟猜想，現在你們和我們所做的事情有八成的理由是不見光的，所以小弟認為，咱們就把這些祕密永永遠遠的藏起來，你和我永永遠遠的不再連絡。就算在馬路紅綠燈下相遇，也永永遠遠不要打招呼，相信這對你和我的未來生涯都安全美滿又有保障，同行大哥你說是吧？」

「是！有遠見，有智慧。當然認同。」高個子露出微笑。但矮個子的態度有別於他，仍掛著凶神惡煞的神色瞪視鄭三吉的屍體。

「這個人是你殺的？」

七樓露出服務業的禮貌笑容說道。「嚴格來說，這個人……是很自然的壽終正寢了。我們只是不想讓他老人家仙逝的消息曝光，所以趁著天還沒亮之前埋掉他。我猜，你們放在地上的那個人，應該也和我們一樣是自然死吧？」

一個臉遭人用棍棒打爛的死人有誰會相信是自然死亡，但是高個子自然也知道這個男人瞎掰的用意，彼此不知道對方底細才是最完美的退場機制。

謊話遠比真實更令人陶醉。

遠離真相，才能擁有幸福假象。

「你說的對，這個人是自己活久了，然後掛著微笑上天堂的。但死了之後不小心摔在石頭上，一張臉才爛成這個模樣。」高個子也隨著他的謊言漫了開來，他開始對七樓這個人感興趣。

七樓也回覆一個會意的微笑。「原來如此啊。這位先生也真是不小心啊！天都快亮了，能不能請你的朋友把槍丟到一旁，這樣我們兩方也能比較安心的處裡各自的家事啊。」

高個子對矮個子擠了擠眉毛，矮個子先是不願丟槍，隨後才勉為其難的把槍拋到後方的空地上。

「好了。我的夥伴已經如你所說的做了，你們的刀子是不是也可以從我的脖子上移走？」

「這個當然。你不放銃，我們也不會胡牌嘛。」七樓很快的把鐮刀收回，但苔青手中的刀則反而抵在高個子的胯下，非但沒有挪開的意思，更貼近了一吋。

高個子忍不住對七樓說道：「那個……能不能請這位大姊把刀子挪開？這樣會破壞我們好不容易建立起來的和氣。」

七樓與阿和看著苔青，他們明白，苔青並沒有打算和對方用言語談判的意思，尤其是他們都見識過苔青一刀剁碎豬腳的臂力。苔青似乎已經醞釀出和對方搏命的心理準備，但是談和的七樓已然違背她的計畫，她一時間蠻性收不回去。

七樓比阿和更清楚的知道，苔青絕不是說著玩的女人，她每一件事都認真看待。趕緊緩頰對著高個子說道。

「不好意思，女人嘛，剛剛看到你們男人拿槍當然會緊張了囉。人一緊張，臉色就難免不溫柔。」七樓轉頭對苔青溫柔地說道：「大姊，冷靜一點，我已經控制住場面了，妳就不用緊張了啦。這幾個朋友都是好人。」他不打算在外人面前說苔青是自己老婆。

苔青冷冷地瞪著他。「我沒有緊張。」

七樓臂彎輕撞了她，悄聲細語。「我知道，但是妳現在搞得我們都很緊張。」

「這兩人看到我們的臉了，難道你要讓他們走？」苔青說話的音量完全沒有迴避，這讓七樓緊張的又再遮住她的嘴。苔青不悅的情緒寫在臉上，她瞪視著他的冰冷眼神，讓七樓覺得自己妻子遠比另外兩個外人還要危險萬分。

阿和插了嘴加入討論，但他的聲音卻是近乎哀求。

「我們不讓他們走，僵持在這裡有什麼好處？更何況他們手槍射出來的子彈比我們這幾把爛鐮刀還要快，所以我們得低聲下氣些。不是嗎？」

「我們是占上風的。那槍如果有子彈，剛剛早就射死我們三人。」苔青道。

「那萬一裡面是有子彈的呢？」阿和回問。

兩人幾乎快要吵起架來。七樓趕緊在兩人之間插話。

「別爭了，妳弟弟也算說對了一半，事實上那把槍的確在威脅我們，我們也沒必要去賭有沒有子彈這檔事。既然他們沒開槍，就表示對方是不想動粗的人，雖然他們看到我們的臉，但我們也看到他們的臉了呀。互有把柄，這也算是挺公平的。」

苔青冷冷地望著高個子的臉，彷彿要將他看穿了一樣。然後，那把刀終於離開了他的鼠蹊部。高個子吁了一口長氣，頓時發覺原來自己兩腿早已經站不穩。若不是這把刀的提醒，男人早疏忽了睪丸與生命密不可分的關係。

七樓也跟著鬆了口氣，他壓根兒不想看見殘忍的血腥畫面。隨後他繼續對著苔青朗聲說話，不過卻是講給高矮個子兩人聽的台詞。

「我說大姊……妳真的不用緊張。看看這兩位同行的人品也還不錯。大家難得有機緣交朋友，就別擺了這副不美麗的臉色給人家見笑了。」

七樓有如一個夾在中間的仲介身分，委婉的對著高個子男子與苔青說道。

高個子自然也瞧得出端倪，這個女人絕對不是緊張的緣故。相比之下，這女人應當是三人之中最危險的一名。

七樓看著苔青撇過眼神之後，旋即回頭對了高個子男笑問：「現在，我可以把你們的坑還給你。再請你把我們的坑還給我。然後，我們趁著天還未亮之前，把大家該做的事情做完。你覺得這個提議如何？要不要表決一下？」

七樓自己講完話就舉起右手，然後高個子也跟著舉手，隨後是阿和、矮個子，唯獨苔青雙手交疊於腹前，把這場表決視為鬧劇一般的輕蔑看待。

舉著右手的高個子趁機接近了舉著左手的矮個子，他把聲音壓低到只有兩個人才聽得到的音量，問道：「如果，你現在返身衝回去把槍撿回來殺了這三人，我個人額外再多給你三十萬……如何？」

矮個子：「三十萬……你怎不乾脆自己衝過去殺一殺？」

高個子：「別讓我重複解釋同樣的事，我說過了，我的職業不能親手殺人。」

矮個子：「……我也不是不想多賺，只是那個臭婆娘的確說到了我的痛點。」

高個子：「什麼痛點？」

矮個子低聲：「槍裡沒有子彈。」

高個子先是傻眼一陣。於是，兩人很快的有了結論——平安離開。

七樓的聲音在夜空中響起，富有和平安然的氛圍。

「四比一，那就少數服從多數囉。咱們以和為貴吧。」

「你說的是。對了，剛剛真是不好意思，像你這麼有禮貌的好男人，我們真不該用槍瞄著你的。有失禮之處還請見諒阿。」高個子咧嘴微笑，他的態度與先前有了一百八十度轉變。七樓與阿和自然猜不出，那是因為槍膛裡沒有子彈的緣故。

七樓、苔青與阿和三人把鄭三吉的遺體抬了出來，搬運至自己挖掘的洞穴裡。

「謝謝，那個坑就還給你們了。」七樓說道。

「不客氣。你那個坑挖得挺不錯的，算是有天分喔。」高個子也回以一個微笑。

「你誇獎了……話說，你們的坑洞挖的還太淺。建議你再挖深一點，要不然幾隻狗來這扒土，屍體可能就浮出來了。」七樓給予一個良心意見。

他們看似禮尚往來，但兩人心底其實都在打量對方底細。

「是喔……你說的對。嘿嘿，你這小老哥夠專業。」

高個子旋即又叫喚了矮個子來幫忙，他不時的觀察七樓和阿和之間的互動，以及這個男人和這名女子的關係。總覺得自己在記憶中曾經與這三人見過面，卻又想不起來在何處。

「小老哥，你挖坑洞的技巧在哪學的？挺不錯的。」高個子假裝聊天問道。

「當兵練來的。你知道砲兵除了得跳砲操，還得在限定時間挖坑架駐鋤。這本領就這麼練成啦。」

高個子雙手一拍笑道：「這麼巧，我也是砲兵連退伍的。不過我倒是沒有你那麼好本事。」

「這可真是今晚巧合中的巧合，不知道這位同行大哥是在哪個地方的砲連。」

「在澎湖東台。」

「東台！」七樓睜亮雙眼，「你該不會也是在一六八師？」

「對阿。你也是？」

「我的部隊是在六六九營安宅砲三連，還不知道同行大哥你是……？」

「要命阿，真是巧合到嚇人。我是砲二連……」

「你是幾梯次的？」

「么拐洞六的。你呢？」

「呵呵！看來你得叫我學長了。么六玖五梯。」七樓露出微笑。

「原來是學長。」高個子擺出肅然起敬的姿態。「你可記得咱們營長那矮子？我他媽那兩年最氣的就是他了。真的是個砲兵界的臭機巴，我本來還以為自己這輩子第一個要殺的人就是他呢。想不到居然不是……」

七樓雙眼亮了起來。「原來你也對那個矮冬瓜營長有成見啊？人生際遇果真是奇幻多變哪，想想當初我們挖了上千個駐鋤坑，也沒想到學了這些本事在退伍後也不是使來報效國家，反而現在派上用場……」

七樓與高個子兩人彷彿忘記自己來到這座山上是為了何事，當兵的回憶讓他們短暫的回到另一個懷舊的時空裡去。以一對初相識的陌生人而論，他們兩個能夠毫無隔閡的聊一堆閒話到了渾然忘我的境界，也多虧了國家應盡的義務役所致。

女人一向對聊到軍旅生涯便滔滔不絕的男人感冒，尤其是今晚這等不容鬆懈半刻的時候，他們的對話讓苔青越聽越心煩。

苔青謹慎的態度有別七樓，她全身上下有如即將發動攻勢的砲彈，劍拔弩張一般的瞪著矮個子。矮個子也不遑多讓，雙眼緊盯著苔青手中的長刀。兩人彷彿隨時就要血腥開戰。她與矮個子對峙的火爆怒姿與七樓和高個子暢談軍中樂事的模樣成為強烈對比。

阿和只覺苔青這顆未爆彈恐將按耐不住，旋即對七樓喊話。「阿七，別再聊了。你忘了我們是來幹嘛的，做完事情快走人了。」

「阿七？」高個子心底喃喃自語，暗忖阿七這個名字。

他記得自己曾經是聽過這個稱號的。原本就對這幾人的身影有著模糊印象的他，此時藉由阿和不經意脫口而出的一句話與片段的記憶相接軌。

終於，「阿七」這個稱號讓高個子回想起一切。

在山下十字路口有間生意很好的石記小吃店，他回憶起曾有人在那喊著店老闆的綽號——阿七。

高個子嘴角露出詭譎的笑容，他沒有把心底的事情說出口。但他已經有了譜，只要知道阿七這三人的背景與住處，真要殺人滅口的話也不難另外再找時間安排。

同樣的，七樓也偷偷瞄了高矮個子正在埋葬的死者遺體，雖然看不清死者容貌，但死者身上穿著白色襯衫與西裝褲，在星期假日之中還穿上班族服飾的人，恐怕是房屋仲介或金融保險的業務。

七樓再猜想高個子與矮個子這兩位犯人幹下凶殺案的原因，以及那位被稱之為「班長」的幕後指使者。既然這兩人的年齡既不是學生也不可能在從軍，那麼他們口中的「班長」，有可能是人頭集團的首腦。

至於對方帶來的那具屍體，可能牽扯上一樁金額不容小覷犯罪刑案。

當他們雙方把各自要掩藏的屍體埋入土坑後，天穹已鋪上一層靛藍。

山巒之間乍現曙光，日出的第一道光芒在人間總意謂著重生，如今這一束光則照映在不抱存希望的五人身上。

在離去之前，高個子對著七樓等人喊話。

「話說，我們在這裡的五個人，對於今晚的事情誰也不能說出去。如果有一天真的不小心被捕了，也不可以把另外的人牽拖出來。切記！誰都不准洩漏。」

「廢話。如果你們漏了風聲，老娘也不會客氣。」苔青回瞪了高個子，她銳利如冰的眼神讓他的笑容瞬間僵化。

「這種醜事，當然沒有人會說的。我要先下山了。」阿和苦著臉，他已經忍不住要逃離此地。對阿和來說，死的人雖然是從小就認識到大的三吉叔，但是那些存在於他內心的青春、陽光與正面能量，全都跟著被埋入土堆裡的三吉叔一併消失。

苔青追隨阿和的腳步，她離去之前不打算說再見，眼角斜睨了高個子和矮個子，那一眼瞪得他們心臟縮了一下。

矮個子凝望苔青的背影，他很想立即衝上前去敲碎這個女人的頭顱以除無窮後患。一向不用大腦衝動行事的他時常讓情緒反應來控制行動，但是他這一回沒有這麼做，因為苔青的雙眼讓他膽顫心驚，他這輩子很少遇上令他畏懼的人，苔青已成為他的第一人。

「嘿嘿，快跟上那位大姊頭吧！我們倆等你們離開五分鐘後再出發。免得她又緊張的想拔刀。」高個子對著七樓笑道。

「是呀。如果不是因為這些事，咱們或許可以好好聊一聊軍中舊事呢。衷心希望你們的事情不曝光。」七樓笑道。

「說的也是，和你聊天很愉快。那麼，也祝你們隱匿殺人罪名順利。」

「彼此彼此。你安全，我也安全。」

高個子和七樓相互給予祝福之後帶著微笑分離，其實他們的心底各自醞釀心機。禍根早於他們相逢的那一刻便埋入了心土裡。他們根本無法信任對方，也無法取得對方的信任。誰能在短時間內相信一個過去素未謀面的陌生殺人犯？

當七樓踏下斜坡離開時，他享受起非法行徑帶來的刺激與興奮。在合法的體制下居住久了，竟對犯罪行為感到心曠神怡。思於此處，他的頭痛症狀消失了。

回程，紅仔車沿路顛簸。緊繃的心情逐漸放鬆下來，他靜靜的在車上打盹了三分鐘，那一百八十秒和他的未來相比宛如天堂。

他並不知道，接下來要面對的將是險峻、驚悚又荒謬的人生。

二

「今天是我們支付第二筆完稅款的手續，請問高先生關於第二期款項八百七十萬的部分，一樣是開立現金支票給屋主黃先生嗎？」

掛著黑框眼鏡的紀代書謙遜有禮的問著，但是坐在紀代書對面的高先生則是不斷地與他隨行的女伴講話，話題離不開出國旅遊的景點規劃。對於紀代書剛剛提起的問題，高先生將八百七十萬的現金本票放在桌上，輕蔑的努一努下巴要紀代書把那張支票趕快揀去。打從他踏入這間事務所至今，都還沒正眼瞧過紀代書一次。

「好的，那麼今天我就把這一次的完稅款交給屋主黃先生簽收了。」

紀代書收過支票，高先生只管與他的女伴嬉笑談天，猶如那張價值數百萬的現金還不如眼前的尤物來得珍貴。

辦理房屋買賣過戶事項的土地代書，於高先生眼前只與擦鞋童的等級一般高。他的女伴反倒很喜歡紀代書衣裝筆挺的裝扮和井然有序的談吐風度，不自禁地流露曖昧的眼神凝望紀代書。

「恩……好的，謝謝……我會盡快處理你們的案件。」

紀代書對這樣自言自語的時刻顯然習慣到不以為意的程度，他旋即轉頭對著出售房屋的賣方黃先生說道：「那麼，黃先生。這張八百七十萬的現金支票我會影印一份附加在契約書上，然後這裡請黃先生簽下您的大名。」

「謝謝，謝謝紀代書。」那位黃先生留著小鬍子，鼻上掛著一副深色膠框眼鏡，看起來像個藝術家，也像個呆子。但是他對於紀代書的態度倒是比買方高先生要尊重得多。

高先生一手摟著女伴的腰間，另一手將第二期款支付收據的簽名欄位填妥之後，站起來準備離開這間代書事務所。

紀代書叫住了他。「不好意思，請問高先生銀行那邊已經對保完成了嗎？」

「早就弄好了，這幾天就可以核撥了啦。」這是高先生第一次正眼看著紀代書。離去前，他拋了張名片給紀代書。「你以後有事情就打給我名片上的助理電話。我會出國一陣子，那位助理會前來替我辦理交屋事宜。買房了這種小事不要吵我。」

高先生數落完紀代書之後，攬著他的女伴離開事務所辦公室。那位女子回眸，投以同情的目光凝望紀代書，隨後她與高先生在門外鶯鶯燕燕般地嬌笑。

這對關係曖昧不明的親密男女走了之後，狹小的代書事務所辦公桌上只剩下黃先生與紀代書。

兩人靜默不說一語，也不洽談關於這份房屋買賣的事宜。整間辦公室靜得只剩下時鐘秒針的微聲以及他們的呼吸聲。

直到隔了五分鐘之後，屋主黃先生起身走至窗外，他注視著街上的高先生和他的女伴搭上計程車，直到那輛車遠遠離去之後，黃先生才開口說話。

「那隻肥鵝搭車走了。」他的眼神與前一刻判若兩人。

「對。我想……我們應該不會再和他有機會見面了。」紀代書解下領帶冷笑著。

「我也實在受不了那姓高的跩樣，有些時候我還真想站起來揍他一拳呢。但是那個女人看得我心好癢阿。」

黃先生摘下眼鏡，他鼻下的性格小鬍子也順道撕了下來，那些刻意凸顯的形象都是他假扮塑造的。

原來這位黃先生，就是一個禮拜前在山上殺人棄屍的高個子。

「我本來以為偽裝成藝術文青的樣子也不難，哪知道長時間擺酷，臉頰險些都快抽筋。對了，現在可以知道貸款下來的金額有多少了嗎，班長？」高個子問道。

原來這名紀代書根本不姓紀，他就是人頭集團的班長。

「急什麼，等你的夥伴也進來再說。」

班長敲了敲隔間牆，隔壁辦公室發出一陣聲響，隨後一扇隱藏門打了開來，與高個子在山上埋屍的矮個子從裡面走了出來。他從悶熱的空間出現後所做的第一件事就是吐了一口唾液。

「啐，躲在這裡頭熱死了。早知道那個肥鵝要來這裡辦手續，我今天就不那麼早過來了。」

在他們這個團體，「肥鵝」是形容受害者的稱號。例如以辦理信用貸款詐財的受害者稱為鴨子，以假造的存證信函騙來的受害者就稱為麻雀。至於剛剛才走的那位高先生，則是歸類於房屋買賣詐騙的對象，他們一律用鵝來稱呼。高先生財力雄厚，可榨取的金額較多，他們就把這隻鵝多加了一個肥字。

「案子就快交屋，不過既然你們兩個都到齊，我就先把預計進帳的金額先告訴你們，但切記不要得意忘形，把事情洩漏出去了。」

「明白。」高個子和矮個子同時回答。

「不過，首先我有比錢的數目更重要的話要向你們兩個宣告。」班長的表情轉為嚴厲。矮個子見了他的臉色只感到緊張。

班長將百葉窗簾關上，投映在會議桌上的陽光成了斑馬線的長格子狀。彷彿接下來他們的話題將踏入見不得光的處境。

「聽好，我們不是黑道。」

班長踱步於代書事務所狹小的辦公室內，雙手撐在擬定契約的小型會議長桌上，雙眼如鷹隼般盯著坐在會議桌對面的兩人。

「如果黑道是天生擁有暴行的老鷹，那我們人頭集團則是什麼都能吞食的烏鴉。請不要把自己當成黑道，斷了我們的糧食，好嗎？」

班長說完，由公事包裡面取出兩支早期的舊式行動電話擺放在桌面上，再將電話SIM卡分別插入兩支手機裡，他安裝電話卡的敏捷動作有如殺手安裝狙擊槍一樣的俐落乾淨，那兩支手機就像是上了槍膛準備要大幹一票的工具。

「杜風，這支電話是你的。」班長對著高個子男子說道。隨後他再把另一支手機遞給矮個子。

「國嚴，這支給你，保管好，不許再遺失。」

高個子的本名叫做杜風，矮個子名字叫國嚴。兩人收了舊款手機之後，原本的智慧型手機則是放入口袋關機。

「杜風，你的身分很重要，絕對不能用你私人的手機撥給我，這對你我都很不利。如果以後有重要的事一律用這幾支可以隨時拋棄的易付卡號碼與我通話。尤其是國嚴，千萬記得幹我們這一行不容疏忽任何細節，所以你不要拿工作的手機講私人電話，懂嗎？」

「懂了啦。」國嚴吐了一口唾液在地毯上，他對班長的態度懷著輕蔑與不尊重。

「現在可以利用過來申請門號手機的人頭越來越稀少，那些想當人頭的那些窮鬼在拿過幾次好處後，把人頭費喊得高了，所以易付卡現在可是越來越珍貴。記得不要濫用這些號碼，一律等這次買賣收工走人的時候才換手機。」

「班長，請問大概是什麼時候才要換機？」

「等銀行核撥肥鵝的貸款下來，我會把所有資金匯入到偽造的履約專戶帳戶裡，然後請車手領錢。記得，錢到手之後，我們之前聯繫的舊手機與門號全部都要拆掉拋棄，丟到河裡或垃圾車裡，再換上這支新號碼保持通話。」

「我現在擔心的是那位買方高先生如果知情而報警，這會讓我的處境變得很麻煩。」高個子問。

班長笑了笑。「你是假的屋主，我是假的代書。我們所有的名字、證件、權狀、代書執照、帶看房屋的仲介以及申辦貸款的代辦人員，全都是假的，就連這間辦公室的代書事務所招牌也是偽冒的。我們做得天衣無縫，滴水不漏。你還擔心什麼？」

「肥鵝如果急了報案，接下來會怎麼辦？」國嚴追問。

「他會追溯之前介紹他看房子的仲介公司，不過那是肥鵝自己願意不透過仲介公司簽約，在外面私下成交而買的，說起來他也怨不得人。再說，帶他看房子的仲介也……」

班長的話不需要說完，他們兩人都知道那名仲介已經被他們埋在土底下了。只能怪他當初把自己要的酬勞喊得太高，才會被氣不過的國嚴出手殺死。

「我能不能先知道大約會有多少錢核准下來？」國嚴今日最想知道的消息就是這件事，他原本凶狠的相貌在班長面前則成了一隻溫馴的拳師狗。

一隻被金錢馴服的拳師狗。

班長對他攤開四根手指，這四根指頭讓他湧起了貪婪的欲望。

「四千一百萬。這筆貸款金額是多虧了高先生這一隻雄厚財力的肥鵝，才能順利談下來的數字。他旁邊掛名買這間房子的俏妞聯徵紀錄完美無瑕，且名下無其他房產，如此也才能順利貸款到最高額度，銀行還求她再多借一成呢。如果再加計簽約款和剛剛收取的完稅款共一千七百四十萬元，那麼總共有五千八百四十萬左右。」

「這樣子的話，我們一個人會分到多少？」國嚴著急的問。

「均分的話，我們每個人約有一千四百萬左右的錢可以拿到手。」

「哇靠。我本來還以為會更多呢！」雖然這麼抱怨著，不過國嚴仍是嘴角失守的笑起來。他的喜悅感難以言喻，回想這段時日的辛苦總算沒白費了，也不枉自己冒了殺人的風險來加入這項計畫。

班長將數字填寫在白板上，也把可以分錢的人名寫了上去，由左而右分別是班長、杜風、國嚴、佳城以及乙上。然後，他在佳城的名字上畫了一槓斜線，表示這個人已經死亡，無須分錢。

不過杜風卻有了別的質疑。「乙上也可以分一成？」

「當然，之前已經談妥，乙上他們製作偽冒的身分證、權狀、銀行繳息存摺、印鑑章和印鑑證明。倘若出事，他們吃上的官司可不小，分上一成是應該的。也不用計較了，真要比起來，你們拿的還比乙上多，因為乙上那邊是多人結合在一起的組織，一千四百萬在那兒分一分，每個人也不過拿到幾百萬罷了。」

國嚴拿起計算機，他暗自算著假如不分給乙上的話，自己又可以多領的金額。計算機的數字正上演一場國嚴貪婪的內心戲，班長從他的表情已經猜測出他的內心想法。

「國嚴，放下計算機，我有話對你說。」

國嚴知道自己就要被數落。他雖然是個衝動的莽漢，但是卻不得不遵從發錢者的號令，班長等於是用錢在左右這隻猛獸的行徑。但也擔心等錢分完以後，這隻猛獸回過頭咬死自己。

「你一定要控制情緒。佳城雖然是因為想要從中先擅自領走八百七十萬的簽約款而有了這樣的下場，但我認為你們當時教訓幾拳就可以達成警惕效果，犯不著把佳城殺了，這使得你們還得在三更半夜花時間去山上藏屍。佳城如果死了，下一次我們要找一名信得過的房屋仲介，可就沒有人選了。」話題講到了這裡，班長的臉色變得越來越難看。

「知道了啦。」國嚴不耐煩的抖腳，不過他的心情很快的又因為一千四百多萬的消息再度雀躍，嘴角悄悄地上揚微笑。

班長轉頭對著杜風。「你應該比國嚴聰明得多，怎麼還會搞得屍體被不認識的人看見？而且對方還是三個？甚至還讓他們都跑了？杜風，你可知道如果那三人把佳城的屍體曝光出來，這對我們的組織有多大傷害呀？」班長將白板的數字擦拭。

「那件事的確做得不夠妥善，但當時的情境也很難立刻下手。對方那三人看起來也不是容易招惹的。」杜風略感慚愧。

國嚴也跟著附和。「對阿。那個女人瞪著我的時候，氣勢還真的挺嚇……」

「女人？」班長的語調首度提高了一階。「你們是說，那是個女人？而且這個女人讓你們兩個大男人嚇得節節逼退？」

國嚴一時語塞，唯唯諾諾的回道：「他們手上有刀……」

「那麼你的槍呢？怎麼不拿出來用？」班長詫異的問著。

「槍……上禮拜和朋友在談槍枝用法的時候，拿出來示範過一次，那一天就把子彈給打完了。也沒想到事後會用到……」

「示範？我猜應該是炫耀吧？」班長搖頭。「如果可以保持平靜的心和清醒的頭腦來處理事務，就不會因為愚昧和衝動而影響我們整體組織了。」

國嚴對於有人責罵他愚昧這兩個字感到憤怒，「媽的，佳城那小子葛屁，你們不也因此可以多分一點嗎？況且不也是班長在抱怨佳城那個仲介很貪心，想多吞一筆大家的錢，我看你們氣得這樣就他媽的先動手了。現在怎麼都怪我？」

杜風忍不住插話。「你對班長凶個屁？你以為佳城死了對我們有好處嗎？要是被查出一樁命案的話，你和我在牢裡也用不那些錢了。而且，我覺得你根本就是為了殺人而殺人，而不是為了組織！」

「哼。當初你們不就是因為這一點才找我加入的？現在怎麼，反悔了麼？」

班長不想加入爭執的話題，只管繼續對國嚴說教。「如果你為了這個團體著想，就別再找藉口殺人。我知道你很期待血腥遊戲的，但組織要賺錢，就得壓抑住你那些習慣。」

「啐。」國嚴不想理會。

杜風心底暗罵。「他媽的死矮子真是個變態。」嘴上則是對班長說道：「其實那群人，應該不至於把我們的事情說出來。因為他們那天來到山上的原因，也是為了埋藏他們殺了人的屍體。換句話說，我們大家都做了不能見光的事情。他們若是掀了我們的底，也會讓他們的罪曝光。所以我認為他們應該不至於那麼做。」

班長很習慣一邊在白板上用圖像標註一邊講解，他迅速地在上面畫上了三個簡單的人物草圖。「你說的或許沒錯。在合理的邏輯上，會為了維持利益而保住我們的祕密。可是假如有一天，他們的殺人滅屍案被警方查緝出來，那麼你還能不能確保他們三個人不會把我們的祕密公布給警方？」

「這……」杜風無法回答。雖然語塞，但他卻是打從心底佩服班長的。

「我明白了。其實這件事我已經在處理，對方的身分也查探出來了。」

國嚴驚訝的問道：「你那天看了一眼，就知道他們身分了嗎？」

杜風冷笑不回應，他自覺和一名腦袋不思考的蠢蛋談話有辱智商。

班長笑問：「對方什麼人？」

「釣蝦場再過去一點有間石記小吃店，那三個人分別是店老闆石正和，還有他的姊姊石苔青，以及他的姊夫徐七樓。綽號，阿七。」

國嚴的精神突然全來，這是他聽到和分錢以外的第二個感興趣的事情。「既然都知道他們的坐落地，我來辦這件事。」

國嚴的個性是三人之中最為扭曲的一位，他是班長從天橋下的遊民中找到的一個搭檔，也是那群遊民之中，最不安逸於現況，對金錢有超越旁人的渴望感的人。但班長當初沒發現，長期過著貧乏又遭人欺凌的國嚴，是一隻失去人性的野獸。

「不行，先等我評斷再決定。運籌帷幄制勝於無形，要先了解這三人的背景，才能避免無謂的風險。衝動行事，只會導致敗相。」班長語中暗帶責備，但國嚴聽不出其中含意，不悅的回道：

「看了不出手，是膽小吧。」

「杜風，請你透過你的管道，將他們的資料證件影本、親自簽名過的文書影本給我。明天我會把他們這幾人的資訊、財務、私生活狀況調查出爐，再進一步決定該不該滅口。」班長踱步，雙手於腰後交握。他要在會議結束前提醒一個重要的指令。

「請記得，如果在行動中遇上危險，記得說出兩個字——烏鴉。聽到這兩個字的同伴，就要立即把其他夥伴招集，想辦法協助脫離險境。」

「明白。」

杜風和國嚴咧嘴微笑，準備執行各自的任務。三人就此解散。

打從那一夜埋葬鄭三吉之後，七樓就鮮少與苔青再有肢體上的接觸。他甚至不知道自己還有沒有勇氣摟抱老婆的腰。

連續數個夜晚他都在惡夢中驚醒，原來與一名殺人犯同床共枕是那麼難以入眠。但是這幾天的時間，他連絡上了几年前在房屋仲介公司上班時曾經交往過的一名女同事，成了他這幾天逃脫罪名的避風港。那名年紀二十八歲的情人能夠讓他短暫的回歸當年溫情，也讓他明白現在離過去那個不顧一切只管勇敢地談戀愛的自己有多麼遠。

「曼寧，我得回店裡了。」

七樓撫挲著窩在棉被裡的江曼寧裸露的肩膀，依依不捨的說著。

「才四點半而已呢，我還想你再抱我多一點呢。」曼寧說到最後一個呢字的時候，兩腿在棉被裡勾纏著七樓的小腿，這個舉動讓他們私密處再一次貼合碰觸，意圖讓七樓離不開這張床。

「別鬧我了。我得趕在下午五點前回店裡，要不那個恐怖的孫二娘會殺了我。」

「孫二娘母夜叉？你這樣形容你老婆的啊？呵呵呵，就說你根本不愛她嘛。她看起來是凶了點也不可能殺了你啊。要是我發現我的另一半這樣稱呼我，我肯定真的宰了他。」曼寧將腦袋埋入七樓的臂彎，髮絲散發的洗髮精香味讓他不捨離去。

「誰說她不可能殺人？她……罷了罷了……妳不會懂的。」七樓不想反駁，畢竟這是不能說出口的重要祕密。

他掙脫出溫柔鄉，在地毯上跳著一隻腳穿上那件窄管褲。他用可笑的姿勢跳到窗邊，透過密閉的窗簾縫隙觀看窗外樓下的大馬路。十字路口的人潮與車潮交織，以鳥瞰的角度望去就有如兩波洶湧的流水正在穿透淹沒整座城市的街道。佇立在只有空調運轉聲的高樓套房裡的他，聽不到窗外喧囂的車聲與鼎沸的人聲，但他知道自己必須得趕緊出門融入那群人之中，這讓他又頭痛起來。

「唉，妳恐怕不知道我有多麼想留在這裡。」

「哼。我只知道結了婚的人，口中說出來的，都是打折過的甜言蜜語。乾脆，我改天去你們店裡消費，這樣就可以多見你一面呢。」

「妳別任性，」七樓緊張起來。「記不記得妳上個月來那麼一次，苔青她好像就懷疑了妳和我過去的關係。那凶婆娘很敏感的，那幾天她好幾回剁豬腳的時候眼神都瞪著我看，我感覺自己好像那塊被分解的豬肉。」

「怕什麼？說起來也是我先跟你交往的，誰知道你這個豬頭當時怎麼會娶了她那樣凶的女人？」

七樓的確對強勢型的女人有好感，但他也深受其害，苦嘆自己作孽的愛情觀讓他選擇了不適合自己的人。

「往事別再提了。當初我們會分手，也和妳的不想被拘束的理想有關。」

「對。你也看到了，所以我到現在還是了然一人。」曼寧埋入棉被洞裡，彷彿她的身體收納回了自己的空間，不再屬於任何一個男人。「算啦，放過你一次。瞧你怕成這樣，當一家之主當成這副模樣也真是難看呢。我也不對我們這種關係抱有多大期望了。」

曼寧心上是悵然的，但臉上卻是不在乎。他們過去是一同筆記街道巷弄大樓地址，掃街開發屋主的仲介同事，是從辛苦患難下發展而來的革命情感，也雙雙墜入熱戀。但如今那些熱情只能存在於記憶裡緬懷。

七樓不再多說什麼，他知道自己不能給予舊情人承諾，他只能選擇沉默離去，踏在地毯上的雙足，每一步都沉重的像似要陷入紅色地毯似的。

七樓離開曼寧的甜蜜愛情幻境之後，他融入為街上萬般人群裡的其中一名平凡中年人。沒有人知道這個即將邁入四十歲的中年男子，前一個鐘頭正和一名姿色豔麗的女房仲在床上纏綿。他曾經為婚後還有這樣的激情得意洋洋，踏在紅磚道上腳步快樂輕盈如飛；然如今的他在一樣的紅磚道上，每一步邁出的步伐卻都沉重的像似踏在泥濘裡。

罪與罰的折磨，每一分鐘都在輪迴。

犯罪的快意只存在當下那一刻，爾後的日子如履薄冰。

為了調整心情，他在不缺零嘴食物的台北街道上尋覓茶飲店。在這個國家的首都裡，殺人犯也是會嗑著珍珠奶茶手搖杯的，只要罪刑不公開，七樓就仍可享受平凡自由的國度。

站在連鎖茶飲店前等候的他，旁邊擠上了一名抱著全罩式安全帽的騎士。那名騎士甩一甩頭髮，帥氣的叫了杯紅茶拿鐵微甜，但真正吸引七樓目光的，是他手上那個安全帽。

安全帽的鏡罩上一個人影，那個人的位置就在七樓後方的對街馬路上，雖然那名陌生人若無其事的倚在騎樓的梁柱旁原地打轉，但他的臉其實一直盯著七樓。

打從犯罪行為出現後的第一天起，七樓的敏感度和警覺性就大幅提升，這彷彿在證明著動物的野性和敏銳度會隨著犯罪而昇華成長。

七樓整個腦袋細看安全帽鏡罩的模樣，讓該名騎士以為遇上飢窮到想搶飲料的遊民，迅速轉身，安全帽鏡罩上的身影也滑動流失。七樓整個人僵在原處，直到有人喊了他。

「先生，你的奶茶三兄弟好了喔。」忙不過來的店員對著神情惶恐的七樓喊道。

七樓以一種驚惶失措到冒汗的神色戰慄般地取過那杯奶茶，他失魂落魄的模樣讓店員忍不住關心他。

七樓認出了那名躲在街道彼端的跟蹤者，那人的身影七樓無論如何也不會忘。

即使那人載著帽子與口罩，但是他的身高太過容易辨認。

跟蹤者就是七樓在山上埋屍那一晚遇上的矮個子。

「他跟蹤我幹嘛？該死，那天還說從此不再聯絡的。這兩個人根本說謊。」七樓內心暗自罵道。

七樓假裝不知情的加快腳步離開。他眼角瞥了過去，果真矮個子也在對街騎樓跟著加快了腳步。

他拐了好幾個彎，在這座城市騎樓上排滿的機車的後照鏡，成了他檢視跟蹤者的工具。果然那名矮個子的腳步也隨同七樓的步伐節奏加速。

七樓暗忖。「他莫非是來殺人滅口的？」

想到這裡七樓打了寒顫，驚悚的情緒逼出了激勵存活的精神，他刻意以S型的步行軌道穿梭於陣陣人潮，隨後一溜煙的轉彎奔入樓房之間的防火巷弄，試圖甩掉跟蹤者。

巷弄裡的空間狹窄，一條條披掛衣服褲子的曬衣繩阻礙了去路，日光在這裡被切成了碎片。胖一點的人左右肩膀可能會摩擦牆壁或撞倒幾件衣褲，但七樓消瘦的身材則如老鼠遊竄水溝般的來去自如。巷道頂上有紊亂無緒的天線，以及外凸的違建與快親吻到對面樓壁的冷氣機。

七樓快步躲進了樓房之間的畸零地的內凹處，蹲在一筒蚊蟲繚繞的廚餘旁，他的腳下是一攤水漬或貓狗留下的一汪尿漬，空氣瀰漫著溼氣以及坐在藤椅上癱瘓木然發呆的老人味。七樓在這樣的氣氛下屏氣凝神的等著矮個子離開，但他的手仍放不開那杯奶茶三兄弟，輕輕地吸吮著滑入口舌的粉圓。

他的頭頂上有一件滴著水的牛仔長褲，一珠水滴落在他的後頸子上，冰冷的感觸溜過他的背脊。但七樓渾身發寒的原因卻不是因為那一滴水，而是眼前躲在轉角露出半張臉的矮個子，以及他口袋裡隆起的物品。

矮個子戴著口罩與鴨舌帽，鬼鬼祟祟的於一道轉角邊緣窺探，有如戰場探路的前鋒士兵。七樓雖然無法辨識出那個人究竟是誰，但是對方鬼祟的舉止已再度證實來者不善。

矮個子國嚴踏入這條巷弄內其實也感到緊張，他的右手摸索口袋裡那個鼓脹的東西，那可以讓他有安全感。

在七樓與國嚴他們兩人的中央發出一道金屬摩擦的聲音，原來有一扇鐵門適時的打開遮擋了他們對立的視線。門內走出一名彎腰佝僂的老婦，她端著一盆剛洗完的衣褲準備要來披掛曬衣繩上。老婦發現了躲在右邊的國嚴，還有躲在左邊吸吮奶茶的七樓，她先是浮現納悶不解的神情，隨後又將衣物披掛在繩架上。

七樓則趁著老婦晾起第一件花紋睡褲的時候從躲藏的彎角處奔了出來，放棄了他的手搖杯飲料，只管快步逃跑。

國嚴趕緊現身追上，他的肩膀與老婦有了碰撞。

「哎喲。年輕人你撞到我了……」老婦頓了頓，隨即又說。「喂，你的東西掉了……咦？這硬邦邦的東西是什麼？是手槍嗎？哎唷！」

七樓聽見了來自背後的那名老婦的驚呼聲，這讓他更是不容遲疑的逃命。他的後方還沒有響起槍聲，但是前方左側卻傳來磚牆破碎的聲音，以及在一束日光下翻捲的塵灰。

他知道，跟蹤者開槍了。

七樓認為那是安裝了滅音管的手槍，才會如此悄聲無息的展開攻擊。第二槍則是激起地面上的水漬，七樓嚇得如水溝上的老鼠一樣左繞右繞的逃竄。沒有監視器的巷子成了對方選擇下手的最佳地點，他後悔自己走入這個地方。

前方不遠處就是回到大街的出口，七樓矮著身子逃竄，奔出窄巷，融入街道的人群。但是他還沒有獲得百分百的安全。

國嚴尾隨而出巷弄，當他來到大街上的時候，日光普照，但他已經失去了七樓的位置。

人群成了保護傘，七樓蹲在一座修理鞋子與賣報紙的書報攤之間藏匿身子，他拿著雜誌遮擋臉，腳底微微顫抖，露出一顆眼睛觀察窗外街上流動的人們。

在人群魚貫出入的馬路上，他的眼神若要捕捉到矮個子是很有難度的。

在七樓就要灰心的一瞬間，他發現了徘徊在書報攤位前的一雙運動鞋。鞋底邊緣沾黏著七樓倒在地面上的布丁屑削與奶茶漬。七樓心中暗喊，就是他了。

這一次，輪到七樓跟蹤他。他咬著下唇，心中篤定要查出這名危險人物的背景。

七樓端凝矮個子的背影和側面，跟了十分鐘之後他已經看熟了他身上穿著的口系平價服飾。他一路跟著矮個子搭乘大眾捷運、公車、步行，就連他如廁時七樓也佇留在門外守候。在他緊迫盯人鍥而不舍的追蹤下，終於隨著那人來到一幢老舊的辦公大樓。矮個子踏入大樓入口時，回頭檢查周遭了一下才進入電梯。

為了近一步確認位置，七樓快步衝上前想要查看電梯停置的樓層。卻被管理員給喝住。

「先生，去幾樓？」

「我……」七樓先是一愣，隨後在情急下編了一個謊。「我是便當外送的老闆啦。剛剛那位進電梯的先生問了我們店家的電話，但是我忘了問他要送的地址是幾樓幾號……」

管理員歪著臉，滿面狐疑。

「要不，我打給那個人，叫他下來？」管理員講話簡短有力，眼神銳利的盯著七樓。

七樓豈敢真的等他下來，只管搖頭拒絕。「沒關係，都怪我疏忽，忙到忘了抄下完整地址，不想因為我的緣故麻煩到別人。我到時候就把便當直接送到你櫃檯這裡，再通知他下來拿囉。」

管理員對七樓的話不完全信任，懷疑是他的工作本分，觀察則是他的天性。「哪有外送沒送到府的服務？你站在這裡。我會請他們下樓。」管理員故意用這句話探測七樓的表情。

七樓雙手一拍。「有了，我想起來了，是六樓之一。」

管理員愣了愣，沒有反駁不對。他的反應已經明示答案。

其實七樓並非胡亂猜，而是他看見電梯停留的樓層燈號是六樓，而該棟樓房的大廳側牆標註的公司行號之中，六樓正好有一間代書事務所，門牌是六樓之一。

管理員沒有否認，酷著一張臉點頭，目送七樓離開這幢樓。

七樓心底牢牢的記下住址與樓層後旋即離開一樓大廳，慶幸自己臨時的臆測精準度之高，他之所以認定那間代書事務所的緣故，是因為高矮個子當晚搬上山的屍體可能是仲介業務，倘若是牽涉到分贓高額的犯罪案件，可能與房屋買賣有相關聯，於是就猜了那間代書事務所。

他回去的路程上，心底浮現一個誘敵計畫，讓這些人主動和自己連繫……。

他拿起了手機，撥打給曼寧。

「怎麼？想我了喔？」曼寧刻意裝出的嬌柔聲在電話另一端勾引著七樓。

「我想請妳幫我個忙，和妳的本業有關的忙。」

「我一個區區小業務，能幫你大老闆什麼忙？」曼寧的聲音略帶調侃。

「我想請妳回公司之後，透過你們房屋仲介公司的管道，幫我買十張靶機號碼。好嗎？」

「十張？」曼寧的音量提高。「你要幹什麼用的？如果不是用在賣房子的話，那我可不知道行不行了？那些賣靶機的人都說，他的易付卡限定房屋仲介掛廣告用，如果是要幹違法事情的對象，他們可不願意賣。」

「放心，我自會判斷，妳假裝說是妳要用的就好。」

曼寧隔了半晌，訕笑回覆。

「好吧。如果你急著用的話，現在就可以先到我們公司拿了，我的抽屜有五張備用的靶機號碼。」

「妳真是貼心，謝謝妳了。」

「不過呢……」曼寧詭譎的竊笑。「我要你開始認真的想一想，如何和那個母夜叉離婚的事情。」

才回到石記小吃店，七樓只管將差一點遭矮個子滅口的事件稟報苔青與阿和。他希望這兩人出門的時候要注意自身安全。

不過，他還來不及告訴他們這件事。只見廚房的餐桌旁有一男一女兩名陌生人正坐在那兒喝茶。那位男子是七樓不曾見過的面孔，但對方卻好像認識他很久一般的對著他微笑。

「你好。」那名男子表現出禮貌到誇張的微笑且點頭的姿勢，「你就是徐七樓先生吧？」

「沒請教你們……」七樓還沒等到他的回覆，一旁苦著臉的阿和已搶先回答。

「阿七，這位先生是刑警白組長，旁邊的那位小姐，則是三吉叔的女兒鄭婉宜。」

七樓一聽到這兩人分別是鄭三吉的女兒和警察時，他的頭疼症狀一度又要發作。不過他強裝鎮定，說話態度依然穩健，不露破綻。

「喔，原來是三吉叔的女兒啊。聽說妳嫁到日本去了吧？今天怎麼會回來呢？」七樓擠出一個笑容，企圖壓過內心的驚惶不安。

「我爸爸失蹤了，他大約有九天的時間不在家裡。我曾知道這件事，是因為我爸爸九天前外出時大門也沒關上，家裡遭小偷闖空門，警察覺得不對勁，才透過親友詢問打電話到我日本的住處。」婉宜凝視著七樓的人，那是一種由上而下檢視的目光。

阿和站在婉宜身旁，他希望自己與她的零近距離可以安慰她的心。「阿七，所以說，三吉叔……已經失蹤了九天了。這位白組長是來協助婉宜調查的。聽說白組長和三吉叔也是老朋友，所以特此來幫忙……」

白組長對阿和點頭感謝，因為阿和讓他省下再自我介紹一遍的功夫。白組長亮出警員證件讓七樓查看。

識別證上的姓名——白可成。

七樓拉了一張椅子，他希望自己的一舉一動可以證明他很關切這樁案情。這是擺脫嫌疑的方式。他與在廚房剁菜的苔青眼神相望一秒，苔青藉由眼神提醒七樓該小心應答；而七樓凜冽的目光傳遞出他將全神戒備這場偵查戰役。至於在店外忙翻天的店員小梅，她滿臉愁容的看著阿七與阿和到底還要和那個警察聊天聊多久？

當七樓拉了張椅子表明要坐下來長談之時，這舉動讓忙到快岔氣得小梅氣得跺腳。

「原來如此。三吉叔有好一陣子沒看到他，原來是失蹤了啊。那你們有沒有找到三吉叔的人呢？」七樓假裝恍然大悟的說著。

「有的話，就不會來這裡了。」婉宜扶著額頭，眼神焦急且無助。

七樓本想表示關切的對婉宜說些安慰的話，但他看著婉宜現在坐著的位置，正巧就是她父親鄭三吉當時被勒斃之前的座位，這世界還有什麼妖魔比巧合還恐怖。

白組長一直在觀看七樓的神情，「徐先生，剛剛去了哪裡？」

「真不好意思，我和朋友打牌去了。」七樓是為了老婆而撒謊。

「你剛剛那麼慌張地奔跑回來，是發生了什麼事情嗎？」

七樓一愣，苔青和阿和也端視著他，猶如他接下來的回話很重要。

他頓時領悟了現在正面對的問題有多重要。桌上招待賓客的茶水已經過一半且不再冒著熱氣，這名白組長想必已然待過一段不短的時間，只怕早已向苔青與阿和問過一樣的問題。倘若自己說出口的話和他們兩人的回答無法銜接的話，那麼很可能將被白組長列入懷疑名單，不得不慎防。

事實上，他們三人在案發之後曾經演練過口徑一致的對答，以防備遭警察質疑盤詰，但沒想到這一天如此快就來臨。

「當然慌了。剛剛新聞又發布新消息。又一家廠商的食用油染了餿水！媽的，我們上一次才換的油又中獎。」七樓假裝氣憤難平，但他心底實際卻感謝有這樁新聞爆發得以讓他蒙混過關。

「喔，原來如此。這的確是對你們頭痛的問題呢。不好意思，因為鄭小姐很急著找父親，所以我陪著她沿著鄭先生常來往的街訪鄰居做一次拜訪，看看有沒有可能問出一些線索，以便於找到鄭三吉的下落。」白組長禮貌的笑著，他的年齡約在四、五十歲之間，態度可親，若不說他是警察的話，七樓可能會以為他是一名汽車銷售員。

「應該的，我們也會配合。」七樓回道。

白組長的眼神環顧著周遭環境，他的視線就連角落也不放過。七樓順著他的視線延伸追去，發現白組長盯著家裡的那組茶壺。

「那一組紫砂壺茶具也真可惜，壺還在，杯子卻只剩下一個，旁邊陪襯的卻是些廉價的陶瓷杯。該不會是摔破了吧？」

這個輕描淡寫的話題竟然使阿和腳跟發軟，那些紫砂壺搭配的茶杯，正是他因為看見鄭三吉的屍體而不小心撞翻摔碎的。七樓也怕阿和的神情露了餡，只因阿和的神情就像是快要朗聲自白了一樣。七樓趕緊搶話，「對阿，有時工作一忙，別說打翻茶杯了，連我老婆都不小心讓我給撞飛了呢。」

「你叫七樓是嗎？記得我爸他說過，以前曾在這裡和你們有一位叫做阿七的人研究職棒押注的事情。請問就是你嗎？」鄭婉宜問道。

「是呀，我就是阿七。小時候家裡窮，老媽希望我們這些孩子以後可以賺進一棟七層樓的樓房進來，就取名我叫徐七樓了。你也可以簡稱我綽號，阿七。」

「好的，阿七先生。我可以請問你，我爸爸在賭這些玩意之後，有沒有虧很多錢？」

七樓先是嘆了一口氣。「唉……其實被你說中了，我猜三吉叔大概也不敢告訴妳吧？畢竟他也不想讓嫁到國外的女兒擔心，也算是個懂得體恤的好父親了。說起來職棒賭球那東西玩玩彩券就好。我總是勸三吉叔不要賭太重，偶爾和我們打個衛生麻將過癮就好，但他就是這個耳朵聽，那個耳朵出。」

「那麼，我爸爸這段時間有來過你這兒嗎？」

七樓盡量不要和苔青與阿和的眼神有交視，因為他發覺白組長的雙眼正銳利的鎖定自己，這讓他渾身不自在，只怕自己說漏了一個字或疏忽了一個細節。

「當然有的。三吉叔每個月都來個六、七趟，不過說來尷尬，他這段時間來這裡都是在催債的。因為我岳父石發財一點也沒發過財，反而欠了三吉叔一屁股錢。後來我岳父過世之後，這筆債務都是我們三個人在擔。我還想請妳幫個忙，如果有機會見到妳爸爸的話請他不要再來討錢啦。我們只要再累積個一、兩年的血汗錢，一定可以把所有債務還給妳的。」

講完這串話之後，七樓內心暗自埋怨當一個殺人共犯著實辛苦。

白組長此時插了話進來，他的問題比起鄭婉宜還能切入重點。

「可以請問一下，鄭三吉先生大概是在哪個時候，和你們的關係才開始生變？」

七樓試圖讓自己冷靜，他假裝仰頭思考時間，然後又假裝豁然明瞭的叫道：「在我岳父過世前三個月的時候，大概也快八個月了。在那以前他也會和我岳父大談賭球下注的戰績，後來我岳父積欠他的債務越來越多，他來這兒就開始扳起臉色，陸續都談著還錢和利息的話題了。唉……」

「再請問一下。鄭先生最後一次來到這裡的時間，是在什麼時候？」

白組長早在先前就已經詢問過苔青與阿和同一個問題，他想聽看看七樓的回答與他們是否有出入。

「我想一想……」七樓翻一翻月曆，表現出呈現思索的模樣。「我記得是禮拜六晚上，大概是九月二十七日那天。他很晚的時間來到我家，又是吃又是喝的，然後聊了一堆賭經。之後醉醺醺的從我們後門出去了。」

「後門？怎麼不走大門？」白組長問。

「大門是鐵捲門，他三更半夜才走，開開關關的麻煩又容易吵到別人。我們自己都是從後門進出的，就連開農車購菜也都是這個方向。」

「原來如此。」白組長微微點頭。

其實九月二十七日的確是鄭三吉失蹤的日子，這個答案是他們三人早一步套招好的。七樓早已料想到，萬一有一天警察大舉搜查鄭三吉下落的時候，很可能會以街道的監視器來勘查，那麼很容易判別出鄭三吉是在九月二十七日離開家裡的，並且從沒有監視器的後門離開。

七樓三人在犯案後曾經研擬討論過，假如遇上這種不得已的情況下，他們的說詞與回答都必須一致。

「那天他回去時，有沒有說要去哪？」白組長問。

「對話內容我真的記不得了。但是三吉叔好像有提到，會有什麼人來找他索錢，而且挺凶的。他也就一直要我先還五萬元給他抵債……」

白組長再問，「那麼，你還知道鄭先生有沒有認識些什麼和簽賭有關的朋友？」

「那個圈子我真的不熟，因為要是熟了，恐怕也得跑路了吧？」七樓言語裡暗示著鄭三吉失蹤的原因是躲債跑路，這也是他們三人討論安排過後的結論。

「所以你認為，鄭先生若是失蹤的話和他簽賭的事情有關聯？」白組長問。

「我只是這麼猜而已，接下來的還得勞煩白組長您查一查呢。」七樓笑道。

白組長也跟著七樓微笑，他的心底陡然發出一道光，那是針對膠著不前的案件有所突破的光芒。

「好了，感謝你們的配合，不打擾你做生意。若有後續疑問，還希望徐先生你們可以從旁協助我們早日找到三吉叔。」

「當然的。那們我也不送了，有空再請白組長多來店裡捧場。」七樓與他握著手道別。阿和則是欲言又止的模樣，所有的內心話都只能吞下肚。

尚未走出店門，婉宜心有所思的轉身走向阿和的面前。「正和同學，想不到我那麼多年沒和你聯絡，今天卻是為了我爸的事情再見面。希望你可以體諒我著急的心情。爸爸他身體也不是多好，總有腰痠頭痛的老毛病，如果你哪天想起了什麼有關鍵性的事，千萬請你記得和我聯絡好嗎？」

婉宜的手牢牢握著阿和，她眼眶已經泛紅。

望著她脆弱無助的表情，阿和幾乎就要對她吐實了。

「好的。我會盡我所能……」阿和由衷地回答，他並不認為自己說謊，他只不過認為還不到說出真相的時機。

不久，白組長和婉宜走出石記小吃店外，婉宜的眼神透露出不解與疑惑。

「白組長，我可以問一個問題嗎？」

白組長露出一抹笑，點頭示意。他似乎早算準了婉宜會提問。

「來這裡調查的時間和之前在別的地方比起來怎麼那麼短？我們今天跑了好幾個地方都詳細問了很久，怎麼這裡卻是待最快的？」

「很簡單嘛。越有嫌疑的地方，越不應該待太久。」

婉宜眼睛一亮，驚問：「你是說，正和家的那間小吃店有問題？」

「還沒有明確證據。我們先離開，妳也不要打草驚蛇。」

「是不是發現了誰有嫌疑？是石正和嗎？還是那個叫做阿七的？」

「也說不準誰有嫌疑，根據十天前的夜晚時十二點三十分妳爸爸出門時，鄰居目擊者的描述，他的穿著是簡便的短褲拖鞋，也沒騎摩托車出去。我認為他出門的目的地是應該離住家不會太遠。」

「所以呢？」

「妳想想看，妳爸爸這樣的穿著，可像是一名躲債要跑路的人的打扮？而剛剛的徐七樓先生，他的言詞中卻是刻意要把鄭三吉失蹤的原因導向跑路逃亡。這一點難免讓我起疑，或許徐先生有可能隱瞞著某些事。」

「那我們現在該怎麼辦？帶他們回警局嗎？」

「不。妳不要與阿七接觸，反而是趁著回國這段時間多和石正和老闆聯繫，讓他回溫妳們過去在校園的情誼。在直覺上，石正和是個不擅於說謊，個性較為溫和單純的人。如果這家店裡真的有藏有不為人知的祕密的話，我們就需要石正和這樣的夜視鏡，把藏在暗處的祕密攤開來曝光。」

白可成組長從業了二十二年的警察，知悉想要揪出隱身於黑暗的罪犯，就需要　份透視暗處的夜視鏡。

如果可以給他一份透析犯罪的魔法，白組長則希望這個世界全是白色的。

如此，他才抓得到烏鴉。

當最後一個顧客離開石記小吃店時，小梅忍不住對阿七等人抱怨。

「老闆，今天快被你們害慘，生意正忙得時候你們都在聊天，要是錢算錯了，不要怪我。」

阿和帶著歉意，抓著後腦回道：「抱歉，警察在調查案子，我們也得盡力配合。」

小梅眼珠子骨碌碌地轉動著，「說到這個，我很好奇，是不是那個常來我們店裡的三吉大叔失蹤了？該不會跟他常來找老闆你討債有關係吧？」

不擅編織謊言的阿和臉色糾結成一團，苔青見狀走了過來，冷冷地看著小梅。

「既然妳今天那麼忙，就早點下班了。收拾的工作我們來做！」

小梅也不敢向老闆娘多問，她知道苔青的凶悍遠勝過另外兩個男人，隨身物品塞入小皮包後旋即走到大門準備離去。

「什麼嘛？多問幾句也不行，肯定有鬼。」小梅噘嘴賭氣步出店門外，返身瞄了一下七樓。

倘若請她早點下班的人是七樓的話，她反倒會多停留幾分鐘和七樓說幾句笑話再回家。在她內心的幻想中，如果阿七是個單身男子的話，那麼她早已主動投懷送抱。

不過今天的七樓神色凝重，也不似平常耍嘴皮子與女人逗笑。

「好啦，小梅妳快回去休息吧。鐵門我關，明天見。」話才說完，七樓已經把鐵捲門重重拉至地面，隔絕了站在門外欲言又止的小梅。

小梅噘著嘴一路悶著走回家去，她沒發現店門外有一輛廂型車停在那兒觀察著石記小吃店。副駕駛座的車窗搖了下來，坐在該座位的人正是班長。他端倪大幅踏步且搖晃著皮包的小梅。

「跟著這女人。」

「好。」廂型車的駕駛是國嚴，他們兩人循著杜風提供的地址前往現場勘查。

車子緩緩在夜街上滑動，停留在超越了小梅之後的第二條街口轉彎處。班長決定在這裡下車，與小梅安排一場互動。

他身上的穿著是一套價值不菲的西裝，但班長刻意把領帶鬆開，解開第二顆鈕扣並取出一條手帕，將車上的礦泉水適量地倒在手帕上，再將那些礦泉水擦拭在額頭與頸子周遭，看起來就像運動過後汗水淋漓的模樣。

小梅走路甩晃皮包的姿態可以讓人讀出她當天心情有多惡劣，不過當她看見一名穿著西裝頻頻擦拭汗水且倉皇無助的男子時，惻隱之心讓她短暫的忘了壞心情。

那個看似倉皇無助的人就是班長。小梅經過班長身邊時，目光與他有了一剎那的交集。

「對不起，小姐。我可以請問妳一下好嗎？」班長的手帕不斷地擦拭額頭，那表情猶如熱鍋上的螞蟻一樣著急。

「什麼事情？」小梅問。

「妳是不是那邊有一間賣很好吃的滷肉飯的店員？」

「是呀。」

「好的，好的。這一帶我也沒認識的人，幸好吃過你們店裡的飯菜幾回，也算是不太陌生。」

班長露出鬆了一口氣的表情。

「先生你到底怎麼了啊？」小梅看著他滿額頭的汗水，一臉疑惑問著。

「真不好意思，說起來很丟臉，我是一間新加坡酒商公司的商務主管，這次回國是為了洽公而來。可是……我的公事包連同手機、皮夾，還有十來萬的美金都被人偷了。家裡的鑰匙也在公事包裡面。」

「天哪，那小偷可真壞。那你有沒有報警？」小梅詫異地問。

「有阿。警察筆錄我都做了，可是我現在非得趕著回家，要是小偷看著我的證件地址，再用我的鑰匙開門進去盜竊的話，我損失的可就更大了。所以我現在一直想辦法找人幫忙，但是台灣這地方我實在沒有朋友。路上的人，我就是不知道該怎樣開口。但是……」

「但是什麼？你家在哪？想要我幫你叫車嗎？」

「我家在機場那附近，說真的，我也很難以啟齒。因為我現在連計程車錢都沒有，想想自己長到這個歲數了，居然還要和不熟的陌生人開口借錢，真的好丟臉……」

聽到這裡，小梅已經明白了他難以啟齒的原因。

「所以……你是不是想要和我借錢？」

班長的手帕持續擦拭著額頭與脖子的汗水，「真的很不好意思，我的確是這麼想，但也只是借個六、七百元，怕造成妳的困擾。」

「你口袋沒有零錢可以打給家人嗎？」

「唉。倒也不是沒有那幾塊錢打公用電話，就是這年頭每個人都依賴通訊錄了，誰還記得電話號碼？要是記得的話，我早打給住在中部的老哥了呢。」

「說的也是唷。」

小梅停頓了片刻，她的腦海裡正交戰著到底該不該借錢給這個人。假如對方是騙子的話，那些冒汗的倉皇神色又實在太逼真了。加上對方的態度謙和有禮又倉皇迫切，且他身上的西裝質料也絕非夜市貨色，看起來的確像個新加坡的高階主管，應該不至於騙她六、七百元這些小錢。

班長看出小梅正在自我思索，他只要再補上幾句話，就可以催眠她陷入這場小型詐術之中。

「小姐沒關係的，妳不方便的話我再問問別人好了。如果妳可幫這個忙的話，請妳一定要留下妳的聯絡電話，我三天後出國談生意之前，一定會把這筆救命錢拿到妳的店家還給妳。」

「你剛剛說的六、七百塊，也說不上是什麼救命錢啦。」小梅掏開皮包，翻找了一會，隨後從裡面抽了張一千元鈔票。「我剛好也沒有百元零錢，就這一張一千元了。」

班長露出感謝的眼神。「可是，我現在沒有錢可以找妳呀？」

「沒關係啦。反正你剛剛不是說你會拿到我們店家來嗎？你還要找人開鎖，那也不用找錢了，就借你個整數一千囉。」

「妳真是個美麗又漂亮的大好人，真的很感謝妳這筆救命錢，我一定會歸還的。」班長心底暗自想著，這個女人算是很容易上手的鴨子。

「你要比那個小偷還要快一步回到家裡，才不會損失更嚴重了唷。」小梅叮嚀起來，她已經全盤投入班長編織的故事劇情裡。

「好的，我真的不知道該怎麼對妳道謝。那麼這一千元我就收下了。」

班長以九十度的鞠躬姿勢，從小梅手中取過那張鈔票。不知為何，小梅覺得有些感動。那是一種出心而發的溫暖，這股溫暖來自於她幫助了需要幫忙的人而產生的自我價值感。

「請問這位漂亮的小姐怎麼稱呼？」

小梅臉頰羞紅，她鮮少聽見有男人這麼形容她。「我叫洪巧梅。巧合的巧，梅花的梅。」

「好美的名字，非常適合美人取名。巧笑倩兮的巧，止渴望梅的梅。謝謝妳了，巧梅。」

小梅沒想過自己的名字在這位陌生人嘴裡變得如此有重量，心情好不歡欣。

「好的。你快點搭車回去吧，再慢就危險了唷。」

「謝謝，萬分感謝。」班長擦拭著假汗水，繼續扮演著一個被搶了公事包的憔悴新加坡公司主管。他走到了一個路口轉角處，搭上了在那兒等候的廂型車。

車上的國嚴問道：「那個女人怎麼樣？」

「一隻直線條思考的鴨子，輕易得手。」

「班長現在都千金萬金了，想不到還要賺這種小錢呀。」

「不。明天晚上，我會帶錢來還她。」

七樓打開廚房冰箱的時候，總會回憶起門扇碰撞到鄭三吉腦袋的那段記憶。

苔青坐在那張曾經與鄭三吉談判的桌上計算著今天的收入，阿和坐在苔青對面，雙手手肘支著桌面，十支手指爪巴著腦袋，他的頭髮已經被他摳抓的凌亂。

「對不起。我要自首。」

這是阿和沉默了將近十分鐘之後，對著他姊姊與姊夫脫口而出的心底話。

苔青雙手叉於胸前，打量著她認識三十多年的弟弟。似乎很高興他的膽識有所突破，卻也感嘆他對姊姊的不體諒。

「我沒有辦法像你們這樣，殺了人之後還能優遊自得。我不行，我每天照鏡子，都會看見自己醜陋噁心的臉。現在二十四小時都得亮燈，否則我會怕，我甚至連手機螢幕轉成黑色都會嚇到我。這種罪惡感的侵蝕你們到底能不能體會？唯有自首我才能解脫了。」

「人不是你殺的，幹嘛自首？你只是一同掩滅證據的共犯。」苔青回道。

「對呀。你姊姊當事人都守住了，你罪證最輕的卻是主動跳出來，這不是害了你姊姊？」七樓插話。

「如果我去自首，不會把你們拖進來。」阿和認真的說著。

「你傻了嗎？明明可以安然臭莊，你卻偏偏在最後一張牌故意放銃？這可是輸得冤枉。」七樓詫異。苔青的臉色卻是微微轉變，變得深沉。

「是真的。我會全盤托出，是我一個人幹的。」

「你……你別真的那麼傻啊？苔青，妳也勸勸妳弟弟吧？」七樓感到不可思議。但苔青對於弟弟的想法並不感到突兀。

看在眼裡的七樓苦苦念道：「唉，真不知你們姊弟到底是怎麼回事。」

阿和緩緩吁一口氣。「阿七，其實有一件事情你一直都不知道。」

「看到你傻得那麼厲害，我才發現我還真的是什麼事都不知道呢。」

阿和不理會七樓的調侃，他心中有一樁藏匿多年的祕密，打算全數講出來。

「其實……我認為，姊會殺了三吉叔，並不是因為三吉叔覬覦我們這家店那麼簡單。」

「夠了！別再說了。」苔青重拍了桌子，記帳單頓時在桌面上抖動。

不過，這一回阿和並沒有遵從苔青的話，反而是厲聲喝道：「不行！我一定要說給阿七知道。」

鮮少發飆的阿和第一次對著苔青暴怒，這讓七樓想發一場口舌爭辯的意圖都冷卻了下來。他知道自己接下來可能將聽見一段從未聽聞過的祕密。

苔青則是不想聽到阿和即將說出口的話，把未結算完的記帳單和鈔票揮到地上，離開了這張桌子。

「其實，三吉叔……」阿和口中所要說的話，彷彿是一個積累已久的負擔，隔了數十年後才要釋放。「三吉叔……他曾經性侵過我姊姊。」

七樓聽聞後，頓時腦袋一片空白。他已經準備好要接受阿和口中的祕密的轟炸，但卻沒意料到威力如此震撼。

「你是說，苔青曾經被……鄭三吉？」

阿和無力的點點頭，苔青別過身子，將臉埋在雙手掌心之中。

阿和娓娓道出那段過去。

「我根本忘不了那天的事。那是在我八歲時候暑假的第一天，當晚我們老爸喝醉酒，倒在床上睡得不省人事。記得是九點多了，我在浴室洗澡，姊姊正在臥房讀書。然後也喝個半醉的三吉叔，直接走到廁所要撒尿……」

說到這裡，阿和緊閉上眼，回到了他原本膽小懦弱的個性裡去。他的勇氣原來是有時效性的。

「那時，三吉叔看著赤裸裸的我，對著我笑。我分不出他笑臉裡的惡意或善意。他赤裸著下半身，走向我，我只是覺得奇怪，但又說不出怪在哪裡。後來，三吉叔要我握住他的那個東西，我覺得噁心不從，三吉叔先是柔聲相勸，然後就擰著我的臉頰臭罵。我當時不知道該不該妥協，那種心情非常無助。但也就在那時候，姊姊過來了……」

「他媽的。原來鄭三吉這傢伙這麼該死？然後呢？」七樓聽到這裡已經是氣憤難平，也已經猜中了故事的結局，但他還是希望聽完阿和講述所有的來龍去脈。

「後來，姊姊進了廁所，她叫我出去。我那時候畏畏縮縮的奔出浴室，但是姊姊並沒有出來。然後……我永遠忘不了三吉叔把門關起來的表情，他古怪扭曲的笑容和過去我看過的他不一樣。後來我回想這件事，都恨我自己怎麼把姊姊一個人留在那裡面……」

阿和說完，整間屋子宛如陷入窒息般的沒有人發出聲音。一向看似堅強的苔青，她雙手插在工作服的口袋，靜靜地低頭凝望著明天將準備的食材配料卻不發一語，雙肩卻是因為情緒激動而微微顫抖。

七樓打破沉寂問道：「當時你們怎麼沒報警？」

「我們並不知道這種事情應該要報警，但是當時姊姊其實是打算向學校老師說出這件事的。只是後來我們發現比被強暴更驚爆的事實……原來，那天我爸爸是假裝睡著，他為了還錢給他的老朋友，索性用我的身體和三吉叔做交易抵債。他事後雖然當著我們姊弟的面揍了三吉叔一頓，但是我們長大後拼湊那段回憶，才發覺那是爸爸和三吉叔在我們面前作戲……」

七樓啞然無言，他已經明白當時苔青用繩索勒死三吉叔的表情之所以流露著快意和猙獰，原來是帶有仇恨的疏洩。

他突然同情起苔青，殊不知他的枕邊人累積了數不盡的私仇怨恨；但他也質疑這般影響人生的大事，妻子竟是滴水不漏地隱瞞著丈夫。

七樓更有一件想不通的事情，如果是早期埋下的因，為何苔青要等到現在才殺了鄭三吉？只聽阿和繼續說道：「所以，我該是還債給姊姊的時候了。如果當時被侵害的人是我，或許姊姊也不會變得個性冷漠，三吉叔也不會死。」

「跟你一點關係都沒有。」苔青走了出來。「那件事我早已經忘了。我會殺了他，就一如我之前所說的一樣，是為了要保護我們所擁有的一切。如此簡單而已。」

「別說謊了，姊。」阿和愁眉不展的抱著頭。「這件事若不做個結束，我這輩子會一直無法面對我的罪惡，無法面對我造成的錯。」

苔青終於轉過身，倚著牆不發一語。她的模樣看似在發愁，但是七樓仍冒出許多疑點，總覺得苔青會殺了鄭三吉的原因不只這些。這在他的心底成為一團謎。

「姊，對不起了。我明天一早就會去找那位白組長自首，你們不用擔心，絕對不會把姊姊和姊夫招出來。」

阿和說完，率性的走到後門準備離開。七樓覺得這時候的阿和挺帥的，不過他必須攔住他，因為現在不是獨自一人行動的時候。

「聽著，請你們相信我。外面有危險。」

七樓把今天遭人跟蹤，以及在暗巷內險些遭子彈射中的事件說給苔青與阿和聽，也把那名跟蹤者最後回去的地點分享出來。

苔青的臉色變得凝重，阿和聽完後更覺得他前往自首的時間已經迫不及緩。

「他們怎麼會知道我們的身分？這下子事情完全複雜化了嘛。」阿和像是快哭了一樣。

「或許是我們那天說漏了什麼訊息，搞到走漏身分了。」

苔青瞪了七樓，如同在說明這就是他當初造成的錯誤。「你老娘我當天就說過了，沒把那兩個男人殺了是大大的失策！」

「事到如今，我有一個把對方交給白組長的計畫。」七樓說道。

「可是，他們若是被逮捕，我們也可能被他們供出來。」苔青問。

「不會的。」七樓托腮，手指推了推嘴角說著：「如果妳仔細把我們與他們雙方的主觀立場做了比較之後，就會發現他們和我們的狀況是不一樣的。」

「哪裡不同？」阿和問。

「假如他們被逮捕的話，最壞也僅止於說出詐騙錢財的事情，不會有人主動承認殺人這樣的重刑。換句話說，他們不會主動說出殺人的罪證，也就不會回到埋屍現場，如此一來，我們的祕密也就不太可能被他們洩漏出去。」

阿和似懂非懂的陷入思考，七樓見了他疑惑的臉，只管繼續補充說下去。

「可是，如果今天被逮捕的是我們三人的話，那就不同了。因為犯下的是殺人重罪，檢調單位必定將回到第一現場以及埋屍地點，這樣的情況下很可能把他們的重罪祕密曝光於世，對他們而言就是危險的。」

苔青點點頭，同意七樓的想法。

「所以……簡單來說，就是我們被抓會波及到他們，但是他們被抓卻不會影響到我們。」

阿和是最後一個想通這個道理的人，但下一個問題也跟著生出來。

「那麼，你要怎麼把他們這群人透漏給白組長知道，又能全身而退？」

「我有個計劃，你們先過來看看。」

七樓搬出一台筆記型電腦，開啟文書作業敲擊鍵盤輸入文字。苔青與阿和把腦袋湊到了他的左右兩側。螢幕的光暈在他們三人的臉上照映出詭譎的異色。

「完成了。待我列印出來，會把這份單子投入那間代書事務所的信箱裡。」

七樓製作了一張簡易的A5大小格式的廣告傳單。

> 房屋仲介辛苦了！躲避環保稽查最佳售屋利器：易付卡。
> 限量十支門號共賣2000元。有效期限六個月，不怕環保中斷號碼停話。
> 可保固，無效退費。
> 立購電話：09XX-XXXXXX　阿喬

「這會有效嗎？我看了都不想買。」苔青疑惑的問。

阿和點頭附和。「我也是這麼想。買這種不合法的手機門號有何用處？」

「一定有效。」

七樓神色篤定。「如果我推理的沒錯，他們那幫人是詐騙斂財的集團分子，對於易付卡的需求性是很大的。我買十張共花了我兩萬五，這裡十張只賣兩千元，便宜了他們。這年頭要蒐羅人頭辦卡可不是挺容易的事情，直接低價購買也是方法。」

「如果他們買了這些電話號碼，會有什麼效用？」阿和繼續提問。

「這些電話早晚是用來做犯罪工具使用，屆時我們用匿名的方式把易付卡的電話號碼提供給白組長追蹤，只要警察可以提前鎖定號碼序號追蹤竊聽，那麼他們那群人就會留下證據了。如果順利的話，就可以依詐騙罪證確鑿的模式將那幾個人關入牢裡。這麼一來我們就安全了。」

阿和總算明白了全盤計畫。「阿七，想不到你能想到這麼多。」

「那麼，我說到了這裡，你還要自首嗎？」七樓問道。

阿和悶不吭聲，內心有辯駁和抗議兩種不同的聲音交雜，如同天使與惡魔的戰爭。

苔青拍了拍阿和的肩膀，對他露出難得的微笑。

「阿和，你不用多想了。如果真的事情走到最壞，該去自首的人也是我。因為所有的事情本來就是我做的，你早一點成家立業才不會辜負姊姊對你的期待。」

苔青脫口而出的話，讓阿和與七樓感到一陣暖意。

七樓忍不住靠攏他們姊弟，搭著兩人肩膀鼓勵。

「別再說自首的事情了。我們三人，一個也不會有事！加油！」

七樓伸出右手，等待另外兩人的手掌疊上來。苔青再一次展露微笑，右手掌也疊在七樓上面，等著阿和。

阿和頓了頓，他知道那是一種鼓舞士氣的手勢，只是想不到會用在躲避刑責上。他露出難得的一絲微笑，終於把右手疊了上去，彷彿把一切生命都託出去了。

頃刻間，阿和像似看到了怵目驚心的東西，驚駭失聲。

「啊！」

他發神經病似的把手抽了回來，因為他不知道究竟是幻影還是真實，他在交付出手掌的那一刻，看見了鄭三吉布滿皺紋的手掌疊在他手背上。

「不！不行！我還是沒辦法！」

潛伏於阿和每一寸神經之中的恐懼感占領了他的全部。罪惡感帶來的陰暗彷彿把他的靈魂壓制在潮溼的深水之中無法呼吸。

他掩面狂奔到街上，衝往霓虹閃爍越密集的夜都市區域。

留下滿臉困惑的七樓與苔青。

上午九點整，陽光暖暖地投照在惡魔寄居的都會區，人群車潮再一次淹滿城市。

七樓拾著自行印製的廣告傳單來到那幢疑似詐騙分子落腳的大樓，趁著管理員暫時離開的片刻，他隨著魚貫進出大樓的人們混了進去，將廣告單投入鎖定的代書事務所信箱，為了保險起見，他連事務所周邊的信箱也一併投入。

達成任務後，他很快的趕回石記小吃店。

他將一支充飽電源的舊型手機裝上易付卡，那是他等待對方來電的釣魚線。對於曼寧連著舊手機也一併當成小禮物交給了七樓這份恩惠，七樓暗自發愁著不知該怎麼還她。有時他覺得男人順受慾望是一種超越世俗的極致情感享樂，有時他又覺得這樣的男人其實可悲又低能。這兩種南轅北轍的不同心緒，取決於他射精前與射精後的當下心得。但一場犯罪行為換來的黑暗壓力之下，他逐漸發現自己應該保護的人與物變得清晰起來。

是的。他要守護的人，是這個家，這間小吃店，是他的妻子石苔青。

守護的方法，就是把帶有威脅的罪犯們繩之以法，並且不會掀開他與妻子隱藏的罪孽。

他看著手上的最後一張自製廣告單。雖然對自己的推測充滿信心，但實際執行起來後，每一分自信都隨著時間遞減，他也從自信滿滿轉為病懨懨的消極。

中午過後，小吃店的人潮高峰時段退散，他仍然沒接到對方的來電。不過卻是接收到一封簡訊。那是一整天沒回來上班的阿和傳來的訊息……

> 姊，阿七。昨晚我一個人想了很久。對不起！我還是決定自首。或許阿七的方法很棒，但我的罪惡仍無法消弭。我想這是神的意思。希望我採取正大光明的方式救你們獲得解脫，也讓我們三個人不會受那幫惡徒暗殺。

苔青的手機也同時響起收到訊息的鈴聲。七樓看了簡訊後靈魂有如出竅，他還沒感受過僅用一段文字就得以叫他全身僵冷的體驗。

他們夫妻面對這則訊息，心與靈魂的時鐘有如停擺了一樣全然忘了工作。

「或許阿和才是對的。」

苔青刪除訊息，撂下這句語重心長的話。

七樓不否認苔青所言，他想趕到警局去找阿和，把真正的事實供出來，不該讓他一人承擔所有罪過。

這股念頭掠過心上的一瞬，有如吹拂過自由的風，緊繃的心弦都放鬆了，背負罪惡的重擔都卸了下來。

他似乎明白了阿和一直想要表達的心裡話。但眼前所見的一切，卻是那麼不容易割捨。

阿和發完訊息給苔青和七樓之後，他已經來到了警局門口。這是他第一次造訪的地方，這應該是對人生影響重大的一刻，但當他踏上門前階梯的時候心情卻平靜的跟走到圖書館是一樣的。他為自己辦到了這件創舉感到驕傲。他猜想或許這是姊姊也辦不到的事情，但是此時此刻他卻做到了。一場改變讓他獲得意外之喜，即使將面對的是一場牢獄之災。

不過阿和並不知道自首該怎麼做，警察局並不似手機門市有親切的服務人員可以解釋犯人自首的手續流程或者有教學懶人包。他赫然發現警察局跟一般服務業大相逕庭。這裡有兩個警員正以連篇髒話在罵一名喝醉酒大鬧警局的醉漢，也有另外三位穿上裝備趕著出門的警察，但是臉上看起來卻像是地下融資公司外出討債的凶狠霸氣。

阿和本以為自首就應該像荊軻自願走向秦始皇那般的壯烈。然而警局的場景，卻牴觸著他原本慷慨赴義的心情。

「先生，你有什麼事嗎？」一位尚未步出門口的重裝警員，問了杵在原地不知所措的阿和。

「我……我……」阿和腦袋一片空白，甚至忘了自己是來幹嘛的。他想起口袋有一張名片，急急忙忙的找了出來。「我有事情要找白可成組長。」

那張名片已經成了皺巴巴的紙張，但仍沒有被阿和丟棄。

「你先坐在那張桌椅等一下。」警員簡易的打量阿和，隨後朗聲對內部的人員喊話。「有人找白組長。小杜，你先出來了解一下，我要先外出了。」

迴廊內，傳出了那名叫做小杜的男人的不耐煩的回應。「喔，好啦。」

阿和在椅子上等了快五分鐘，也聽了一旁的醉漢與警員吵了五分鐘的架，以及筆記著不完整的五分鐘筆錄，那位小杜才慢吞吞地走了出來。

阿和一看到小杜，登時啞口無言，猶如遇見了地獄押解死囚的惡魔。

「是你？」阿和驚訝的只差沒有尖叫，他當下只想趕緊返身逃出這間警察局。

那名小杜就是杜風，就是那天夜晚在山上埋屍的高個子。

杜風一看見阿和，內心的衝擊不比阿和少。

「是你！」杜風也是一陣驚慌，隨後他左右環顧，查看有沒有人發現他失控的表情。

事實上杜風之所以晚了五分鐘出來是因為他剛剛還在吃泡麵，如今一看到眼前的阿和，那些吞入肚子的麵條似乎在胃裡翻攪起來。

「天殺的。你來這裡幹嘛？」杜風壓低聲音問。

「我才想問你怎麼會在這裡？」阿和腦海裡浮出數百個問號。

「看我的制服也能明白吧。」杜風的眼神如雷達般地不停掃描。「你要找白組長？找他要幹什麼？」

「原來你是警察！」阿和懂了。原來當初在山上的時候，這位高個子曾提到他的職業不能殺人就是因為這個緣故。「我以為警察是維護正義的人民保母，原來也會幹出那麼齷齪的骯髒事。我這下總算知道你們怎麼會查出我們身分的原因，原來就是你利用職權查詢私事的緣故。我要在這裡等白組長回來，該講的我自然會告訴他。」

雖是隔了一張桌子，但杜風雙手撐著桌面逼近的身子，讓阿和感受到敵人不均勻的呼吸聲。

「你不要忘了我們當天在山上的約定。」

「我沒有忘，倒是你們忘記了。居然還意圖殺了阿七。」

杜風聽及此事，心中暗罵國嚴那個矮子敗事有餘。

「別鬧了。你要是說了，你們三個人都會有事的。」

「你不覺得，我今天的造型是打算豁出去了的模樣嗎？」

杜風的確也認為阿和今天的談吐語調變得堅定，和上回在山上看見的窩囊姿態天差地遠，宛若即將蛻變破繭而出的飛蛾。

望著阿和的神情，杜風心知大大的不妙，依他從業警察多年的經驗，這個人有八成的可能性要自首。

他要在短時間內想出解危的方式，要是讓阿和這個人引領一群檢調人馬前往山上翻出死者屍體的話，那麼他們藏在那兒的佳城遺體恐怕也被挖了出來。

白組長外出的時間並不長，只怕他十分鐘後就回到局裡。這對杜風而言可是危機四伏，他必須趕在白組長回局裡之前把阿和這尊菩薩送走。

「正和，我的確把你們的個人資料查詢清楚，所以我挺同情你的。」

「同情我什麼？」

「你從來沒有交過女朋友，對不對？」杜風拋出測風球，他要觀察阿和的反應還有沒有可能轉變。

「那又怎樣。」阿和臉頰泛紅，他覺得這是很難堪的事情。「你怎麼會知道這些事？」

「很容易，因為我看過你的網路部落格、臉書。標題是『愛情旅程持續一個人的流浪』，這些是你寫出來抒發心情的文章。說起來，文筆還不錯。不過你是不是不知道坐牢是沒辦法上臉書寫格子？」

「你……你這個警察真是……」阿和尷尬的不知該如何回應。

「媽的，我是好意在提醒你坐牢的可怕。還有你寫了那麼多心裡話，知不知道如果檢調查到你身上去的時候，這些都是引人起疑的線索。建議你把家裡整台電腦銷毀，免得有人解剖你的電腦記憶體，挖出一堆祕密。」

「我已經是要來償命的人了，被知道又怎樣？」

阿和的喊話音量稍大，嚇得杜風檢視有無其他同事在留意自己的言談和舉動。

隨後他壓低聲音，以柔和的態度和阿和溝通。「好吧。正和，我讀過你的文章，其實我這種粗人就欣賞你這樣的文青男。單純、善良，不曾犯過錯。不像我們這些人，媽的搞得滿手都是髒污……」杜風假意的搖頭懊惱，表現出對人生懊悔的態度。

「這時候你和我講這個幹嘛？」阿和問。

「幹嘛？難道你還不明白？你的前半輩子已經荒廢了、白玩了。一個女朋友也沒交過，一場戀愛都沒有經歷過。現在好不容易你的事業正有起色，然後你卻要讓你的下半輩子到不見天日的監牢過完？媽的，蠢！有多可惜你知不知道？人一輩子就幾十年那麼長，你難道願意出獄後，五、六十歲了才準備要初戀吧？」

杜風的話的確一刀一刀地砍在阿和的心上，他陷入猶疑，臉上五官僵硬般地虛望著隔壁在筆錄的警察與醉漢。對面的那名醉漢轉過頭來看著他，阿和恍惚中將他的臉誤認為鄭三吉，驚醒回神。打從他參與了犯罪事件後，鄭三吉的幻影時常就會冒出在他的身邊，有時候是關了電腦的螢幕，鄭三吉的臉會在黑暗中顯現；有時候則是手指滑動手機的時候，他的指尖會拉出三吉叔死亡的臉孔表情圖樣。

「不！不行，我要堅持我的來意。你不要再說了。」阿和又害怕起來。

杜風已瞧出阿和的心念正在動搖，他為自己戰勝了第一步棋而感到欣喜，接下來他必須把阿和所有的正直正義感全部摧毀，打消他的自首念頭。

「我的媽呀。你千萬不要告訴我你還是個處男，那我保證你絕對不應該去牢裡面蹲，因為你會變成搶手貨。這可真是要命，在牢裡，溫文小生的屁股會被捅爛，連續三個月大便都會流眼淚的。」

「我……」阿和雙手手指緊扣，開始衡量心靈的自由與禁錮的肉體哪一個重要。

「不是我愛阻撓你，只是要我親眼看著一個文筆那麼好的年輕人，就這麼樣白白浪費青春葬送才華，這種事有多殘忍嘛你說是不是？我衷心建議你可以先回家，再多考慮一個禮拜也好，你的正義不會因為你遲到一個禮拜就不等你。這國家到處都是警局與派出所，要自首處處是機會，你甚至打電話我們也會前往服務的。但是你一定要好好想想！為自己的青春愛情，好好想想！」

杜風最後一句話加重音，他的眼神混合著哀求和逼迫。

阿和的確動搖了，他懷疑自己或許還沒有妥善周詳的思考自首這件事情過。他自知本身不是一個果斷的人，也曾經痛恨自己這樣再三猶豫的個性，如今他的意念輕易的被攻破，打回原點，他又回到那個連自己都討厭的石正和。

他們兩人正在進行一場心理拉鋸戰，杜風眼見就要成功，但卻看見了白組長從門口走進門來，望著臉色陰晴不定的阿和。

阿和一見白組長，比他看見鄭三吉的幻影更害怕。

白組長認出了他，露出感興趣的微笑走了過來。

「小杜。這位石先生是來找我的吧？」白組長的笑容可說是這間警局之中唯一最具有親和力的。

「是的。」杜風禮貌的回應，心中暗罵著他的娘。「這位石先生好像是來詢問尋人的進度。」

白組長略顯質疑，看著頻頻低頭的阿和。「是這樣的嗎？要不要進我辦公室聊一聊？」

「不用了。」阿和站了起身，他沒想到自己在不需思考的情況下自動的說出婉拒的話語。「這位杜先生已經告訴我了，偵查的事不方便公開。我想我還是先回去了。」

他的心情又因為自己的懦弱而更低落一層。

白組長希望多和他談話，但阿和卻快步離開，奔出局門前撞上了幾張桌角也不在意，好像逃出土石流般的倉皇狼狽。他的反應如此之大引起白組長疑心，也使得杜風暗罵一聲笨蛋。

杜風的拳頭握得死緊，他知道阿和不知不覺中已經導引了白組長偵查的方向，他必須搶先白組長一步將阿和永遠封口……。

杜風趁著沒有同事留意的時候，用班長給予他們的易付卡撥了電話給他最不想連絡的夥伴。

「矮子，你在哪？」

接聽電話的人是國嚴。

「去你的，我今天要上班了。」

「上你媽的班！快別管你公司的事情，那三個麻煩人物今天來警局自首了。」

「啥！有這種事？」

「還不都是你這條豬。給你請兩天假都沒把他們幹掉，這下反而把他們激起來，主動來投案了。」

「可是，我今天再請假的話，我就快被免職了。」

「看是被免職重要，還是房子尾款那筆錢重要，這幾天就要入帳了。要是那幾個人真的再來自首，連帶把我們拖下水那就死定了！」

杜風講電話的同時，望著剛奔過馬路的阿和。

「你沿著我們警局的馬路開車過來，應該就可以找到他了。快。」

「沒那麼快，我現在要把我的衣食父母們送回家。」

國嚴雖然長得一副霸氣橫生的臉孔，走在街上路人都會自動禮讓一條路給他行走。但是他實際上的正職工作並不是黑道，而是一名司機。

正確來說，他是接送幼兒園學生上下課的娃娃車司機。在這裡，他有另外一個溫馨的名字叫做校車哥哥。

「校車哥哥在講電話嗎？」一名坐在車內的四歲孩童朗聲問道。

「對呀，這是不好的行為喔。對不對呀校車哥哥？」管理孩童的女老師苦笑，隨後偷偷地瞪了國嚴一眼。

國嚴收起了嚴肅到恐怖的臉色，一張醜臉轉成了搞笑的模樣。「對呀。校車哥哥剛剛做錯事了，小朋友們千萬不能學哥哥唷。」

他的聲音有別於過去粗魯的語調，成了孩子們之間一名淘氣的大哥哥。

那群喧譁笑鬧的孩童們是他的衣食父母，也是他一向最厭惡卻又不得不當成神明拱來敬拜的對象。

國嚴的暴力傾向並不會在上班的時候顯現，因為財務困難的他很需要這一份工作收入。也因為這些煩透了他的孩子，逼得他忍不住失控想要成為電玩遊戲肆無顧忌，以殺人為樂的主角。

能在幼兒園上班也是透過班長的緣故，他早已被吊銷的執照是班長要求乙上重新製作偽造的，而且這份執照竟然是免費贈送，但是背後有其目的。

班長安插國嚴在幼兒園上班的用意，是希望透過國嚴這一枚棋子，挑選一名家庭財力豐厚的小孩子進行綁架勒索。但他上了將近一學期的班，卻也沒發現有哪個孩子家境富裕。

國嚴把電話切斷後，坐在駕駛座的他，從照後鏡上看著車後座的一名女老師。

「校車哥哥，你剛剛開得很快，速度要降緩一點喔。」

女老師在小孩面前輕聲好意的提醒他，但事實上卻是一點也看不起國嚴。

「好，校車哥哥知道了。謝謝周老師。」

國嚴回應的腔調夾雜著哄小孩的鼻音，如果杜風在場的話他會認為這絕不是臭矮子的說話口吻。因為工作麻痺的緣故，國嚴不覺得自己講這些話很噁心。這個行業的基本要求就是上班時禁菸、禁酒、有禮貌、對孩童講話動作要誇大。

他駕駛的校車正準備把最後一名孩子送回府上，但是沿路卻出現了另一樁吸引他注意力的事件。他看見了阿和的人走在對街馬路上，垂頭喪氣的像個被女人甩的失戀者。

才剛剛從杜風口中聽聞此人自首的消息，國嚴直覺剷除目擊證人的事情已經不能再拖延。

校車急停在一座紅綠燈路口，周老師與孩童失去平衡差點摔倒。

「下車了。」國嚴凝視著照後鏡上阿和的背影，他打算現在處理這件事。

「我們還沒到耶。校車哥哥……」周老師語帶責備的說道。孩子也念道：「校車哥哥又亂開車了，警察伯伯會生氣。」

「啐！」國嚴的習慣動作無意識的顯現。

「喔，校車哥哥吐口水唷。」那孩子像是抓到了有人作弊一樣笑著。

「給我下車！用走的。」這一次國嚴狠狠地瞪了回去。恐怖的表情把孩子嚇得閉上嘴巴，周老師也嚇出一身汗。

周老師下車後只管把門一關，她想要打電話給園長投訴自己學校的惡劣司機。

娃娃車在馬路上一百八十度的迴轉，輪下發出尖利的摩擦聲，此等大動作行徑引發不少人車的目光，隨後校車疾駛衝往阿和走過的方向。

阿和有如一具遊魂般地在街上漫無目的遊蕩，直到有一輛黃色箱型車擋在眼前時他才恢復意識般的甦醒。

他看見擋住去路的是一輛載送小孩的幼兒園校車，不以為意的就要繞路。

孰料車門橫拉開啟之後，阿和卻是看見了矮個子國嚴的那張凶惡醜臉，以及他手中的一把槍。

「是你！」阿和大吃一驚。

國嚴咧嘴露出詭譎的笑容。「這一次，我有裝子彈的。」

阿和見了那把槍，回想起當初山上邂逅的一切，「原來如此，所以上一次你的槍真的沒有子彈。姊姊當時的判斷果然沒錯。」

國嚴心想，直接了當的在路上狙擊式的宰了阿和是最省事也是最痛快的方法，但是他不希望又因此遭到班長斥責。此時一道聲音呼喚了國嚴，讓他回歸理智，是他平時聽慣了的孩童聲音。

「校車哥哥……你踩到了我的手了。」

國嚴大驚。原來那名孩童根本沒下車，他因為被國嚴可怕的表情震懾而趴在車底下躲著，只有周老師一人離開了車子，而這兩名大人雙雙都以為孩子在對方那邊看顧著。

那名小孩的出現讓國嚴的思路混亂，他的腦袋僅能直線式的思考，無法同時解決太多事件。而他解決問題的方式，大多是採取暴力。

國嚴對著阿和威脅吼道：「你上來。」

阿和不知該往左跑還是往右跑，但他看著那名欲哭無淚的小孩和那把槍，心想這孩子或許遭到挾持了，索性心一橫也就上車，有必要找出機會救這名孩子脫困。

雖然他上了惡人的車廂，但是阿和確有著另外一種意外的安慰感。他回思著自己加入了犯罪行為之後，他的心變得堅強了。

他回味咀嚼著一句話——犯罪使人成長，幸福使人膽怯。

隨後阿和被國嚴壓制在地上綑綁雙手不得動彈，他的勇氣續航不到一分鐘就回歸到最初的膽怯。國嚴擔心放這孩子下車的話，會把自己的行徑報告給園長和老師。於是國嚴索性也把那名孩子一起綑綁。阿和與孩子背對背坐在走道中央，一條繩索將兩個人四隻手腕纏繞綑綁在一起。

「別怪我。早叫你下車了，你還給我留在車上，怨不得我。」他把自己脫序的行為怪罪在孩子身上。

「校車哥哥……你怎麼變得……」

「別再叫我校車哥哥。幹你娘的！你爸我聽到這個稱呼都煩死了！」

孩子嚇得嘴唇閉成一條縫。事到如今，國嚴如今打算就此離開這間幼兒園，他在這裡的身分證件與執照都不是本名，綁架了一名孩子逃離也不擔心留下真實資訊。但他原本的計畫是發薪日一到，領了薪資袋再和班長商量轉職的事，如今這個月薪水算是飛了，但至少有一筆千萬財富等著，相比之下日計一千元的薪資算是螞蟻比大象了。

娃娃車駛離都市之後，來到了可吹到海風的郊區。白天轉為晚上，夜空一片漆黑，沒有星星沒有烏雲。惡魔如同傾倒一盆黑色油漆，將天空渲染成罪犯最迷戀的暗色。

車程沿途上，國嚴的手機持續響個不停。阿和發現國嚴的債務積欠嚴重，債權公司不斷的撥電話向他催債。國嚴接聽了一次之後只說他不姓呂，掛斷電話後也就不再接聽了。他放在前座的手機就有三支，其中兩支黑色手機沿路上響鈴幾乎不間斷。

不過，當一支深藍色的早期 NOKIA 電話鈴聲一響，國嚴立即在路邊停車，雙手捧著話機接聽，令阿和好奇來電者是何人竟能讓這個凶神惡煞尊敬拜服。

國嚴才接通電話，立即就挨了對方一頓罵。

「你到哪去了？」班長的聲音從話筒中傳到後座的孩童與阿和耳裡，他們可以聽得出那個人有多生氣。

「咦？班長怎麼知道？」

「那間幼兒園園長是我用紀代書名義認識的客人，他說急需一名娃娃車駕駛我才把你介紹給他。現在那個園長當然急得來問我你的人跑哪去了。」

「他急什麼？我把事情安頓好，這輛車就停路邊不會再開了。他早晚可以領車回去。」

「笨蛋，問題不是車子，是孩子。」班長氣急敗壞地說道：「有個孩子，你沒接他回家，到底把他帶到哪裡去？」

「那孩子，現在和小吃店的老闆都被我綁在一起。」

「什麼？我不記得有下令要你麼做。」班長的音量又比先前再高了一級。

「我臨時決定的啦。沒辦法，我以為那個孩子下車了，誰知他一直躲在車上。現在我抓到了小吃店老闆，來到你帶我們來過的那間廢棄公寓附近了。我想把他們藏在那裡。反正我們都計謀著綁架，乾脆就挑了這個小孩吧。」

「那小孩在你旁邊嗎？別讓他聽到你剛剛說的話。」

「我想……他的年紀，聽了也應該沒聽懂吧？」

「如果你的智商都能懂了，那小孩也就能懂。我留你在這間幼兒園工作，就是就只要你做好觀察與開車這兩件事，你卻是成天曝光身分，製造危險。一張假身分證我可以在外賣多貴你知道嗎？投資在你身上真是浪費了！」

國嚴激不起班長持續的謾罵，忍不住回嗆。「不要老是罵，反正做都做了，這個綁架案我來擔！有興趣的話，你就到我說的地點集合，要不然我就一個人先幹。」

國嚴說完話把電話切斷。

後座的阿和只認為這個人想錢想瘋了。

國嚴油門一踩，娃娃車開到了一座搭建在海與山之間的老舊公寓。過去的他曾是因背負的債務過於龐大而淪落街頭的遊民，在天橋下度過春夏秋冬，無依無靠。從此也看透人間冷暖。

打從班長給了他起死回身的機會之後，他便發誓要對這個崇尚金錢的世界復仇。

他發誓，再也不願回到那個貧窮時落居的天橋底下。

即使要他再泯滅人性也無所謂。

「阿七老闆，你又在偷看十八禁的網頁了喔。」

趴在桌上的七樓，凝視著手機上阿和宣布自首的簡訊。背後傳來小梅誤解的笑聲，他趕緊將手機藏入口袋。

「不是。我在聯繫阿和，失蹤一整天了。」

他的確是在連絡阿和，因為他和苔青想要確定阿和是不是真的報案自首成功。因為到了晚上店家要關門的時候，也沒看到有半個檢調人員來第一現場翻查線索。

苔青也試著聯繫，但打烊的時候已到，他們也只能帶著疲憊的心情準備收拾。

「老婆，我看事情是瞞不住，也無須再瞞。乾脆我們打電話給白組長，自首吧。」

苔青隔了半晌，靜靜地回答七樓。

「我一個人可以扛下這事，你和阿和以後就好好的顧著店。別讓好不容易做起來的生意垮了。」

「說這什麼話，我們今晚從長計議。我先去關鐵門。」

當七樓打算拉下鐵捲門的時候，一名西裝筆挺的男性客人走了進門。

「抱歉呀，今天餐點都賣完了喔，只剩湯了。」七樓對著這名男子說道。

那人微笑點頭，他看起來不像是來消費的顧客。七樓納悶的要再開口詢問之際，小梅卻是樂孜孜的朗聲笑了出來。

「原來是你！我就相信你一定會來的。」小梅猶如賭贏一局梭哈大量籌碼似的望著眼前逐步接近的那位先生。

他就是前一晚在街上向小梅借了一千元的那位「新加坡酒商公司主管」。

事實上，他的真正身分是人頭集團的班長。懷中的偽冒證件以及假身分多的有如一疊撲克，放在左邊口袋的證件與放在公事包的證件，全都得視不同的對象而選擇拿出來。至今仍沒有人知道班長的真名，但他的真名也不具任何意義。

班長繼續扮演那位親切有禮貌的新加坡主管。

「哎呀，小姐。我是說到做到的人，當然得在出國之前親自來一趟感謝妳的幫忙。」

七樓在一旁聽得懵懵懂懂，小梅也不明說她和此人結緣的關係，能夠在七樓面前營造有男人緣的神祕感，對小梅來說是一種自我滿足的優越。

「後來有沒有趕回桃園的家呢？真是令人擔心。你常常在國外做生意，大概都不知道這年頭的壞人變得太多太多了，下次要小心你隨身攜帶的包包喔。對了，你用過餐了嗎？我招待你吃點東西吧……喔，我都忘記問你名字了。對了，你叫什麼名字？在哪間公司上班？」

小梅一口氣劈里啪啦的問了一大串問題，讓人不知道該先回哪一個。

「喔。這是我的名片。在下姓湯，單名一個傳……」他規規矩矩的把名片放在桌上，七樓看見了名片上註明一間洋酒經銷商公司海外經銷部經理湯傳。而小梅也沒細看名片上的職稱頭銜，只管著先跑去替他舀碗竹筍湯。

「好好好，你名片先放著，等我一下，我馬上就過來呀。」

七樓覺得好笑，心想小梅八成喜歡上這位名叫湯傳的中年西裝男子。

「湯先生，讓你見笑了。咱們店裡的小梅就是這樣，心花怒放起來就莽莽撞撞的，你別介意呀。」

「話說，巧梅小美女。我這段時間在台北忙工作，見了好些個像妳這年紀的年輕男女，感覺上，這群年輕人肯像妳這般吃苦又熱心的人很少，所以這地方的人，我覺得就兩個字——冷漠。」

美女兩個字對小梅十分受用，她的話匣子也因此大開。

「湯先生，我倒不認為呢，我們這城市人情暖意是傳到國際的。你大概只是那天不小心碰上了特別的例外。你只要多留心一點，仔細看看，其實我們住這兒的人每個都很守望相助，尤其這一區住的都是退休的文教人員，很多都加志工警察行列，偷搶拐騙那些壞事都沒人做的。」

小梅說得煞有其事，但她並不知道自己的三個老闆就是三個罪犯，而眼前貌似忠良的湯傳先生，也是詐騙集團與人頭公司的成員。

「好。認識妳之後，我相信了很多事。小梅妳也算是改變了我對這城市的觀感囉。這是該還給妳的，請妳收回。謝謝！」班長取出一個高貴皮夾，裡面裝著數來張美金與台幣千元鈔票。露白的錢財，強化他高階主管的身分地位。

小梅取回一千元的鈔票後，若有所失的看著湯先生。在這間小吃店工作的她很羨慕同年齡的女生各式各樣的戀愛經驗，而小梅認識異性的管道不外乎米店裡面消費的客人，或是隔壁賣早餐的老闆。儘管小梅花盡心思改變裙子的樣式或絲襪的顏色多吸引異性的注意，但來消費的客人的眼神也只是把重點放在菜單上。她的愛情就葬在那一號桌到十六號桌之間，難以萌芽。

班長看得出小梅是想和自己交朋友的，而七樓對他也毫無警惕。他暗忖，出手的時候到了。為了幫國嚴收拾善後，他正要實施一場可怕的計策。

班長從公事包裏取出一小盒精緻包裝的巧克力，裡面共有六顆五十元硬幣大小的酒心巧克力。造型美觀，外層鋪上些許金粉，將之襯托出昂貴的價值感。

「巧梅，這是我們公司的搭配紅酒的新產品——酒心巧克力。預計在年底前搭配薄酒萊一同推出。我們近期準備和一間知名的巧克力企業合作簽約，想請你們幫我鑑定鑑定……」

小梅一見那盒巧克力就深深地被吸引，「好漂亮唷。」

班長露出靦腆的微笑，「這盒是要送給你們的。說實話，雖然我是銷售酒的經銷商，但是我對甜食並不擅長分別好壞。我想，既然你們都是以製作小吃食品起家的，舌頭也應該對各種食物的優劣成敗有很高的敏銳度吧？我想看你們吃過之後，能給我一些意見，那麼我出國開會的時候，也比較有更創新的研究報告。」班長的笑容似乎和巧克力的味道一樣甜中帶苦，然而他沒有正確說出巧克力的內容物。事實上，這些巧克力塊全動過手腳。他利用針筒注射的方式，將氰化物注入於內部包裝的甜酒中。

班長的計畫，就是利用頃刻間就能以劇毒致死的方法，把可能妨礙他們安全的人滅口。

「可是這看起來很貴。」小梅不敢輕舉妄動，她在意的並不是貴，而是眼前的男子會不會因為她貪吃甜食而不想理她。

「妳可是幫了我大忙的恩人呢，整盒請妳吃也是應該的。」班長說出求人的話語時，散發一種真誠相待的情意，令人很難婉拒。

「那好，我就先說謝謝啦。」小梅掛著微笑，她保持著淑女的形象，輕輕地拿了一顆巧克力在手心。

「好啊。有得吃又有得幫忙，那有什麼不妥的。是現在吃嗎？」七樓的手指尖在六個巧克力上挑選著。

「請兩位等一等。我這裡總共有六顆，妳看能不能請店裡有空的員工都品嘗鑑定看看，尤其是貴店的老闆。真希望有你們寶貴的評語啊。」班長再一次拜託。他希望能夠所有人到齊再一起吃。

七樓見了他的模樣，也沒多問，直接叫喊了苔青出來。

當苔青由廚房內走到班長身旁時，班長被她的氣勢震懾。

因為阿和的緣故，苔青今晚的臉色不好看。她右手持菜刀左手抓一顆鳳梨走出廚房，遠看近看都像個屠夫。她習慣在收工後切點水果給大家吃，今晚也不例外。

班長早已從杜風口中知道苔青這個女人不可小覷的厲害，所以當苔青靠近他身旁的時候，他難免一陣心跳加速。

苔青不理會湯傳這個陌生人，酷著一張臉，一把刀俐落的削下了鳳梨皮。整齊的放在盤子上。班長見了那把菜刀，只覺得有必要再挪到另一個座位保持距離。

「對了。是這位小梅的朋友，希望我們幫他公司即將生產的巧克力評評分。」七樓對著苔青介紹。

「朋友？」苔青一對利目掃過班長，只看得班長渾身不自在，他曾聽杜風形容這名女子的威嚇力不容小覷，但親眼目睹之後更是加倍感受這份魄力。

「來路不明的東西，老娘不會亂吃！」苔青當著班長的面冷道。

「老闆，這位是洋酒經銷商的經理，也不是來路不明的就是了……」小梅對於苔青的話都是一字一字戰戰兢兢的認真回答，她最怕的人還是老闆娘。

七樓也點點頭，認同小梅的話，但他也不忤逆苔青的意思。

「看這些巧克力精緻的跟寶石一樣，也真捨不得吃。那麼湯先生要不要給別人家試試，免得放這兒也變成擱置物。」

「真是抱歉給大家帶來這麼多困擾。我總是以為，美食終究還是得憑著專業的美食嘴才鑑定得出來。本想說，你們烹調的滷肉汁那麼芬香獨特，發明這道佳餚的人肯定是飲食界的奇才。所以也才想請你們評鑑評鑑……」

這些話巴結到了苔青身上，她雖不吃奉承那一套，但聽聞有人說到她的創業廚藝，難免還是有了心動。

「恩。就是這些玩意嗎？」苔青觸摸了那巧克力，隨意取了一顆在手上。

她仍將巧克力包裝紙打開，細細地凝視著那塊赤裸的巧克力，這份精緻包裝的甜食並沒有沖散阿和帶給她的陰霾。她又放了回盒子。

班長認為苔青仍抱有疑心。於是立刻大腿一拍，假裝自己回想起某件事情，從公事包裡取出的一份統計表單。

「對了！我都差點忘了。這裡有幾張問卷表，如果你們覺得巧克力還不錯的話，請在上面的選項打勾，覺得不好吃，也請在有待加強的欄位打勾，順道填寫個人品嘗過後的心得。如果你們每個人都可以留下心得，就是幫了我最大的忙呢。在下感激不盡。」這張表單，是為了逼對方一定得試吃的輔助殺人工具。

班長謙遜有禮的姿態與氣質烙印在小梅心上難以揮去，苔青對於講究禮節的人也不太起疑。兩個人索性一人一手，取起毒巧克力準備送入嘴裡。

「等一等。不要吃！」

這一次，卻是七樓阻止了苔青和小梅。

「阿七你怎麼啦？」小梅感到錯愕與難堪。

七樓的表情猶如變了一百八十度，總是痞子模樣的他很少有如此正襟危坐的謹慎態度。小梅和苔青不得不聽從他的話。

「把巧克力放下。」七樓仔細地盯著眼前的這位湯傳先生，然後嘴上下達了命令。「小梅，妳把鐵門拉下。苔青，那把刀子給我。」

對於這突然的驟變，小梅和苔青都感到萬分詫異。七樓菜刀拿到手後的第一個動作，就是把俐落的刀鋒貼在班長的喉嚨。

小梅尖喊。「阿七你在幹什麼？這樣對我朋友很失禮耶！」

「去關門！」這一次七樓是用吼的。嚇得小梅趕緊奔到大門前拉下鐵捲門。

七樓沒有持刀的另一隻手，掏開湯傳的公事包，取出裡面的一疊巧克力評鑑問卷。

苔青冷冷的觀看七樓的一舉一動，雖說她也是一頭霧水，但是已經嗅出了不尋常的氛圍，她相信自己的丈夫對於不合理邏輯的事有著超乎常人的判斷力。

七樓從那疊問卷的最下層，抽出一張不同於問卷顏色的紙張，那是一張粉藍色的廣告宣傳單，邊緣的花樣是簡陋的製作圖案。

但是當七樓抽出那張廣告單之時，苔青已經明白一切。

那張廣告單，是七樓昨晚自行製作的易付卡販賣廣告單。

七樓一腳踩在椅子上，一手持著菜刀，將刀鋒橫橫的抵在班長的側頸與耳根。

「湯先生，請告訴我，這張廣告怎麼會在你手上？」

這五張廣告單全世界只會出現在那幢樓的五個信箱裡，孰料眼前居然就看見一張。七樓本想等對方的預購來電，豈料他要追的大魚已近在眼前。

「嘿嘿嘿，訝異的人應該是我呢。你居然會發現我的藏身處。」

班長萬萬沒想到，早上從信箱取得的廣告傳單，居然是七樓投入的誘餌，也沒料到不斷定時更換地點的他，卻被查出這一個禮拜駐留的偽造事務所辦公室。

「只能怪你太急著要取我的命。急到連殺手都派了，也幸好那個矮冬瓜辦事不力，曝光你們的落居地。你真該找個人才了。」

班長笑笑，他的聲音已經和之前謙遜卑微的態度不一樣了，成了世故的狐狸。

「你說的倒也是真的，他真的是個蠢才。如果我也有個像你一樣資質的人來幫忙，本組織今年營收或許可望突破二十億呢。」

七樓訕笑。「今天過後，你就不用再苦惱尋人手的問題了。因為我正打算一舉殲滅不良組織。」

小梅完全不能理解他們三個人何以在一瞬間變得劍拔弩張，又是何時就認識了？她看著七樓的刀子威脅的模樣，已經感受到事態的嚴重性。但是她又急於知道答案，再怎麼說，這位「湯先生」都是來這裡拜訪她的。

「你們……難道認識嗎？老闆，你們有什麼誤會的話，要不要先冷靜坐下來慢慢談開？拿著刀，會把湯先生嚇壞的。」

七樓知道小梅全不知情，但若是她再問下去的話，自己一夥人把鄭三吉宰了的事情就得揭發被她知道了。

苔青以行動來對小梅解釋一切，她將那一盒巧克力端到班長面前，冷冷說道：「挑一塊。」

班長搖頭微笑。「不好意思，你們忘了，這是請諸位朋友試吃的甜食呢。」

苔青不理會班長，她出手行動前從來沒有徵兆。她扳開班長的下顎，另一手將巧克力塞入班長的口中，她像個敏捷的摔角選手一樣以手臂環繞班長的下顎，緊緊地固定他的下巴不讓他吐出來。

「給我吞下去，不許吐！」

班長瞪大了眼掙扎，差一點噎住喉嚨。一旁的小梅也驚嚇得尖叫。

七樓也急忙叫道：「我的天呀！苔青妳能不能先住手。」

班長的力量終究大過苔青，他掙脫出苔青的手臂圈，彎著腰，試圖以咳嗽的方式將巧克力吐出。

「你……這女人……」班長凝視這名差點把自己殺死的女人，然而他卻不恨她。

苔青抽取面紙，擦拭手指上的巧克力醬，對班長的話不以為意。「我只是想要知道，假如我剛剛吃了巧克力，會變成怎樣？就勞你做試驗了。」

原來苔青給班長吃的是自家櫃子上的巧克力，而那盒毒巧克力依然放在桌上保存完整。

「如果你們都吃了，事情就會變得迎刃而解了。」班長嘆息，他今晚的計謀徹底失敗。

苔青已明白話中之意，七樓也聽出那些巧克力暗藏玄機，只怕與他猜的一樣，裡面添加了微量成分的毒素。

想到自己差一點就要因為貪吃而喪命的七樓，氣得喝道：「你們這群沒良心的傢伙有夠殘的，只為了掩飾自己的罪，就非得將我們連根拔起就是了。要是今天吃了這東西，只怕連無辜的小梅都受牽連。真是搞得我頭又痛了。」

小梅一旁噘著嘴點頭，她開始對班長這號人物反感。

「殘酷的是運氣，如果你們和我們沒有那場巧遇，我們也不用費盡心思來算計你，你也不用做這些釣魚廣告單來誘導我。你走陽關道我過獨木橋，多安逸呀！」

「在你們之中，出主意的頭頭是誰？」苔青問。

「我。」班長很乾脆的說出來，沒有任何迂迴。

七樓驚訝問道：「所以，你就是班長？」

「對。」班長點點頭，雖然處在逆境下，但他沒有一絲倉皇，而是任憑對方擺布的態度。「我這麼乾脆的表明身分，主要也是想讓你知道，我就是你們可以直接談條件的人選，不用再經過傳話。」

「我想知道，當天晚上那位被帶上山的人會有這樣的下場，是什麼緣故？」

「背叛。」

「純粹只因為背叛而已？還是他動了你們的利益？」七樓的問題直接切入核心。

「嘿嘿嘿。」班長笑開了嘴，「我是說真的，我發現，你們夫妻很適合加入。要是我們組織也能有像你這樣的思想反應敏捷聰明的成員，也不一定要殺人了。」

班長想到國嚴那個不受控制的蠢蛋，氣餒與氣憤兩種情緒衝上心頭。

「其實，我一點也不想殺了那人，完全是我管不住自己的手下。這也是我很頭痛的一件事。」

小梅聽到殺人兩個字，才發現自己聽入耳裡的恐怕是不能見光的祕密。

七樓還氣著那些巧克力的陰謀。「僅僅因為背叛就可以取人性命，你們這群人實在是要不得。把你交給警察，連同這些巧克力一併化驗，都也算是替天行道。」

班長從容回答。「你們該不會把自己幹的事給忘了吧？要不要我把你們的醜事說給這位單純的小梅姑娘聽一聽？」

「我們的醜事，今天之後就要曝光問世了。」七樓說到這裡嘆了口大氣，「你大概也不知道，我們的另外一位同伴正打算去警局供出一切。至於我們夫妻倆這對亡命鴛鴦，也打算跟隨腳步到警局自首。」

班長對這項消息並沒有感到意外，反而是咧嘴微笑。

「我知道。你說的人就是那位石先生吧？你們不用擔心，他的自首計劃失敗了。」

苔青聽及此事，臉上神情有如跑馬燈一樣，忽而喜忽而憂，然後她的容顏最後凝滯成憤怒的表情。

「你們把阿和的人怎麼了？」

「嘿嘿！他在我們專業員工照顧的地方安置，不需要擔心。」

「不許迂迴的回答！」

苔青奪過七樓手上的菜刀，刀子在空中轉半個圓圈，動作伶俐自然流暢，隨後刀子用力跺在班長攜帶過來的公事包上，將公事包的三分之一斬成兩段。

七樓咋舌瞪眼，妻子每一次行使暴行之前完全沒有預告，他感覺自己永遠是那個在後面擦屁股收拾善後的弱者。幸好這一次刀子沒有砍傷人。

苔青語帶威脅說道：「現在，我要你打電話給你的同伴，確認阿和的人是不是還安全。」

「我本來就會聯繫的。」

班長從那個開了一個洞的數十萬元的公事包裡，取出安裝著易付卡的電話撥給國嚴。

電話僅僅響了半聲就接聽了，可見國嚴雙手空閒著。

通話後，班長停了五秒鐘時間，他可以聽見國嚴鼻息貼近話筒的呼吸聲。

然後，班長只留了一句話。

「烏鴉，你把那位石先生安頓好。我們現在過去。」

國嚴沒有回話，他知道班長發生事情了。

因為「烏鴉」，這兩個字是同伴處在危險時刻的暗語。

七樓駕駛車齡超過十五年的四門舊款房車，和苔青押著班長來到臨海的山路旁。

小梅仍待在石記小吃店，不過這一回七樓並不擔心她把所有的事情宣傳出去了，因為他們已經有最壞的打算，自首投案。

他在出發前請小梅回家後不要擅自散布八卦謠言，關於今晚的一切，等他們平安回來之後會一一如實稟報給小梅知道。

他們的車子彎到了一道小徑，車頂上的路燈明亮的有如一顆小太陽，盤踞數不清的飛蟲。他們的車子也就停在這一盞燈下。

「到了。」

班長指引七樓前往目的地。雖然遭到挾持，不過班長處於險境仍從容不迫的態度反而讓七樓憂心。

「該不會是那間房子？」七樓指著前方一幢三層樓的老舊公寓，依建築外觀評斷，那棟公寓的屋齡應該和鄭三吉的年齡差不多。

「沒錯。你直接將車子開到一樓門前停車即可，我會帶你們上樓。」

「這種房屋會有人待在裡面？」

「相信我。打從我的身分被揭露到現在為止，就沒有打算騙你們任何事。」

「好。」七樓完全將籌碼下注在這個男人身上，他知道今晚要扭轉局面的話，正需要這個男人。

老公寓陰森的有如巨型鬼魅，如鬼屋的建築物下卻是停著一輛鮮明黃色的娃娃車。班長猜想國嚴恐怕沒有將小孩送走，他更氣惱國嚴蠢到不把娃娃車藏起來，而是大剌剌的停在公寓前方。

七樓仰望著爬滿青苔的樓房，很難相信這裡會有「人類」居住。苔青毫無畏懼的推開一樓大門，走上樓梯。

他們來到了三樓。

苔青取過了班長的鑰匙，打開鐵門，七樓手中的菜刀緊密抵在班長的頸子浮出的青筋上。他們三人以這樣的姿態闖進門。

屋子裡的隔間牆全被拆除一空，室內空曠一目了然，沒有半個家具，只有一盞懸吊的黃燈泡以及一張餐桌椅，阿和就被綑綁在椅子上。

「阿和！」苔青對著弟弟輕喊，屋子裡已是回音繚繞，但阿和似乎沒注意到苔青在眼前。阿和的嘴讓一塊抹布塞著，這讓他連吞嚥口水都困難許多。臉頰上可見遭毆打的瘀傷，他垂頭喪氣的模樣很難分辨是沮喪還是飢餓疲憊的緣故。

苔青眼珠子骨碌碌地轉動，看查房子裡有無其他人。「阿和，聽得到我說話嗎？是姊姊來救你了。綁你的那個傢伙呢？是上次那兩人嗎？」

「是姊姊嗎？」阿和從恍惚中回神，他眼神朦朧、目光渙散的望著前方的人影，耳裡聽到的是熟悉的苔青的聲音。

他相信，每一回遭逢困難，都是姊姊出面挽救他的。他的精神漸漸集中凝聚，他看到的模糊人影逐漸轉為清晰，苔青與七樓和班長的身影也立體起來。在這三人的後方，左右多了兩道身影。

「把刀放下。」是矮個子國嚴。他手中的槍瞄準了苔青的後腦，咧嘴冷笑。「我終於逮到妳這個凶婆娘了。」

七樓見了苔青後方的矮個子，正準備要前往幫助，然而他的後腦也多了一把槍。

「學長，好久不見哪。」說話的人是杜風。「勸你不要輕舉妄動，我可不想打死同營區的前輩呢。」

七樓大驚，已知他們夫妻遭了埋伏。

「真希望你們那一屆學弟槍法差勁一點，這樣我就安全了。」儘管如此，七樓仍不失他與生俱來的自我調侃幽默感。

「把刀子踢過來我後面。」國嚴下令，七樓只得照做。他猶然還記得這名矮個子的本性中隱隱帶有嗜血為樂的成分。

屋子的角落邊有一只圓形大鐵桶，桶內傳來不安分的呼吸聲。七樓等人自然不知道鐵桶裡坐臥著一名孩子，唯有班長先行猜中孩童應該就在桶內，他肚子裡暗自罵著國嚴擅自作主的行徑。

苔青朗聲說道：「把阿和還給我，我保證以後不會和你們有任何牽扯。」

「這件事輪不到我做主，得看我們頭頭如何決定處治方式。」杜風對著班長微笑，兩人眼神交集過後，都暗自對目前為止的行動感到滿意。

國嚴則是咧嘴狂笑，他的目光散發渴望血腥的氣息。「嘿嘿嘿，哈哈哈哈。妳這個凶女人傻了嗎？槍在我們身上，就表示你們三個人今天都不用回去。那間小吃店可以歇業休息了。」

班長伸伸懶腰，彷彿遭人挾持對他不利之處只有筋骨痠疼的問題一樣。又或者脫困這件事於他來說是早晚預料到的事，他一派輕鬆的環顧四周。

「先把他們三個集中在中間。杜風你看著他們三人，先不要動手。」

隨後，班長走向國嚴。

「那個孩子呢？在桶子裡面嗎？」

「孩子的事情不重要。現在該把這三個人一次解決才對，免得影響到我們的錢！」國嚴不喜歡班長問話的責備語調。

「我一看到娃娃車在樓下，就知道你的貪念正在阻礙事情的走向。」

「我可是為了保護那筆生意啊，你沒看到我為了這件事幹下了那麼多造孽的事。」雖然如此說著，但國嚴的嘴角卻是上揚的。

「你根本是樂在其中吧？」班長搖頭嘆息。「算了，算了。你待在這裡應該很久了吧？要不要先吃點東西？」

國嚴聽見有東西吃，樂不思蜀地笑了開嘴。

「先填飽肚子，有體力之後待會兒你要殺人，要綁架，想做什麼就盡情去做。」班長微笑，他從損壞的公事包裡取出一盒巧克力。

「恰好有個零食，你拿去擋著先吧。」

在場的苔青、七樓、班長三人都知道，那是內藏氰化物毒素的酒心巧克力。唯有阿和、國嚴以及杜風不知。

「甜的嗎？」國嚴苦著臉問。

「百分之七十的可可，包藏微甜蘭姆酒，應該挺合你的喜好。」

「可是，我不太吃甜食。先把這幾個人搞定再說吧。」國嚴拉上槍枝，作勢準備要出征戰鬥的幹架動作。

班長知道他等不及要行使暴力，他明白國嚴心底扭曲的陰暗個性，錢與暴力是他畢生最大的享受，後者甚至可能超越前者。

「甜食的好處，就是體內增加糖分，除了有充飢的效果，也有增加體力的好處。如果你等不及要享受一場血腥遊戲的快感，那麼我建議你還是補充點糖分吧。」

國嚴聽著班長的提議，搖頭晃腦的想了想。

「也對。」他一手捏起兩顆巧克力，包裝紙也沒撕掉，全部吞入嘴裡咀嚼。

杜風也走近巧克力盒旁，手指頭忍不住在上面挑選。班長卻是阻止他。「你就不能吃了，抱歉阿。」

「為什麼？」杜風滿臉疑問。

「你還得回警局吧？這是內藏蘭姆酒的巧克力。要上班的你不適合。」

「靠！一點點微量，影響不大，別擔心了。」

國嚴一旁笑著。「啐！你要上班，也可以準備回去吃你的泡麵消夜。因為我待會要大殺四方，畫面很殘忍，不想讓警察看到唷。」

國嚴興奮地竊笑，說完話後，又吞了一塊巧克力。

七樓心底又是驚訝又是期待，他心跳速度瞬間逼近一百二，他不知道該看戲一般的等著這個人中毒身亡，還是該勸他不要吃下那塊巧克力。

國嚴吞的太快了，快得別人根本來不及阻止。他的吃相表達出他的狠勁，那是他為了達成威嚇的目的。苔青與七樓卻是用憐憫的眼神望著他，他們知道這小子即將沒有明天。

國嚴走向苔青面前，咧嘴露出詭譎的笑容。

「我一直在想，該先殺了誰才好。其實我根本不用猶豫嘛。他媽的，那天在山上我最想幹掉的就是妳了。」他的槍管戳著苔青的臉頰。

「老娘我得罪過你嗎？」苔青這回一反平常冷酷的眼神，倒是關切地望著他。

「妳那天在山上的樣子跩的很哪。」

國嚴當晚認為自己的壓迫性全被苔青蓋過，這是他不能服輸的一件事。但是苔青依然關心地問著。

「我並沒有對你怎麼樣呀。倒是我想問你一下，有沒有覺得反胃還是哪裡不舒服？」

「我哪裡舒不舒服干妳屁事？」國嚴納悶地回道。

這次輪到七樓關心起來。「你剛剛空腹吃了甜食，我們在猜，腸胃或許會絞痛吧？」

苔青用力的點頭，持續好奇的觀察國嚴身體狀況，他們兩人從上至下的打量國嚴，把他瞧的發毛。

「死到臨頭，你們還想跟我玩花樣嗎？」國嚴對著天花板開槍，乾硬的混凝土碎塊在他們頭頂上散開成一團灰。突然的這麼一槍，也驚嚇了杜風和班長，以及藏在鐵桶內的小孩童。

「也對，也對。真是死到臨頭了。」七樓感嘆搖頭，他的態度讓國嚴怒不可遏。

國嚴再一次高舉手槍，他打算先製造一個血腥驚悚場面，才能讓這對夫妻不再看輕自己。他思考著該從何處下手，但是腰卻挺不直了。

他突發性的呼吸加快，心跳的速度有如跑了五千公尺之後的快速跳動。胃部也開始異常絞痛，食道與肺部都有著不尋常的收縮影響著呼吸，彷彿吸不到空氣似的鼻孔拚命吸氣。

知情的人明白他的毒性開始發作。國嚴跪倒在地上嘔吐，額頭貼在地面，嘔吐物依然不斷地流出，就連鼻孔都冒著白色液體。

「幹……我他媽的……是中毒了嗎？」

七樓和苔青相覷一陣，然後對著國嚴點頭。

國嚴再吐了一坨液體，混雜著一絲絲血液。他連眼淚鼻水都流下來。

杜風緊急前來勘查，他看了看口吐白沫的國嚴，又回頭望著那盒巧克力。心上以有七八成的答案，他望向班長，已然明白剛才勸他不要吃巧克力的真正原因。

國嚴氣若游絲的囁嚅。「你……你怎麼下毒的……」

「我們其實沒有對你下毒，有毒的是你剛剛吃的巧克力。」

七樓真心的認為，面對一個即將過世的人，理當要誠實的告知一切，這是生而為人類彼此應尊敬的態度。不過國嚴還沒有聽完七樓所說的話，他眼外的世界已經化為一片黑暗。

他的身體抽搐了好一陣，終於動也不動的死去，留下一張猙獰的面孔。這是七樓短時間內看到的第三個死人，凶殺案有如傳染病一樣占領他的生活。

班長拾起國嚴手上的槍，對著七樓說道：「你們可以起來了。」他與七樓露出早有默契的臉色。

杜風問：「這究竟怎麼回事？」

班長走到了中央，觀察國嚴的眼睛，他知道那對眸子已經再也看不見任何東西了。

「很簡單，我選擇和這三個人合作。」

「什麼意思？」杜風把槍高舉，槍頭這一回瞄準班長。「難道你要背叛我們？」

「如果我要背叛你，剛才讓你也吞了巧克力不就好了？」班長笑了笑，走向被綑綁的阿和身旁，解開繩索。

「杜風，你也知道組織裡最會製造問題的麻煩人物就是國嚴，他喜愛享受暴力脅迫他人生命的遊戲。但我們是為了談生意賺錢的商人，不做無謂於生意的事。但國嚴始終無法做到，所以我必須是將眼中釘除去，才有了這個一舉兩得的方法。就是和他們石記小吃店老闆三人合作了。」

杜風回道：「要殺了國嚴，也不一定得靠他們幫忙吧？這種事我們也可以搞定阿。」

「還記得我說過的嗎？每一條生命的逝去，都必須有他的價值。」班長意有所指的凝視國嚴屍體。

「難道……」杜風陷入思考，「你打算把所有的事情都冠在國嚴身上嗎？」

班長點頭。他的手指抵住嘴唇，示意杜風講話的聲音小一點。

「別讓小孩聽見了。嚴格說來，是冠在乙上和國嚴身上。」班長低聲續道。「杜風、七樓，現在我要你們成為破除一場綁架案的英雄。首先，這一盒內藏毒素的巧克力是由這棟房子的所有權人乙上提供的，本來是為了毒死肉票，卻被呂國嚴綁匪誤食而身亡。然後七樓見了綁匪死亡後，立即打電話報警自首，找來了杜風刑警來解決這件事。」

「所以，今天下毒的殺了國嚴的人是乙上？」杜風瞪亮了眼睛，不可置信。

「是的。就連這位徐七樓先生他們殺的鄭三吉，也要推給乙上和國嚴。然後宣布乙上已經潛逃出境，抓不到人。如此一來，杜風你等於破了校車司機綁架事件，也揪出一場因為賭博債務糾紛延伸出的案外案……」

「案外案？」杜風滿面狐疑。

「就是指佳城和鄭三吉兩人失蹤的案件，他們都是國嚴和乙上因為債務糾紛而殺人滅口埋在山上的。我們假造事實的真相，由你來破獲這第二樁案件。」

杜風與阿和聽到這裡，已經料中了計畫偷天換日的重點了。阿和雖然意識渙散，但卻認為班長這個看似斯文的人，比躺在地上的國嚴還冷血無情。

接著輪到七樓開始低聲地說明。

「其實剛剛在來的路上，這位班長就提出了合作的提議。關於這個死矮子殺人的理由，是因為他是職棒簽賭的組頭，哪知這一屆因為總冠軍落在桃園而大筆虧損，憤而把前來討錢的佳城先生以及鄭三吉殺了。」

杜風聽著這些編出來的劇情，思忖著還有沒有不合邏輯的漏洞。

「這個計畫看似完整，可是你們可能他媽的還搞不清楚狀況。白組長這號人物，雖然沒有公開調查計畫，但他應該懷疑你們三個人，早晚會針對你們的手機序號進一步調查。另外依他的作業模式，只怕早已調閱過監視器，查出鄭三吉最後可能出入的地點就是在你們家附近。」杜風說道。

阿和也附和著說出意見。「難怪白組長會這麼注意我們家，我也認為白組長應該不會相信，況且我們三個人今晚會出現在這裡的理由也很難說服白組長阿。」

「一點也不會，而且合情合理。」七樓依然掛著笑臉，再次把他的麻將理論講述出來。「打出海底的牌，只要沒人喊胡，我們就還有反敗為勝的機會。面對白組長，只要說明今晚我們都是被矮子脅迫過來加入綁架小孩的受害者，你現在的傷勢就是身為受害者最好的證明。我們就說，死矮子那個組頭要脅我們不能把這件事說出去，因為三吉那老頭把我們欠的債轉移到死矮子身上。所以為了還錢，我們三人也就幫他瞞到底了。就連幫忙挖掘屍坑也是受到臭矮子這個變態的脅迫才做的，所以我們當初也是不得已必須對白組長說謊以求自保。」

「這些理由會不會太牽強呀？」阿和問。

「值得一試，總比你姊姊犯下殺人罪入獄更好。」七樓回道。

此刻阿和明白，國嚴的死對他們的意義與建設性有多麼重大。

「你先拿著。」班長把那一整盒毒巧克力交放在杜風的手上。杜風一見這盒造型瑰麗的惡魔甜食，竟是有些毛骨悚然。

「記得在你的報告上說明，那個匪徒是徐七樓先生他們暗中調換毒巧克力才順利讓綁匪斃命。而他們之所以這麼做，也是不得已的情況下為了幫自己脫困，不再受到綁匪的威脅。」

說完，班長轉身對著七樓說道：「至於徐先生，你們就在這裡讓杜風逮捕吧。我還記得你說過，你們三人已經有了自首的準備了。現在我們安排的情節，可以讓你們罪刑降到最低，甚至可以有機會無罪安然躲過司法制裁。只要你們記得，殺人罪都是呂國嚴，藏巧克力毒則是乙上所為，你們都是被脅迫的。」

「放心，你幫我做了一手好牌，沒有胡個大四喜也會胡一把大三元。」七樓微笑。如此一來，苔青就無須承擔最重的殺人罪，而是交給替死鬼呂國嚴了。

苔青見著他們替自己脫罪的計策，她沒有表達任何意見，也沒有選擇的餘地。對於一個可以輕易殺死部屬的班長，她掛心著後續有看不見的陰謀。

他們五人的後方，傳來了孩童嚎哭的聲音。他似乎已經到了恐懼的臨界點。

班長拍拍杜風的肩膀。

「該是你表現的時候了，去救那名孩子，然後成為他的救世主吧。」

「明白。」杜風點頭。

班長站起身子整理衣裳，他要趕緊離開這幢屋子為明天的交屋做準備。

「大家都清楚了嗎？我們三組人馬兵分三路，各自把各自的任務盡善盡美做到最好，所有人都可以是無罪的完人。」

班長伸出右手之後，另外四隻手掌也逐一疊在上面。

天時地利人和的巧遇，讓他們五個人在這一刻成為合作夥伴。

三

當初審判決出爐的那天來到，已經由秋季轉換到冬季。

一開始兩樁殺人案件讓他們以受害者兼加害者的身分接受調查中，雖然參與了犯罪活動，但他們仍是值得同情的人。所有的罪都落在失蹤的乙上與死亡的國嚴身上。肇事者已經無法反駁罪狀，活著的人則是以謊言兌換生存權利。

也因為國嚴綁架小孩的事件是幼兒園老師目睹的事實，以及他多項不良紀錄再再證明了此人絕非善類。乙上本身就是警方長期追蹤的詐騙集團人物，涉及債務糾紛的謀殺事件也不至於讓人起疑。

於是七樓、苔青以及阿和等三人，因無明確證據證實為殺人共犯，各以三十萬元交保候傳，限制出境。以這場挑戰法律的戰役來看結果，他們是擊出一支滿壘安打高分領先對手的競賽團隊。自首的三人無須坐牢。

這一樁新聞在社會版上引起一小段軒波，卻也沒有讓他們的石記小吃店生意變壞，反而比過去更旺。支持他們的人一片叫好，撻伐者繼續抗議提告。

遭綁架的孩童父母甚至親自來感謝七樓與杜風，感激不盡的緊握他們的手。

至於班長與杜風，兩人在外的詐欺罪也因為身分證件全是偽造，警方難以從受害者身上查到線索，該棟房屋假買賣真貸款的詐騙案讓買主高先生損失五千八百萬的金額，他的女伴離開高先生和另一位乾爹出國避人耳目。

一樁又一樁的新聞在報紙版面上一格一格的刊登不同人生的際遇。七樓翻著報紙，對於這世界新聞的真實性感到好笑。

「精彩！又有名人在旅館被抓包了。我打賭，這傢伙說的肯定是假話。哈哈哈！」七樓看著報紙大笑。曾走過這麼一遭的過來人，對於任何事都少了一分信任。

苔青也不理睬他的獨見，只管清潔店內廚房油膩的污漬。這是她願意以生命守護的空間，每一個器具都細心呵護。

小梅喊了下班回家，她前一腳才出門，後一腳則是有個男子踏進了門。

七樓與阿和一見到這名男子，立即就知道此人是誰。

白可成組長。

這不是他們想見到的人。七樓、阿和突然緊張起來，因為店門外警車的紅色警示燈閃亮把整條街都照亮，藍與紅的警示燈乍現於他們眼前，好不刺眼。

「白組長？這麼晚了，怎這麼大陣仗過來？」七樓一見白組長，強裝沒事般的笑嘻嘻問著，事實上他的雙腳微微顫抖，就像擔憂虧心事快被揪出來的大孩子一樣。

阿和抖得更厲害，索性就坐在椅子上不站起身了。唯獨苔青一人穩當當的繼續打掃店家內部。她心底浮現不安的揣測，門外一大群警車，這等規模恐怕不只是談談話那麼簡單。

她閃過一道思緒。今晚，可能是她最後一回清理店面的牆壁、鍋筒。她像似呵護著自家孩子一樣的細細擦拭著，一臉疼惜。

走進店裡的只有白組長一人，其他警員全部在外等候待命。白組長一如過去慣有的笑臉對著七樓打招呼。「可以和徐先生與石小姐談話嗎？」

「那麼，我先去後面做事。姊姊、阿七，你們和白組長聊一聊吧。」阿和逃命似的接過苔青手中的抹布。

「好。沒關係，你去吧。」七樓給了一個讓阿和放心的笑臉。但是他本身卻是不安定的心觸動著煩躁的情緒。「什麼大事讓白組長這麼晚還趕來？」

「呵呵，是這樣子的。我們針對鄭三吉的死因，查出了不少疑點。所以想要再請兩位關鍵人物回局裡配合調查。」

七樓望著門外的大批警員，只怕這一次有去無回。

「直接在這裡告訴我們不行嗎？」

「可以，但我怕會傷了你們之間的和氣。」白組長笑瞇了眼，但他彷彿只有皮肉在笑而已。

「經過解剖驗屍之後，有很多疑點需要再重新釐清，所以我趕緊來找兩位協助調查。」白組長說話語調平緩，但字字句句卻著實給了七樓很大壓力。
「好的，你簡單說吧。我們一定會配合。」
「聽你這麼說我就放心了。徐先生，你知道嗎？打從配合你的證詞，找到了黃佳城以及鄭三吉的遺體之後，我們就開始對兩人的遺體做一番檢驗查證。黃佳城的遺體並沒有太多問題，他的確是頭部遭到重擊而致命。但是，呂國嚴和乙上並非一起行動，事實上他還有幫手。這件事你保留了，沒有告知我們，是嗎？」
七樓陪笑般的搖頭。「怎麼可能呀，我們最氣的就是姓呂的那矮子了。況且我不是全部和杜風長官說得明白徹底了。」
五十來歲的白組長故意露出淘氣的嘴臉。「喔，不。杜風長官已經因為涉嫌詐欺事件，已遭我們檢調單位查緝。可惜，由於杜風是我們自己人，他提早聽到消息畏罪潛逃了。換句話說，由他盤詰的案件，我們都有重新再審的必要性。」
聽到這裡，七樓和苔清心想這次大大的不妙。
「這……這位杜警官做了什麼壞事？」
「好的，我願意把不應該公開的偵查過程告知給你聽聽。事實上，乙上應該是一個虛構人物，並沒有這個人存在，他真正身分是人頭集團的班長，真實姓名我們仍不得而知。至於乙上這個名稱，是班長在偽造證件時對外的稱號。」
「所以，這位乙上和班長，其實是同一人？」
七樓感到吃驚，因為他知道杜風分贓的款項，有一部分是流到乙上的帳戶，殊不知杜風原來被班長重重擺了一道。

「你也認識班長嗎？」白組長意有所指的問著。
「不……第一次聽到呢。」七樓搔著後腦杓，企圖以抓癢的舉動掩飾他的倉皇。
苔青看著七樓即將被揭穿馬腳的模樣，她輕閉眼不忍目睹。
「在班長遺留的電話紀錄中，發覺杜風警官和呂國嚴都曾經與他有聯繫。所以合理的懷疑，杜風與呂國嚴這幾人，曾經涉及班長的詐騙計謀。」
七樓持續地裝傻。「原來，那位杜警官做過詐欺的壞事呀。想不到警察裡面也有壞蛋呢。」
白組長意有所指的望著七樓笑道：「一個真正的惡徒不一定是我們所期待的那副壞模樣，反而常常會以正義使者的角度包裝他的罪行呢。」
「白組長厲害，我們算是長知識了。想來那位杜警官肯定削了不少錢，真是沒有良心。」
「他雖然捨棄了警察的尊嚴，選擇當了詐欺犯，但杜警官實際上根本沒得到他所想要的報酬。因為那名班長騙了他，他告知杜警官的帳戶遭到檢舉可能將被凍結帳戶，於是把原本要撥入他帳戶的一千四百多萬都轉移到班長的人頭帳戶。這是很老派的詐騙法，沒想到意氣風發的杜風會上當。接著，乙上與班長雙雙都消失。杜風背上了詐欺罪，卻一毛錢也沒拿到，身無分文的逃走了，也算是比坐牢還可憐。」
聽完杜風的慘況，七樓有如魂魄游離一樣，思緒飄到了遙遠的星子。白組長的聲音再把他的專注力拉回石記小吃店。
「不管是班長還是杜風，這幾個人都是我們首要緝捕的重要對象。至於和徐先生徐太太有關聯的問題，是鄭三吉……」白組長把話說到這裡停下來，他觀察七樓與苔青的眼神反應。七樓也的確因為壓力逼得太緊，頭痛的想要吃止痛藥。

「三吉叔的死因難道不對嗎？會不會是我當初的記憶模糊了呢。」七樓想幫自己找台階下。

「嗯。在我們解剖鄭三吉屍體之後，發現了與你當初告知的真相是有一些落差。」

「喔？發現了什麼嗎？」七樓強笑著。

「是這樣子的。我們發覺，鄭三吉的頸子雖然有遭勒斃的痕跡，但那恐怕不是他真正的死因，因為勒死的人大多是腦死，而鄭三吉真正的死因來自他的心臟與橫膈膜肌肉組織損壞扭曲現象都不似遭勒死的狀態，我們懷疑他的神經系統在死亡前受損，胃裡吃過的食物也有特別的化學成分。」

七樓越聽下去，越覺得自己即將聽見自己從不知道的恐怖祕密。

「這代表什麼意思？我們生意人對這些不專業，你可以講明白一點嗎？」

只見白組長滔滔不絕的敘述解剖之後的結論。

「好的。我們認為，鄭三吉先生真正的死亡原因，是食物中毒。因為這部分與你當初的證詞有出入，所以我想在與你研究調查一次。鄭三吉先生在遭到繩索勒斃之前，是否有吃過什麼樣有膠囊包裝的藥物嗎？」

七樓無法答腔，因為苔青才是能夠解答的人。

白組長看出蹊蹺，他的心底已經有譜。「對不起，兩位，我個人的看法是……鄭三吉的死亡方式，並不是呂國嚴的手法，而是有人在呂國嚴下手之前，就先行下毒謀害。或者，鄭三吉根本不是呂國嚴殺的，而是……」

白組長站起身子凝望著兩人，他有如一隻鎖定獵物的貓頭鷹。

「而是……你們在座的兩人之中，其中一個人下毒謀殺的。不知道這個猜測與事實符不符合呢？」

白組長詐笑，貓頭鷹的爪子已經嵌入他們夫妻的背部，獵物擒抓已成功一半。

七樓和苔青不回話，因為七樓已經明白了一件攸關自己生死的大事。

他聽到白組長剖析鄭三吉死因的當下，已經知道苔青有一樁十分重大的祕密沒有坦承告訴他。

苔青的眼神也與他對視，兩人彷彿在進行一段心理上的溝通。

突然之間，七樓終於想通了所有的事情。他心底一直對苔青殺害鄭三吉的理由感到不合邏輯之處，如今這團謎已經解開了。

但七樓也在瞬間毛骨悚然，手臂爬起了雞皮疙瘩。

他回想起鄭三吉在這裡的當晚，吃下肚子裡的都是他們三個人同時吃的消夜佳餚和啤酒。如果那些菜餚有毒的話，那麼他和苔青應該也中毒死亡了。

當時唯獨有一樣東西是苔青沒吃，只有鄭三吉與七樓先後都吃過的物品……。

止痛藥普拿疼。

那一晚，鄭三吉在死前因為牙齦發疼的緣故和七樓要了止痛藥，七樓將自己常服用的普拿疼給了鄭三吉。

原來藏有毒素的藥物就在自己的那盒普拿疼藥盒內。

而那盒藥本來不是要給鄭三吉吃的，是苔青要讓七樓吃下去的。鄭三吉的確不是被勒死，而是因為吃了苔青暗藏在毒素的頭痛藥。

苔青冷冷地望著七樓的臉，她已經看出七樓猜中了一切。

苔青之所以要抽出繩索勒死鄭三吉，全是因為她不能讓七樓發現鄭三吉是吃了他的普拿疼而中毒身亡。

苔青根本沒有要殺死鄭三吉，全都怪鄭三吉陰錯陽差成了七樓的替死鬼，後續才引發一連串的風波。

白組長觀看著他們兩人的反應，對於這對陷入沉默的夫妻充滿好奇。

「你們有人可以解釋嗎？」白組長露出即將取得最終勝利的微笑。

「白組長……你可以給我們夫妻五分鐘時間嗎？我有一點心裡話想對我老婆說。」七樓壓抑著波濤洶湧的情緒，兩眼盯著苔青。

「你們想到什麼就記得告訴我吧。現在外界都稱呼你們是地下正義英雄，相信你們願意全力配合我們警方吧。呵呵呵。」

白組長走到了店門外，示意守候的警員再稍稍等一會。他知道這一次，這對夫妻可能不會再有緩刑的機會了。

七樓和苔青分坐於桌子兩旁，各據一張椅子。

他們默默看著對方，雖然不說一句話，但是心理卻是千言萬語在翻滾攪騰。

七樓率先打破沉默。

「妳想殺我？是嗎？」

苔青靜默了半晌，隨後很乾脆的回答。

「是。」

七樓彷彿忘了該怎麼呼吸。

「我不懂，這是為什麼？」

苔青閉著眼，她的臉色是稀少能在她臉上發現的愁緒表情。

「你還記得，那天坐在這裡的班長，對你說過的話嗎？」
「哪一句話？」
「背叛。」
苔青說起那一晚，七樓與班長的對話內容——
七樓問：「我想知道，當天晚上那位被帶上山的人會有這樣的下場，是什麼緣故？」
班長：「背叛。」
當晚在場的苔青，深深地認同班長的行徑。
「你的背叛，就是我的愛情崩解的肇因。所以我也不能容忍你完整。」
她之所以要殺了七樓，全是因為七樓背叛了她在外面與舊情人曼寧私通。她早已經知道曼寧的事情，卻保持沉默不露半點殺意。
七樓明白了所有的一切，原來是自己的風流債造成的後果。
苔青曾經在童年遭過鄭三吉性侵害，她對於男女的性與愛原本是排斥的，但也因為七樓當初的追求而願意忘掉不快樂的過往。殊不知她打算全心全意的去守護七樓，卻是目睹了他的背叛。
苔青娓娓道出所有事情的真相。
七樓雙肘支著桌子，雙掌端著頭痛欲裂的腦袋。續問：「你想給我吃的那盒藥成分是什麼？」
「河豚內臟抽取的毒素。」
「原來如此，沒想到妳這麼恨我。」突然，七樓誠摯的道歉起來。
「老婆，對不起。」
他想著。如果早一點說出這三個字，今天的一切也不會這麼複雜了。

冷冽的寒流襲入台北街頭。

一群熱心救濟遊民的愛心人士們，煮了一鍋熱騰騰的花生湯圓，免費供應給現場無家可歸的遊民們。

「黃先生，這是你的喔。」愛心媽媽舀起一碗，交給前來領取的遊民黃先生。

黃先生端著熱湯走到了廟宇內靠近廁所的階梯前坐著，這碗熱湯可以提供一整晚禦寒的熱能。以及久未飽餐一頓過的腸胃。

在黃先生淪為遊民之前，有一個屬於他真正身分的名字。杜風。

杜風逃亡之後，拿著班長給他的假身分證件黃耀明來度過下半輩子。這張證件是當時偽冒屋主身分而請乙上製作的。但如今讓杜風氣到不行的是乙上居然和班長就是同一人，他們贓款的分配法打從一開始就完全不公平。

杜風如今一分文都拿不到，還得淪落街頭流浪。

如果可以再見到班長一面，他不知道自己究竟會拿起磚塊猛敲他的腦袋復仇，還是會跪在地上請他把一千四百萬的錢還來。

對於人頭集團的詐騙首領，杜風又氣又恨，又不得不讚賞他的黑暗智慧。

杜風反推思考過去種種，他懷疑班長是刻意讓國嚴殺了佳城，這有益於他獨攬全部金額的計畫。甚至更懷疑班長當初推薦國嚴到幼兒園上班的目的，是為了誘使國嚴犯罪，然後才有藉口除掉他。

至於自己可以活到最後，只因為自己當初假扮的是屋主的身分，班長也能順加利用杜風身為刑警的優勢將徐七樓等人的問題一併解決。
最後更讓他嘔的是，他依著計劃行事，當交屋尾款入帳後，立即把舊手機拆卸丟入河水中。豈料新手機的易付卡門號居然是警察鎖定追蹤的舊號碼，一撥打出去之後，立即露餡遭警方通緝。
班長故意發明「烏鴉」這個暗語的用意，未必真的是為了拯救遇難的同伴。恐怕是藉此暗語招集所有布局好的棋子一同到現場的方式罷了。
這一連串的計策都是班長早早埋下的伏筆。
杜風被如此設計後卻連班長真正的名字都不知道，這是他感到最失敗之處。
為了避免遭警察驅離，杜風走到了觀光客較少的街道，蹲踞在天橋下的四十五度角空間內度過夜晚。
在他懵懵懂懂即將入睡之際，有個人敲了敲他的肩膀。
以親切且充滿誘惑力的口吻對他說話。
「小哥，有沒有想要賺錢的打算？」
「賺什麼錢？別再害我了。」杜風愛理不理的斜眼看了那人一眼，他這輩子就是因為這個原因而淪落於此天橋下。
「怎麼是害你？我在幫你耶。如果你身上還有身分證件的話，我想請小哥你幫我開一個戶頭。我用這張一千元買下你的帳戶，如何？」
千元的鈔票在那人的手上有如旗幟般搖晃，杜風的眼珠子離不開這張鈔票上的圖樣。
他知道，這個人又是另外一個班長。
是另一隻烏鴉。

吳孟寰

• 作者簡介

吳孟寰，男，一九七四年生，台北社子島。經歷證券營業員、房地產銷售、代書事務所專員……等等金融產品相關職業。年過三十，才踏入業餘文字創作領域。曾以筆名Doki Doki出版過輕小說、玩媒體網路專欄作家、及三立都會台華劇企劃創作。

• 得獎感言

〈烏鴉〉這篇故事的構想，源自於一段詩句——

烏鴉希望全世界都是黑的，貓頭鷹則但願全世界都是白的。

——威廉．布雷克（William Blake，英國詩人）

一段舊詩，在我的腦海裡激盪碰撞，一則故事的雛型因此蠢蠢欲動地誕生。於是就這樣子創作出〈烏鴉〉。

感謝明基友達基金會諸位評審給予的肯定。這份得獎的喜悅，在我生命的里程碑上刻下一痕註記。但比起這份殊榮，我更希望閱讀過的讀者，能夠喜歡這部作品的人物角色。因為，這才是每個作者完成作品後最渴望的心願。

評審的話

◆小野

這篇小說充滿了電影所需要的元素，突顯荒謬的人物性格、高潮起伏的情節和節奏、飽滿的情緒和張力，更重要的是對犯罪者內心的描述。犯罪使人成長，幸福使人怯步，把故事放在一個現在的台灣社會，以黑色喜劇的手法讓悲傷不再那麼沉滯濃厚。這是難得一見能快速執行成為電影作品的電影小說。

◆周芬伶

兩樁殺人案，挖坑相互曝光，引來重重殺機，有點搞笑的黑色喜劇，雖然建立在過多巧合，然人物生動，就算配角也形象鮮明，對話也有趣，雖匠氣過重，但不失為拍片好題材，能引人興致的巧構劇。

◆陳玉慧

天下烏鴉或許一般黑，但總有一隻更黑。在縝密的敘事結構中，讀者無法判斷究竟誰是凶手，何者罪行更大？就像希臘神話中奧德修斯要通過兩種海怪（Scylla and Charybdis），才能通過海峽，逃過一劫。作品呈現人性的不確定，小說的主旨乃在言明，人往往最後並不是在善惡之中做選擇，而是必須在兩個邪惡中做決定，而對深溺感情的人，天底下還有什麼罪愆比情感背叛更罪不可逭？作者以流利的文字推進情節的鋪陳，表現一種犯罪小說的寫法，同時又有黑色喜劇效果。

◆**鄭 芬 芬**

敘事清晰，人物性格明顯，在文本上是今年參與電影小説獎的比賽作品中難得創意性與成熟度兼具的佳作，而且掌握台灣小人物的在地氣味，劇情設計縝密具巧思，揉和人性中的黑暗與荒謬趣味，但仍不忘發揮人性的良善面，可惜黑色有餘，幽默卻不足，若能再強化情境與台詞的滑稽突梯，在未來是可預期被改編成執行度與受觀眾好感度都極高的電影劇本，影像化後的成果也會令人期待。

◆**蔡 國 榮**

兩具屍體，五個各懷鬼胎的行凶關係人，為了自身利害關係，不斷的分分合合，不斷的相互出賣；祕密中包裹著另一個祕密，一再的解謎，其實是爬梳人情，解析人性。推近了看，自有危及身家性命的緊迫感，抽遠了看，又是那般的荒謬與滑稽，確是相當工整的黑色喜劇。

◆**駱 以 軍**

非常會説故事，深諳「仲夏夜之夢」這種所有人都亂套，譬如「偷拐搶騙」這樣編織錯置的喜劇結構。從兩組人馬各自夜裡埋屍體的錯亂開始，將台灣底層社會各種人物類型、腔調，兜轉在設計的連環套、案外案裡。這個連環套的互相運動，齒輪相銜，不斷長出人心驚奇的祕密，算是「劇本意識」極強的高手之作。

佳作／

有名碑

李振豪

一、一日之一

清晨五點剛過，雲林告訴自己：醒了。

又醒了。

說是醒，也不過眼睛睜開而已，其實身體仍軟弱，思緒如水泥，整個人彷彿泡在福馬林裡面，維持著不爛而已。

日光微微亮起，雲林起身拉開窗簾，推開窗戶，探頭看出去。天邊幾道淡淡刷過水似的藍，正費力要掙脫黑夜透出來，但隨即又被雲層遮去。空氣清新，彷彿世界的萬事萬物都獲得充分休息，可以承受新的廢氣和噪音。

雲林忽然想起小時候學過的一首兒歌是這樣唱的：「公雞啼，小鳥叫，太陽出來了。太陽當空照，對我微微笑。」當然，太陽是從來沒對誰微笑過的，就好像玻璃鞋這種東西基本上是不合理的，除非你想要穿得兩隻腳掌浸在血裡。童話、童謠都是假的，人長大要面對的第一個現實，就是很多事都是假的，灰姑娘並不存在。現在的城市，除了麻雀不知哪來的氣力總能不斷叫著，早也是已經沒有擾人清夢的公雞。就算有好了，也沒有清夢了。雲林想不起來最近作過什麼樣的夢。

不是沒作夢，只是，想不起來了。

活著本身就是一場看不見終點的噩夢。

說起來也真怪，多久以前的事了，竟然現在還記得。雲林想著那首兒歌。都多久沒唱了，但旋律、歌詞，卻完完整整地記著沒忘，像不散的陰魂。

麻雀吱吱喳喳，接下來一整天，都不會停。

雲林確實這樣待在房裡從天亮到天黑專心地聽過。那樣精力旺盛而自顧自活著的麻雀讓她佩服不已。要是人也可以這樣就好了。

雲林想要深呼吸，那會是一個讓自己看來像電影女主角重獲勇氣，往新的一天出發的動作。但才光這麼想，已經覺得乏力。這樣的日子，有什麼好拍成電影的呢？這樣的人生，誰會願意花時間看呢？更不用說哪個沒出息的人，會願意來飾演這樣的一個角色了。

雲林關上窗戶，拉起窗簾，重新躺回床上，拉好那一大床當初跟著嫁過來的棉被，睜眼看著天花板，開始聽見鬼的聲音。

麻雀的聲音逐漸被掩去。

劉家各個房間裡積了整晚不散的涼氣和心事，這時也開始從地面四處找縫隙，小鬼般瀰漫出去。

二、最快樂的一天

哪一天，是我最快樂的一天？這問題實在好難回答，畢竟我才十九歲。雖然偶爾也有老了的感覺，尤其在路上看見高中女生穿著制服拿著食物，邊走邊笑邊吃，都忍不住惆悵起來，覺得最好的時光已經過去了。

啊！青春！我的青春小鳥一去不回來。

離題了。我最快樂的一天，是嗎？嗯。我是不想讓范威信太得意啦，不然我很可能說活到現在，最快樂的一天是和他正式開始交往的那一天。雖然我不是很確定，我們到底哪天算正式在一起。以一把三十公分長的尺為準的話，把標準放到最寬的三十公分來說，很可能就是他向全班同學宣告：「我要追李芬芬！」的那天。唉，誰都不知道那時候我有多氣，開學才一個禮拜，我都還不確定自己是不是真的算恢復單身了，班上同學竟然已經因為他的公開放話，把我們視為班對。

好吧，我承認，這標準是有點太寬了。

要不，讓我把標準再縮小一點，縮到他認真向我告白的那一天吧！那時我正要和室友去吃飯，他打電話來，說有很重要的事要找我。我說：「有什麼事，電話裡說一說就好了吧。」室友小萍在一旁悄悄話：「范威信嗎？」我點頭，大家開始憋笑。

「就一定要當面說啦。」范說。忽然電話傳出他室友在那頭起鬨的聲音：「李芬芬！他說一定要當面說啦！」我來不及掩住手機。

「你不會又要告白了吧！范威信！」小萍也喊回去。我揮手叫她們不要鬧了。「你到底要幹嘛啦！」我小聲的說。

「反正妳出來啦。」范威信說：「我在妳宿舍樓下了。」

你等我一下，最後我這麼說。然後我就真的下樓，還和他一起去逛了夜市。夜市是一個很可怕的地方。別人我是不知道，但那通明的燈泡、擁擠的人群、身體的熱氣、食物的香氣，混雜在一起總讓我興起性的慾望。

我這樣算不算有點不正常？

那天，范威信很正式地跟我說，我知道妳有男朋友，但，如果可以，是不是也能考慮一下我？我不置可否，說：「你帶我來逛夜市就為了說這個？你知道我很餓了嗎？快餓死了。」他帶我去吃夜市牛排，請我喝金桔檸檬。我說我不加糖，怕胖，他說不加糖會太酸，說我一點都不胖，硬是叫老闆給我半糖。

我急忙說：「啊！老闆，那是我要喝的，我不要糖！」

老闆笑笑說：「你們誰付錢，我就聽誰的啊。」

范威信馬上遞出銅板。

那天，我還是沒答應他。但我想，如果標準縮小到十五公分，我們約莫已經算在一起了。一個女孩子被告白後，還大大方方讓人請喝飲料，被視為接受了告白、交往的要求，實在也怪不得別人吧？

他載我回宿舍時，說：「妳不用現在回答我，但我是認真的。」我聽了覺得很好笑，一個剛成年的男生，最好知道什麼叫認真。

無論如何，我們最後還是在一起了。如果把標準縮小到……三公分，我們情侶關係正式成立的那天，應該是他跟我說他家人都出國了，要不要一起去逛夜市（他好像就只有這麼一招了？）然後去他家「看看」的那天。他在客廳找拖鞋讓我穿，我穿上後，他就突然親了我。當下我想，我的天，這是什麼灰姑娘的情節嗎？午夜十二點過後，我卸了妝，當天晚上，我就在他家過夜了。

我想，即使我還沒跟阿清分手，這樣應該也算是和范威信正式在一起了。我畢竟不是隨便的女生。

好啦！至少我不想再是了。

所以說最快樂的一天，依尺的公分數有所不同。但誠如我一開始所說的，我並不想讓范威信太得意。我寧可把最快樂的一天，定在爸媽買鋼琴給我的那天。是的，我從小學鋼琴，雖然彈得不怎麼樣，且一聽到古典樂就想睡，但那架鋼琴仍是我的寶貝。就算當時我才國一，也很清楚，這樣昂貴的生日禮物未免也太超過了點。所以儘管它並沒有讓我彈琴彈得更勤快，也沒有改變我認為古典樂等於催眠曲的想法，但獲得超乎自己以為可能擁有的事物，總不免令人欣喜若狂。

將來，當我有了自己的孩子，我一定要親自教他們彈鋼琴，那一定會是我這輩子最快樂的一天，就算在那個畫面裡，孩子爸爸的臉孔目前還有點模糊，也無所謂。

只是在那之前，我最好還是時不時練一下琴，維持一下手感，不然到時候彈得七零八落，可就糗大了。

喔，還有，這一切也要拜託雲林姑姑不要到處亂講我的事，雖然我不是很確定她到底知道多少，是不是真懂通靈，有哪裡來的小鬼跟她講那件事，但真的真的，只能萬事拜託。

只要她什麼都不說，我就謝天謝地。她要什麼，我都給她。

三、一日之二

雲林探手摸來放在枕邊、姪女送的 iPod，戴上耳機，聽一首首時下年輕人慣聽的流行歌曲。她其實都不懂那歌詞那旋律，只是渴望耳裡有吵嚷嘶吼的聲音，鎮住腦中喧擾。

「公雞啼，小鳥叫，太陽出來了……」她在搖滾的樂音中，自顧自地唱著。那次，雲林打電話給弟弟，讓他叫他女兒寒假回家前，來陪自己兩天。「過年還久，讓她順道過來玩嘛。」語氣近乎哀求。弟弟語氣勉強，說會問問她的意思，但不能保證。

結果姪女真的來了。在家裡逗著兩個小頑皮鬼玩，無聊了就玩手機，手指滑來滑去好像在挖金礦。

晚上，姪女和雲林一起睡。雲林睡不著，想找姪女聊天，但年輕人煩惱少，沒幾分鐘就沉沉睡到地球背面去，夢裡不是桃花源就是伊甸園。

雲林不知道姪女是裝的。

雲林想，年輕真好，還有無限可能，還可能擁有精彩非凡的一生，被拍成電影，眾星搶著演。她想，如果芬芬的故事在未來被拍成電影，自己說不定還能卡上一個小角色，路人甲一般的姑姑，連一句台詞也沒有；或者是淒慘落魄的姑姑，成為女主角奮發向上，勇敢追求夢想的對照組。

自己的夢想，又是什麼呢？在雲林長大的那個年代，夢想還未成為流行或者俗濫的口號。路往下走就是了，哪怕山窮水盡，也遲早柳暗花明。雲林長大的那個年代，也不流行絕境、盡頭這一類的隱喻。

自己的前半輩子，大概真是過得太順利了，順利得不用去煩惱突破，煩惱推翻。我只要好好做一個稱職的妻子就是了，好好做一個稱職的母親就是了。雲林在難免對龐大的未來概念產生疑惑時，總是這樣說服自己。

我只要好好的做自己就是了。可是雲林長大的那個年代，也不流行「做自己」。她不知道「自己」是什麼。

所以，最有可能，是女主角的神經病姑姑，一輩子為夫家犧牲，活得缺乏自我。這麼爛的劇情，可想而知，不會是一部多麼好看的電影。好在這只是小小的枝節，為了交代女主角的身世背景：年輕時，曾經到嫁去台北的姑姑家住兩個晚上，明白了這不是自己要的生活。

電影的第一個轉捩點。

芬芬啊，妳的未來，會是什麼樣的風景呢？妳的夢想是什麼？

肯定不是睡在姑姑身旁，天還沒亮就被搖醒。「妳有沒有聽見什麼？」雲林說。

「什麼？」芬芬揉著惺忪睡眼。現在是什麼情況？

「好像是腳步聲，什麼人赤腳走路的腳步聲。會不會是小杰回來了？」

「沒有啊。」小杰？芬芬心想，不會吧。

「真的沒有？」

「沒有啊，我沒聽到。」

「也有點像小孩子的聲音……」雲林又說。

「不可能啦，姑姑妳太敏感了。」妳別嚇人了，芬芬想，算命師都算不出來我墮胎，妳就這麼邪門，會知道這種事？

「哦，那沒事……」

「也可能是弟弟妹妹出來尿尿吧。」

「嗯。」

「那我繼續睡囉？」

「那個……妳晚上睡前聽的那個『哀怕』什麼的，可以借我嗎？」

於是連續聽了一小時的感情糾葛翻滾折騰愛到卡慘死。眼睛除了眨，沒有真正閉過，滿腦子想，芬芬肯定不會再來了，回到家肯定要跟弟弟抱怨，為什麼要來，為什麼要逼她來？絕對不再來了。姑姑好奇怪，一大早聽見什麼赤腳走路的聲音，小孩子的聲音，好恐怖。

「下次換姑姑來雲林玩吧。」隔日決定提前回家時，芬芬腳步一邊往門外移動，一邊說，卻看見雲林眼中閃過的一秒落空，心突然一緊，感到不忍。那是開始要獨立了，漫天亂抓都有一份嶄新可能性的十九歲女生，對比著眼神大放羨慕的山窮水盡真無路老女人，致命的落差。

可惜不忍是一回事，忍受是另一回事。芬芬沒打算改變主意。

雲林小心翼翼說著：「其實再待幾天也沒關係的……」

「訂好高鐵票了。」芬芬反應快速。

「喔，那，要不我送妳過去？打電話叫計程車很快的。」雲林說著已拿出手機，「那個……台灣，台灣什麼車隊的，大車隊嗎？電話幾號？」

「不用了啦，我自己過去就好，和朋友約好了。」

「喔。那，謝謝妳……」語氣不只生疏，還客氣起來：「謝謝妳過來。以後多來玩，叫妳同學也一起過來啊，還是男朋友？我叫妳姑丈帶你們去吃好吃的，有一家餐廳很不錯……啊！不然叫妳姑丈載妳去搭高鐵？喔，不是，妳和朋友約好了……」雲林也不懂自己緊張什麼，一段話碎得離譜，搖搖欲墜好像人講著講著無以為繼了，就準備昏過去。

「這個iPod，送給姑姑。」芬芬摘下都已經戴好的耳機，遞上前去。還從包包裡拿出整組的行動電源，一個步驟一個步驟教學，完全沒給雲林拒絕的機會。

「多少錢？」

「不用啦，阿清送的，妳也看過他的，記得嗎？前陣子剛吵架，留著我看了也不開心，送給妳，當作對他的懲罰。」

阿清是哪一個？她念高中時交的那個男朋友？她不是交了個新男友叫范什麼的嗎？雲林往腦子裡google，但大腦的轉速太慢了，徹底當機。

「那我走囉，姑姑再見。」芬芬說。雲林送到門口，芬芬的腳步一刻都沒停下來。雲林看著她，弟弟二十六歲就迎來的唯一心肝寶貝，因為弟媳難產，差點丟了性命，生完索性結紮不再生了，拒絕承擔傳宗接代的壓力和包袱，一家子過得輕鬆快意。

三十歲呀，雲林想，這孩子弟弟雖然生得也不比那年代平均成家的人早，但至少不是什麼都沒有。自己就什麼都差一點。她感覺姪女正過著自己錯失掉的、獨生女的人生。但有個弟弟，還是好，沒有生活上的親，也有血緣上的親。少了這層關係，自己可就真是一個親人都沒有了。

她想芬芬遲早會發現這點的吧？發現姑姑唯一比自己好的一點，就是還有個弟弟。只要她夠不幸，就會發現。人只要夠不幸，原來沒有感覺的缺乏，都將一一浮現。

那是芬芬永遠比不上自己的一點。

就像自己永遠比不上弟弟的一點，就是沒有孩子。有個孩子總是好。她原先也以為自己會安安穩穩地擁有一個家庭、鑲在一個位置，有先生、有孩子，老了還有孫子，死後送終者眾。可是就在新婚夜，還以為是婚禮酒席太歡快、太疲累，孩子總之流掉了。哀事接著喜事發生，已經是大不幸，還接二連三。一個月後，診斷出子宮肌瘤，切片後又說是在這年紀裡，機率低之又低的惡性瘤。強勢的命運插手，最後把整個子宮拿掉了。

手術後，先生陪在身邊，沒嫌過一句麻煩，心情平靜地看看報紙，聽聽收音機，好像她只是進醫院做全身健康檢查，全身麻醉做完胃鏡腸鏡正在休息。

只是不知道為什麼，她忽然就潰散了。我們還是離婚吧，反正也是因為懷孕才結婚的，不是嗎？我這樣反正沒辦法給你生孩子了，還是離婚吧。「妳先安心靜養，別想這麼多。」先生還是笑著說。

「我不管你，我就是要離婚啦！」

「那我又管妳的，我就是不離婚嘛。」

雲林開始哭起來，先生過去抱著她，說：「不離婚，絕對不會離婚。沒有孩子又怎樣。沒有孩子才快樂，才自由。我絕對不離婚。」

後來，再後來，偶爾有自我看輕到飄浮失重時，真的會非常感激先生當時的不管自己。也要感激弟弟。只是從不曉得，都是電話裡他拜託女兒，說：「妳去看一下妳姑姑，她生病了，妳去，她會好過很多。就回家之前去陪她個一天兩天，算我拜託妳。」

這樣的日子想起這些鬼魅般的往事，不知是好事還是壞事。「公雞啼，小鳥叫，太陽出來了……」雲林把耳機拔下來聽著自己越來越微弱的聲音，終究抵擋不住家裡最大的那隻鬼，開始作亂的聲音。

四、最快樂的一天

我最快樂的一天，是和雲林結婚的那天。

我多想讓她知道這件事。可惜她永遠也不會相信了。

那年我二十五歲，剛退伍不久，手裡什麼都沒有，就是墮落也沒人管得著。說起來人要走對走錯，真的只是一個選擇，一個機會的事而已。最近我常常想，如果自己當年聯考考得再好一些，或者再壞一些，事情或許就全部不一樣。如果那天早上鬧鐘沒有壞，害得我睡過頭，可能我也就接受了班上那個誰的追求。你看，我連她的名字都忘了。倒是記得她最後和我當時的死黨吳世民在一起。其實如果不是大三暑假時在新聞上看到他去海邊玩，結果被浪捲走溺死的新聞，說不定我連他的名字也忘了。記得當時電視還播出了他被抬上救護車的畫面，一看就知道已經死了，臉整個白得、腫得，一點血色也沒有。那個……好像叫小晴吧的女生就在旁邊，披著一張大浴巾看著吳世民全身軟趴趴的被抱到擔架上，滿臉的驚恐。我看了好幾次的重播，確定她沒有哭。

我記得吳世民不會游泳，而且討厭海。他說他小時候和家人去海邊玩，幾個堂兄弟姊妹越走越遠，大人忙著聊天，忽然一陣浪打上來，腳底的沙被水帶走，他跟著一滑，整個人摔進浪裡，喝了好多的海水，造成他好大的陰影。事發後差不多第二個小時的新聞，我看到吳世民的爸媽在醫院裡，什麼事都做不了，就是等。好像是他伯父之類的人出來講話，他一講，我就全部想起來了，一次我們和補習班的女生約去海邊玩，好想交女朋友的他怎樣都不肯去。他是真的討厭海的。

想來大概就是那個可能叫小晴的女生，找他去海邊玩的？

第三個小時的新聞，還是一樣重複的海，重複的吳世民被抬上救護車的畫面，重複的吳世民大伯出來講他小時候如何在海邊出了小意外，講他長大後好孝順，還半工半讀等等。但吳世民爸媽已經不在醫院的走廊焦急等待了，取而代之的是吳媽媽癱坐在地上痛哭，吳爸爸蹲在旁邊要扶她起來，一隻手也在抹眼淚。記者以不帶情緒的聲音說：醫生表示，死者到院前已經腦死，應該是缺氧過久，經搶救後宣告不治。

下一則新聞則整理該海域近年來已經發生的多起海難，記者手持麥克風在現場報導，鏡頭掃不到救生員，而民眾對告示牌警告視若無睹，一個寶貴的年輕生命就此隕落等等。

我打電話給雲林，問她有沒有看新聞？她很驚訝，說就是跟我同班的那個吳世民嗎？我說是。其實我也不懂自己為什麼要打電話跟她說，他們根本一點也不熟。當下我唯一的感覺只是生命真的好無常。那可能是我第一次有相熟的友人過世，著實對我造成極大的震撼。

我並且不斷自問，如果我沒有遇到雲林呢？我會不會就是和那個可能叫小晴的女生去海邊玩的人？那年過年我鼓起勇氣打了通電話給吳世民的爸媽，他們仍記得我。其實他們一接起電話我就後悔了，何必要打電話去揭開人家的傷口。電話是吳媽媽接的，她說她還記得我。其實我都不敢提吳世民的事，她也不提。我向她拜年，說有時間會過去看她，結果深呼吸一口氣，吳媽媽問我：

「你認識那個女生嗎？」

我馬上知道她說的是誰。「高中同班同學。」我說。

「你知道嗎？他是為了撿那個女生被海浪捲走的海灘球，才不顧一切往海裡去的嗎？」

「我不知道……」

「到現在那個女生都還沒來跟我們說過對不起……」

不知道該怎麼再講下去，結果倒是我道了歉：「對不起吳媽媽，我不該打電話來，害妳又想起這些事。」吳媽媽這才趕緊說沒關係的，接到我的電話她很開心，要我有空過去玩，他們也好久沒看到我了。我說好。

但我再沒有和他們聯絡過。

倒是試著找過那個女生，想請她去跟吳爸爸吳媽媽道個歉。我猜人有時候，需要的也就是一句真心的對不起而已。

無論如何，我相信一切都是冥冥之中注定好的。我是注定了那天要睡過頭，才會在公車上遇到同樣睡過頭的雲林。此後我們在學校遇見都會打招呼。畢業那天，我終於鼓起勇氣跑到她的教室跟她要電話。那時我都還不知道，她會在冥冥之中救了我一命。

還是害死了吳世民呢？

其實我早在打電話通知她吳世民的消息時，就知道自己想和她在一起一輩子了。但那時我才大三，她才大一，說這種話實在太早。我能做的，只是好好的珍惜她，不讓她逃跑。吳世民走後沒幾天，我請雲林到家裡玩，正式介紹給爸媽認識。爸媽也好喜歡她，還叫我不要辜負她。我說：「講這個幹嘛啦！人家才多大，還辜負咧！」雲林坐在一旁仍維持著靦腆的笑容，臉頰微微泛紅。「你們看，她臉都紅了啦！」我還為她辯解。結果我媽還不放過，繼續說：「本來就是按呢。人好好一個查埔囝仔跟你作伙已經有夠吃虧了，你尚好是嘸通給人欺負。」

我說：「早知道就不要帶回家給你們認識，還要讓你們虧。」媽說：「你也知歹勢喔？」總之跟我自己在腦中排演的狀況完全不一樣。

那天我騎摩托車載雲林去搭客運，她在呼呼的風聲裡說：「你媽叫你不可以欺負我，聽到沒？」我跟她說：「妳不要聽她在那邊亂講。」兩個人很愉快地談天。雲林一直是聰明的女生，其實要說我欺負她，還不如說她欺負我比較多。見我慌張否認，她馬上說：「亂講的嗎？那下次我打電話問她，看她是不是亂講的？」我質問她：「奇怪了，剛才在我家，妳都在裝害羞就對了？」她才有點得意地說：「怎麼可以現在就讓你爸媽看清我的真面目。」

雖然心裡都很清楚，自己說穿了也不過就是個還沒當兵的大小孩，談什麼一生、未來，都只是不著邊際的隨口胡謅，但那時雲林的每一句話，都讓我更加確定，她就是我想要在一起一輩子的人。

只是話鋒一轉，她忽然就問了：「不過，現在可以說了嗎？到底為什麼這麼突然要我來見你爸媽？」我心一緊，仍故作無事地說：「沒啊，就想說暑假沒事，順便啊。」她在後座大聲起來：「順便？你說順便嗎？我從雲林到台北搭車搭很久你知道吧？一點都不順便好嗎？我還要騙我媽是上台北找淑宜她們吔？我還要跟她們一個個串通好吔？」說一句就打我的背一下。我笑笑說：「唉唷，反正妳除了寒暑假之外，還不是都住台北，哪有差？」她還繼續邊打邊說：「最好是沒差！」我故意把車速放得很慢，希望可以晚點到達客運站。

但客運站畢竟不是設在月球，總有抵達的一天。陪她等車的時候。她終於說了：「是因為吳世民學長發生的事對不對？」我沉默。雲林大概是見我臉色不對，急忙解釋：「啊！當我沒說，我亂講的啦。」但其實她說的也沒有錯，我只好坦承，說自己都沒有去參加他的告別式。她問我為什麼，我說我也不知道……可能是怕吧。我都還沒經歷過這些事。我跟當時經常混在一起的陳昶憲他們通電話，他們不是不知道，要不就是說早就沒和吳世民聯絡了。其實我知道他們早就因為吳世民把女朋友放在第一位，跟他鬧翻了。最後沒人要去，我也不敢一個人去。

好在說著說著，車就來了。我也不用和一個女生交往才不久，就和她大談我對人生、對死亡的種種觀點，把自己懦弱和脆弱的底牌一次全掀了。

目送著她搭上車，在車上和我揮手道別，手比出「六」的樣子掛在耳邊表示「再電話聯絡」

時，是我第一次幻想和雲林結婚的情景。我想著，我會在二十八歲時娶她，那時工作應該已經穩定了，最好是可以讓她專心在家裡當家庭主婦就好，我辛苦一點也沒關係。我們婚後要生一女一男，女孩學鋼琴，男孩學跆拳。等孩子再大一點，家裡就養隻狗，如果我們都忙，就讓狗陪孩子玩。都是些很普通很尋常的幻想，但幸福其實不需要多偉大多新奇的想像力，只要簡單就好。畢竟簡單的幸福，要實現已不簡單。

就像前面說的，人要走對走錯，真的只是一個選擇，一個機會的事而已。我多麼感激，在我手裡只有虛無，死了也留不下什麼的時候，有雲林在，以及她肚子裡的孩子。雲林告訴我懷孕的消息，是在電影院裡。因為雲林喜歡，我們一起看過無數的電影。她說，看電影多好，像在別人的故事裡淋浴洗澡，快樂的悲傷的，走出來暫時都忘了，只要討論電影就好了。什麼時候，我們可以這樣肆無忌憚地討論別人的生命呢？她總是有自己的一套歪理。

但那次，電影看到一半她忽然轉過頭對我說，她本來想等到電影演完再告訴我的，但那電影實在太難看、太無聊了，讓她看不下去。我懂她的意思，畢竟在她跟我講懷孕的消息後，我也無心看電影了。我記得她是這樣說的：「你不用現在回我，但告訴你一個消息，我懷孕了。」我聽完只覺五雷轟頂，第一個念頭竟然是：原來電視電影裡演的「腦子裡一片空白」是真的。我問她：「什麼時候知道的？」她說：「昨天晚上。」我又追問：「然後妳還跟我來看電影？」我想我的聲音是有點大了，但奇怪的是電影院裡一個出聲抗議的人也沒有。我非常確定那不是一部會讓人專心到忽略周遭一切聲音的電影，或許大家也都好奇這對年輕男女要怎麼解決這顯然比電影要精彩上萬倍的急轉情節吧。雪林最後說：「專心看電影。」我只好繼續坐著，並且開始懷疑她會不會只是自己看不下去，希望我也跟著浪費電影票錢而已。

總之，不知為何我們還是耐心地等到電影播完。真是非常耐得住性子，或是該說根本不知如何是好？人潮魚貫走出影廳時，我們仍坐在位置上一動也不動，誰都不敢裝沒事地說：「走吧！晚餐想吃什麼？」但也不知如何開口重新點燃方才在影廳裡被強制踩熄了引信的震撼彈。

忽然，坐我旁邊的一個婦人帶著一個國中生模樣的女孩又折返回影廳，走向了我和雲林，說：「不好意思，我剛才坐你們旁邊，不小心聽到了你們的對話。我只想說，雖然你們看起來都還很年輕的樣子……方便問你們幾歲了嗎？」二十五，我說，又指著雲林說，她二十三。「嗯，其實也夠大了……我只是想說，希望你們可以把孩子生下來。我是個單親媽媽，這是我女兒。」說完她用手摸了摸站在一旁有點羞澀的女孩，「她爸在很年輕時就過世了，還留了一堆債，但我還是很慶幸當初生下了她。生孩子不會錯的。我只想說，生孩子不會錯的。對、對不起說了這麼多。」說完她匆匆又帶著孩子走了。

「好奇怪的人喔。」雲林說，「到底干她什麼事？我們走吧。」我們於是解除了封印般起身離開。晚上去夜市吃飯，一路上雲林只不斷講著剛才的電影如何如何，女主角選得不好，演技太差而且長得不夠漂亮。她說這世上只有林青霞是夠好看的，如果將來她的故事要改編登上大銀幕，她只准林青霞飾演她。我一直小心翼翼保護著雲林不讓她受傷，也不准她吃一切看起來不是很乾淨的食物，但她似乎都沒看在眼裡，繼續說：「倒是你，該找誰來演你呢？我覺得秦漢太帥了，演你不大有說服力。不過也沒關係，反正那是我的故事，到時候男主角也不見得是你。喂！你到底是肚子痛還是哪裡不舒服，這個也不吃那個也不吃，我餓了啦。」我說夜市的東西都好髒，要不要回我家吃？她說：「不管你了，我決定吃上次吃的那家麻油雞，還有胡椒餅。我等一下還要喝啤酒！」見她無理取鬧，我終於忍不住發作，叫她不要鬧了！怎知一說完她就哭了。

我安慰她不要哭了。我說，我覺得剛才那個媽媽講的話很有道理，我們結婚吧。

所以也要感謝那個媽媽，讓我只剩一條好好打拚的路可走，不能再想著出社會好累，伸手向爸媽要錢就得了。

總之不能讓雲林和孩子吃苦。

兩個月後，我們結婚了。那是我最快樂的一天。

五、一日之三

一方是第一個走出房門的人，聽那開門關門聲就知道。孩子還小，沒有那樣的細心；先生則沒有必要，也不會那樣早起。

雲林側躺在床上，留心著門外小動靜，聽見有人小小聲開浴室門，打開燈，又冉把門關上。水龍頭被扭開了，自來水聲嘩啦啦流出來。一方刷牙，一方洗臉，一方拉下毛巾，「唰！」地速速一響滑過不鏽鋼管。幾分鐘後一方開門，走出浴室，再把燈關掉。布拖鞋膠底磨擦拍打瓷磚地板，好像又決定隱身起來的怨靈漸漸走遠，去了廚房，開始張羅一家五口的早餐。

那曾是雲林專屬的廚房。

一方開瓦斯，火焰一朵一朵齊頭冒出來呼呼亂叫，精神很振奮的樣子。轉小後，又像重新蓋回棉被、打算再睡一會兒的鬼娃兒，微微的鼻息相當可愛。一方開冰箱，啵一聲像終於結束親吻的戀人。一方置平底鍋於瓦斯爐上，一方拿蛋往鍋緣敲，一顆、兩顆、三、四、五顆蛋，滋滋滋在油上跳腳，痛過就熟了。

是徹底睡不著了。雲林翻身又翻，怎樣都全身關節不舒服，只得倏地起身，背靠床頭板，不搖不晃坐成一棵樹、植物人，眼神死盯著前方，像要望穿一百道牆。長期的睡眠障礙令她鎮日昏沉，但反正也沒事，太久太久都沒事了。別人不說，她也不想，等意識過來是不是鬧太久了呢？人早已經遲鈍了、笨了，沒有用了。

還是瘋了？

和先生說自己想養一隻小狗陪伴時，先生罵她的話。「妳瘋了嗎？自己都照顧不好了，還想養狗？妳是嫌這個家還不夠亂嗎？」

說起來還是一方幫她說的情。「兩個孩子也想要養寵物，就養隻狗吧。我會幫忙照顧。」

雲林沉默不語。「大姊想養，妳就讓她——」一方話沒說完。「我自己會照顧，不用別人幫忙。小小的一隻就可以了。」

「不行就是不行。」先生說。一家子沉默看電視，政論節目亂七八糟來賓說著亂七八糟話語爭辯著亂七八糟議題。主持人的音量愈來愈大，還是控制不住大家情緒。我們休息一下，先進一段廣告。濃純香鮮奶，喝出嘴唇上一道白鬍子，好像家裡養了一頭牛。先生站起來離開客廳，走前還喃喃自語：「真的是瘋了，是嫌這世界還不夠亂嗎？到時候狗死了看妳怎麼辦！」

一方後腳也跟著走，去房間檢查兩個孩子作業寫好了沒。雲林一個人繼續坐在客廳看電視。人參飲有助於消除疲勞，增加體力。雲林想著下次要記得買一盒給先生喝。

她想，我這樣一個事事為先生著想的好妻子，怎麼會是瘋了呢？我不過想要一隻可愛的小狗。

確實，也真的沒有理由說瘋。標標準準從小到大的千金小姐，永遠等著被伺候的公主。小時候爸媽哄過她的話：「這名字很好啊，一點也不奇怪。因為妳是全雲林最可愛最漂亮的一個小孩子，才這樣取名的啊。」那是她在學校被同學取笑名字好奇怪，回家向爸爸哭訴時得到的說法。但她不喜歡，也不接受這解釋。那是她第一次感覺有事不由己，想著長大，能自己作主了，就要去改名。

那時她八歲，已經很嬌縱很任性，伶牙俐齒的，學校老師都有拿她沒辦法的時候。剛知道媽媽好不容易懷上第二胎，肚子尖尖、大家都說是應該是男生時，便隱隱有些也不是太清楚狀況的擔心，在學校發脾氣，還問老師怎樣才可以讓媽媽不要再生弟弟，讓媽媽的肚子消下去？女老師剛考上教師缺，很多事還拿捏不了分寸，只跟雲林說：「有弟弟妹妹很好啊，妳怎麼可以想要害媽媽呢？妳應該要保護媽媽才對啊。」雲林辯解：「我沒有想要害媽媽，我只想要害弟弟或妹妹。」老師後來寫了聯絡簿，害得雲林回家被念了一頓。雲林哭，說是老師跟她說的，說弟弟來了就會搶走爸媽的愛。那老師後來被解了聘。

但雲林回家仍舊耍脾氣：「為什麼弟弟還沒出生，就給他買這麼多東西？」察覺了她的心思，媽媽就挺著肚子喊她過來窩在身邊，摸著她頭髮說：「不喜歡弟弟嗎？那媽媽不要生了好不好？真的就不要了？」她聽後不作聲，搖頭，眼淚節制地掉下來兩滴。小女生心裡都清楚是手段，覺得自己好可怕。

孩子生下來，果不其然是個男孩。但即使如此，該她有的也沒怎樣少過，就是看不慣而已。弟弟又好聰明好優秀，考上第一志願高中那年，她二十三，懷上了剛退伍、大她兩歲的高中學長的孩子，不久就決定嫁了。

嫁到劉家，也是大大方方，從富貴人家到富貴人家，父親牽著手好謹慎託到先生手上的，要他好好照顧女兒。婚後，除了她歡歡喜喜盡著媳婦的責，家事以外的事沒讓她認真煩惱過。

直到一方進家門。

家事當然還是沒忙，甚至是完全不用做了，只是不知道那點家事幾乎就是她生存的全部意義。每天花很長的時間好好從裡到外整頓好家裡，掃地、拖地、洗衣、晾衣、燙衣、摺衣、擦桌子、擦櫥櫃、買菜、做飯……雲林的人生就建立在讓先生好好出門打拚事業，不用擔心家裡一粒落塵一根頭髮。

這些事現在全被剝奪了。

所以說的人沒事，是沒有壓力，鬆弛著心志到失去彈性，稍微一壓就瘀血的精神和神經。

如果有一隻狗，生活肯定能有點不同。他們都不知道，她要一隻狗不是要給家裡成員找麻煩，而是想幫自己找事做。狗毛那麼多，成天掉就有得她掃了。還要餵吃飯餵喝水，還要帶出門大小便，狗屎還要帶回家沖馬桶。雲林想著這些事，心裡都不禁感到開心。

女主角有隻狗，要拍成電影也有趣些、失控些。不知哪個導演說的話，這世界上最難拍的就是小孩和動物。孩子是沒有辦法了，但雲林想，至少還能養隻狗。這電影如果是以一方為主角，自己帶隻狗，好歹能多點戲分吧？

雲林有次曾認真地對一方說：「第一女主角讓給妳，但能不能請妳行行好，留一點戲分給我。」一方大概知道雲林的意思，但不懂她為什麼要用譬喻說話，也不知道怎麼回。「大姊，妳在說什麼？」雲林聽後沒有反應，一方繼續去掃她的地。

有事做真好。可惜現在連狗也沒了，那些狗事也全沒有了。

既然沒事，鎮日昏沉又如何？

可今天有事，今天清明，分別走了十一年和十年的公公婆婆躺在家附近山裡的泥土地下，等著他們全家去拜。

時間還早，雲林聽著一方走到孩子的房間去叫人。一方敲門，叩叩叩，像穿著木屐的鬼在玩跳房子。起床了，今天要掃墓，不要再賴床。又聽著一方回房間，要去糾纏先生。

這女鬼實在太可怕。

六、最快樂的一天

我曾經以為自己最快樂的一天，會是生下小杰的那天。那年我二十五歲，因為未婚卻執意生子，已經被家裡趕出去，暫時住在工廠認識的阿雪家。其實我也不知道在孩子的爸已經明白表示不要這個孩子後，為什麼自己還是非生下不可。連阿雪也叫我要想清楚，說這可是會影響我一輩子的大事，而且走下去，就沒有回頭路了。

這我又怎麼會不知道呢？

小李說，他去問過了，三個月內都還來得及，超過就有危險。要我聽話，說等他多存點錢，有了房子，再來想生孩子的事。我不理他，說孩子生下來就有辦法。「有什麼辦法？妳有什麼辦法妳說啊！說不出來了是吧！妳就是這麼任性，難怪連妳媽都受不了妳！」

我說：「你到底在怕什麼？以前日子這麼苦，還是有人可以把好多的孩子帶人，你到底在怕什麼？」但小李不管，他說我就是自私，讓孩子吃苦也不在乎。他不是不想要孩子，他是想要孩子可以好好長大，不要一出生就輸給別人。我說你才自私！

於是他用分手要脅，真的要生是不是？真的要生？好啊，那我們就分手吧。我話說得很明白了，妳自己想清楚，說完隔天就辭了工廠的工作。他以為那些話和那些行為對我能起作用，不知道我早就鐵了心。隔兩天，輪到阿雪來說，她也是開門見山，直接說，是小李打電話要她幫忙問的，她知道我還是沒去把孩子拿掉。跟我說，她覺得不管小李是不是故意激我，都覺得他不是可靠的男人，要我再想想。我說我知道。她以為我是指會再想想這件事，其實我的意思是我知道小李不是可靠的男人。

兩個禮拜後，小李打電話到阿雪家，問我的狀況如何，我說我已經決定的事就不會再改變，然後他就真的走了。

我的羊水是在工廠破的。我沒有選擇，我需要錢。阿雪帶著我到醫院，我整整折騰了六個小時才生下小杰。不知是誰通知了小李，他也到了。我承認確實動過一絲小李看到孩子或許會改變想法的念頭，但他只是嘆了口氣，說他只是良心過意不去來看一下，但他決定的事也不會再改變，他絕不要讓一個孩子毀了他的人生。他不知道的是，我早清楚他另外有了女人，我只是不清楚他原來是這麼絕情的人。

於是小杰出生的那天，也是確定了自己不會有爸爸的一天。

而那天，也從可能是最我這輩子最快樂的一天，變成了已經無法再去想怎樣快樂、怎樣又不快樂的一天。

孩子滿月後，他來按阿雪家電鈴。阿雪在工廠上班，我開的門。他說他就不進來了，雖然很想看小孩，但他再壞也是個正常人，最好是什麼都不要看，就不會留戀，不會捨不得。他很戲劇化地遞過來裝有二十萬現金的一紙袋，說自己透過當兵的朋友介紹，要去南部做生意，這是想辦法湊到的，也是他現在唯一能做的。

我把錢收下，自己撫養孩子長大。最後對他說的一句話是：孩子叫李育杰。他又嘆口氣，說他會記得，說以後吧，如果以後狀況不一樣了，他會來彌補我們。

我再沒有見過他。

當然，我最後還是回了家。我把二十萬現金交給孩子的外婆，拜託她辭了在火鍋店洗碗的工作，幫我帶孩子，我會努力賺錢，不會讓他們餓任何一餐。也是奇妙，孩子這時候忽然就大哭了，她說：「現在不就餓了嗎？」伸出手把孩子抱過去。

孩子一天天長大，像是連我的氣一道爭了。唯一遺憾的是，我和他外婆的關係卻再無法回到從前。當然，我知道我讓她失望，但就像阿雪說的，這路程是沒辦法回頭的。我只能在心裡盼望，有一天她能夠懂，這孩子是我們家唯一的希望。

那或許就是我最快樂的一天。

結果，卻也是我最傷心的一天。人生苦甜交織，我比誰都清楚。

小杰八歲時，他的外婆忽然倒了下來。其實我都不懂，她還那麼年輕，為什麼會說倒下就倒下？更不懂的是，八年這麼長一段時間，為什麼還是無法讓我們之間好好的、打開心胸的聊一次。這事。我知道她是心疼我，也心疼小杰，但不去談它，並不代表這事不曾發生過。那間小小的房，牆面油漆幾年沒重新粉刷，一出現壁癌就用砂紙磨掉，有些位置甚至出現了水泥色。一套假皮沙發從我小時候坐到大，好幾處貼上了膠布，像補丁，最大的足足有一個手掌心那麼大。有時我靜下來心看著這屋子，覺得它其實就是我，千瘡百孔，無力回天。

這簡直不是人住的地方，偏偏住我剛剛好。

但物質上的匱乏還是小事，最令人感到幾乎要窒息的，是這裡塞了太多我們各自的心事。多少次我下班，都興起逃亡的念頭，幾乎要懷疑自己是不是真的做錯了選擇。我曾想過，或許一家子在這房間燒炭或喝農藥自殺都比較好過。但在那之前，我一定要設法找到小李，親手殺了他。

很可笑是吧？

也許我真的殺了他的那天，就會是我最快樂的一天。

需要鄭重聲明的是，我並非無法忍受窮困的生活，而是一家三口不像一家三口，倒像是彼此無關的一對母子和一對祖孫住在一起，實在太不正常。幾次我忍不住開口說：週末有空時我們一起去哪裡玩吧？孩子的外婆永遠說：「我沒興趣。」或是「我和小杰去過了。」說完起身走回自己的房間，整晚開著燈不知在幹嘛。我也不敢跟她說電費很貴，睡覺要關燈。

她到底什麼時候才肯原諒我？什麼時候才能理解，我沒有後悔？

結果是已經不行了的時候，病床上，她醒來的第一件事，問我小杰去哪了？我說我請阿雪幫忙照顧。大概是太久沒有好好說過話，兩個人都有點不自在。她很尷尬地說，她尿褲子了。我說我幫她包了尿布，不用擔心。她有點不好意思地說：到頭來還是需要個孩子。那一刻，好像一切都冰釋了。我幫她換尿布，她說，妳回家，去我的房間，在我床底下，幫我把那些東西還給樓下。我問什麼東西這麼重要？她沒多解釋。又說：妳帶小杰回家時，不是拿了二十萬給我嗎？我不知道妳哪裡來那麼多錢，怕妳去跟人家借的，不敢花，都存在郵局裡。我的簿子和印章就放在衣櫥下面的塑膠箱裡，妳去拿，去領。這麼多年過去了，我想債主也不會跟妳討了。

我要她別講了，說我知道了，床底下的東西會幫她還給樓下鄰居。郵局的錢是要給她的，等她好了，要她自己花掉。妳可以帶小杰出國玩啊，他動不動就跟我吵要去美國，要去日本。日本比較近，等妳好了，就帶他去玩。

「好，妳也一起去。」她說。我說好，偷偷擦眼淚。換好了尿布，我說我去接小杰來看看妳，順便把她床下的祕密處理一下。「妳該不會是藏了一個男人在床底下吧？」我說。我們都笑了。

回家一看，不是男人，是好幾大袋的不知名零件。我拿去按樓下的門鈴，來應門的太太說，那是家庭代工。媽做這些，已經做了七、八年，每個禮拜可以做幾千塊，是全社區最勤快的人。

我才知道，小杰出生以來，她表面上受我之託辭了火鍋店洗碗，其實接了更多的工作回家。我還想，我每個月那一丁點小皮包都塞不滿的薪水，原來不是真的那麼好用。

八年來過度使用身體，不舒服就亂煮菜市場買來的草藥喝，她終於撐不住了。醫生說她身體很多器官照出來都很不健康，抽血驗出來的數字也不好，尤其肝指數高到嚇人。這次昏倒是猛爆性肝炎所致，可以醒來已經是奇蹟。

我在她身邊陪著，跟她聊天，把八年來錯失的話全部聊完。她跟我說小杰愛吃玉米罐頭加美奶滋，不健康，要我想辦法改正他。她說小杰成績不錯，有小聰明，可以的話要盡量栽培他。她說女人可以獨立，但小孩子還是應該要有爸爸，要我去找小李，找不到或是找到了覺得不好，就再找一個。她說：「妳就是笨，明知道生下來只有苦沒有甜，還硬要生。」

我說，妳記得嗎？我國中的時候，有次吵著要妳帶我去看電影，說班上同學都有看過電影，就我沒有，都被笑。妳原先不答應，說我們家沒錢，但我一直吵，妳受不了，終於帶我去了，我好開心。電影院裡，坐我們隔壁的一對年輕男女，電影看到一半，女生忽然跟男生說她懷孕了。電影散場後，我們本來都已經離開了，妳回頭看到那對男女還坐在原地，又拉著我的手回去，勸他們一定要把孩子生下來。

她說她記得。點點頭，說她知道了。

我說，和那件事無關，但現在想起來，那可能是我活到現在，最開心的一天。我已經不記得自己有多久沒看電影。

當天晚上，她就走了。我用她幫我存下來的錢辦了葬禮，能找的親人都找到了，場面看起來還是很冷清。

那時候我忽然有一個很大的感觸，快不快樂都無所謂，但是我要一個家。

只要雲林原諒我的自私，我願意一輩子服侍她。

七、一日之四

屋裡漸漸有了人聲。

先是兩個小孩子，出了房門第一件事，當然就是乖乖的去浴室盥洗。不爭先恐後，不嬉笑吵鬧，大概真的是太早了。

再來就是先生。他是也已經很習慣在共用的浴室裡清潔，加一套牙刷漱口杯毛巾就是。生活到底是數學的加減而已，人口、年紀，和錢，只要別去想品質的事，一切都只是數字，加一套減一套碗筷，如此而已。

倒也不是沒出現過搶浴室的情形，但他在家中還是有威嚴，一家之主就是一家之主，久了大家也自然知道哪些時間最好避開，即便他幾乎從不大聲斥責誰。

相反地，當他特別安靜下來，就常是狀況有異的時候。

像是雲林說了要把套房讓給他和一方睡那時。雲林說：我可以去睡客房沒關係，一個人，沒有關係的。話題橫空破出，開啟得突然。正在晚餐，餐桌上三大一老一小，還有一個未出世的在肚子裡，統統沒敢應聲。他也是當沒聽見，就繼續扒飯，筷子敲刮著碗，也不像掩飾什麼，就是一種「看看事情還能怎樣再發展」的態度，沒有氣惱沒有心虛，沒有反應。倒是當時還沒過世的婆婆出聲喝斥：「啥客房？妳是阮劉家足誠意下過聘娶入來的新婦，睏啥客房！」都不清楚是講給誰聽。

那時一方剛搬進來半年多，她也是一逕地扒飯。

都是岳父母先後走了，父親也過世後，才敢光明正大地帶進家門。外頭早傳聞他另有個女人，孩子都上小學了。可是雲林從來不問，他也就從來不說。夫妻某程度上，就是演戲嘛、裝嘛。兩人都還年輕時，一次先生對她說過的：「在乎的裝不在乎、生氣的裝沒生氣，不就走過來了嗎？」

「所以你是在裝不在乎我生不出孩子？」雲林故意問。

「我是在裝沒生氣妳這樣懷疑我。」先生笑著答。

都是往事了。但還是照樣維持著婚姻之名，也維持著夫妻之實，只是頻率漸少。不是兩人躺床上沒興致沒氣力，而是他沒回家。

夜深人靜，雲林有時看著床頭牆上大大的婚紗照，會忍不住想，裝不在乎，裝沒生氣，就這樣走過來了。一路走來也不覺得特別難受或辛苦，可是走到這裡，真的是好的嗎？

她不敢太認真問自己，也不敢隨口問別人。市場裡巷子口有人見了她，趕緊撇過臉去，或是拉出笑顏，奇怪的作態她也一律不理。剛好，也忙，公公洗腎多年，狀況時好時壞，最後的三個月急轉直下，住進了醫院。她就每天備好三餐，搭計程車去兩趟，回來一趟。早上去，看著公公吃過早餐，她便開始讀起醫院外便利商店買來的三份報紙，或者發呆。

發呆時她想，那婚紗照拍得實在俗氣，最討厭是她那時懷孕，沒辦法減肥，就算看不大出來肚子，總是不完美。她想，應該要重拍一組。喔，對，還有要改名。

雲林這名字實在俗氣，拍成電影怎麼能看。

吃過午飯後，回家。下午看看無聊的電視購物頻道，忽然就迷上了，敞亮空間裡一件件珠寶飾品家常電器，集合出一整套不虞匱乏的物質生活，既虛假又實在，令她感到安心。電視新聞她就受不了，太重口味了那些頭條人生。婆婆媽媽愛看的韓劇倒跟著看過一些，最無事的下午時段重播，因為廣告少，偶爾會插一節特別長的減肥藥或增高器之類假節目，一眼就能識破的仿實例模特兒臉上的浮誇表情。嘴裡的氾濫台詞，她看了感覺愚蠢，但又無可否認真是好可笑、好沒壓力。

這一兩個鐘頭，或者也掃掃地。三點多，進廚房煲一鍋湯，五點多再很清淡地炒三個菜，用少少的油煎幾塊豬肉雞肉，裝好了便當偕著婆婆再出門，趕在夕陽落山前再進一次醫院。

再晚一點，先生下班了也跟著進來。吃完飯，再載她們回家，回家後說是公司有事又開車走。確實可能有事，一間中型規模兼做建物變更工程審核及室內裝潢的建築事務所負責人，應酬加班總是難免。但也可能沒事，手下好多人在幫忙做事，也有長久以來合作著的朋友，那些人她都認識，一個個都知道家裡最近的難處，都是懂體諒的好人。

那如果沒事，會是去哪裡呢？

她還是不問。

也不用問了。三個月後，公公往生，沒有考慮火葬，早就找來風水師看過幾處地點交易過。山坡上講的龍潭虎穴入首天池都聽不懂，也沒什麼想法，像自己父母過世時，她也是一路跟著弟弟的主意走。

到底是怎麼走到這裡的？怎麼從女主角，走到一個在所有人旁邊默默無語跟隨的配角身分的？

但告別式時，她腦子一直很忙，想著，訃聞上沒有陌生名字，確定沒有。告別式後，一群人搭上卡車坐在棺槨兩側，也沒有，沒有冒出陌生的孩子說是長孫，沒有冒出陌生的女人說是媳婦。

只是心底不知為何，就是感覺不踏實。最後對過時辰，入土為安，立碑，碑上清清楚楚的立碑人，像白紙黑字，像合約，像證書。為免誨氣，六字為生，「男研　媳雲林　立」。所幸先生單名一個「研」字，剛剛好。當時就問過土公仔，對方聽後皺起眉頭，有點勉強地說：「這個……可能不大好，一般來說媳婦的名字放在訃聞上就好了，放在墓碑上的很少喔。」更有奇怪的性別歧視，「就算是親生女兒，出嫁了，有些連訃聞都不放的啊。」

先生就不講話了，一點思想考慮的沉吟也沒有，商場上這一套也是很管用的。又是婆婆開的口：「甘嘸別項辦法啊？新婦嘛係厝內人啊，阮先生過身前若不是伊直直顧著……」

「嘸要緊啦，媽。」先生接過話，「不然我們再問問看別人好了，謝謝你的幫忙。」口氣很軟，但態度很硬。想起來，都像是在埋伏筆，給雲林一個結婚證書以外的名分，搶在事情發生前，先將她安撫好。

雲林後來回老家看過，父母墓碑上，真的沒有自己姓名。訃聞則是沒地方找了。倒是公公婆婆過世的訃聞，她一直偷偷留著，直到幾年後的一次年前掃除，被先生看到，「妳留這個做什麼？」她回答不出來，眼睛朝地上看，好像做錯事的孩子被逮到。「說啊，妳留這個做什麼？妳是嫌這個家還不夠倒楣嗎？就不能讓我好好過一個年嗎！」那是先生少數大聲起來的一次，那陣子剛好事務所的一筆款項被跳了票，年終差點發不出去。

「不、不是……」雲林細聲說，習慣受虐的小狗般。那委屈，反過來提醒了他：怎麼會這樣呢？明明只是自己無埋取鬧的遷怒啊？明明難免無埋取鬧時，她都是很能體諒的不是嗎？怎麼現在卻怕得全身顫抖呢？

這才放低了身段和音量：「真的沒有要幹嘛？妳可以說啊。我不是在逼妳，我是在關心。」

生氣的裝沒生氣。

「沒有。」

在乎的裝不在乎。

「真的沒有？」

夫妻就是演戲嘛。

「嗯。」

夫妻就是裝嘛。

「那我丟了喔？這種東西不要留著。」轉過身，嘆口長氣，走到外頭把那兩張訃聞抓成一團扔掉。當晚除夕圍爐，一家子都不清楚狀況，就看著劉研不怎麼吃飯，倒是拿出了高中的畢業紀念冊翻著，指著吳世民的照片給孩子看，說：「你們看，看清楚，這是爸爸最好的朋友，以前我們一起補習，一起追女朋友，可是後來他死掉了，被海淹死了！」邊說邊抹眼淚，連灌了一手的台啤，選擇酒精濃度低的啤酒，也是為了很小心維持在徹底垮掉的邊緣。一方一邊安撫他，叫他不要嚇到孩子了，一邊叫孩子進房間。

終於，劉研最後仍然頭一仰，倒在沙發上昏了過去。這男人連買醉都如此輕微膽小地害怕失控，其實也是可憐。那時雲林看他心傷，一方看他心疼。一方在房間裡哄睡了孩子，先生剛好醒了，叫一方扶他進房間。

雲林就一個人在客廳，把一桌的杯盤狼藉收拾得不著痕跡。

正是現在大家逐漸聚集過來，要一起吃早餐的客廳。

八、最快樂的一天

我最快樂的一天，是把拔馬麻帶我和姊接去動物園玩的那天。那是我七歲的時候。記得有一天，我醒來的時候，不知道為什麼，人躺在醫院裡，頭好痛好痛，把拔和馬麻都在我的身邊。把拔叫我不要動，跟我說沒事了，等一下就可以回家了。我乖乖點頭說好，很想再睡一下，但馬麻忽然說，你記得來醫院以前，發生了什麼事嗎？我搖搖頭，說不記得了。我什麼都不記得了。馬麻要我不要怕，老實說就好。我說我真的不知道，還問我的頭怎麼了。把拔叫馬麻不要再問了，要她先讓我好好休息。馬麻有點生氣，他說我乖乖的在客廳裡玩積木，怎麼可能會莫名其妙摔倒撞破頭。她最後問，是不是你雲林阿姨故意推你，還是打你？我說不記得了。把拔說，好了好了，你不要再問了，雲林阿姨不會沒事做這種事，然後跟我說，好好休息，等頭不痛了，要帶我和姊接去動物園玩。

到底發生了什麼事，其實我也不確定。頭上包著好大的紗布回家後，馬麻叫我先去房間休息，不要出來，我就乖乖照做。我和姊接隔著門偷聽，馬麻很大聲地問雲林阿姨，到底是發生了什麼狀況，是不是她故意弄傷我的。雲林阿姨說她也不知道，說她只是想跟我一起玩，可能不小心踢到了我，我就往前倒地，額頭撞到了磁磚地板，然後就流血了。

接著就聽到把拔很大聲地罵雲林阿姨，都長這麼大了，怎麼還這麼不小心。馬麻則說，她才不是不小心，她是故意的！她就是不喜歡我，不喜歡有人幫你們劉家生兒子，所以把氣都出在小孩身上。把拔說，不會的，雲林阿姨不是那種人，她真的要害弟弟，何必等到現在。馬麻說，你聽聽你現在說的話？你說的是人話嗎？我覺得好奇怪，把拔不是說人話，難道是說大象還是長頸鹿的話？

而且這也不像馬麻會說的話。平常把拔如果說錯話，她都是說：「你在說什麼鬼話？」

就在這個時候，雲林阿姨說話了，她說：「對不起，我不是故意的，我給你們下跪。如果弟弟出了什麼意外，我就是有十條命也不夠賠。是我的錯，我給你們下跪，給你們磕頭。」把拔說：「雲林妳在幹嘛，妳快起來！我們知道妳不是故意的，弟弟現在也沒事了啊，不是還活得好好的回家了嗎？妳快起來！」

太恐怖了。所以他們是在為了我受傷的事情吵架吔。姊接說：「你完蛋了，如果馬麻生氣，你以後就不用再玩玩具了，也不用再買新衣服了。」我就跟姊接說：「才不會，把拔今天在醫院還說，等我頭不痛了，要帶我去動物園玩。」

這時候，小杰哥哥也走到客廳去，問我的狀況還好嗎？接著聲音就忽然大起來，說：「你們在幹嘛啦！讓雲林阿姨跪在這邊，兩個人欺負一個人，你們有沒有搞錯啊！」然後馬麻就說：「這裡沒你的事，你回房間念書。」馬麻每次都這樣，大人有什麼要講，就把小孩都趕到房間去。

「小杰，等一下。」把拔忽然說，「弟弟出事的時候，你也在家裡，為什麼你沒有出來幫忙，讓你媽一個人緊張得要命。你不想理我沒關係，你連你媽都不顧了嗎？連你弟弟都不顧了嗎？」小杰哥哥說：「我沒聽到。」把拔說：「最好是沒聽到，你雲林阿姨不是還尖叫嗎，你就是一點都不關心這個家。你到底把我們當什麼！」結果小杰哥哥說：「我戴耳機在聽音樂，要信不信隨便你。還有，我從來沒有把這裡當成是我的家！」說完就回房間了。

我不知道小杰哥哥為什麼要這樣說，這裡明明就是我們的家啊！小杰哥哥總是很奇怪、很酷，雖然有時候不大理我和姊接，但偶爾心情好的時候，還是會陪我們玩。唯一讓我比較想不通的地方，只有不知道為什麼他總是對把拔很沒禮貌。有一次我把這件事寫在作文裡，結果老師覺得很奇怪，就寫聯絡簿跟馬麻講，搞到最後還來家庭訪問，我都嚇死了。記得那天，馬麻一大早就起來打掃家裡，忙裡忙外。雲林阿姨和小杰哥哥也是一大早就出門了，我問他們要去哪裡，小杰哥哥說要你管，你老師要來，就害得我們得出門，你們好不好笑？我都不知道他在說什麼？我又問雲林阿姨你們要出去玩嗎？雲林阿姨說對，說他們要去看電影。

早上十一點的時候，老師來了，我和姊接穿得很正式，像小紳士小淑女，坐在客廳一直在偷笑。老師問我們在笑什麼，我說我們也不知道。馬麻請老師吃水果和蛋糕，託老師的福，我們也吃了好吃的蛋糕。吃到一半時，我忽然問馬麻，有沒有留雲林阿姨和小杰哥哥的份？話一說完，把拔就說，今天的主角是老師，小孩子不要扯一些有的沒的。

吃蛋糕的時候，把拔、馬麻和老師都在聊一些很煩的事，比方說我考試常常粗心大意，明明會的題目還是寫錯，還有上課愛和同學聊天，不夠專心，姊接坐在旁邊就一直笑我。但老師也稱讚我很聰明，理解能力很好，在班上人緣也很好，這學期還當選副班長，講得我都臉紅了，像把拔上次喝醉酒，不過我可沒有哭。

蛋糕吃完後，老師說，其實今天會來，是因為上次我的一篇作文很有趣，讓她想了解一下我的家庭。說到這裡，馬麻又來了，叫我和姊接回房間寫作業。我說我們都寫完了啊，她就說那去玩積木，還跟老師說我很會堆積木，每次都把家裡堆得像萬里長城一樣，不然就是像在動物園在圍動物一樣，東一圈西一圈，把家裡搞得像什麼奇怪的闖關遊戲現場，大家走路都要繞來繞去，一直講我的壞話。馬麻說：你去房間堆一個城堡給老師看，堆好了跟我們說。姊接也一起幫忙。我跟馬麻說，記得留蛋糕給雲林阿姨和小杰哥哥喔，然後就進去房間。

當然，我和姊接都沒有乖乖堆積木，而是使出大絕招，靠在門邊偷聽大人講話。不過那天我聽到很多不是很了解的內容，大概就是雲林阿姨才是把拔的老婆，然後小杰哥哥的爸爸在美國做生意，是大老闆之類的。

老師又問了，為什麼我的額頭會有那一道疤呢？把拔就說，都是我小時候自己在家裡亂跑，結果不小心跌倒，撞破了頭，去醫院縫了好幾針呢，拆線後貼了好一陣子美容膠帶，但我嫌醜，每次都偷偷撕掉，結果現在留下疤痕，更醜。

老實說，除了疤痕很醜的這一段之外，他們講的很多事情我都聽不懂，害我有點失望。我還以為我在作文裡寫的那些搞不懂的事，老師都會幫我問清楚呢。結果他們根本連小杰哥哥為什麼這麼沒禮貌，都沒有講。

看來這世界真是充滿了無法解釋的謎團啊。

再回來七歲時的事情。頭破掉那天晚上，我聽了一大堆把拔罵小杰哥哥，馬麻罵雲林阿姨的話，還是搞不大清楚到底我是怎麼受傷的。姊接就趁睡覺前跟我說，晚上馬麻在幫她洗澡時，忽然聽到雲林阿姨的尖叫聲，馬上跑出浴室，結果就看到我倒在一堆積木中間，頭破了一個洞，流了好多血。馬麻嚇得一直發抖，打電話給把拔，說我摔破頭了，現在要馬上去醫院。我問姊接，那妳澡不是才洗到一半，身上都還有泡沫，好好笑。

接下來的一整個禮拜，馬麻都不准我和雲林阿姨玩，叫我要離她遠一點。其實我不討厭雲林阿姨，也不記得是她害我受傷的，但馬麻的話我也只能乖乖照做，不然她可能會叫我去房間堆積木堆十年，寫作業寫一百年。不過後來我發現，就算我不去管馬麻說的話，雲林阿姨也自動離我好遠好遠。我覺得好孤單，奇怪我在學校明明都交得到很多朋友，在家裡卻是雲林阿姨不敢接近我，小杰哥哥不想理會我。

無論如何，兩個月後，放暑假了。把拔說我頭部受的傷算是好了，要找一天帶我們全家人去動物園玩，問大家好不好。我和姊接兩個人大聲歡呼，但馬麻好像不是很開心的樣子。我才要問馬麻怎麼了，雲林阿姨就說那她回芬芬姊姊家好了。原來馬麻是不開心雲林阿姨都不合群，挑大家要一起去玩的時候回鄉下。結果小杰哥哥說那他也要回鄉下，說回鄉下比較安靜，更適合準備考試。雖然馬麻和雲林阿姨都覺得很奇怪，但也拿他沒有辦法。

真是煩死了，大家都這麼不合群，乾脆都不要去好了。

我是開玩笑的，動物園是一定要去的。那天，我們看了大象、長頸鹿、猴子、獅子、河馬、無尾熊、企鵝還有很多夜行性動物。一路上我一直提醒把拔要記得拍照，回家才可以分享給雲林阿姨和小杰哥哥看。我們還看了馬來貘、駱駝、鴕鳥，象龜和紅鶴，每一個地方我都很確定把拔拍好了照，才准離開。

唉，如果那天真的可以全家到齊，那就真的是最快樂的一天了。

九、一日之五

等到一家子各就各位，已經是一方醒來後一個小時的事。客廳裡襯著長方形大桌，一、三、二人座的常見沙發組形式，夾住桌子的兩短一長邊。圍著坐，誰的視線都能對到電視機，同樣是常見的家庭形式。

只是其中的主權歸屬，始終微妙。

劉研坐單人大座。一方和兩個孩子坐三人座，雲林就一個人隔著最長距離，和劉研對望。

桌上擺著簡單的一鍋粥、一包肉鬆、剩下半條還在塑膠袋裡的吐司，還有煎好的火腿、蛋，以及鮪魚罐頭。

一方先幫劉研盛了碗粥，又一邊要兩個孩子自己動手，長這麼大了不要什麼事都依賴別人。十一歲的弟弟有點起床氣，任性著說不餓，好睏。大他一歲的姊姊稍微懂事，用手肘撞著弟弟要他別鬧了，意思是等一下媽媽會生氣。兩個孩子就一起從塑膠袋裡取出吐司，一個先拿筷子夾火腿蛋，一個先拿湯匙挖鮪魚。

「大姊要喝粥嗎？」一方問。

「我不餓。」

「多少吃一點吧，等一下山路塞車，肚子餓了很麻煩。妳不要這麼任性。」劉研說，一邊吹著眼前滿碗的熱氣蒸騰。一方站起來幫他在碗裡添肉鬆，又夾一顆荷包蛋進去，說：「沒關係啦，不然我幫大姊先包一個三明治，等一下車上餓了可以吃。」

雲林不置可否，沒有刁難，只是真的不餓。長久以來的食慾不佳，體重雖然沒有明顯變化，始終略微偏瘦的身材，但氣色愈來愈差。五十二歲，再怎麼得天獨厚，也絕對已經是即將進入生理上的更年期，只是因為子宮整個拿掉的緣故，早已經沒有月事的麻煩。據說還是會正常排卵，只是直接被身體吸收了。女性荷爾蒙還是有，但有或沒有的差別在哪裡也不知道，說起來都是沒意義的事，她也從不跟別人說。

她只是不斷在腦中想，自己沒有機會了。活了這麼多年來，從沒發生過什麼精彩特別的事，足以讓她的故事被寫成書，被改編成劇本，被拍成電影。沒有了，這世界上沒有誰真正的在乎她，認真把她看作一回事，他們的電影都不會有她。芬芬的不會有，弟弟的不會有，一方的不會有，小杰的不會有，兩個小鬼頭更不用說，根本還不懂事，她嚴重懷疑兩個小鬼頭長大後還會記得她這個什麼血緣關係都沒有的人。最多是弟弟吧，也許會記得，就是那個自己承認了在他七歲時害他摔破頭縫了九針留下一道疤的女人。

劉研的更不會有，除非他想要這齣戲變成大悲劇。

「妳也先吃吧，等一下再弄。」劉研說。一方坐下，也給自己盛粥，又說等粥涼，先做三明治沒關係。氣氛尷尬，一桌子人吃早餐，像在吃最後的晚餐。

搬進劉家，一方打從開始，就很清楚自己地位，恭恭敬敬、謙謙卑卑打理著一家老小，先後兩胎，都是做家務做到陣痛了，才自己想辦法處理。第一胎，婆婆隨著公公走後不久，忽然血尿，一驗說是得了腎臟癌，診斷出來沒多久就躺在安寧病房裡等著了。也是雲林在照顧的，也是先生在接送的。一方在家裡，就好好養胎，雖然懷的是個女孩，還是受著珍視。可是羊水破了那時，先生和雲林正一起在醫院裡，不敢打擾，只好自己叫了計程車到醫院去，把孩子生下來。

婆婆在她坐月子的時候過世了。為著各種原因，出殯入土，她都沒去。

隔一年半，第二胎準備落地，她打手機給先生沒接，打去事務所，還不是說找我老公，而是找劉研劉先生，客客氣氣很像只是打來詢價的客戶。也可能是孩子爸媽互有感應，劉研接起電話，聽到是一方，馬上說：「我就猜是妳。要生了？」掛了電話，趕緊離開公司去載她。

兩次生產，她另一個二十五歲時同樣非婚生下來的兒子小杰，也都不在，去上學。回家看不到媽媽，自然知道發生了什麼事。

猜他也是不在乎的。對待兩個弟弟妹妹，像陌生人，心情好時見著可愛，伸手玩；心情不好時，閃一邊去，別來理我。也最好別指望他會幫忙任何小孩的事。對這兩個一半是一半不是的弟弟妹妹，他是不允許自己有一絲感情的。

但人生嘛，看開了就是一個「命」字，習慣它、順應它，就是大事化小、小事化無的最好辦法。生弟弟時好不容易有劉研陪了，都覺得自己是不是占了誰的便宜。

另一邊，對於一方住進家裡的事，雲林也是一樣的態度，習慣它、順應它，大事小事全部噤聲。一方還沒進家裡時，雲林就曾經想過，結婚近二十年，不要說一個孩子沒生，根本是一個孩子也沒辦法生。這樣還沒被休掉，她也覺得自己是不是占了誰的便宜。

哪裡知道，根本誰都沒占誰的便宜。她在這裡獲得慷慨的諒解，必定在另一處犧牲出去。那個晚上，連續一個禮拜獨睡雙人床，終於見到先生回來。撥滅了燈拉上棉被，如果就此倆倆睡去，也很尋常。但暗裡，天曉得，也許是父喪後獲得的勇氣，先生決定開口：「妳知道阿平吧，就事務所裡的那個阿平，兩年前，他……該怎麼說呢，就是說有一個遠房的親戚，單親媽媽，家裡沒錢，但想要把僅存的一戶房子隔幾間租人，希望我可以幫忙一下，不算工錢，那材料費他會出，這樣。」忽然沒頭沒尾地說起這事，雲林很快有了不祥的預感。

「那個女人叫一方。」劉研似乎不打算再演了。

「嗯。」雲林說。還是一樣的態度，夫妻就是演戲嘛。

「一方？」夫妻就是裝嘛。

「對，數字的一，方塊的方。姓葉，有一個孩子快十歲了，跟他爸的姓，叫李育杰，跟妳同姓。」劉研似乎也不打算再裝了。

「嗯。」生氣的裝沒生氣。

「她懷孕了。」

「嗯。」在乎的裝不在乎。

劉研沒再多說。長長的沉默，窗外有改裝機車呼嘯而過，米黃色窗簾亮了一下，又暗去。雲林感到渾身燥熱，「你要喝水嗎？我好渴，我去幫你倒。」掀開棉被下了床就走出去。再回來的時候，房裡的燈已經三盞全亮。先生坐在床沿，接過水杯，一飲而盡，接著說：「是個女生，真的是不小心的。妳知道阿平老是勸我該想辦法生一個，傳宗接代什麼的。但我真的不在乎這種事，不然現在不是都說精蟲分離術很方便，直接做一個男生就好了，我何必還去碰這種運氣。所以說，真的是不小心的。」

雲林只是很緩慢很緩慢地喝著水。

「可是我不想他們母子，還有母女，自己住在外面。我想……接他們進來住。這麼大一間房，也熱鬧。我獨子，小時候老是嫌家裡冷清，但久了也就習慣了，早已經不怕冷清。但我們都老了，也要為自己著想。我跟媽商量過了。」

還在喝水。喉嚨咕嚕一聲，她慢慢喝著，卻停不下來，喉嚨乾得像一百年不曾喝過水。雲林心裡有一個畫面，像電影劇照，但很模糊，只隱隱約約看得見自己和劉研的臉。那張圖現在正在瓦解中。

「妳就還是住著，還是我的老婆。妳要孩子喊妳媽也可以……」

「不要，不喊媽。但你讓他們來吧。」

兩個禮拜後，車子就載來了一大一小兩個人。雲林原本以為會是阿平載著他們來的，他和劉研就在家裡接他們。但不是。是劉研載了他們過來，她一個人在一樓大門口等，卻像是個外人。幾箱的雜物和兩個大行李箱，孩子不肯拿，劉研又不讓一方幫忙，只能自己提著。雲林想過去幫忙，又不知道該或不該，還來不及下決定，劉研已經想辦法全部抓在手中。

一方怯怯地喊：「大姊。」又對小杰說：「叫阿姨。」

「阿姨。」男孩子喊，平平淡淡沒有什麼情緒的口吻。雲林看著這個孩子，跟芬芬差不多大啊，也同樣是一副不大理人的樣子。但還是莫名的產生了憐憫之情，沒有來由地想，這孩子跟自己好像啊，都是隨波逐流的可憐人。事後也證明他真的一樣這麼想，親生的爸爸不要他，媽媽又和別的男人好上了。待在劉家九年，他沒喊過劉研一聲爸爸。

「聽說你也姓李？」雲林都還記得，自己第一次對小杰說的話。後來再想，覺得非常突兀，好像急著要拉攏同夥。在想到這一層之前，她從沒覺得自己有那個意思；想到之後，她又覺得不然還有其他的解釋嗎？

而這個同夥，到底是去哪了呢？去年滿十八歲，留了一張字條說：「我走了，不會再回來。」就消失無蹤像人間蒸發的小杰，到底是去哪了呢？

還把雲林的狗也帶走了。講了好久好久，好不容易劉研才答應讓養的一隻小黑狗。

「聽說你也姓李？」雲林經常反覆咀嚼，自己第一次對小杰說的話。而現在，餐桌上，僵持不下一方幫她盛的一碗粥。最後，她又拿了整罐的玉米罐頭，擠上美乃滋用湯匙拌了拌，就學著小杰最愛的方式，當早餐吃。

十、最快樂的一天

什麼最快樂的一天？我的人生裡沒有那種東西。

你要期待一個還沒出生就被爸爸拋棄，唯二的親人，一個在八歲時過世，一個在九歲時做了別人家庭的小三，人生裡有任何的快樂存在，不覺得有點太奢求了嗎？

要說最荒謬的一天，倒是很多。

比方說現在，我帶著一隻偷抱來的小狗，寄住在同學阿痞的親戚家裡跟著當修車學徒。我騙阿痞的親戚說我是孤兒，父母雙亡，住在外婆家一直到成年。畢業前不久外婆剛好過世了，大學也落榜，現在只求學一技之長，有個地方住，有幾口飯吃，生病了有錢看醫生，就好了。當然阿痞是全部知情的，不過他也是挺夠意思，跟著我一起騙人。他也一樣沒考上大學。而且不像我，是考不上公立大學，繳不起學費，只好放棄。他是老老實實沒在客氣的一間最爛的狗大便學校也沒考上，不久後就準備當兵去。

阿痞的親戚沒有多問，只有兩個問題：一、不用當兵？我說對，不用。我太瘦了，氣胸過一次，高中體檢時就確定免役。不過請伯父放心，我高中三年都有在練身體，現在就算壯得不像牛，少說也有點狼犬的樣子，也不怕操。我最大的心願就是白手起家，當黑手。

第二個問題：狗哪來的？其實是流浪狗，外婆看牠很可憐，偶爾會餵牠東西吃。外婆死了，我不放心，就帶來了。一方面也是有點捨不得。在老家那裡，街上有個瘋女人常欺負牠，拿條狗項圈栓著牠，沒事就帶牠到處跑。大雨天、颱風天，再糟的日子都看見過瘋女人帶著牠往水裡火裡去。聽說最遠還去過山裡，小狗沾了一身的泥巴回來，我看了差點沒有暈倒。

就這樣，通過了面試。我一邊念書一邊學修車，說辛苦是蠻辛苦，但至少自食其力，不用仰賴任何人的庇護。

是的，我承認偶爾也會想念一些人，比方說我老媽。唉，她也算是蠻可憐的人，在單親家庭長大，長大後又變成單親媽媽。她能找到好男人倚靠，其實我應該要為她高興。但我也不知道自己是哪根筋不對，就是覺得她對不起我，沒問過我一聲就懷了別人的孩子。她那時候問我：我們去劉研叔叔家住好不好？我說不好。我覺得很奇怪啊，我們住在自己的家裡不好嗎？還是說外婆死了，那房子也不是我們的了？那時我還不知道她已經懷孕了，只有滿腦子的問號纏在一起，打成八十八個死結。她說，劉研叔叔幫我們把家整理好，生癌的牆壁處理好，壞掉沙發也丟掉，隔好幾間，租給大學生住，是這樣我們才有錢的呀。可是你看，我們的房子隔成這樣，住的空間好小。我們搬去劉研叔叔家住，又多一間可以租人，租金媽媽都存在你的郵局戶頭裡，你慢慢存，以後考上大學，才有錢可以念書。

也許我應該感謝她，沒有在我離家之後，把房客繳租金的戶頭換掉。

她知道我還在用那些錢，知道我還活著。

但我還是無法原諒她。所以我離家後，寫了封信給她，寄到外婆家地址，告訴她，弟弟的傷是我造成的。那天，我在房間裡念書念得眼睛好痠，參考書上的數字都要飄起來到處亂飛了。心浮氣躁地打算出門買杯咖啡喝，一到客廳，就看到弟弟的積木擺滿了整個客廳，我走到哪就得跨到哪，肝火整把燒起來，用腳大力一踢，就把他的城堡踢掉，哪裡知道，一個不小心，踢到了他的頭，整個人往前一傾，額頭往地板狠狠磕了一下好大聲。雲林當場尖叫，我也慌了。媽媽正在浴室幫妹妹洗澡，聽到聲音大喊：「發生什麼事了嗎？」只見雲林用力揮手，叫我回房間，用氣音對我說：是我做的，都不干你的事，你快回房間。

我事後想，其實說是她幹的，不見得會比說是我幹的要來得少受罪。她在家裡的地位不見得比我要高多少，說不定還更加艱難。但順水推舟，也就照做了。

離開了那裡，總算可以老老實實供出真相了。

我想媽收到了信，應該也不敢對任何人講吧。收到了信，應該會對雲林好一點了吧。收到了信，應該就會留著我的帳戶，繼續收租金吧。

說出實話的感覺，其實蠻開心的。

我也寫了封信給劉研，寄到他的公司去。老實說，他對我也蠻好的，照顧我媽，就連我也一起照顧。為了取得我的信任，他曾好幾次找我「men's talk」，找我去洗三溫暖，去他的公司打工，甚至承諾會幫我找我的親生爸爸。我問他：「我爸不是在美國做生意嗎？」他反問我是真的相信嗎？當然，我是不信的。天底下有哪個做人家老爸的在美國當大老闆，會棄妻小於臺灣不顧？就算不要老婆了，也會要兒子吧。

他說：你爸不在美國，也不是什麼大老闆。我聽說他去了南部，和朋友合夥開了一間小修車行。但你媽這消息也是好久以前的了，你真的想見他一面的話，我可以幫你。

我不知道劉研打的是什麼主意，是幫我找到我爸後，就把我丟給他，好讓自己落得輕鬆？我回答說：不用了。他不要我，我還回去找他，不是自討沒趣，說不定人家現在過得很幸福。

也可能不幸福啊，劉研說。不過也還好你說不要，我就放心了。其實你不知道，我多怕你答應了，我就真的得幫你找。找到了，萬一他回來說要你了，也要你媽了，我真的沒有把握留得住你們。你知道，我能給你媽很多東西，但就是給不了她名分。

在三溫暖裡，他說得很像真有那麼一回事。我想他高估了我爸，也高估了我媽。最重要的是他高估了自己，以為這樣打開心房對我說話，我就覺得他真心愛我、關心我。

連雲林都沒那麼好騙吧。

所以我也寫了封信給他，跟他說，我來到了南部，也找到了我爸。要先說服他，希望他同意讓我們一家團圓。我們欠了劉家那麼多，我理應先徵求他的同意。當然，他有權力把一切真相藏起來，我和爸爸就不去打擾。劉家就繼續過劉家的幸福生活。如果他同意，請在蘋果日報頭版刊一個小小的啟示，寫上「雲林」二字，我就知道了，會主動跟媽媽聯絡。

我相信，那也是一封劉研不會跟任何人分享的信。

說謊的感覺也蠻快樂的。

除了媽媽、劉研，不得不說，偶爾我也會想念那個瘋女人。

雲林大概是整個劉家成員，對我最友善的一個了。不只主動親近，還趕不跑，像寄生蟲一樣。最好笑是瘋瘋的，當然好笑跟恐怖常常只是一線之隔。我有時忘了她其實也和我一樣，只是個極度缺乏安全感的人，會一不小心就向她吐露太多心事，說出太多真心話。這也是最恐怖的事。

和她去看電影那次，她跟我說，她從小就有一個願望，不是當電影明星，而是自己的故事演成電影。她希望林青霞可以演她。林青霞當然是已經不紅了，也老了，現在大家喜歡的都是桂綸鎂、章子怡、陳妍希之類的。我不覺得她們之中有任何人會想要飾演她。但沒關係，我跟她說，如果有一天，假設有人要拍我的故事，我一定想辦法把她安插進電影裡。不過可能會是一個老女人喔，我警告她。畢竟我們差了三十快五歲，如果陳柏霖要演我，那演她的至少也是李烈或林美秀了；如果溫昇豪要演我，那演她的可能就得是歸亞蕾了。再往上舉例我就不認識了，況且我懷疑如果故事的主軸是我活到梁朝偉這年紀，雲林那時還會活著嗎？

不管怎麼樣，她聽了很開心。天底下大概沒有比她更好騙的人了。但她太可憐。人可憐到一種程度，會讓人連騙都不好意思騙她。或者是，有點壞的，覺得拿真心話去折磨她也無妨。

所以，我也寫了一封信給雲林，寄到家裡去。信的內容是，其實我和芬芬做過那件事，好幾次。她還不小心懷孕了，最後只能墮胎。當然，只是玩玩而已。她也有男朋友了，沒記錯的話，還是兩個呢。我自己雖然腦子裡除了風和落葉，什麼都沒有，一點想要交女朋友的慾望不存在，但身體的需要總是要解決，看見漂亮的女孩子也是會有反應的。對不起跟妳講這件事，但我實在憋不住了。也對不起，帶走了妳的小狗。我遠走他鄉，實在需要陪伴。我想，帶走小狗總比帶走弟弟或妹妹好吧？妳總不能一輩子替我揹黑鍋。

但這些事，我想妳總能替我保管好。

把祕密一股腦全部宣洩出去，也是蠻開心的。

三封信，我同一天寄出。勉強一定要說出最快樂的一天，大概就是把信都投進郵筒裡的那一天吧。其實真有點想親眼看見他們讀信的表情。當然如果有信不小心寄給了錯的人，也就更不該錯過了。

可惜我短時間內是沒有要回去的意思。祝福在台北的大家一切安好，我會想念你們的。

十一、一日之六

也不是沒想過學點什麼。

只是要學什麼？學烹飪、學日文，社區大學裡少數適合雲林年紀的課程，報了名去過兩三次，就沒動力了、乏了，像破掉的碗裝不下什麼好湯。

但沒事做，幻聽的症狀就一天比一天嚴重，看過幾個醫生都沒效，最後連精神科都掛上了，前前後後換過幾種藥，睡是好睡了些，但似乎太好睡了，整天萎靡，看什麼都不真實，連購物頻道都安慰不了她。一次真的打電話去問一件好神奇的塑身衣，模特兒穿上去整個人都像在發光，結果對方開口要資料，她立即防備心大起，掛電話，知道了那裡頭確實有一個完整機制正運作著的世界，爾虞我詐機關用盡，而不只是戲，從此再看不下去，連這一點點無聊消遣也被自己的介入給剝奪了。

她想，人家說的行屍走肉，大概就是這種狀況吧？

去找小杰講話。那孩子的個性彆扭，平時不搭理人，不湊熱鬧，即使一家子因為新生命的到來，看著好小好可愛的嬰孩一路長大，會爬會走，時不時真心地感到幸福時，也只有他，以及雲林，兩個局外人般始終自行保持著距離。

雲林想，這輩子遇到的所有人，大概就這小子最有企圖心，可能會創造出一番不凡光景，被搬上大銀幕變成眾星搶演的真人實事電影。不是說演真人真事最有機會得獎嗎？不過要演他也不容易，首先要帥，再來要有點怪，心裡彆扭，表裡不一。雲林最不捨他也是這點。他的一切佯裝都那麼不得已，沒有心機，沒有欲蓋彌彰或欲擒故縱。他只是沒有辦法。

他必須讓自己真的不在乎，認真就輸了，小杰教她的。

一方懷第二胎時，這種狀況又更顯著。不只小杰，雲林也是。不是說了是不小心的嗎？說了並非是為了傳宗接代不是嗎？那怎麼還會又不小心一次？

即使雲林心裡多清楚，男人女人睡一張床，再小心也會不小心。但就是不平衡。

畢竟太合理了，想再爭論些什麼都不合理。

小杰則是莫名其妙，就被雲林拉去做了同國的人。他是拿她沒辦法，因為只有她鍥而不舍地找自己說話。但他後來發現這女人不僅可憐，還可悲，甚至可笑，就忍不住同情起她來。

「阿姨，明天我們要交校外教學的費用，八千。」看起來像是利用，卻同時給了雲林一個付出愛的機會。他念國中的時候，每回在他的家庭聯絡簿上簽名，雲林都刻意只簽上單一個「李」字，假裝是他的親人。

裝久了，倒也像真有那麼一回事。

只是不曉得，到底是多厲害的校外教學，要交八千元？她後來發現根本沒有校外教學這回事，八千元不知拿去做什麼。狠下心問起，小杰說，就上次芬芬上來台北，我帶她去玩，花掉了。

她悵然若失，知道兩個人再親，也有一層血緣上的陌生，再一層年紀上的陌生。他就從來沒想過要找雲林去哪玩。

也有他幾乎整個童年雲林都不在場的遺憾，那是最難被取代的，雲林知道。可惜她是想不大起來自己童年時的回憶了。除了「公雞啼，小鳥叫，太陽出來了……」有時雲林連自己唱著這歌，都覺得是幻聽吧，自己其實沒出聲吧，反正誰也聽不見她；自己其實不存在吧，反正誰也看不見她。

自己只剩一個名字，放在公公婆婆的墓碑上。

也不是沒想過乾脆回雲林老家。人不親，土親。

正好也有個機會。劉研和一方要帶著兩個孩子去玩，不想我一起去。最好的理由：回家。只是覺得奇怪，小杰竟說想要跟。

打了電話給弟弟，說台北空氣好差，天氣好熱，最近頭好痛，想回家清淨一下。弟弟當然大表歡迎，說：「好啊，打算住多久？」

「住多久喔？我也不知道。唉，你也知道我們家，小孩子一個七歲一個八歲，成天吵死人了，我在台北也沒事……對了，小杰也要去。」

「小杰？喔，妳是說……」弟弟的聲音在那頭猶豫起來，不知該怎麼稱呼，索性放棄，「還是……那你們就住兩個禮拜好不好？妳也知道，芬芬接下來就高二了，要開始專心準備考大學，我們是打算趁暑假帶她出國玩最後一趟，讓她心甘情願好好念書，機票都訂好了，兩個禮拜後飛。」

「真的啊，去哪裡？」

「去澳洲，那裡現在天氣涼。機票好難訂，暑假就是這樣。」

「喔。」

結果去了，莫名生疏。帶了一堆的蛋卷禮盒海苔禮盒，全堆在櫃子裡沒人要吃。一天晚上從外頭逛夜市回來，不知為了什麼細故，弟媳和姪女正在吵架。開門時正好聽到弟媳說：「妳再這樣我不讓妳去澳洲了！」

姪女就一直鬧，說：「可是那是我的練琴室啊！」

雲林才恍然大悟，自己房間角落的那架鋼琴不是被玩膩了的玩具，而是還受著寵愛的。「芬芬，姑姑是不是打擾到妳練琴了？」

「大姊，妳不要理她。小孩子不懂事，平常根本也沒怎麼在練，現在才在那邊鬧。」

還是小杰出面緩和了場面，說自己讀書讀累了，現在想去逛夜市了。剛才問你要不要去，說不要，現在又……雲林想，但不敢說出口。倒是弟弟夠靈敏，知道小杰可能是故意的，叫了芬芬，說：「妳帶小杰去逛逛。不要再吵鋼琴的事了。妳那麼愛彈，以後最好給我去念音樂系。」

兩個高中生就一個不甘不願，一個可有可無的去逛夜市了。

而雲林就在自己的房間裡，把衣服摺好、行李整好，放到樓下去，準備隔天就要 check-out 回台北。

也不是沒想到找點事做。

於是養了一隻狗。和小杰一起去流浪動物之家撿回來的。她想養隻黑的，短毛的小型犬，最好樣子土土的，憨憨的。活到這把年紀，雲林知道當然不能以貌取人，看起來再忠厚老實的人都可能外遇，再溫柔嫻淑的人都可能介入別人的家人，變小三，變賤貨，變婊子，變破麻。雲林對於腦中出現這些髒字覺得很不能接受。

到底，是怎麼，走到這個地方的？

到底，是怎麼，走到必須養一隻狗來充作安慰，製造自己被需要的價值，像一個真正的瘋女人在巷口找不到方向回家的地方。

最後挑了一隻毛色黑亮的小狗，眼睛骨碌碌轉動很靈活的樣子，很親近人，也很調皮搗蛋。那陣子，小狗在家裡跑來跑去，劉研每次看了都嘆氣，覺得真是徹底失控了。偏偏那狗又特別愛蹭他，幾次劉研受不了了，用腳把狗推開，雲林看到，馬上跑過去把狗抱起來，說你怎麼這樣，狗喜歡你不可以嗎？劉研說，狗要喜歡誰我管不著，但我就是不喜歡牠。妳自己要養的，妳自己負責。雲林說，這我沒有辦法，但心裡不知為何很高興，覺得這狗有靈性。

為了小狗的名字，家裡也吵過一陣子。先說要取名字的是弟弟，他說小狗不能就叫小狗，那我們去路上隨便遇到一隻都叫小狗，小黑不就變成和其他流浪狗一模一樣了？

「小黑？」雲林說。「不要叫小黑，我還是要叫牠小狗。不要有名字，有名字麻煩。」但她解釋不出來哪裡麻煩。

妹妹說，「小黑」太像男生的名字，就算是「小狗」，也是像男的。小狗是母的，應該取一個女性化一點的名字。叫牠「小雨」好了。「我不喜歡小雨這個名字。小雨和牠一點關係都沒有啊。」弟弟又抗議了。

一方這時出來打圓場，說：「我覺得弟弟說的蠻有道理。至少也跟顏色、個性或者我們家有關的，會不會比較好？」

「那叫劉小狗、劉小黑還是劉小雨？不然李小狗、李小黑、李小雨？葉小狗、葉小黑、葉小雨？」小杰也來湊熱鬧，「不對不對，絕對不能姓葉，這家裡姓葉的只有一個，少數服從多數，應該姓劉。不過我主張姓李，這樣姓李的就有三個，跟姓劉的一樣，比較不會失衡。」

一方就不講話了。劉研則受不了這荒謬劇場，忍不住插嘴：「取個名字也能吵成這樣！你們會不會太無聊！雲林要養的，雲林決定就好。其他人統統閉嘴。是沒有其他的正事要做嗎？」

就決定叫小狗了。也沒冠任何姓。不過雲林要怎麼喊狗是她的事，不管去哪，弟弟還是叫牠小黑，妹妹還是叫牠小雨。小杰叫牠李小狗，一方則偶爾要幫忙清理或叫狗讓路時，就說：「你，過來！你，走開！」

不過是一隻狗，就徹底彰顯出這個家有多麼的精神分裂。劉研想，雲林這到底是故意的，還是怎麼樣？

下一步又會是什麼？

也不是沒想過去死。

最想死的時候就是那年的除夕夜。當鞭炮聲漸歇，半夜兩點半，她一個人枯坐客廳裡，電視關靜音，光影在她臉上閃動，一幕幕都是徒勞的激情，像她人生的隱喻，現在她的快樂都只能仰賴罐頭笑聲。她多希望自己身體能有個什麼開關，打開了就笑，關掉了就停。悲傷人工智慧，這會是個不錯的電影題材。

房間裡傳出先生和一方說著酒醉的話，一聲聲的我對妳不起，是我讓妳受委曲了，妳幫我生了兩個孩子，我一個名分也沒有給妳。我真該去死。泡在海裡整個人泡得臉色死白皮肉浮腫死掉的人應該是我，不應該是吳世民……都是我不好，我沒有用！可是妳不要離開我，千萬不要，不然我一定活不下去……

「沒關係，我不覺得受委曲啊。能和你在一起，怎樣我都沒關係啊。大姊一定也是這麼想的，你不要想太多了，怎樣受苦我都不怕的。」

什麼妳大姊。她不是妳大姊。妳以為我看不出來她處處找妳麻煩？告訴妳，我都看得出來！家事她有做過一件嗎？孩子她有照顧過一天嗎？我知道，我知道我也對不起她，但我更對不起妳，妳知道嗎……

「你醉了，快睡吧。下次別再喝這麼多，小孩都被你嚇到了。」

某次精神科醫師問到，幻聽的症狀什麼時候開始的？雲林脫口就是那年的除夕夜。「有一個沖天炮，炸到我家窗口，咻——砰！好尖又好響的一聲，可能炸壞耳朵了。」她說：「後來我不管聽什麼聲音，都覺得是有鬼在叫，一屋子都是鬼。開瓦斯爐好像小鬼在辦營火，水龍頭沒鎖緊滴滴滴的聲音像女鬼在哭，拉開窗戶『咿——』的一聲，是殺過人的刀子被手巾擦過去在抹血痕……」

那真是百鬼夜行在煎熬一個人、逼瘋一個人的凌遲。連不甘心的志氣都留不住，雲林只願一了百了。

結果，也被濫情的想像力給剝奪了。她想，自己要是真的走掉，小杰怎麼辦呢？那個孩子什麼都沒有，只有自己。自己也是什麼都沒有，只有小杰。

也不是沒想過自己搬出去住。

像小杰說走就走，徹底割斷和劉家的一切連結。雲林是當真感到羨慕，羨慕小杰可以豁出去，自己卻只能縮起來。也是當真感到痛恨，恨他一聲不響，就一張紙條擺在桌上，誰先撿到都沒差，還帶走她的狗！那麼多一起吃玉米罐頭拌美乃滋的日子都白費了。他偏食，自己獨創的孤僻吃法。準備大學聯考那時，每晚K書都擺著一罐在桌上，累了就挖一湯匙吃。那年，雲林幾個晚上在一旁陪著，他都不介意，都隨便。她也隨便，陪著無聊，腳邊的狗繞啊繞，跟著他們一起百無聊賴的樣子。

一次隨口問起：「熬夜看書不累嗎？」

「干妳什麼事？」

「這樣很不健康。小心長很多青春痘，交不到女朋友喔。」

「妳想太多。」

「我沒想太多，我只想一件事。」

「別以為我會問妳什麼事。」

「你不問沒關係，那我問，問你一件事就好。」

「不要。」

「問一下，問一下我就離開。」
「有屁快放。」
「你媽剛和你叔叔交往那時，你怎麼想的？」
「沒怎麼想。」
「你沒向你媽抗議過？」
「無聊。」
「你沒有向老天爺拜託過，說千萬不要讓這種事發生嗎？偷偷哭這樣。」
「我又不是妳。」
「這樣啊？看來是有偷哭囉？」
「隨便啦。有又怎樣？有差嗎？反正我就是沒人要的孩子嘛，我只能靠我自己啊。不管有沒有考上大學，接下來我都會想辦法養活自己。我是這樣啦，我勸妳最好也——」最後一句講到一半停了。
「最好怎樣？」
「沒怎樣，妳最好早點去睡。」
「唉，我們都一樣命苦。我問過算命的，是名字取壞了。但我來不及改，也絕不能改了。你還來得及，快去改一改吧。」
「無聊。」
「這怎麼會無聊。這很重要！」
「我名字是我爸取的，我才不會改掉。」
「這樣啊……」

不過也就是透露了一點內心話，她便擅自決定是革命情感了。她不知道小杰說謊，他很清楚自己的名字是一方取的，而且根本沒什麼特別的意義。

於是他離家的前一年夏天，一個強烈颱風來襲，雨下得風刮得到處土石流如冰山融化火山噴發，城市邊陲四面八方的土地潰決。雲林感覺事情不妙，首先找的共同勘災者，就是小杰。風雨還肆虐著，兩人已找到一輛不怕死的計程車往山區過去。一看，全沒了。整片山坡走山，頓時變亂葬崗，全數先祖盡成野鬼，皆無處尋找地流散了。

至此，她終於是完全地敗下陣來，不行了。幸虧有小杰，雖然不知所措，仍死拖活拉地把趴倒在地挖著泥漿的她給帶了回家。

所以當小杰離家出走音訊全無時，最崩潰的也是她。一方哭，她也哭。那時已長期精神耗弱且茫然迷亂的她，簡直鬧場。兩個人一起哭，都不知道是誰在喧賓奪主。

於是心生一念，自己也走吧，也飛吧。也不是沒想過，只是從來沒有好好地做過。人的一生能夠幻夢過幾回的翻飛流轉，最後仍停駐下來，所總結出來難道不就是一句「也不是沒想過」？

但這次不要只是想了。半痴傻半認真地問一方說：「妳不是有個房子隔了好幾間在租人，能不能免費讓我住一間，我就不妨礙你們一家子四口了，好不好？我拜託妳，我拜託妳。」

一方沒力氣陪她瘋，先生就出來制止：「妳冷靜一點好不好！別人丟兒子妳是在鬧什麼啦？」

「我沒有鬧啊。我哪有鬧？」

「妳明明就在鬧！」

「別理我，我睏了，我要去睡了。」

隔天醒來，一方要再出門找人之前，試探性問起，大姊妳真要另找房子？

「什麼房子？」雲林說：「找什麼房子？妳終於要找房子搬出去了嗎？」

一方聽了覺得頭暈。折騰了這麼一大圈，雲林還是沒打算放過她。她想起往後十幾二十年，大家可能都要一起在這客廳吃早餐，覺得自己可能也會瘋掉，也會和雲林一樣，時好時壞，好的時候整個人像怨靈、惡靈附身，最髒的話被她說出來都像是家常問候；壞的時候整個人像痴呆老人，眼神空的，身體也是空的，讓人想在她眼前拍手掌，問一句妳還在嗎？

還是說好的時候是痴呆老人，壞的時候是像惡靈附身？

不知道。這是太複雜也太恐怖的問題，誰都沒敢多想。大家只是一起吃著早餐，假裝一切都很正常。

十二、最快樂的一天

我最快樂的一天，可能是小杰主動問我，「可以幫我個忙嗎？」的那一天。那時他國中，聯絡簿開始拿來找我簽，不給一方了。我也不覺得有什麼好拒絕，就自然而然當起了他的「家長」。我說：「什麼忙？」他指了指聯絡簿上面的作業，要我看。

上面寫著：請調查家裡成員，各自「最快樂的一天」。

小杰說，我和大家都不熟，也不想和大家熟，妳幫我去問吧。不然妳隨便講，我隨便寫。我那時候胡亂謅了一堆，反正先讓他交差就是了。

但這個問題，真的蠻有趣的。首先，我想老師是希望透過這樣的方式，讓家庭的成員更加了解彼此。可是這真的有用嗎？放在一般的家庭可能有用，可是放在我們家，有用嗎？

不會造成更大的問題嗎？

其實我已經忘了當時是怎麼幫小杰回答的。但如果給我再一次的機會，我想答案肯定會完全不同。

首先是劉研。劉研最快樂的一天，可能是一方進門的那天吧？我看著他提行李，臉上冒出汗水很緊張的樣子，比和我結婚時更像新郎倌啊。其實我真的對不起他，沒能幫他生小孩。當時確定子宮要拿掉時，我就應該堅持離婚的，誰理他答不答應。雖然是有點感謝他，給了我一點面子，還有地方可以住，有做為一個人最基本的尊嚴。但那畢竟是拿他的不幸來換的，我也許不該這麼自私。

好難想像，一方進來家裡之前，我們的日子是怎麼過的？沒有孩子，就沒有重心，我只能讓劉研專心的打拚事業。這樣想起來，我們連蜜月也沒有。剛結婚就發生了憾事，誰也沒心情去。後來又想，要去就去一趟大的，環遊世界，反正兩個人而已。存一點老本，沒有負擔，想去哪就去哪，也不失為是很棒的生活方式？劉研說，我也就相信了，於是專心在家裡服侍公公婆婆。誰知道話只能用來聽，不能用來當證據。也不知道什麼時候開始，劉研另有打算。會不會是我回娘家照顧生病的爸媽時，他一個人在台北，開始胡思亂想，有餘裕去找人，去聽朋友的勸？等到我爸媽的後事都處理妥當、圓滿了，再回台北，事情已經不同了。

會不會是那時候呢？如果是，我還傻傻地在家裡幫他照顧他爸媽，也是有夠偉大。

但那時我當然沒有這麼想。我甚至覺得自己好噁心。像小時候我想害死還在媽媽肚子裡的弟弟一樣，或者陷害老師，讓當了好幾屆里長，在地方頗有勢力的爸爸給學校施壓，要將老師解聘。

奇怪，為什麼少數記得的小時候的事，都是這類不光采的事。

不過到底是本性吧，長大後我自然也成為了一個壞女人。爸媽死後，我回台北照顧公婆，每天都在想，快死吧，你們快死吧。你們都死了，我和劉研就可以去環遊世界。沒去環遊世界，劉研就不會確定我生不出孩子是好事一樁。

公婆就是太晚死了，我才會變成這個樣子。劉研最快樂的一天，也才不會是和我有關的事。

說起來，當初根本也不該嫁給劉研的。意外懷孕時，我根本很想拿掉。如果不是在電影院裡，遇到那對有病的母女，劉研可能也不會想娶我。當然，生不出孩子的事和劉研無關。但至少，在婚姻外頭這樣認清，也不會比已經結了婚那樣，要被愧疚塞滿、塞爆。我最多告訴自己，沒有那個命，沒有做人家妻子命，做人家媽媽的命。說不定我就跟著爸爸的腳步，踏上政壇豈不很好？我這麼聰明，這麼壞，名字就叫雲林，在地方肯定有搞頭。

我可能也就學芬芬，遊戲人間。一個高中男友，一個大學男友，不夠，還能和小杰搞上，懷了人家的孩子，然後拿我的八千元去墮胎。太厲害了這個小女生。我無法想像她最快樂的一天是哪一天，應該每天都很快樂吧？背著其他的男人和新的男人搞上，一定就是她最快樂的一天吧？還是把爸媽騙得像傻子一樣團團轉時，最開心？弟弟他們還以為她很純情呢，別人碰一下鋼琴還哭呢？我勸她最好每天都打開全身的感官細胞好好享受現在的生活。我這樣的人老了都要受這些苦，那她大概要下拔舌地獄、被火燒、被扒皮吧？

我應該要來寫一封信跟弟弟講的，寫一封信給她的高中男友阿清，一封信給她的大學男友范什麼的，把實情都攤開來講，阻止她繼續墮落。那將會是她最快樂的一天，終於不用繼續活在謊言、活在面具後面了，多好。她現在可能還無法理解，但那是她太年輕了，不懂事。有一天她自然會明白，我若是真那麼做了，也都是為了她好。

就好像我總是為了這個家好，為了大家的日子好。小杰問我，弟弟妹妹的也要寫嗎？他們懂什麼是快樂嗎？我說，當然懂。小孩子最快樂，只要有遊戲、有玩具好玩，就是快樂。他們最快樂的一天就是今天，就是昨天。世界對他們來說每天都是新的幻滅。他們還會相信聖誕老人，相信白雪公主、白馬王子，相信灰姑娘。這世上可有比這更幸福的事？但還能持續多久呢？他們最好現在就馬上死掉，那就會是最快樂的一天。世界將永遠停留在他們目光清澈、眼界無邊的想像裡。我多希望自己可以死在七歲那一年，九歲那一年，十一、十二歲這幾年。我會死在還不曉得真正的遺憾為何物的單純裡。我只會想，好可惜，我還有好多的地方沒去，還有好多的事物不懂，好多的人還沒愛，這都是些多麼聖光籠罩的想法啊！長大後，我們就都知道了。我們可能會遺憾同樣的事情，卻會不禁想到，本來可以去的，是自己選擇不去；本來可以學習的，是自己放掉了機會。本來可以好好地愛著的，但人是會變的。

就好像我想跟小杰說：你知道嗎，人真的是會變的。你不也變了嗎？你的演技是那麼的好，我都差點被你騙了，以為你真灑脫得目空一切，腦子裡除了風和落葉，什麼都沒有。我真好奇你寫給我信裡的這兩句，到底是哪裡抄來的。

你還記得你剛來時，其實連我都不搭理的嗎？那時你還黏著你媽，大概也是不得不黏。但你漸漸長大，確定了不向誰靠攏也不會有問題，你就脫離母體了，像掉落的衛星。你獨來獨往，自己接收訊號，自己解讀。直到那天學校打電話來，說你打籃球打到一半，忽然喘不過氣，已經送去急診。你還記得是誰去醫院陪你的嗎？你還記得那天你媽在幹嘛嗎？劉研又在幹嘛？兩個人開開心心在事務所吃中飯啊。是我去醫院，知道你氣胸，插引流管，幫你掛號、批價、拿藥。你還記得沒事後，你開始願意跟我講話，找我商量事情嗎？開始偶爾會拿聯絡簿給我簽名，承認了我的盟友身分。我們多像相依為命的兩個人，儘管你總是嫌我噁心，還是大方教我玉米罐頭加美乃滋的最佳比例。

人是會變的，真的會變。

就像我也變了。我原先也不打算多理你的，我只是心疼你。但我後來發現，我們是那麼的像。

我們都倔強，心裡知道輸了，嘴上也不承認。我知道你這樣活著有多痛苦，你甚至哭也沒哭一次，至少我沒看過。你是怎麼辦到的呢？你最快樂的一天，會是什麼呢？那天晚上，我想了好久，最後忍不住，假日趁你出門和朋友打球，偷看了你的作業簿，真是嚇了我一大跳。

你竟然寫你最快樂的一天，就是你氣胸的那一天。你說有個人心裡唯一只牽掛你，讓你想到小時候外婆照顧你的情景。那都已經是太久以前的事了，你已經記不得太多細節。你不敢相信，真的有人會去醫院陪你。你甚至不諱言，那個人不是你的媽媽，而是你繼父的原配。你說你的媽媽若是第一時間知道了，當然也會著急，也會馬上趕到現場，但她不會一心只掛念著你一個人，不會再是那樣的簡單了。她有了新的兒子女兒、新的另一半。你甚至懷疑當她想起最快樂的一天，裡面會不會有你的外婆？

所以說，人是會變的，真的會變。你變了，你媽也變了。而且會繼續改變。她會知道，這終究不是她想要的家，誰會想要一個沒有自己名分的家呢？誰會想要一個進行多數決時，自己永遠是最少數的家呢？一隻雜種狗都有一個跟她相同的位置。不是經常，甚至稱不上有時候，但確實，極少數極偶然的情況下，我會真心可憐一方。我不覺得我今天若是和她交換身分，我能做得比她更好。那絕對是需要不可思議到幾乎徹底消滅自己聲音才能做到的沉默以及退讓，或許這也是讓她晚上還睡得著覺的原因嗎？說服自己都隱忍到如此程度，犧牲到如此境地，理直氣壯地睡上一覺，應該不為過吧？光明正大的睡別人老公，應該也不至於罪不可赦吧？她只是想要有個家。

她親口跟我說的。我不知道她哪來的念頭，是作夢還是幻覺，說我確實跟她提過要搬出去，甚至問她老家出租套房是不是乾脆免費租我一間。我想她是有點瘋了。不過要談可以，大家來談。

有一天我坐在客廳看電影台重播老電影，劉研去上班，孩子都出去上學，一方忙裡忙外在打掃，我看了煩，就問她：

所以是妳主動找上我老公的，還是他開的冂？那是在她生妹妹後不久，正在坐月子的時候，一方聽後頓一下，先是裝沒聽到，繼續掃地。我都不解這個家真的有這麼多事可以做？她到底是裝可憐，還是真的感覺自己身分卑微？如果不想沒來由的被丟掉，最好認分地為自己創造出待在這家裡的必要性。我現在想起來，可能也是婆婆過世，我忽然覺得自己失去一切依靠，再沒有人會出面為我講話，承認我才是劉家唯一合法的媳婦。精神有點兒恍惚，才會有那勇氣去一探究竟。

她沒講話，我心裡也鬆一口氣。可能也怕最後受傷的人反而會是我吧。可是沒兩分鐘，我感覺控制不住自己，又問了一次：

「所以呢？是妳主動勾搭上我老公的，還是他開的口？」

一方停下來，站著。我坐在沙發上，看著她臉色慘白，一個正在坐月子的女人，要和那些灰塵、砂石拚搏，已經夠不幸了，如今還得面對另一個人的苦苦相逼，去揭她或許最不願意示人的一塊傷疤，我想著都覺得自己真殘忍。但也真痛快。這不才是大老婆小老婆該有的權力關係嗎？如果演不了電影，那就來演八點檔鄉土劇吧！

終於，她開口了。所以妳到底想知道什麼？她說。我想知道你們是誰先釋出不妨一試的意思。兩個人一見鍾情不用表明就摸清楚對方底限，可以玩可以到床上去，天底下沒有這樣的事。當初劉研和我也是他先來告白，結結巴巴說能不能請我喝咖啡，還說不用顧慮他的感受反正他要畢業了，拒絕了以後也不會再見面，不會有難看的場面。一步步往下發展才結婚，才有這個家讓妳來坐享其成的。告訴妳，他是我唯一的男人，我也曾經是他唯一的女人。這一切看似很不容易，其實真的走過來也沒那麼難。直到妳天曉得哪來冒出來路邊放著不吃白不吃，才演變成現在這個結果。妳以為我看妳剛生完孩子還要在那裡拖地我很開心，我告訴妳——

一方打斷我。「是他先的。這樣妳高興了嗎？是劉研主動的。」而我聽完只有一個感想：我剛才到底都說了些什麼？我怎麼會變成這個樣子。

一方繼續講：「一開始，只是阿平幫忙介紹，說可以幫忙我們裝潢房子，隔一隔租人。順便認識一下他老闆。我是沒差，一個絕望的人是有什麼差？如果有人能利用，有什麼不好？劉研找人過來看房子，看能怎麼整。我請了一天假，在家裡等不到人，劉研整整遲了三個小時。下午了，小杰放學，怕他到工廠找不到人，我去接他。劉研說不好意思，擔誤了我的時間，不如他開車載我過去？我本來不想麻煩他，但他說順路，就讓他載了一程——」

然後就載到汽車旅館去了是嗎？你們還真是不要——

她截斷我的話，繼續講：「接到了小杰，也晚了，就一起去吃飯。他說我有個好孩子，很乖，很懂事。他問小杰平常放學都在幹嘛？小杰說，念書啊，做家庭代工啊。劉研聽了就誇獎他，真懂事，還會幫媽媽分擔家計。但載我們回家後，他說不可以這樣。怎麼可以讓孩子小小年紀就負擔這些事？阿平是他很信任的員工，他的親戚有難處，做老闆的不能不管，以後假日有空，他過來載我們去玩。我說不好吧。但他好堅持。他說他結婚好多年了，沒有孩子，也想知道一下這年頭的孩子都在想什麼……」她一直講，講不停。我已經開始耳鳴。

所以，最後還是輸在孩子身上。

「差不多一個月後，小杰去上課，他過來監工。中午休息過來工廠找我，說老闆在，工人吃飯也不自在，想想也不知道能去哪，就來找我吃飯。我的同事在後面推我，叫我去，沒辦法，就去了。結果不是路邊攤，而是一間西餐廳。中午，沒什麼人，我很不自在，他也是，結結巴巴說，是阿平幫忙訂的。吃完飯，載我回工廠的路上，他伸手過來碰我的手，掌心都是手汗，說，妳這樣太辛苦了，妳和小杰都太辛苦了……他話還沒說完我就哭了。那天下午，是第一次。」

所以說，人是會變的，真的會變。一方也變了。從本來的只想利用一下劉研，到後來的無所謂，最後半推半就，還愛上了。人是真的會變的。「我也不想事情變成這樣，所以在家裡，始終把你們放在第一位。我就當自己是個傭人，有個地方好住就好，我從沒想過要破壞誰的家庭……」

但她還是搶走了我的女主角位置。那絕對會是她最快樂的一天吧？在我死後，劉研終於可以正式娶她的那天，絕對會是她最快樂的一天吧？劉研身分證上的配偶欄，會從此換上她的名字。

但有些地方的名字她永遠也換不掉。是劉研爸媽土葬時兩塊大大的墓碑，媳婦是誰，刻得清清楚楚。劉研的爸媽都看著，死了也看著。我怎麼能不讓大家時時記著這事。

所以取代了小杰找我幫忙的那天，取代了我幫小杰寫作業時瞎掰，卻從此腦海裡怎麼都甩不掉，帶著一隻狗四處散步，看看風景，悠悠哉哉晃，把劉研，把一方，把大家都全部忘記的日子。

我最快樂的一天，是每年的清明節，一早起床，確定一方已經起床準備，哪裡也沒去，沒逃，準備早餐，和大家一起吃。出門，我也要一路確定方向沒錯，路途沒錯。下車，確定了大家都在，劉研在，一方在，兩個孩子都在。拿出鐮刀割芒草，拿出香祭拜，燒金銀紙錢。接著，好好檢查墓碑上自己的名字，還不移不動半寸地安在的日子。我知道看到墓碑上的名字，沒有人心裡會好受，但我就是要這麼做。

人是會變的，但我不會。一年復一年，我不會停止。那就是我現在生存全部的意義。

我才是那個腦子裡除了風和落葉，什麼都沒有的人。

十三、一日之七

出門。雲林坐副駕駛座，耳裡塞著耳機，還能一路積極地指引方向。同樣的路都走過多少次了，但先生還是應和著她。

其實這些年來，狀況也漸次好轉，不像那年剛發作，小杰帶著雲林回來，又溼又髒又疲憊又虛脫。一方看了，慌張問：「發生什麼事了？」小杰搖搖頭，說：「就土石流，不知道是什麼東西沒有了，阿姨就一直喊，在那邊挖土。」

讓小杰先去洗澡，一方打發了兩個放颱風假的孩子進房間，和雲林兩個人在客廳對坐，分別是太過理智與太過瘋魔的兩種不同狼狽。浴室裡傳來小杰扭開蓮蓬頭的聲音，一方決定開口：「大姊。」

沒有回應。

「大姊，妳到底怎麼了？」

還是沒有回應。

「大姊，可以拜託妳跟我說一下到底怎麼了嗎？妳怎麼什麼事都不跟我說？我其實很關心妳的呀妳知道嗎？」那時候先生正好出國去參加一個建材展，因為颱風的緣故，被困在機場回不了家。

雲林眼神呆滯，看她一眼，又飄走，盯著牆壁的一角，出神。

「我知道，是我對不起妳，我介入妳的家庭，可是妳這樣……妳這樣颱風天隨隨便便帶著小杰出門，又這樣回來，妳有想過我會怎麼想嗎？妳不知道小杰身體不好嗎？他上次氣胸不是妳帶著去看醫生的嗎？萬一你們出事，我怎麼對大家交代？」

「大家？大家是誰？」雲林盯著牆角，忽然低沉出聲。

「什麼叫大家是誰！孩子的爸啊，妳的家人啊。」

「妳是在激動什麼？」

「妳和小杰兩個人這樣回來，我能不激動嗎？」

「妳別以為生了一兩個孩子，就很了不起。」

「我了不起？」

「對，妳了不起。」

「我哪裡——」一方話說一半被打斷。「妳就是了不起，妳最了不起。妳好會生，好像豬一樣會生。妳最了不起了，我都知道！我怎麼敢不知道！」雲林抬起頭，眼神狠狠瞪著一方。

「妳在講什麼啊？」

「誇獎妳很會生啊。誇獎妳很會生，妳還不開心，這樣還不算了不起嗎？」

「我知道。我知道妳怪我，可以，我都沒有關係啊，可是妳有想過孩子的爸是無辜的嗎？他今天要一兩個孩子，很過分嗎？妳知道他今天，是已經沒有任何一點對妳說不過去的了嗎！妳去問，隨便問，看有沒有人，有沒有人覺得他對妳，算不上仁至義盡！」幾句話愈說愈激動，一方終於也忍不住，從咬緊牙關，到咬牙切齒了。

「孩子的爸？又不是我的孩子的爸。我根本就沒有家人。我什麼都沒有了，妳開心了吧！」

「妳在講什麼啦！難道都只有我一個人，在在乎每一個人嗎？妳知道我很累了嗎？妳以為幫你們做牛做馬很輕鬆嗎？妳以為我自己曾經走投無路，就喜歡逼著別人也走投無路嗎？我沒有辦法啊！如果有其他人可以愛可以依靠，妳以為我想要搶人家的老公嗎！」最後一句，激動得如弦斷裂。

但雲林不管，繼續去扯她一條條繃緊了許多年的心絲。

「很累是不是？累了妳就去睡啊，妳今天就是累死了，也不會讓妳沒地方睡！那我呢？我死了是要去哪？我唯一寫在碑上的名字，在妳進來之前劉家想盡辦法給我留的一個位置，全讓土給埋了，不見了，消失了，這樣妳是不是爽了？是不是放心了啊？終於我這個大老婆是無實也無名了，妳要快去準備鞭炮啊，和妳那有病的下流兼不要臉的什麼遠房親戚阿平，一起去放鞭炮啊。阿平不是姓李嗎？小杰是他的孩子吧！你們都是一路貨，下賤、亂倫、噁心！」

「妳是不是瘋了啊……」

「我瘋了又怎麼樣，我不能瘋嗎？我告訴妳，我還要去挖，還要去找，妳別以為我找不出那塊碑，我找出來就砸死妳、壓死妳，劉家的列祖列宗，我們李家的列祖列宗，都會找妳算帳！」

話聲落下，屋裡頓時安靜。小杰輕輕轉動門把推開浴室門，走出來。有點尷尬：「那個……我洗好了。阿姨妳可以去洗澡了。」

「嗯。」雲林起身走開。

「你剛才都聽見了吧？我跟你說——」

「不用說，你們大人的事都不干我的事。我回房間去了。」小杰說，留一方獨自在客廳裡，想著，難道自己才是那個沒人有力氣處理的大型垃圾嗎？

先生回來，受不了雲林一再哀求，真去找墓碑了。盯著公家單位清除坍方，只為了找雲林心裡頭惦記著的一塊有名碑，像唯一能鎮住她自命流離人生景況的大石。

只是無論如何，沒有找到。

也不知裝瘋還是賣傻，從此誰提了要另起骨灰罈裝些生前什物做為紀念和祭拜標的，雲林總驚訝問起：「為什麼？那山裡的墓呢？不拜那個了嗎？總要先去開棺撿骨吧？你們是在想什麼啊？你們不要鬧了吧？」

只好瞞著她偷偷地把事情辦好。

可是一年、兩年，每當清明時節臨近，雲林還是早兩三個禮拜就去買來紙錢摺好裝袋，並時時提醒一方，要準備好，供品都要先想好，爸他最愛吃鳳梨酥，媽愛吃的是肉粽。但他們腎都不好，不能準備太鹹的東西。

也就真的年復一年，清明時節一到，早早就全家起床，吃早餐、出門。車子繞啊繞，進山區兜一圈出來，先生就開口：「終於結束了，回家吧。」

「她耳機沒拔下來。」一方淡淡地說。

劉研空出一隻手去扯下來：「別再聽啦，耳朵都要聽壞了。準備回家了。餓了嗎？一方妳剛才不是多包了一個三明治？」先生佯裝溫柔口吻。

毫無例外，又想起颱風把一座山吹得面目全非後的第一年他們上路，原先只是打算去附近隨意找塊地燒燒紙錢，順道也看看有沒有同樣遭遇的人可以商量方法，看之後怎麼做。怎料車開到一半，雲林忽然開口——

「啊，好累喔，回家吧。年紀大了還真是不適合爬坡了，雜草又那麼多，還好還找得到墓碑。可是字好像有點掉漆了，不知道有沒有辦法找人補一下？」

全車的人都疑惑、沉默，只有小杰忍不住笑了出來，那是他唯一一次主動要求說想去看看。他心想，這家子人，真是個個都有病。那時他已確定國立大學無望，找好了工作，正準備要遠走高飛。

當天回家，劉研拉著雲林到房間，問她：「妳是真瘋還是假瘋，告訴我，不要怕。我是妳老公。」

她說：「夫妻就是演戲嘛、裝嘛，你說過的不是嗎？那你管我是真瘋還是假瘋，我們一起演給一方看嘛。我看她笨笨的，一定很容易就被我們騙過去。」

李振豪

◆作者簡介

李振豪，男，一九八一年生，台北。淡水商工資處科、樹德科大企管系畢業。得過一些文學獎，做過幾份文字相關工作。出版個人散文集《昨天是世界末日》，詩集《一起移動》。經營個人新聞台「頹廢的下午」。

◆得獎感言

寫或不寫都是運氣，得不得獎也是運氣，因為無法預測也不好強求，所以格外感激。謝謝自己終究寫了，也謝謝評審願意給予肯定，謝謝這小說裡的人物曾那樣陪伴我，與我說話。謝謝身邊構成這運氣的一切。

評審的話

◆小野

這篇小說用了全知觀點，挑了一種最困難的寫作方式，企圖進入故事中的不同角色，模擬故事中不同性別和年齡的角色的思考方式和語言表達，有小孩、青少年、中年男女。乍看像是導演拍攝好的一段又一段的毛片等待最後剪接。但是作為小說本身，又像是一個複雜卻巧妙的大拼圖，漸漸拼出了一個女人被社會價值（生兒育女的功能）綁架到失去自我的悲劇，也拼出了作為一個社會人，急於尋找自己安身立命的寄託和困境的出口。這故事很適合舞台劇，也適合電影。從女主角雲林不斷的提到人生如果是一部電影的話語可以知道，小說作者對電影是充滿了熱情的。

◆周芬伶

觀點雖錯雜，然人物突出，切入的角度奇特，前面與後面分裂，前面較好，後面凌亂，但因女主角生靈活現，人物活了，小說成功一半，雖然結構有瑕疵，稍加改編，應有看頭。

◆陳玉慧

以多元角度書寫一個家族故事，不同的成員各自擁有自己的生命成長，故事也各自發展，究竟是不能懷孕而必須與小三同處一屋的幻聽婦女，或者是沒有名分而為人生育屈為小三的女人，何者生活更為悲慘？當一個女人被傳統價值觀束縛，因不能生育而容忍生活的崩塌，眼看情婦走入她和丈夫的生活，唯一在乎的只是未來在家族墓碑上的名字，那石成為「唯一能鎮住她自命運流離的人生景況」，悲劇因而發生，但小說寫得哀而不傷，生動有趣。

◆**鄭芬芬**

乍看像八點檔劇情的文字，後來竟深深被人物之間的關係與執著所吸引，是那麼的錯置，卻又那麼的貼切；是那麼的令人憤慨，卻又令人那麼地唏噓，可望成為雅俗共賞的社會家庭劇。唯從不同人物觀點出發的段落書寫，本來是小說文體中常用且具吸引力的技巧，〈有名碑〉的描述手法卻容易讓人如墜入五里霧中，雖然在過半之後，還是能夠釐清作者的書寫觀點並進入情境之中，但若能改進這個缺點，會減少讓沒耐心的讀者半途離卷的危險。

◆**蔡國榮**

一條線描寫棄婦的心態與動態，另一條線雜敘家庭其他成員與棄婦的互動，兩者交織，彼此呼應，才在重重迷障中，展現出動人的故事，結構奇特而有逸趣。其中對棄婦與棄兒的刻畫，看似無情，卻流露出相濡以沫的依存感，甚為動人。

◆**駱以軍**

一個奇怪成員組成的，他們的「不斷累聚的身世向下望」，用「最快樂的一天」為主旋律，其實皆是傷害、遺憾、演戲。所有人像撞球打擦邊斜拐，那樣挨擠在一個「家庭劇場」裡。這樣的創作，需要耐煩摩娑比較老派的人情領會。這對於年輕創作者，非常可貴。

佳作／

中轉站槍戰

吳相

一

對那些有看晚報習慣的人們來說，十月二十四日，最遲二十五日的晚報新聞一定會引起他們的興趣。這一期晚報將在頭版頭條報導中轉站槍戰的偵破過程，副標題很吸引人，比如，「天橋激戰四歹徒斃命」、「毒販內訌，四暴徒大戰中轉站」、「變態殺手身著異服，將軍之女姦殺奇案似有進展」等等。毫無疑問，這將是一劑又鮮又辣的晚飯佐餐調料。

然而我要告訴大家的是，這些報導幾乎完全是胡說八道，完全是與事實相悖的故意曲解，以及添油加醋的瞎編亂造。我為什麼知道？因為我就是那位「變態殺手」，「四暴徒」中的一位。另外三位分別是柴三、柴七和綽號「警官」的男人，他們都是非常壞的人。

但我已經不能站出來澄清這些事實了，因為我在二十四日和二十五日應該仍舊躺在警察局的停屍房裡。我的資訊大概已經登報公布出去了，如果一周之後，到十一月，仍不見有人來認領屍體（也許有位姓崔的偵探會前來詢問），我將被拉到殯儀館燒成灰，或者捐贈給醫學院，被許多人解剖、展覽。但據我所知，這並不意味著我對整個事情已經沒有任何記憶。事實上在二十二日午夜電視塔下面的大鐘敲響零點的十二秒內，我仍然十分完整地保有了整個事件的來龍去脈。根據生物資訊學的原理，這些在我還沒有被燒掉或者浸入福馬林之前，基本上還在大腦神經中完整地保存著。

假如二十二日午夜是個序幕的話，天橋激戰實際上已經是整個中轉站事件的的尾聲了。其實稱之為「天橋激戰」有點言過其實，因為這裡只開過兩次槍，僅有兩聲槍響，一槍一命。一槍是我開的，另一槍大概是某位神槍手開的，兩個人都是凶手。大部分時間只有一個場景：閃爍的紅色警燈和淡淡的雨夜：大部分時間只有一個人在說話：「你已經被包圍了，放下武器，舉手投降……」

現在是十月二十一日，時間是午夜十一點五十分，我被堵在雙塔寺外街的天橋上。雖然雙塔寺外街的天橋又寬又長，有四個樓梯通向東西兩面，但我已無處可逃了。最後通牒一遍又一遍地傳達給我，我已經被包圍了，讓我放下武器投降。看樣子我是在逃避追捕，事實上我只是坐等結局。前方電視塔的塔尖高聳入雲，流彩異呈，塔尖下面巨大的時鐘指標雖然一動不動，但是時間一刻也不會停止，就像如今這種局面一樣無法挽回。雨停了一陣兒了，我拉開雨衣拉鍊，露出白色的內衣，這既是售票員的也是李培培的，她們都在看著。被柴三刺中的左臂麻木冰冷，血流到手背上結成痂。柴七肥碩的屍體倒在我腳下，鮮血似乎把紅色的橋面染得更紅。我兩眼發呆，頭腦清醒得像天橋上冰冷的閃閃欄杆，我想到媽媽（願她安息），當然想最多的還是售票員，她應該會喜歡我這麼做，願她們原諒我。

我慢慢脫掉雨衣，舉起那把點三八，剛邁開一隻腳，一顆子彈從左至右斜穿過我的脖子，像一股熱烈的風一樣將我掀到橋下，熱血濺得我滿臉都是，總有一尺多高，嗆進喉嚨和嘴巴，像微波爐裡爆炸的一罐義大利番茄醬。

雙塔寺外街的天橋高十五米左右，從橋上掉下去大概只需兩秒鐘，以我的傷情，在完全失去意識之前預計還有十秒鐘時間，加起來一共十二秒。雖然《Stay》是我最愛的電影之一，但我認為瑞恩·高斯林要編出那樣複雜的故事大概需要一年，事實上他也用了足有兩個小時才死掉。相對而言，我的故事很簡單，只需要十二秒，而且是真實的。

依照我的身分，一般的故事應該是這樣的：年近三十、性格孤僻的李成仁是一個午夜快遞公司的職員，他在每月固定日子的午夜時分將包裹送給收貨人。送貨、收錢、不問問題，是他工作的三個原則。有一天，他遇到一個女人，又有一天，他接到一個神祕包裹，於是他所有的有幸和不幸都開始了。

除了三個工作原則，其他的我都同意，因為還有第四個原則。這是條不成文的原則：送貨時，在任何情況下都不能私自打開包裹。當然，大部分情況下，這種需要客戶掃描指紋的密匙快遞包裹是打不開的。

無行的新聞記者或許還會挖出我的童年、我的家鄉、我的媽媽（願她安息）。事實上整件事和我的童年一點關係也沒有，之所以產生這樣的後果完全是後天的，確切的說是從我離開重型卡車街青年家園之後才漸漸發生的。算了，這些我都無法知曉了，我已經死了。

話說回來，一個標準的送貨程式是這樣的：

午夜零點五十分，我在雙塔寺街中轉站的長椅上坐著，看著眼前的一趟地鐵出站，等著下一班地鐵的到來。十分鐘後，地鐵進站。我走進第二十二車廂，在靠車尾的最後一個座位坐下來，放下背包，等到列車徐徐開動，摘掉口罩，微微抬高帽檐，看到對面車窗玻璃上映出我的面龐，長出一口氣，開始大約一個半小時的地下返程。

這時，要是有一杯熱牛奶就好了，我時常這樣想，新鮮的、低脂的、柔和的。

貨物已送到，看樣子是一位藝術家，頭髮怪異，但是眼神已空洞變形，撕標籤的手乾枯顫抖。其實細緻觀察客戶是不允許的，收到錢，什麼也不要講，客戶輸入指紋，打開盒子，取走貨物，然後轉身離開。不要回答問題，不要直視客戶，更不要問問題，才是我對自身的要求。經驗告訴我，如果持續不斷地把客戶的影像攝入腦中，將會是無與倫比的痛苦。如同一年前剛開始送貨時那樣，我判斷過所有的客戶，畫家、妓女、官員、上班族、不入流的明星、未成年少女、作家、妄想狂、富家公子、畢業生等等，這些人一度困擾著我，幾乎使我崩潰，陷入一種無可救藥的境地。後來吳軍校告訴我不要觀察客戶，不要想問題。我曾經問過一個女孩兒她多大，吳軍校認為這樣做是很蠢的，他說我們什麼都不是，沒有資格去問，去判斷，我們和他們一樣。對於這一點，我不得不承認。

車廂裡不少人，流浪漢躺在座椅上睡覺，加班晚的商務人士神情恍惚，其他人則看不出來，個個都擋著面，用雙手、頭髮或者報紙，依我看，要麼是醉醺醺的晚歸者——一般是神經兮兮的派對動物或者學生，要麼是偷情者、藝術家、性格怪異的午夜漫遊者等等。大部分時候，車廂裡都是空無一人，只有晃動的吊環扶手，嗡嗡鳴響的鐵欄杆，廣告和玻璃上的李成仁。但無論人多人少，都是一樣的死氣沉沉。地鐵走走停停，車門打開，不會有任何人進來。就像一間屋子，有時候打開門，希望會飛進來，打開窗，失望會飛出去，但是在午夜凌晨兩點鐘的地鐵上，車門打開總有五十次，一次希望也沒飛進來，一次失望也沒飛出去。

我從背包裡拿出《月臺》來，翻到書籤處。書籤上印著青年家園的剪影，寫著：

贈仁，艾，二〇〇三

自從我離開重型卡車街，這大概是顯示我與之有關係的唯一物件了。說起這個來，上週一個自稱崔偵探的人打電話給我，詢問我有關青年家園「重生之夜」的往事。我很吃驚，時隔一年，他還對這些念念不忘，也算是個執著的人。畢竟三年前的這樁舊事在許多人眼裡是不值一提的，甚至是幼稚的。媽媽就這樣認為，可憐我到現在也沒有和她聯繫，崔偵探說她以為我失蹤了。現在想起來，我幾乎要掉下淚來。前一陣兒，我得知她行動不便，坐了輪椅，差一點就要回去看她。姓崔的說他每天都會去看望我媽媽，但我信不過他，他一直想從我這裡探口風。三年前我離開重型卡車街的時候，發誓再也不要回去了。

書籤夾在第七章。這一章看來主人公又一無所獲，她追尋的身影消失在秋天深夜的風中。這一章的末尾她來到的地方叫紫色花園。紫色花園的深處有一個廢棄的玻璃花房，這玻璃花房建在一個巨大的乾涸的游泳池裡。透過地面上熱霧彌漫的玻璃窗，她看到裡面有一群人在性交。不但沒有逃走，她反而設法找到入口進到花房裡，並再一次發現了她追尋的身影，她們默不作聲，相對一笑，然後開始接吻，性交。

真有意思，每一章的結尾，她都與追尋的身影性交。這是第七章，但願她知道這是七個不同的人。難道這就是作者所謂的片段人生？我翻看了一下書前扉頁作者的照片，好美的女孩子，精緻的側臉，雋秀的字跡。

我抬頭看到斜對面的座位上，不知何時坐上了一位女孩兒，頭依著座椅側面的玻璃睡著了。從她身上的制服來看，大概是一位站務員。卷邊的制服帽扣在小腹上，雙腳斜伸，黑色的平底鞋包著白色的腳，大腿飽滿結實；上衣似乎不合身，鬆鬆垮垮，深藍色制服裡面是淡藍色襯衫，臉色蒼白，下巴微微下垂，兩對小巧的鎖骨探出領口；看不見臉，長長的修剪整齊的劉海遮住額頭，微黃的頭髮束成髮髻挽在後面，十指緊扣，指如蔥根。突然一下，我下面來了感覺，想幹她。

這使我坐立不安起來。我把書合上，左手慢慢摸拭嘴角兩邊，下面迅速膨脹起來，興奮從小腹沖到胸腔，使心跳加速。我把雙腳叉開，背包放在腿上，任由那玩意兒脹到極點，幾乎呈一條線。

這的確不好辦，很早之前，我剛來到這兒的那段日子，曾在老城區天橋下認識一個彈吉他賣唱的女孩兒。每次我遊蕩到那兒，都會放一些零錢在她的吉他盒裡，雖然她唱的很一般，人也不漂亮，左邊眼角有一顆痣，沒有人願意為她停下來。

有一天，她在唱〈沒有你的城市〉，突然停下來叫住我，問我在幹嘛。

她說：「我唱的很難聽，為什麼你還要給我錢？」

我回答說：「我覺得妳唱的不難聽。」

她問：「你叫什麼？」

我說我叫李成仁。

她說她叫李培培。

最後她說她自己也不知道在唱什麼。

後來她帶我去她租的房子，並給我芒果菸抽，她說她的夢想是做一名歌手。然後我們接吻，做愛。她的皮膚很白，身材瘦弱，微小的軟軟的乳房抓在手裡像泡在水裡的紙巾，暗紅色的乳頭像巧克力豆子。我對她說，要是在她身上擺滿一層巧克力豆子，肯定找不到它們了。當我進入她的身體時，她只會漲紅了臉憋氣，但是叫不出聲來，並且不喜歡在上面。

在我與她交往的一百八十天裡，幾乎每天我們都要做一次，我把青年家園的故事講給她聽，並鼓勵她去唱歌。那些日子讓我陷入幻境，使我認為獨自離開青年家園並與媽媽斷絕來往是正確的。哪知道離開一個錯誤得到的並不是一個正確，往往又是一個錯誤。

六個月後的一個午後，她說她要走了，並不希望我跟著，並把她的一套白色內衣送給我。她說她要告訴我真相，她不是什麼流浪歌手，也不會唱什麼歌，她們有一個團夥，專門扮乞丐，扮歌手，騙人錢財。我說我不信，她並沒有騙我什麼。她說我太傻，然後頭也不回就走了。

我怔怔的回到住的地下室，把白色內衣扔在床上，大醉一個月。

一年後，她成名了，並改了一個名字，叫李雪橋。

現在我只有羅茜。

站務員扭動了一下身子，扯動了一下襯衫，卻把一塊兒奶油般的下腹和肚臍抖落了出來。我無法再看下去了，把手伸進褲兜，用力擰大腿內側的肉，痛得我嘴角發麻。

「啪」的一下，我把書扔在地上，讓她驚醒。呼嘯而過的通道廣告形成一道亮光，我仰起頭，把眼睛閉上。

我看了一下手錶，凌晨一點四十分，把背包撿起來，戴上口罩。兩分鐘後，五路橋站到了。站內大廳不見人影，寂靜無聲。值班的站務員全身疲態，無家可歸的流浪漢席地而臥，透明玻璃房裡的售票員似乎已經俯身睡著了，塗黑的指甲抵在玻璃擋板上。除此之外，到處是閃光的廣告，牛仔褲、女內衣、網路商店、社交媒介、培訓機構、大促銷、大讓利，以及他媽的大螢幕智慧型電話。

從五路橋站走到地面，大概需要十分鐘。在扶梯口，我看了會兒《獨行殺手》的海報，還有《罪惡之城》的預告片，又驚又酷。五路橋站的扶梯又長又慢，像一堵倒下的獨白般的長廊，站在上面，總得有五分鐘，才能到達地面，雖然出口就在眼前。運氣好的話，有時候還能看到出口處夜空中的月亮。大多數午夜此時，扶梯上都只有我一個人。一個人的扶梯的好處是，既可以面朝出口，看著地面越來越近，又可以背對出口，看著地下越來越遠。雖然不知道哪一個捨不得，但沉重的吱吱響的孤獨是一樣的。當我一個人站在扶梯上時，感覺它永遠不會停下來，會一直上升到天上，穿出霧層，穿出城市，無論到哪裡，就是不要停下來。

凌晨兩點，我來到五路橋地面，拿出電話，撥通號碼。

五秒鐘後，聽筒傳來一個英國腔女人的聲音：

「Yes？」

我快速，低沉地說了一句：「貨已送到，三十一。」隨即掛掉電話。

沒錯，我就是三十一號快遞員。在每次送貨結束後的五小時內，都要打電話上報確認。超過這個時間，快遞員的資訊將被無情地全部消除。沒有收到資訊，要麼意味著你死了，要麼意味著你私吞了貨物。吳軍校再三警告我這些事兒，連他自己也不知道我是第幾批三十 號。一個快遞員的消失意味著一條線、一個時間的消失，許多人要為此負責，總之，將是非常壞的結果。

我打開房門，輕聲掩上，鎖上保險，向右走五步，把背包丟在床上，接著脫掉所有衣服，光著腳向左直行三步，走到桌櫃旁，先打開最底層抽屜的暗格，探手摸了摸，東西還在，然後打開中間的抽屜，拿出一個鐵盒，從背包裡找出信封，抽出厚厚一遝鈔票，一張一張數清楚，放入鐵盒，剩下的重新放入信封。我在床邊坐了一會兒，整理了一下思緒，然後打開最上層的抽屜，把羅茜摸索出來，站起來轉身前行六步，從臥室出來，微微偏右一點，走五步，進浴室，關上門，打開燈，照亮這一塊兒狹小的空間。

燈光下的大腿內側，一片斑駁的淤青，我暗罵了一句，抽出腋下的畫冊。

羅茜來了！整頁都是她蜜色的乳頭和嫵媚的神態，我擰開熱水，水流沖遍全身，那玩意兒迅速直起來。我擠出沐浴液，水流衝擊著我……。

我得講清楚，這種事並不常發生，不是常態。我並不常見到羅茜，事實上這是三個月來第一次請她出來，雖然她那對華麗的蜜蠟色的真實的乳房確實令人魂牽夢繞。艾當初把這本無馬賽克超清晰的畫冊當作附屬品夾住書籤送給我的時候說：「先湊合著，有能耐找個現實的。」

到如今現實版的仍然遙不可期。不過，在我剛離開青年家園毫無頭緒來到這座城市的無數個夜晚裡，如果沒有羅茜，難以想像我會幹出什麼事來。雖然有時候這使我沮喪，但這是必須得說的。

先把羅茜合上放到一邊，把燈熄滅，蹲在散發著微微黴敗味兒的地板上，聽任水流從頭頂傾瀉而下，流到睫毛上，流到鼻尖上，流到脖子胸口，流到肚皮陰莖……謝天謝地，我回來了！

十分之後，我光著身子從浴室出來，向左兩步到餐桌前，打開保溫杯，取出裡面的牛奶，溫度剛剛好，新鮮、低脂、柔和。我端著熱牛奶返回床邊，慢慢喝完，躺了下去。

二

上午十一點，我等著鬧鐘響起，然後起床。又一個夏末的週二上午，天氣陰沉，涼意陣陣，每一個收貨和見介面人的日子總是這麼糟糕。

我倒了一杯牛奶，一半加熱，另外一半倒入清水盆中洗臉。刷牙的時候，牙齦依舊疼痛出血，看來又要去醫生那裡走一趟了。洗漱完畢，從藥箱中找到雷貝拉唑，倒出一粒用溫水服下。牛奶已經熱好，我走進廚房，把火打開，架上平底鍋，灑上數滴橄欖油，等油溫升高，打一枚雞蛋進去，不要撒鹽，小火煎大約三分鐘，將蛋餅取出；再淋數滴橄欖油入鍋，取出一片全麥吐司，入鍋煎，接著把做好的蛋餅放到吐司片上，取一片芝士，放到雞蛋上面，再取一片吐司，蓋在芝士上面，三至四分鐘，煎至吐司雙面焦黃，芝士微融，取到盤子裡，再放兩片番茄片進去，切掉麵包邊，可以用來餵小帕，對角線再來一刀，我把這叫做芝士雞蛋三角。

在餐桌旁，我喝著牛奶，把一周前買的報紙翻開來看。

市長呼籲綠色出行、加強地鐵安檢力度、雞蛋牛奶都要漲價、阿森納又輸一場，著名作家牛奶菲以有傷風化罪被拘役——我驚了一下，端著杯子走進臥室，從背包裡翻出《月臺》，翻開扉頁一看，照片下赫然寫著一行小字：牛奶菲，SR。

我穿戴整齊，背上包，窗子關上，窗簾拉上，麵包邊收到紙袋裡，出門而去。果然，猶似秋風至，樹葉紛紛落了一地。樓下的小花園裡，小帕趴臥在一盆怪梅樹下，雙目渾濁，有氣無力，牠是對面鄰居養的一條又老又慢、渾身掉毛的金毛犬。見到我來了，小帕立即抬起頭，勉強站起來，望著我一頓一頓地踏著前腿。我小聲的、「噏噏」的砸著嘴叫牠，把麵包邊倒在手心，遞到牠嘴邊，一直等牠吃完我才走開。

上午十一點鐘的棚戶區基本上看不到人。白天這些外地人幾乎傾巢出動，留下語言不通的老人和孩子。悠閒自在、口齒伶俐的一般是本地人或者半本地人，他們大白天穿著睡衣睡褲出門，戴著古怪的首飾和平頂棒球帽，步履神氣，嘴角派頭，渾身上下散發出毫無顧忌的優越感。當然，他們不會做任何事。雖然我現在很少再觀察客戶，但大部分訂貨的，都是這種人。

我決定先去醫生那兒把牙治好。一口好牙，一個健康的胃，這點十分重要。醫生的診所位於華佗街，那裡一條街全是診所。關於醫生，我算是認識他，兩年來斷斷續續找過他總有十餘次。別人都叫他楊醫生，其實他醫術並不怎麼高明，至少到現在我的那顆後牙依然時常過敏，看來連考三年才把牙醫執照給他是有道理的。另外，我一直認為他是個特別怪異的人，比如他一般都是中午十二點才開門營業，收藏了一大堆B級邪典電影，並且有一個樣式和我一模一樣的背包，只是多掛了個刻著「33」的銘牌。某個週五的下午，我曾見他在超級市場的優酪乳冷櫃下面等了足足兩個小時，直到一批新優酪乳上架後才迅速取走兩盒，隱蔽地塞進他的33號背包匆匆離去。這些都使我有理由懷疑：他和我一樣。

華佗診所一條街十分有名。然而在我看來，這條街上除了小楊口腔診所外，沒有一個是真正的診所，更沒有真正的醫生。這裡可以找到你想要的任何藥品和器材，進口的、違禁的、陳年的、訂製的、一手貨、搶手貨等等；各種出路、辦法和新希望在這裡開著門等著想活的、想死的、絕望的和走投無路的人；各路經驗豐富的專家可以隨時幫你解決無論是因為衝動、無知、不幸，還是酒後帶來的心理上和肚子裡的隱患。但是，正如我說的，無論如何也找不到一個真正的醫生。這麼一來，小楊醫生簡直是受難的天使。

中午十二點，小楊口腔診所正好開門營業。我穿過滿是消毒水和醫用膠帶惡臭的街道，走進醫生的診所，看到他正在滴眼藥水。

「哦？中午了嗎？你真準時。」醫生眨著眼睛說。

即便他剛滴過眼藥水，雙眼依然腫脹，布滿血絲。

「發生什麼事，晚上幹什麼了？」

「沒事。」

「這裡——腫的話要用冰的，冰敷！要我幫你弄嗎？」我指著眼睛對他說。

「嚇！我才是他媽的醫生！」他攤開右手，抖動著說道。

「又怎麼了，這次？」

我指了指右邊牙齒。

「還是同一顆？」

「還想要第二顆嗎？搞定這一顆你都費勁。」

我挪動腳步，直接躺在治療椅上。醫生戴上口罩醫帽，把紗布圍在我的脖子上，拉過椅子上方的燈照著我的頭，拿出夾子，就要撐開我的嘴。

「消毒了嗎？」我問。

醫生沒有回答，直接把冰冷的夾子塞到我的嘴巴裡。

「嗯……」

「不錯……」

「牙很好啊……」

「有些裂縫……」

「晚上刷牙嗎？」

醫生拿來一根探針，像自動加油站的泵管，打出細細的氣流衝擊我的牙齒，一股牛乳的惡臭瞬間溢漫開來。

「牛奶喝的不少啊！一般都什麼時候喝啊？漱口。」

我抬起頭，把嘴裡沖出來的渣滓吐到水池裡，漱了口。

「睡前。」我說。

「喝多了對牙齒不好。」

我又躺下來，瞥了一眼桌上的樂敦和雷貝拉唑，對他說：「我有一條狗……」

「你養了條狗？」

「不，不算是我的。牠好像病了，你下午有時間去看看牠嗎？」

嘴巴再次被撐開，醫生在裡面烤著什麼，感覺像是牙齒燒焦的糊味。

「恐怕不行，下午有其他事。漱口。」

漱完口，看醫生忙著換針頭，我問：「去看《罪惡之城》了嗎？」

「沒有。知道那玩意兒要出續集嗎？」

「哦？我不喜歡續集。」

「別想那個了，我推薦一部給你，聽名字你就會喜歡。」

「什麼名字？」

「Black Devil Doll From Hell。」

「什麼他媽意思？」

「地獄來的黑娃娃。」

「我靠！」

「惡靈附身在布娃娃身上玷污它的信仰……」

「有意思。」

「……侵占它的主人。」

「在你的收藏裡排第幾？」

「多像我們啊——」

話一出口，醫生剛扭過半邊的身體瞬間僵住了，眼睛裡的亮光悠忽之間消失得無影無蹤，如同突然打碎一面理想的鏡子。

「你說什麼，像什麼？」我躺在椅子上問。

「沒事，你可以走了。」

我起身從椅子上下來。

「我開點藥給你，這是漱口水和維生素B片，沒事吃幾片，睡前不要喝牛奶了。」

我怔怔地站著，看著他的後背。

過了一會兒，我說：「我的狗病了，下午有空去看牠嗎？」

「我說了，下午有其他事。」

「去哪兒啊？又去超級市場嗎？」

「夠了——」醫生轉過身來打斷我，手指定在空中，指著我忿忿地說：「你是什麼人啊……您哪位啊？」露在口罩和醫帽之間的雙眼脹得發紅，充滿不屑和哀傷。接著向後退了一步，雙手向下壓著說：「不要那樣和我說話，你什麼都不知道，好嗎？」說罷轉過身去，一揚手，把漱口水和維生素B片扔了過來。

我想了很多，又好像什麼也沒想，既不憤怒也不困惑，只是有點恍惚。過了半天，我對他說：「眼藥水是要睡前滴的！你看說明書了嗎，你什麼醫生啊？」

醫生毫無反應，低著頭扠著腰。我從口袋裡摸出錢來，放到椅子上，對他說了聲謝謝。剛走到門口，我又回過頭來對他說：「晚上睡不著的話喝杯熱牛奶吧，有用。」

很顯然，醫生生氣是有理由的，對某些事情他比我的那顆牙還要敏感。想到這些，我就覺得內疚。為他好也是為我好，我還是不要瞎猜了。

溼氣越來越重，看來大雨將至，涼氣讓人頭腦清醒眼睛發亮。時間尚早，雖然六點之前必須趕到火車站，但我仍有足夠的時間去超級市場，買今天早上剛上架的新鮮牛奶。

許多人在超級市場買東西時都有小怪癖，有的人喜歡捏液體果凍，有的人喜歡試吃各種免費食物，還有的人喜歡用手在米堆裡插來插去，而我，最喜歡握著冷櫃裡盒裝牛奶冷冰冰的感覺。冷藏食品區的最左側每天下午都會準時上架最新鮮的牛奶，一盒一千毫升，保存期三天，每次我只買一盒。

我把一盒牛奶拿在手中，仔細觀察這塊兒區域。自從那天看到醫生在此等候之後，每次我都只從這裡拿牛奶了，但是每次並沒有什麼不同。我微微歎了口氣，把牛奶放進籃子，向收銀台走去。

剛走幾步，猛然瞥一張熟悉的面孔。那張蒼白瘦弱、神情恍惚的臉和微微捲曲的長髮瞬間讓我想到《月臺》扉頁上的照片。看不見她的眼睛，她站在一堆柳丁面前，左手拿著一個柳丁，右手提一個印著「SRM」字樣的布袋，身上穿一件紫花斜紋薄毛衣，神情呆滯，像剛逃出醫院的精神病患者，又像是迷途的孩子在回憶回家的路。沒過多久，跑過來兩個急匆匆的年輕女孩兒，迅速將一頂帽子罩在她頭上，架起胳膊拖著她就向外走，並小聲咕噥著：「告訴妳不要亂跑……」

我看了一下四周，並沒有太多人關注她。等我匆忙結完帳追出去時，她們早已消失得無影無蹤。雨點一滴一滴落在我臉上，時間已是下午五點半。我只能祝她快快好起來，報紙上的東西向來不可信。我抬手叫了一輛計程車，向火車站方向疾馳而去。

對我來講，火車站是一個真正的危險之地。雖然廣場的的景象繽紛複雜，可以讓人覺得安心和興奮，但誰都知道，保安和巡邏的便衣到處都是，稍有不慎，就死定了。能選這個地方做接貨地點的人，也算是一個天才。雨一直似有似無地滴著，我抓緊豎起的衣領，數著腳步向西廣場走去。巡邏車在我右邊緩慢行駛，似乎一直跟著我，有那麼一兩次，他們離我只有兩三米遠。雖然我的心「怦怦」直跳，抓領口的手乾枯冰冷顫抖，但從我眼裡什麼也看不出來，腳步也不曾猶豫。

西廣場一直人流如蟻，有許多賣水果、油炸食品和雜貨的小攤販，我找了大廳屋簷的一個角落停下來觀望。背著各式行囊的人從我眼前閃過，他們穿著各種各樣的鞋子，去不同的地方做不同的事，每個人心中都有一個目的地，也許兩個。但我要鎮定，保持專注，目不轉睛地盯著左前方大約十米遠處的一個正在叫賣的小販。

「一路風塵往前跑，兩手空空可不好，注意了注意了，夥計我又來了，應有盡有，應有盡有，什麼都可以帶走，千萬別帶走遺憾，什麼都有，什麼都有，沒有你想不到的，全是真品行貨，南來北往，全部清空，一件不留，瞧瞧瞧瞧，舊書舊貨舊磁帶，清朝的鼻煙壺民國的撲克，進口香水進口眼鏡，正版影碟值得收藏，貴了算我的，怎麼樣，先生，這磨腳石，夏威夷來的，一塊一塊兒，中意您拿去，正本《四郎探母》，最後一本，名角繪本，您看著給，兩塊？再加一塊，您拿走……最後一批，最後一批，歐美明星海報，正版電影……」

他就是吳軍校。

我一直望著他。直到雨漸漸緊起來，圍觀的人散去，吳軍校才手忙腳亂地背起背包，收起他的一堆雜貨。我向他吹了一聲口哨，他遠遠望見我，向這邊跑來。

他並沒有直接跑向我，而是在離我五米遠的大廳屋簷的另一個角落站著，示意我不要動。喘了一會兒氣，把臉上的雨水擦去，他才抬眼看著我的背包，朝我點了點頭。

我走到他旁邊，打開背包，拿出牛奶和書，把只剩下密匙盒和信封的背包交給了他，並說了一句：「生意不錯啊！」

吳軍校板著面孔，漠然地接過背包，低著頭說：「告訴你幾百遍，不要放不相關的東西！」把手伸進去，確認錢和盒子都在，拉上拉鍊，然後取下他的背包遞給我。我掂了掂，背上肩膀。

「聽說抽成又要提高了？」我問。

「聽誰說的？」

「現在都百分之五十了，還要提高？」

「聽誰說的？不要議論，不要同別人講話，我早告訴過你……」

「再高就沒法兒活了！」

他想說什麼，但突然停住，從口袋裡拿出電話，淡淡地對我說：「我電話打給他，你給他說？三十一？」

沒有辦法，我只能抱怨一句：「跑腿兒的不是人嗎？」

吳軍校拿出兩支清涼台，一支遞給我，一支自己點上，抽了一大口，叼著菸說：「現在每週都有幾十份指紋樣本寄給我，都想要天天供貨，一個比一個貪得無厭，能怎麼辦？要不你來做？」

彼此沉默了一會兒，他說：「過陣子有一個特別客戶，只抽十個，剩下的全歸你，有沒有興趣，三十一？」

「得了吧！」轉身消失在雨中。

回到住處，將近九點鐘，天色全黑，雨淅淅瀝瀝的下著。窗簾拉開，窗子打開，雨打樹葉入耳，濕氣撲鼻而來。我倒上新牛奶，放入水中加熱，保存到保溫杯裡。

地上的背包半新半舊，仔細看還可以看到點點污漬。坦白來講，我不喜歡換背包，雖然是同一款式，但總是別人背過的，處處都不順手。黑色的木製密匙盒小巧精緻，四四方方像一個神祕的魔力方塊，頂上有一孔掃描指紋的開口，透著熒熒綠光，指紋孔上方的空白標籤上填著一組數字：3196578，托在手上，大概有三公斤重，幽幽的神祕光線從盒內透出來。裡面會是什麼？下一位會是誰？

我把燈熄掉，滴兩滴樂敦，躺在床上，等待著午夜的到來。

黑暗中我睜開眼睛，望著天花板上發白的燈管，雨滴和樹葉在牆上打出亂影。你問我在等什麼，我在等待最黑暗的時刻來臨；為什麼我要這麼做，我只能說有太多為什麼我回答不出來；我愛這工作嗎，雖然很久以前我就不知道什麼是愛了，但我的回答仍然是：是的，我愛這工作。在我看來，這還是解決問題的方式之一，反正無論怎麼樣，大部分人要麼沉默，要麼痲醉。總有一天，這玩意兒會擺到超級市場的貨架上任人挑選。為什麼我會這麼想，大概是因為我是個壞人。

午夜二十三點，我在黑暗中起來，戴上帽子，戴上口罩，戴上手套，背上背包，打開傘，向五路橋地鐵站走去。

剛走不遠，電話響起來，又是那姓崔的：

「李成仁？記得我嗎？我姓崔，是個偵探，關於『重生之夜』……」

「崔先生，我現在很忙……」

「我只想請你出面，證明一些事情……」

「對不起，我要掛了。」

「等一下——還有一件事要轉告你，你媽媽病重住院了。」

我心裡一驚，說了句「再見」，便掛了電話。

我沒有停下來，繼續朝五路橋站走去。關於這方面，我已考慮過幾千遍，一日離開重型卡車街，離開青年家園，任何人都不會找到我，這是當初的誓言，從那以後，我就不再是一個兒子。

走下孤獨而長的扶梯，總算是進到五路橋站裡面。然而不幸接踵而至，自動售票機器故障，所有的機器都吐不出票來。

實在令人上火，這種事真少見。我逐個檢查了每一台機器，千真萬確。逡巡了一圈，我終於向位於月臺大廳中央的透明玻璃售票廳以及周圍無處不在的攝像頭走去。

售票廳裡坐著一個黑髮女孩兒，當她看到我時，突然十分欣喜地挺直上身，把十個黑指甲端正地放到檯面上來，額前夾著一枚亮晶晶的骷髏髮夾，烏黑的眼珠兒放出難以置信的光芒。

「一張票，到雙塔寺街。」

「你可以辦乘車卡。」

「不，用不著，我就今天乘車。」

「不，你天天都要乘車。」

「到雙塔寺街，一張。」

她打出一張票，沒有直接遞給我，而是轉身打開玻璃門跑到我眼前，深吸一口氣說：

「好吧，你是我賣出的第 2046 張票，按照要求，你要做我的男朋友。」

原來她上身穿著地鐵制服，下面卻只穿著一件短裙，潔白的小腿和雙腳像兩隻白兔逃到地上。

「我的名字叫王岩，你可以記住，但不許叫出來。」

說罷舉起胸前的證件到我眼前：

姓名：王岩
性別：女
編號：871022

「這是你的票，這是我的電話號碼。」她把車票和一張便條交到我手上，「謝天謝地，你是正常的！」

我站在原地，呆呆地望著她，似懂非懂地聽著。

這他媽的是個玩笑。我拿起車票和便條慢慢湊到眼前，呼嘯而過的深淵之風在我耳邊慢慢停滯。如果當時我直接離開，找到另一個進口進五路橋地鐵站，後來那些悲慘可怕的事就一定不會發生了。我之所以沒有離開，原因很簡單，我喜歡她的腿。

「你怎麼不說話？」

「我不是一張票。別說話——讓我看看妳的牙齒。」

「啊？」她皺起眉頭來。

「讓我看看妳的牙齒。」

她呲開嘴唇，露出兩排細小如米的漂亮牙齒。

「幸會。」

我轉身說了一句，立即投票進站。

聽起來事情非常複雜，但我沒有時間去搞清楚，這些遠沒有過安檢讓我擔心。關於安檢，有許多需要補充的，在此我只說兩點，第一，那玩意兒對木頭一點反應都沒有，這一點是吳軍校告訴我的；第二，對於一個趕午夜地鐵的人來說，沒有人會對打開他的背包感興趣，更不用說搜身了。話雖如此，我仍然擔心得要死，因為只要有一次，我就完了。除此之外，對能夠安然做出這種簡直是自殺的行為的解釋還有一點：我很幸運。

過了安檢通道，我就把那張便條丟到了垃圾桶。午夜二十三點二十三分，地鐵準時進站。二十二車廂乘客寥寥，但靠車尾的最後一個座位已經有人坐了。我只能等著。在《雙重人格》裡，傻裡傻氣的怪臉西蒙坐在深夜列車上，陌生人走過來對他說：你坐了我的位置。西蒙沒有反抗，困惑地離開。但在這裡，在這輛列車上，不會發生這樣的事，雖然其他場景和電影裡幾乎一模一樣。當然他後來也遭遇了愛情，即便到現在仍然看不出華希科沃斯卡那張塑膠臉有什麼吸引人的地方。她為什麼會出現在這部電影裡？大概是因為她很白。另外，西蒙也有一位神神叨叨的媽媽。

我不要掩飾，那雙白兔腿的確讓人過目不忘。我第一次見到這樣的腿和腳，還是遠在我剛到重型卡車街的第一年，現在我已記不得那女孩兒的名字了。這麼一來又使我想起了青年家園那段絕望而又毫無救藥的日子，那段日子我見過很多女孩兒豐盈細膩的腿，無一例外我都撫摸過，然後再把她們趕走。我當時很自私，對不起她們，那時大家都不知道要去怪誰，也許這就是問題所在。

想到這些，足以使我難過起來，因為就是在那種狀態下，我決定離開青年家園與媽媽斷絕關係。這和她一點關係都沒有。然而到處都一樣，這是沒有想到的。到現在我也沒有找到我告訴她的意義，只算是體驗了不受約束的做任何事。我之所以不回去見她，一部分原因是我覺得作為一種選擇，無論如何都應該繼續下去，但本質上，是因為我害怕再見到她。現在她病重了，我卻在午夜地鐵裡遊蕩，這感覺很糟。

那人起身離去，但旁邊仍有人在。對我而言，這也是很要緊的，搞不好就會遺憾地成為別人在意的對象，把你寫進他的日記或者隨筆裡，對你做出種種武斷的猜測和評價；或者碰到的是個有潔癖的人，以扭捏的坐姿和不安的面部表示他的厭惡。每天大概有兩百萬人坐過那個位置，可以想像的到，就像是公共廁所，也許還可以在座椅上做愛。落坐之前用濕巾反覆擦拭椅面和扶手是一種辦法，我見過有人這麼做，雖然徒勞而且易遭人鄙夷，但至少表明一種態度。在大多數人都無所謂的時代，極少部分人確實可以通過極端的行為表明某種態度。毫無疑問，牛奶菲就是其中之一。

再看一遍第七章，她說她在尋找印象中的身影，其實她就是在尋找紫色花園。她最後找到什麼？一大群人在性交。無論你尋找什麼，到最後都是一大群人在性交。真是他媽的令人印象深刻的描述。

午夜零點一刻，我合上書，走出地鐵，來到雙塔寺街站的地下中轉大廳。直到列車走遠，轟鳴聲消失，在深邃明亮的鐵道兩側只有三三兩兩的人站著，靜得出奇。我換上電話卡，撥通了指紋孔上方標籤上的電話。女人嘶啞的聲音傳出來：

「哪位？」

「貨到了。」

「我正等著，在哪兒？」

「D出口，電子鐘下方，記住，顯示零點三十分時，一個人來，準時取貨。」

我在大廳石柱後面的鐵皮長椅上坐下，挺直後背，正好可以看見右邊D出口的巨大電子鐘，只有那裡沒有攝像頭。雖然相距足有兩百米，但紅色的、跳動的0：19仍然奪人雙目。

一分鐘後，一個身披紅色大衣，右臂掛著藍色手提袋，頭上包著圍巾，戴口罩墨鏡的女人來到電子鐘下方，如同一個時髦的電影明星，一雙小腿露在大衣外面。也許只是個乘車的，就算是她，也要按我的規則來。

零點三十，我站起來朝電子鐘走去。看起來就是她了，地鐵已經進站一次，她還在原地，一直側著身子看閃爍的電子鐘，直到發現一個戴帽子口罩，背包放在胸前，正一步一步向她逼近的黑衣人。她怔了一怔，一隻手抓住脖子上的綠色格紋絲巾，另一隻手向後摸索著，兩條又細又瘦的小腿下意識地向後退縮，不時轉過頭向樓梯上方張望，似乎有人在等著她。

在相距大約五十米遠的地方，一輛列車進站，我停了下來，把食指放在口罩上，示意她不要怕。

等列車開走，我才走了過去。香水夾雜著絲絲菸臭透過口罩鑽進我的鼻孔，黑色的磨砂面高跟鞋，黑色絲襪，雙腿讓我想起那售票員。

「你來晚了。」女人說，正是這嘶啞的聲音。

我把帽檐壓得很低，打開背包取出木盒，指紋孔朝前，遞到她面前。

女人伸出枯瘦如柴的手撕下了電話標籤。我瞄了一眼，巨大的黑色墨鏡幾乎蓋住了她整張臉。

突然，像發現了什麼似的，女人撕標籤的手停在半空，微微抖動起來，繼而雙手捂在口罩上，猛地一下轉過身，佝僂著後背，雙肩顫抖起來。

我托著木盒一言不發。

慢慢地，她轉過身來，伸出右手食指按在掃描處。木盒「哢」的一聲打開，女人把整整九塊方形物體全部裝入普拉達手提袋裡，然後從大衣口袋拿出一個信封，停在我眼前，伸出手，慢慢地摘下墨鏡。

淚水打濕了她的睫毛，左邊眼角一顆迷人的痣。

李培培？

胸口瞬間膨脹起來，似乎有一個大氣泡，從腹部升到胸口，「嘭」的一下炸開；燥熱接著來了，竄過脖子直達耳根。

她望著我，眼裡噙滿哀傷，嘴角抽動，似乎馬上就要說出一個「仁」字。

不能發生這樣的事！

我奪過信封，蓋上盒子，迅速轉身塞入背包，快步向前疾走了幾十步，下一班地鐵正呼嘯而來。我停下來，回過身看那女人，已看不清她的臉龐。她徒然地站著，又細又高，藍色的普拉達手提袋掉在腳邊。車門「啾啾」打開，我轉身進去，車門「啾啾」關閉。

她仍然呆呆地站在那兒，再一次與她交會的時候，一個頭髮油亮的半百男人踉蹌著跑到她身邊，用黑色大衣將她裹了起來。

凌晨一點鐘，汗水濕透我的後背。

三

「看看這裡，不像魚缸嗎？……我就是魚缸裡不見另一半的接吻魚。」

將近凌晨四點，售票員一絲不掛躺在五路橋站地下大廳中央的玻璃售票廳地板上，身下墊著制服和同樣赤身裸體的我。地下大廳忽明忽暗，寂靜無聲，遠處的燈光照進來，橘黃的光線照著售票員翹起搭在椅子上的雙腳。

「接吻魚失掉另一半，很快就會死的。」我說。

「你說的對，我就快死了。」

我翻過身來，抱著她的雙腿，湊近鼻子聞她微微突起的小腹，把舌頭伸進她的肚臍。售票員抓住我的頭髮，等我爬上去，在她耳邊輕聲說：「那就再死一次。」

一個小時之後，我們再次癱倒在地。我靠在玻璃牆上，望著弓起身子俯在地板上的售票員，我覺得對不起她，因為有時候我心裡只有肉慾，這非常自私，黑暗中這張混蛋臉誰也看不見。大概和李培培有關。

「明天是我生日，你要送我什麼？」售票員問。

「重要嗎？」我問。

「不重要。」她說。

售票員翻了個身，胸口和肚子貼著我的腿。

過了一會兒，她說：「不能回家了，去你那兒。」

我們離開這個滿是汗味、精子味和羊雜湯味的透明玻璃魚缸，來到我的住處。我帶她進浴室，幫她洗淨身上的每一寸肌膚，腳、小腿、胯下、後背、胸脯、脖子。售票員始終閉著眼睛，一聲不吭。看著她雙乳和脖子上淡淡的咬痕，我幾乎又要硬起來。

當我用一條毯子將她裹起來，抱到床上時，已經是凌晨五點鐘。我一點睡意也沒有，看著她露在外面的光滑小腿，又一次讓我想起半個月前那個令人沮喪的午夜。那雙穿著黑絲襪又細又瘦的不斷向後退縮著的小腿，從雙塔寺街到五路橋將近一個半小時的車程裡，一直在我心頭晃動。當它還屬於李培培的時候，我多少次將它撫摸在手，雖然與眼前這雙相比，完全是另外一種感受，像饑荒年代冬天的樹枝，沒有絲毫美感，但我當時是不能沒有她的。凌晨三點，我坐在床邊，拿著那件白色內衣，一夜無眠。

令人失望的是，沒多久我就到五路橋站地下大廳來找售票員了。也許這就是原因所在，我無力辯解，既無法預見任何事情，也無法期望任何事情。當我再一次走近那個售票視窗時，這些都已拋諸腦後。

售票員抬頭看到我，驚愕了一下，說：「雙塔寺街對吧？兩塊。」

「我不買票。」

「那有什麼可以效勞？」

「電話號碼被弄丟了，我找遍……」

沒等我說完，她就從椅子上跳下來，走出玻璃門對我說：「走吧，請我喝碗羊雜湯。」這次穿了一條制服褲，還有露腳背的黑色皮鞋。

我微微笑了一下：「這麼直接走沒關係嗎？」

「沒人管得住我。」

說罷徑直朝出口走去。

「妳叫什麼名字，王岩對嗎？」

她忽地停下來，幾乎是貼著我的鼻子說：

「再說一遍，不要叫這個名字，記心裡就行。」

「為什麼？」

「沒有這個人，這人不存在。」

「我不明白，2046？王家衛嗎？什麼樣的一種要求？」

售票員一言不發。

在扶梯的頂端，她告訴我：「你問題太多，我找你不是想聽問題，而是答案。你有問題可以先記下來，也可以寫本書，你姓什麼……」

「吳。」

「……書名就叫《吳為什麼》。」

沒錯，相當酷，大部分人都不會這樣講話。我的問題不只這些，還有比如她的走姿，略微緊身的制服褲外面顯出的內褲的輪廓，以及這條內褲的顏色等等。

她帶我來到老城區夜市，走進一家掛牌「姚記羊雜」的狹窄小店。

關於老城區，沒有什麼好說的，無論從整體上講還是分開來講，都沒有什麼好說的，食之無肉，棄之有味。我剛到這裡時晚上常來這兒吃拉麵，喝一塊錢一瓶的啤酒，那時候還沒有什麼「姚記羊雜」，吳軍校也住在這兒，天橋下到處是賣藝的。印象中，老城區到了晚上才算存在，沒想到兩年後又來到這裡。

售票員要了兩碗羊雜湯和一碟燒餅。我望著白瓷碗裡撒滿香菜渾濁發白的濃湯和帶油漬的湯勺，皺起眉頭。這東西一直令我望而生畏。我一直在琢磨，那到底是一種什麼樣的要求？

「喝啊！」

我抿了一口湯，隨即吐了出來，告訴她這不是羊雜湯，是豬下水。

她沒有理會，丟開勺子，啜吸著喝。

「你為什麼要看我的牙，那天？」

「看看妳有沒有不良嗜好。」

「有嗎？」

「沒有。」

「我工作時，給自己定了一個要求，第兩千零四十六個買票的人，無論如何都要成為我的人。無論他是男人女人、老的殘的、窮的富的，我都會跟著他……」

我正襟危坐地聽著，售票員抬起頭看了我一下。

「……看來我還挺走運。」

「為什麼，為什麼這樣要求自己？」我問。

「都是人逼出來的。」

「什麼人逼妳？」

她站起來說：「給你張便條，記下來……結帳了！」

我當時想，雖然這事兒嚴重缺乏嚴肅性，但在如今事事都可能毫無頭緒的情況下，也不失為一種辦法。另外，當售票員說這些時，我聽不出有任何荒唐和膚淺的地方。

從滿是羊膻味的店裡出來，售票員脫掉制服，只穿了件白襯衫。她說：「你說的對，就是王家衛，我喜歡《2046》。」

「真的嗎？」我問，「裡面有作家和妓女，妳想要哪一種？」

「我都不要，我想上那趟列車。人為什麼會去找記憶呢？因為他忘了。」

「也許就是沒有呢？」

「我每天看著那麼多列車進進出出，你說哪一輛會是2046？」

我想了一會兒，說：「哪一輛都是2046。」

她既不贊同，也不不贊同，而是揚起嘴角笑了一下。

「帶我去看電影吧！過來，抱著我！告訴我，最近有什麼好的片子？」

我沒有抱她，如果我去抱她，就會摸到她的內衣帶了。

我說：「聽說《罪惡之城》不錯。」

「為什麼不抱我？」

我走過去，彆扭地抱了她，摸了她的內衣帶子。

「有什麼看頭？」她笑著問。

「非常酷。」

「還是下次吧！陪我去看老電影吧，B級電影，《洛基恐怖秀》，知道嗎？我們去看那個吧！」

我被嚇了一跳，那完全是另外一種電影，就是醫生喜歡的那種類型。不可否認，人們可以喜歡不同的電影類型，而且總會找到一些相通的地方。很顯然，記憶、列車與變態異裝癖之間，在售票員那裡是有某種聯繫的，但總不會是兩者色調都很黑。

「去看那個不用換件衣服嗎？」

「不用，這種就行。」她晃了晃手裡的制服。

我跟著她來到某個霓虹閃爍的半地下室入口，門口上方掛著四個紅光熠熠的大字——「丁度之屋」。

門後邊坐著一個穿著拖鞋邋裡邋遢的長髮男人，在他旁邊的黑板上，用螢光筆寫著：

今日放映

09:00-10:00 PM《計程車司機》

11:00-00:00 PM《英國病人》

00:00-06:00 AM《暴帝卡裡古拉》、《布達佩斯小酒館》、《少婦的誘惑》、《姦情》

售票員看的仔細，問門口的邋遢男：「《洛基秀》今天不放映嗎？」

「洛基週一不上班，妹妹。」

我警覺地走過去，把售票員拉到我身邊。

她說：「回去，不看了。」

「怎麼了？《英國病人》也很好啊！」我說。

「不，我不要看。女主角最後死了，男主角拋棄了她。」

「不，他沒有。」

「他有。」

「他沒有。」

她邊說邊向後退著，已離我有十米之遠。

「太晚了，回去吧！」說罷拿出電話，很快撥通了一個號碼，對電話那頭說：「老城區那個電影院。」

我站在那兒望著她，黃霧從四周升起。不一會兒，燈光亮處，駛來一輛軍用汽車，在她旁邊不遠停下來。車門打開，鑽出一個軍官模樣的司機，站立筆挺，打開車門等待著售票員。

她並沒有直接上車，而是走向黑暗處的我，問：「我怎麼找到你？」

我把我的電話號碼寫給她，她上前攤開我的手，寫下一串數字，淒淒的說：

「別再弄丟了。」

又一個週二，我去火車站找吳軍校。不得不說，售票員使我心情愉悅。雖然這相當瘋狂，甚至可笑，而且還可能帶來麻煩，但我一開始並不指望什麼，它大概會在該結束的時候結束。人們一旦接觸愉快的東西，往往立刻會想要永遠持續下去，這簡直是所有不幸的來源。我倒是希望只擁有一段時間。你可以說這是得過且過、今朝有酒今朝醉、當一天和尚撞一天鐘，而且很可能演變為見異思遷、喜新厭舊等等，但不管怎樣，都沒有牛奶菲在《月臺》裡總結的好，她稱之為「片段人生」。

「是女人嗎？」接貨之前，我問吳軍校。

「不是，放心。」

「謝謝。」

「得了，知道你不再接女人的單。今天可以告訴我其中原因嗎？」

「不能。」

吳軍校雙手一攤，撇了撇嘴。

我幫他收拾雜貨攤子。他對我說從下個月開始，我的送貨日程將有所變化，接貨日改為週五。

我點了點頭。

「只抽十個的那個，還記得嗎？」

「有印象。怎麼？」

「這是個特別客戶，聽說是九爺的朋友，綽號『警官』，是個特別難纏的傢伙，你要記住。」

「為什麼是我？」我問。

「原來的快遞員退出了，不幹了，只有你合適。」

那晚之後我一直沒有接到電話。售票員今天也沒有上夜班，五路橋站的地下售票廳裡坐著一位呆頭呆腦的年輕男孩。交貨的時候，電話電池即將耗盡，差一點無法找到客戶。那人看上去很眼熟，似乎他也知道我，直接走過來找我。這很令人擔心，我告訴英國腔這件事，回覆說無法為所有快遞員確認哪些人是回頭客。

換上電話卡，充上電開機以後，有很多未接來電，其中兩個是自稱崔偵探的人打來的，剩下的全都是售票員。我想了想，誰也沒有理會。

第二天中午，我撥通售票員的電話。我向她道歉，她並沒有生氣，語氣也毫不在意，甚至有點冷漠。她說她在工作，讓我直接去找她。

我從住處出來，把麵包邊丟給小帕。牠像是生病了，臥在花盆旁邊無動於衷，只是斜著眼睛看我。

很快，我來到售票員的視窗。

「你死了嗎？」她頭也不抬一下就說。

我什麼也沒說，看著她從售票廳出來，走過來拉著我的手說：「走，我們去喝幾杯。」

剛走幾步，一位年紀稍大的女人從站務辦公室快步走出來，抬手指著售票員大聲問：「王岩，妳站住！這是要幹什麼？」

她制服穿戴整齊，髮型一絲不苟，皮鞋踩在地板上篤篤直響。

售票員將頭轉向一邊，默不作聲，臉上顯出不悅。

「我告訴妳，妳再這樣，我就告訴妳爸爸……」

「告訴他怎麼樣？隨便妳，告訴他去吧！」

「妳看看妳，像什麼樣子，不服管教，目無紀律，胡亂行事，哪兒像個將軍女兒？」

「我就不是！誰要做他女兒？妳喜歡妳去做吧！」

「妳——妳怎麼這樣給我說話？」她有些氣急敗壞，目光掃向我，指著我問：「他是誰？」

售票員毫不理會，給了她很多鄙視的眼神，拉住我向外走去。

「將軍女兒？妳沒告訴過我。」

「你怕了嗎？」

我望著她乾燥的嘴唇和發紅的眼睛，搖了搖頭。

「發生什麼事了？」我問。

「別問了，你管不了。」

在「姚記羊雜」，售票員要了羊雜湯、燒餅、炸雞柳和兩打啤酒。半個小時後，九瓶啤酒全被她喝下肚，仍沒有停下來的意思。我好幾次想阻止她，都無濟於事。

「你管不了我！管不了我！誰都管不了我！」她氣呼呼的喊著。

「我就是喜歡，就是喜歡羊雜湯……」

我眼前好像又浮現了重型卡車街的日子。那時候我們同樣認為誰也管不了我們，天天都有酒喝，女孩兒隨時在門口等著，孤獨、瀕臨絕望、渴望解脫，成天計畫著逃跑。現在倒真是實現了無拘無束沒人管，但是他們現在都在哪裡呢？

「自己選……想選個你滿意的，偏要隨機選一個，2046，哈哈……」她一手拿酒瓶，一手掩面，支支吾吾的說著。

突然她站了起來，差點頂翻了桌子，啤酒瓶稀裡嘩啦滾到地上摔得粉碎，指著我說：

「立正——稍息——反思，不准睡覺……不准出門……」

說完一個趔趄向後倒去，我一把拉住她的手，繞過去攙扶她。老闆聽見聲響，跑了出來，看到滿地碎玻璃，很不高興。

我匆忙結完帳，抱著她，離開這個猶如昨日重現般的地方。

「管你的兵去吧，我不是你的兵……管不了我，啊——」她在我背上大喊大叫。「我不是一個兵，哈哈……2046，2046——你死了嗎？回答我，你在哪兒？啊——」又尖叫起來。

從來沒有一個女人來到我的住處，售票員是第一個。藉口有兩個，第一，我不可能把一個喝醉酒的女孩兒留在深更半夜的大街上；第二，更不可能通知她的將軍爸爸。關於喝醉酒的女孩兒這種事，以前經常發生，從來沒有成為一個問題，任何時間，任何地點，第二天一覺醒來，不知道自己身在何處。現在看來，除了可資回憶，實在是一種傻透了的行為。

售票員已不省人事，我脫掉她的鞋子，抱她到床上，為她蓋了一條毯子。我發現這女孩兒的手腳冰涼，身上微微顫抖，就燒了壺熱水，弄了條熱毛巾敷在她額頭上。我本想上床暖她的手腳，但終於沒有這樣做。

終於，售票員安穩下來，靜靜地睡去。我筋疲力盡躺在她身邊，看著她，面色沉靜，呼吸流暢，胸口均勻起伏，一雙腳露在外面，像兩塊透明的粉色肥皂。我是想把它們吃掉的，但終於也昏昏睡過去。

凌晨兩點鐘，售票員醒過來，轉過頭來問我。

「這是哪兒？」

「我住的地方。」

她拉了拉裹在身上的毯子，說：「你上我了嗎？」

我想到她會這麼問，或許還會先給我一耳光，但是她沒有，只是望著天花板神情略顯呆滯的問了一句。

我說：「沒有，我沒有上妳。」

她坐起來，低下頭雙手抱著額頭，閉著雙眼眉頭緊皺。我走出臥室，倒了杯溫好的牛奶給她。

「感覺怎麼樣？喝了它，會好點。」

售票員穿著白色襯衫，坐在床上，紫色的毯子搭在拱起的膝蓋上，用手梳了梳頭發，向後甩了幾下，接過牛奶。

「謝謝。」

突然間這變得十分迷人起來，她喝著牛奶，舌頭舔著嘴脣，我簡直要為這些動心了，不自覺地摸了摸嘴角兩邊。

「為什麼沒有？」

「……」

「為什麼不動手？」

「妳喝醉了，老實講，背妳這麼久到這兒，我也累壞了……」我想了想，我也不知道，只好這麼回答她。看不到她的反應，只聽得見沉靜舒緩的聲音，玻璃杯沿兒被她含在嘴裡，長髮遮住兩邊側臉。

「我都說了什麼？」

「呃……沒有，妳什麼也沒說。」

「我又罵他了，對嗎？」

「沒有，」我說，「沒有。」

她低著頭，雙手把玩著玻璃杯。過了一會兒，慢慢轉過頭來，目不轉睛地望著我，眼神一半迷離一半神祕。我生出細汗來，呼吸似要顫抖起來。她在想什麼我不能確定，我只是盯著她的眼睛和脖子、鎖骨、脖子上的小痣、嘴脣上淡淡的牛奶痕、褐色的眼珠兒，以及……。

「跟我來。」

售票員放下杯子，一把扯掉毯子，跳下床來，急急地穿上鞋子，趿著雙腳過來一下拉住我的胳膊，不由分說向門外跑去。

「這麼晚，能去哪兒……」

「別說話！」

凌晨兩點半左右，售票員身穿白襯衫，拉著我快步穿行在薄霧沉沉的黑夜中。這與我預想的大相徑庭，我本以為接下來我們會直接上床，剛出門的那一刻，我甚至失望起來。路越來越熟悉，等我明白過來，燈火闌珊，冷酷漠然的五路橋地鐵站已經到了眼前。

地下大廳寂悄無聲，忽明忽暗，我的心「怦怦」直跳。售票員緊緊攥著我的手，一路小跑著把我帶到地下大廳中央的透明玻璃售票廳。她目光炯炯地看著我，拿出鑰匙，顫抖著打開玻璃門，剛一進門，直接跳到我身上，把舌頭伸進我的喉嚨裡，胡亂抓著我的頭髮說：「我很冷，上我……」

雖然我有些錯愕，但還是立即含住這尚有奶香和酒味的舌頭，萬分貪婪地纏拌在一起，巨大的興奮像子彈射出槍膛一樣瞬間傳遍全身。她兩腿夾在我腰上，似要把我碾碎；我抓住她的屁股，一把按她在玻璃門上，發瘋似的咬她，咬住她的嘴唇、鼻子、耳朵和頭髮，想辦法把她一口吞下去；售票員嗯嗯呀呀的叫出聲，發狠勁扯開白襯衫，鈕扣四處飛散；我咬住她的蕾絲邊內衣，撩起帶子，抖出一對兒布丁般的乳房；頭髮披散在她臉上，無力地靠在玻璃牆上，慢慢向下滑去，雙手闖進我的褲子裡，沿著胯部貼在屁股上，褪掉褲子，抓住陰莖；那玩意兒像充了電一樣，硬的像石頭；我攔腰抱她起來，咬她的脖子……遠處燈光照進來，照在她擠在一起的雙乳上，微微泛起藍光，像溫暖的絲綢，售票員沉浸在無窮無盡的歡暢中。

我把她輕輕放到地板上，撥開散在嘴巴和鼻子上的頭髮，她微閉著雙眼，嘴巴一張一合地急促呼吸；我低下頭，吻她的下巴，吻她的胳膊和雙手，吻她的脖子和鎖骨，吻她布丁般的雙乳，含在嘴裡，撥弄著像兩顆溫潤葡萄般的乳頭；白色的小內褲連同制服褲一起褪過腳踝，又看到那雙小腿和雙腳；我心生憐惜起來，把她們抱在胸前，雙腳抵著我的胸口，低下頭親吻她們，吻白兔般的腿，吻透明的腳趾；舌頭滑過，像啜吸著一杯熱牛奶，一直到大腿之間；售票員雙手抓住我的頭髮，向上發力，腹部摩擦著我的胸口，整個身軀像條蛇一樣上下扭動，嗚嗚地喘息著；我抬起她的頭挽在臂彎裡，慢慢地，進入她的體內，她屏住呼吸，把指甲摳進我的肉裡，閉著眼睛，十分痛苦的呻吟，我慢了下來，抬頭攬住她的腿，看見她胸口一片潮紅；我閉上眼，心裡在想：我正在上她，但她不了解我，不問我的名字，不問我的工作，我對她說了謊話，我在上她……剎那之間，李培培出現在我的腦海，接著羅茜也出現了，我無法控制，很多事都要進來，青年家園的日子、媽媽、姓崔的、車站的黑絲襪……。

我把眼睛睜開，緊盯著她的眼睛。她緊咬雙脣，雙手緊緊抓住我的肩膀，我對自己說，如果她睜開眼睛，這事兒就此結束。

然而她馬上就睜開了雙眼，看著我，面無表情地接受著我的衝擊。

我低下頭，減緩了幅度。她示意我停下，爬起來走向旁邊的玻璃門，雙手貼在玻璃上，背著我，兩腿叉開站著，扭動著屁股柔聲對我說：「過來，試試這個……」

興奮瞬間又來了，死也無法拒絕這個臀部。我恍惚著走過去，像個奴隸似的跪下去，親吻著她，摟住她的腰，再次進入她的身體；售票員大聲叫出聲來，我簡直要死了，像發狂的犀牛一樣撲向她，揉搓她的雙乳，將她的頭擠壓在玻璃牆上；售票員一隻腳攀附在我的腿上，努力弓起後背迎合著撞擊，響亮的叫聲傳遍整個晦暗的地下大廳，熱氣瀰漫的玻璃上到處是她抓出的長長痕跡……我腦中一片空白，眼裡只有這個通體熾熱，油亮濕滑的美人魚，什麼都可以忘記，什麼都可以忘記……。

「你能看見我嗎？」售票員躺在地上，望著頂上的玻璃問，「看上面，能看見我嗎？」

「能看見，我看得見妳。」我說。

「不，你看不見我，我是不存在的。」她說，「你知道嗎？」
「是啊，我們兩個都看不見。」
我把她的腳抱過來放在胸口上。
「你知道怎麼樣才能讓人覺得存在嗎？」
我沒有回答。
「你知道嗎？」她又問。
「有一個方法：叫名字。也許可以。」
「那得叫多少遍？」
「一萬遍。」
「那你叫我啊？」
「可是妳說我不能叫妳的名字。」
「你現在就叫。」
「王岩，王岩，王岩王岩王岩王岩王岩王岩……」
「算了。」
她抖動了一下腳，踢到了我的下巴。說起來，現在幾乎沒有人在叫我的名字了，吳軍校叫我三十一，英國腔叫我三十一，售票員叫我 2046，醫生從不叫我。在青年家園，沒有人不知道李成仁這個名字，他也算是一個風雲人物，以至於離開很久以後，他的名字還在新來的孩子們口中流傳，媽媽介紹他時，總是說：「我們成仁……」當然，這都是很久以前的事了。最近一次叫我名字的人，大概是那個從未謀面的也不知道是真是假的崔偵探。

「在你那兒時我做了一個夢。」
「什麼樣的夢？」
「我沒有告訴你嗎？」
「沒有。」
「我夢見一個集會……高中同學、大學同學、同事、陌生人，很多，都來了……」
「同學聚會嗎？」
「大家都光著身子，站在街道兩邊……對面是一條河，河對岸也有很多人，認識的，不認識的……也都沒穿衣服，光著身子……」
「哦？」
「那些人跳到河裡，遊到對岸來……然後大家就開始做愛……」
「以後呢？」
「沒有然後了，所有人就都在那兒做。」
「那妳呢？妳在幹什麼？」
「我不知道，我可能在看。」
我驚訝極了，這場景我記得，早有人把它寫進小說裡，在牛奶菲的《月臺》第七章，在紫色花園。
於是我就把《月臺》的第七章和紫色花園的故事講給她聽，對她說：「妳看，也許真有這回事，有些人甚至認為這就是生活的真面目。」
聽了以後，她說：「你騙我。」

我坐起來，對她說：「是真的，我沒有騙妳——但有一件是我確實說了謊話，我不姓吳，我姓李，名字叫做李成仁。」

售票員淡淡的說：「很重要嗎？」

我說：「非常重要。」

她轉過脖子，躺在我腿上，雙腳翹起搭在椅背上。

「看看這裡，不像魚缸嗎？……我就是魚缸裡不見另一半的接吻魚。」

四

醒來已將近中午，售票員仍在熟睡，我感到頭昏腦脹。今天是週五，已有兩周沒有去找吳軍校了。牙齒又開始隱隱作痛。我弄了一盆熱水，倒半杯牛奶進去，洗了洗臉，弄了個芝士雞蛋三角，留了一半給售票員。

在樓下的小花園裡，當我又一次把麵包邊拿出來，「嘬嘬」著嘴巴叫小帕時，發現牠似乎早已不見蹤跡了，只剩下一條殘破的狗鏈子在草叢中。花園裡的落葉和樹枝打掃得乾乾淨淨，只有靜悄悄的蕭索落了一地。我拿著麵包邊團在手裡，心裡掠過一絲落寞。

在火車站穿梭的人群中，我掂量著總比原來重一倍的黑色背包，硬著頭皮聆聽吳軍校不厭其煩的叮囑。這次他特別在意，顯得有點神經兮兮。

「……見到本人，一定要本人打開，知道嗎？不要問，不要多看，也不要回答問題，直接交給『警官』本人，明白嗎，三十一？他本人！最要緊是不要和他閒聊，更不要接受他的任何東西，交完貨，交到他手上，收錢，走人，清楚了嗎？還有一點最要緊，不要試圖記住什麼，就算看見了也要馬上忘掉……」

「到底哪一個才是最要緊的？」我問。

吳軍校輕拍了一下我的後腦，不滿地說：「我說了半天等於白說，你在幹什麼？都告訴你幾百遍了，你在幹什麼？這個要命的！」

我點了點頭。

「最重要就三個字：別說話。既然你決定接這單子，我就告訴你清楚點，講明白，對大家都好。我為什麼？對兒子也沒講這麼多過！」

吳軍校夾著菸，雙手一攤，繼續說道：

「之前就告訴過你，『警官』這種人很狡猾，特別難纏，什麼來頭我也不清楚，上頭只告訴我這麼多，總之，要小心，對大家都好。」

「這是什麼菸？」我掐著抽了一半的菸，問吳軍校。

「清涼台啊！我能抽什麼菸？」吳軍校舉著右手在我眼前，抓狂的說，「看這裡——我都說什麼來著？你在想什麼啊，三十一？」

我抽了一口菸，說：「知道了！還有什麼要說的嗎？」

「過來，靠近些。」他向前一步，摟住我的脖子小聲說，「小心身後！明白我的意思嗎？小心身後！走吧！」

我拎起包，站在垃圾桶旁邊，抽完最後一口菸，把菸頭摁滅在垃圾桶頂端爆滿的菸灰缸裡。

天黑時分，我回到五路橋，站在遠處，望著住處一片漆黑的窗子。售票員一定已經走了，不然窗子此刻應該亮著。我倒是希望它亮著，雖然會使我擔驚受怕。有幾次棚戶區停電，我忘記關燈就去了雙塔寺，午夜時分到家，驚恐的發現窗上亮著燈，嚇得我魂飛魄散，一整夜都待在外面，幾乎有了直奔火車站逃走的念頭。我一邊想著，一邊打開房門。剛把門關上，突然一個黑影從側面竄出來撲向我的後背，一下跳到我頭上：

「抓到你啦……」

我被嚇個半死，「啊」的一聲連帶黑影一同向後倒去，拎著的背包脫手而飛，「啪」的一聲悶響，摔在地上。

燈打開，售票員披頭散髮，坐在地上揉著胳膊，身上穿著我的睡衣，赤著腳，光著兩條腿。黑色木盒摔開在地，紅色的貨物散落一地。

這下壞了。我慌了起來，強壓住火氣，瞪著她忿然說道：「妳瘋了嗎？」急急忙忙去查看木盒。相比於驚嚇，這簡直可以要了我的命。

一塊塊方形的東西散落在地板上，我撿起來一看，是肥皂，包裝十分精緻，上面印著大寫的藝術英文字母：ANDY'S，下面一行小字：安迪出品，必屬上乘。

但這些肥皂很特別，中間是掏空的，有好幾塊被摔成兩截，從裡面滾出來許多紅色的膠囊，膠囊的一半印著一個「明」字，另一半印著一個「日」字。

售票員湊過頭來，撿起一塊肥皂和膠囊看了看，眼睛一亮說：「哦，我當是什麼呢？安迪手工肥皂，我經常用。你就送這個——」

我不由分說從她手上奪過來，急切地說：「給我，別碰！」手忙腳亂把剩下的肥皂和膠囊撿起來，一股腦兒全放回黑色木盒裡。

可是木盒卻怎麼也合不上了，確切的說是合不嚴實了，輕輕一按就可以打開，指紋掃描系統似乎失去效用了。我把自己的手指放到指紋孔處，剛一接觸，木盒「哢」的一下彈開了。

看到這兒，我終於忍不住了，站起來拿起桌上的玻璃杯，大罵一聲：「靠！」朝地上狠命摔下去。

售票員驚叫一聲，抱著頭和雙腿蹲下去。

「為什麼還在這兒？為什麼不去上班？」我發瘋似的吼道。

「衣服扣子全掉了，沒法上班了……」售票員臉色鐵青，直盯著我說，「我去買了牛奶，麵包……你自己吃吧！」

我長長的喘著氣，踢開碎玻璃，走過去想扶她。

她推開我的手，踩著玻璃徑直走到床邊，一頭栽下去，拉過毯子蓋在頭上。

我轉回來，呆呆地看著黑色木盒，走過去把它重新打開，拿出斷裂的肥皂，將漏出的紅色膠囊一粒一粒塞進去，重新黏起來。

幹這個久了，會遇到很多意外，但發生這樣的事，還是第一次。簡簡單單的問一個為什麼很容易，但是幾乎所有的意外都是難以理解的，大部分情況下只好坐著，心裡暗罵一句：為什麼他媽的會發生這樣的事？這次也不例外。

沮喪會讓人陷入胡思亂想的地步，甚至會否定之前認定的事，比如我立即覺得讓售票員走進我的生活是個錯誤，讓她進這房子更是蠢透了，所以發生這樣的事完全是我自作自受。還可以找到很多諸如此類的藉口，但是沒有一樣有助於問題的解決。不可能去找吳軍校的，如果告訴他說密匙盒摔壞了，他一定會剝了我的皮。盒子現在還放在桌上，看上去沒什麼異樣，雖然棱角被磕裂了，但鬼知道這東西轉手有沒有超過九千次。為今之計，只好先這樣找些安慰了。

至於這將會帶來什麼後果，不難想像，要麼可以蒙混過關，大家相安無事；要麼不可以，不但我丟掉飯碗，甚至會丟掉性命。這些我早已知道，初次見面的時候，吳軍校就講的清清楚楚。

現在就剩下售票員了，這是我最擔心的。從她的反應來看，肥皂她是用過的，雖然吃驚，但並不好奇。她到底對那些紅色膠囊知道多少，明不明白「明日」兩個字意味著什麼，我則完全一點頭緒都沒有。但不管怎樣，有一點是必須得清醒的：無論如何不能把她牽涉進來。

我把碎玻璃打掃乾淨，朝床邊走去。售票員倒在床上一動不動，兩條腿耷拉下來，腳底板上黏著碎玻璃，滲出點點血跡。

我拿出藥箱，蹲到床邊，握住她的腳踝。售票員抖動著雙腿，用力掙扎。

「不要亂動！」我對她說，同時緊緊摁住她的雙腳，直到她安靜下來才慢慢鬆開。

所幸玻璃屑沒有扎進去很深，我拿出小鑷子，一塊塊兒夾下來，用酒精棉將傷口消毒，將邦迪貼滿她的整個腳底板。整個過程中售票員一直把頭裹在毯子裡面，一聲不吭。

「疼嗎，傻丫頭？」我問她，她也不回答。

我打開衣櫃，在櫃子底部翻出那套白色內衣，躺倒售票員身邊，俯在她耳邊說：「對不起，生日快樂，這個送給你。」

她終於睜開眼睛，打量了一下，隨手扔在床頭。

「你早上做的那個是什麼麵包？再做一遍，我要吃那個！」

「哦，妳喜歡吃嗎？我再做給妳。」

說完跳下床，打開冰箱拿出她新買的全麥吐司切片，走進廚房。

正準備煎雞蛋的時候，售票員的電話響起來。

「又怎麼了……不是告訴你了嗎？我沒事我沒事……你別管，好著呢……我不回去……那就告訴他們別等了，我是不會去的，我有約了……派阿唐也沒用的……告訴過你不要管了，不要再派人找我了，我沒事——再見！」

……

麵包煎好了，我特意在中間插了一根蠟燭，端到售票員面前。

「生日快樂！」

售票員瞇著雙眼，「噗」的一下吹滅蠟燭，拿起麵包大口吃了起來。

「腳好點沒有？……味道怎麼樣？」

售票員邊嚼邊點點頭，把手指上粘的麵包屑也吃進嘴裡。

吃完麵包，售票員跳下床來，突然來了一句：「好了，我得去上班了。」

「現在去上班？——這麼晚了，而且妳的腳破了。」我十分不解地問。

「沒事兒了，不疼了，你看——」她說著跳了幾下，「反正一會兒你要去送快遞，正好我去上班，快，要遲到了……」

說話間就換好了制服，盤好了頭髮，換上鞋子就向門口走去。剛到門口，又突然折了回來，跑進臥室，抓起丟在床頭的白色內衣，跑到我身邊，在我臉上親了一下，說了聲「謝謝」便奪門而出。

我怔怔地站在門口，等她的腳步聲漸漸消失，關上門，環顧一下這個屋子，好像她從沒有來過一樣。我把黑色木盒托在手中，手指再次按在指紋孔上，盒蓋打開，把肥皂拿在手上，仔細觀察這些東西。

安迪是誰？是個人嗎？「明日」膠囊？這玩意兒真的可以解決一切問題嗎？完全是胡說八道，沒有這種東西，要是有，我們在重型卡車街的時候早就發現了，艾會千方百計把它弄到手，我們也不用搞出「重生之夜」那種蠢事。那時我們認為音樂和電影也許會有些這方面的效用，其實從本質上講，音樂電影這些東西和「明日」膠囊是一樣的。這就像在地鐵裡遇見的假乞丐，人們會討厭他們，認為他們出賣尊嚴實在可恥，事實上在某種程度上大家都一樣，都在出賣尊嚴，只是他們知道，我們不知道而已。按照這種說法，音樂電影、「明日」膠囊都不可能解決所有問題，這些東西之所以都有些效用，基本上和它們無關，大概是相信「這玩意兒真的可以解決一切問題」這種態度本身在起作用，像坐地鐵用紙巾擦椅面的人，像牛奶菲，像醫生。我呢？我還有救嗎？大概是沒救了。

因為我不相信「這玩意兒真的可以解決一切問題」，把它們重新放進盒子，蓋上蓋子。我還有很多事要幹，比如把口罩帽子手套準備好、把燈熄滅、把牛奶熱上、要不要順便把垃圾倒了、售票員會在五路橋售票廳嗎等等。午夜一過，就知道到底還有沒有救了。

午夜二十三點，我來到五路橋地鐵站地下大廳，可是售票廳裡另有其人，並不是她。我也只能多看兩眼，真正要擔心的事並不是這個。一路上我都在想，如何不露聲色不留痕跡地將這單貨交接出去，就像真正的快遞員那樣：如果被當場識破，我該如何應對，怎麼辯解，怎麼脫身？如果脫不了身，只有死路一條。吳軍校要是得知他的話全都成了耳邊風，一定不會為我惋惜。

終於，在雙塔寺街D出口的電子巨鐘下面，見到了「警官」和另外兩個胖子。當我慢步向三人走去時，我覺得我的時候到了，這是一段你死我活的距離。當時誰會知道，不久以後，這真的變成了一段你死我活的距離。

「你好，受累了！老吳派你來的吧，他的生意最近怎麼樣啊？」

一見面，「警官」就滿臉堆笑，向我伸出手來。

這是個四五十歲上下的矮個子男人，南方口音，枯瘦如柴，面色發黑，滿口黃牙，眼神裡透出點點狡黠，一嘴菸臭，笑迷迷地站著。雖然初看之下很像一位陝北老農，但我還是能感覺到那種值得吳軍校反覆強調的陰險奸詐。

我沒有去和他握手，而是抬眼看了一下他身後的兩個胖子，一高一低，面無表情。

他大概明白了我的意思，說：「哦，習慣了，走到哪兒都帶著我的這兩個小兄弟。我來介紹，柴三，柴七，還沒請教你貴姓？」

「警官」扭過頭，面含期待地望著我。

我一聲不吭。

他略顯尷尬的笑著：「呵呵，實在對不住，他們非要跟著來，我沒法兒一個人來，呵呵……」

我依舊不理會，朝兩個胖子又各望了一眼，偏高的是柴三，略短的是柴七。兩個人年紀輕輕，二十來歲，都一直在嚼口香糖，一樣的滿口黃牙。

見我仍無動於衷，「警官」連忙小聲又說：「沒事沒事，都是自己人……」說完從口袋抽出三根芒果菸，朝我遞過來：「您抽菸？」

我沒說話，直接推掉了，並指了指旁邊柱子上「禁止吸菸」的標識。

「警官」呵呵笑起來，向後仰的眼睛略顯鄙視地瞅著我。

「操你媽，你是不是啞巴了？東西呢——」後面的柴三突然沖我喊了起來。

「警官」立即轉身，不等話音落地，凌厲地給了他一記耳光。

我的厭惡幾乎達到了頂點，但是不能自亂方寸。

「對不住，粗人一個，您別見怪。」「警官」警覺地環顧一下四周，假笑著說。廢話少說，我直接拿出黑木盒遞到他面前，心跳愈發加速跳起來。

「警官」立刻收住了假笑，回頭向還摸著臉頰的柴三使了個眼色。柴三晃動著身軀走上前來。

「必須本人收貨。」我收回黑木盒，放低聲音說。

「你媽傻×會說話啊！」柴三咕噥了一句。

「警官」推開柴三，面無表情地走到我面前，打量著我。我重新將黑木盒遞到他面前。

「你能把口罩取下來嗎？」一直沒什麼動靜的柴七突然說話了。

「警官」低下的頭略微頓了一下，抬眼翻了我一下，小心伸出右手食指，非常遲疑然而又很迅速地按向指紋孔。

「哢」的一聲，木盒打開。「警官」驚了一下，臉上隨即顯出似笑非笑的表情，然後不屑地撕掉電話標籤，將一盒肥皂全部倒入柴七打開的背包裡。我擔心斷裂的肥皂會再一次破碎，連背到後面的手也發起抖來。

柴三小聲的問「警官」：「哥，要不要點一下……」

「警官」給了他一個隱蔽的下壓手勢：「回去再說。」然後轉向我，把一個鼓鼓的信封遞到我面前。

「呵呵，您受累了，這個您收好，咱們，再見？」

我把信封放入背包，轉身控制住步子向月臺的盡頭走去。三個人在另外一側盡頭，竊竊私語，轉眼消失在下行扶梯裡。

地鐵終於來了，進進出出，總算是開動了。雖然表面上我不露聲色，但是再多和他們接觸一秒鐘，我簡直就要暈倒。最後一節車廂空無一人，我如釋重負地坐下來，慢慢摘掉帽子和口罩，眼睛乾澀，額頭和脖子裡全是汗。我把頭靠在座椅的玻璃擋板上，小口喘著氣。

能怪誰呢？我想，發生這種事完全是我咎由自取。一旦你試圖引入新的因素，就會釋放出無窮無盡的不可預知的結果，連剛開始學化學的小學生都知道這個，然而很多人卻視之為人生樂趣，我也一樣。之前就承認過，售票員帶來很多愉悅和驚喜，雖然這不可避免的會使我喪失銳利和自制，但在她扭動的屁股面前，這些是不可能有的。遇見售票員也許是我的運氣好到了頂點，也許是好運用到了盡頭。不可能每次都這樣，我感覺我的運氣快完了。

不能再抱怨了，不然總有一天會像傻裡傻氣的怪臉西蒙一樣從窗戶跳下樓去。儘管如此，像昨晚那樣的蠢事還是不要再發生了。

我拿出信封，抽出百分之十，剩下的全部塞進口袋。看樣子這些人是專業的，做起事來就像是街頭問路一樣不著痕跡，令人十分膽寒不安。當然，我無法選擇客戶，也不想過多揣測。大部分客戶不是這樣的，像病人，或者為某事困擾，或者不為人所理解。某些時候我會莫名的心生抱歉，希望他們很快好起來，擺脫困擾。當然，總有一萬種方法可以擺脫困擾，可偏偏選擇最壞的一種。關於這一點，也許他們比我更清楚，我只有試著尊重他們的做法，儘管是徒勞的，那玩意兒是帶不來希望的。

書籤還夾在第七章，是該翻到第八章的時候了。依然是很棒的描寫，令人激動的語言、難以想像的開頭構思，以及可以料想到的結尾狂歡。猜不到開始，卻可以猜得到結尾。

假如有一天我的故事也被寫入小說，結尾同樣不難猜，那就是沒有結尾。

我讀不下去了，看著對面玻璃上我的影子。我把頭扭向右邊，他也把頭扭向右邊；我把頭扭向左邊，他也把頭扭向左邊；我站起來，走向前去，他也站起來，走向我來。我近距離看著鏡中的影子，簡直不敢相信那就是我自己。你在同我講話？還是算了，我不能那樣做。

車廂裡人不多，但還是有一些，有的人站著，有的人坐著。從最後一節車廂向前望去，站著的人、坐著的人與扒手之間錯落有致，形成奇妙的交錯畫面，像一幅現代立體派的油畫。在畫面的左中上方，也就是倒數第三節車廂的末端，睡著一個胖子——是柴七！

我靠！見他媽的鬼了！

我立刻起身躲到兩節車廂之間的角落裡，瞬間清醒過來，胡亂把口罩和帽子都戴上。什麼他媽的情況？被跟蹤了！吳軍校說的對，小心身後！

他看到我了嗎？我看了一下時間，過了總有一個小時。總不會正好同路吧，看到我的臉了嗎？不對，他認識這帽子，認識這口罩！我靠！

我把帽子反戴在頭上，用力弄亂額頭露出的頭髮，小心翼翼探出頭來。柴七正在座位上熟睡。我脫掉外套塞進包裡，側身從角落出來，提著步子走到倒數第三節車廂，在離柴七大約三米遠的斜對面座位坐下來，屏住呼吸，斜眼看他。

沒錯，就是他，斜倚著椅背，像一袋肥料，面色通紅，嘴唇發亮，也許正夢到我。

我的心「怦怦」直跳，額頭的細汗又冒了出來。我把頭低下來，無法再斜視他了。車門一開，聽不清楚是哪一站，我沒有再猶豫，起身跳了出來。

這是要我的命啊！就這樣被發現了？吳軍校不會是被算計了吧？真他媽的！我又要胡思亂想起來，並在心裡暗罵。下車的這段時間，我根本沒有停下來，走過大廳裡四個巨大的柱子，一直走到車站廁所又返回來，繼續在這個不知名的月臺大廳裡來回徘徊，緊張地注視著稀稀落落的陌生人。時間是凌晨一點二十五分，音樂節的海報到處都是，哭泣的情侶、傷心的女孩兒、毫無辦法的男友、目光呆滯的流浪漢、筋疲力盡的西裝男、傻裡傻氣的西蒙……。

我拿出電話，毫不遲疑的撥出號碼。

「Yes？」

「貨已送到。被客戶跟蹤，被客戶跟蹤！三十一號！」

「請重複一遍。」女人變化音調，以古怪的外國腔中文說。

「被客戶跟蹤，被客戶跟蹤。」我急切地說。

「確認嗎？」

「確認，是客戶的人。」

沉默了一會兒，女人的聲音再次傳來。

「設法走掉，我們會處理。」電話陷入盲音。

地鐵帶來的風在我耳邊呼呼作響，我坐在大廳長椅上，向過道長廊的兩邊張望。時間是凌晨一點五十分，月臺上人影綽綽，深淵之風吹過我的雙眼。

我決定多等三十分鐘。

三十分鐘後，最後一班地鐵進站。這時候，除了指揮進站的站務員，月臺上幾乎只剩下我一個人。我抬起腳，畏首畏尾地走進末節車廂。末節車廂空蕩蕩的，卻有兩個女人，肩並肩面對座椅站著，看來不只我一個人嚮往這裡。抬頭看的一瞬間，兩個女人一隻手各拉著吊環扶手，另一隻手似乎正插在對方的雙腿之間，相互摩挲著。我上車的一剎那，兩隻手同時像觸電一樣隱蔽地從對方的褲子裡抽出來。她們一個穿著牛仔褲，另一個戴著棒球帽，穿著白色短裙。白色短裙被撩起的那個，不是陌生人，正是面色蒼白的牛奶菲。

我心裡一驚，不由自主都向隔壁車廂走去，兩個女人也坐了下去。是牛奶菲無疑，這真是令人難以置信。她和上次在超級市場沒什麼變化，只是似乎更消瘦了，臉色依然十分蒼白，幾乎到了看不見血色的地步，像泡在水裡的死屍的臉。雖然她戴了帽子，長髮散開，但是仍可以看得出眼睛微腫，光著雙腿穿著一條小白裙，腳上穿著白色帆布鞋，一雙絲邊白襪穿到腳踝處；胳膊上掛著的還是那個很人的方形布袋，看樣子是手工製作的，整版布面印著三個黑色的英文字母：SRM。跟她坐在一起的女孩兒，一派龐克打扮，穿一件黑皮衣，緊身牛仔褲，雙腿交叉翹起坐著，一雙鉚釘皮鞋，眼圈塗得像碳，口香糖在嘴巴裡翻滾。牛奶菲抱著她的胳膊，十分乖巧地把頭依偎在她肩上。

我的心一直繃著，感覺似乎存在著一股無形力量，在地鐵車廂四處流竄，像捉摸不定的光，從昏昏欲睡的每個人身上散發出來。牛奶菲把布袋放在腿上，一隻手藏在袋子底下。我一直在想，SRM是什麼意思？有好幾次，牛奶菲試探著捉住她朋友的手，向袋子底下拉去。龐克女很不耐煩，幾次都掙脫掉，但最後還是沒有拒絕。牛奶菲把頭壓得很低，烏黑的長髮垂到SRM上，一隻腳踩在另一隻腳上，緊緊夾著雙腿，微微的顫抖起來……。

我轉過頭來，不能再想像下去。這使我坐立不安，全身發熱，下面幾乎要挺起來。末節車廂發生這樣的事，完全無法想像的到。你能想像的到的幾乎都是假的，或者都只是想像，只有她敢這麼做。她在《月臺》裡找不到的東西，好像在這裡找到了。猜的沒錯的話，《月臺》就是她的自傳。如果我說這有種異樣的美感，大概會被人笑死，但實際上就是這樣，我幾乎要讚美起她來。

雖然我這樣想，但有一點必須承認：這是作死的事情。

最終，龐克女停下來，彆扭地抽出手臂，掏出紙巾擦乾淨，把頭轉向另一側，露出嫌棄的表情。牛奶菲雙手舉到胸前，臉色呆滯地坐著。我把頭轉了過來。

等了一會兒，突然，她一下站起來，拎起手中的布袋甩打朋克女的臉。那怪女人抬手擋了一下，奪過袋子抓在手中，牛奶菲就伸出手打她的頭，仍被她擋了下來。她站起來，抱著牛奶菲的頭，忿然地說著什麼，並向我看過來。

等我再次向她們這邊看時，我也吃驚起來，只見牛奶菲正面對著龐克女，撩起自己的裙子，裡面一絲不掛，將下體正對著她！

龐克女顯然有些不知所措，馬上側身擋住牛奶菲，一把將她拉到懷裡，向車門方向走去。車停下來，車門打開，兩人急急忙忙逃出去。

地鐵重新開動，我呆呆地坐著，腦子裡一直在回憶剛剛發生的一切。這女孩兒太獨特，不是普通人所能理解的，我同樣也只能瞎猜，而且想來想去也只能想到一種解釋：她大概是孤獨的！從這個方面來講，我和她是同類，只是我永遠不可能像她這麼灑脫。她可以這麼明目張膽做給大家看，我做的事卻見不得人，即便有一天死了，也會悄無聲息，而她只需要一本《月臺》，所有人都會明白她的態度。

我茫然的走到末節車廂，望著剛才那兩個座位，其中牛奶菲坐的那個，正是末節車廂的最後一個座位。我能說些什麼？腦子裡一團糟，最後小聲脫口而出的，只有兩個字：我靠！

終於到了五路橋站。車剛停穩，電話就響起來，是售票員。

「這麼晚還不睡？腳好些了嗎？」

「不要下車，往車頭方向看！」

我回頭一看，在車廂的盡頭，身穿制服的售票員，手拿帽子正在向我招手。

我不敢相信，簡直昏了頭，她這麼會在這車上？

「妳在幹什麼？妳怎麼會在這兒？」我急急地問。

車廂裡只剩下我們兩個人，兩秒鐘之後，車門關閉。

「先別問，不要動，再等一下！」售票員一邊講電話，一邊扭扭地朝我走來。

她掛掉電話，慢慢走到我面前，將手中的工作帽隨手一丟，瞇著眼睛看我，臉上盡是嫵媚的笑容。

「妳怎麼在——」

「別說話！」她把手放到嘴脣上說。

突然，「啪啪啪」幾下，燈滅了，整個車廂一片黑暗，緊接著，月臺大廳的燈也全部熄滅，只剩下隧道口的應急燈，忽明忽暗，斜著照進來。

「妳這麼在這兒？妳幹了什麼？妳跟蹤我？」我急不可待地問。

黑暗中的售票員一聲不吭，緩和了一會兒，她的臉才慢慢顯現出來，我看著她嘴脣抖動，眼裡似乎噙著淚水，抬手捂住嘴巴的時候，淚水掉了下來。

「我的天啊，我都看到了，我的天啊……」售票員十分激動，幾乎泣不成聲。

我不安起來，她跟去了雙塔寺嗎？緊張與不解一下沖進我的腦袋。

「……你是個罪犯。」

話音剛落，我腦袋「嗡」的一下，一把把她拉過來，捂住她的嘴巴。

「瘋了嗎妳？」

她脈脈地看著我，撥開我的手，痴痴的繼續說道：「我……我喜歡上了一個罪犯！」

「別說話——看著我，看著我！」我捏住她的後頸，掐住她的下巴用力搖動，用憤怒而低沉的聲音盯著她問：「說，為什麼，為什麼這麼做？妳要害死我嗎？」

她使勁搖了搖頭，眼淚不斷從眼角流出來。

「妳在做什麼，為什麼這麼做，知不知道……」

我用力搖著她的肩膀，像對待一條死魚。

售票員抽泣著說：「不，我很喜歡，我知道你了，我不會害你，我太高興了……對不起……」

「妳胡說些什麼？」我手一滑，售票員癱倒在地板上，抽抽嗒嗒地哭著。我轉過身背著她，絕望而驚恐地望著車廂外面。完蛋了，她一定是跟我到了雙塔寺，並看到了整個過程，包括「警官」那些人。想一千遍想一萬遍，還是把她牽涉進來了，蠢事還是發生了，這真是我該死的地方。

「我不會害你，我太喜歡了！你知道嗎？我騙了你，我好害怕 2046 是一個正常人，超級正常的人，像家裡那些人，車站那些同事……我期望 2046 是來救我的……」售票員異常激動地說著。

「可是現在你不是，你是個罪犯，天啊，沒有比這更令我高興的了。在雙塔寺街，當我看到你的時候，簡直是——簡直是從小到大我最開心的時刻，我突然感覺滿天都是希望……」

「別說了，說這種傻話幹嘛？妳是在耍我嗎？別說這種傻話！」

「沒有，我不是在說傻話，我清醒得很，你是我的了，這是命中註定，你正好是2046，現在更沒法改變了！」售票員爬起來，堅定地說。

我轉身一看，看見她淚水婆娑的雙眼。

「聽著，我明白妳的感受，但這不是兒戲，既然到了這一步，只有不要往來，不要再見面了，我不是2046，我救不了妳……」

「不，你可以的你可以的！」她抹了一把眼淚，抓住我的胳膊急急的說。

「我一個罪犯能救妳什麼？」我推開她的手。

「你救得了他們，同樣可以救得了我啊！」

「我是在害他們。」

「不是的，你是在救他們，在幫他們。沒有你……他們大部分人早就會活不下去的，都會死掉的……你知道嗎？你提供了方法，結果是好是壞……他們自己選啊！」售票員一喘一籲的說。

我幾乎被她說動了。這大概也是我一直以來想在心底對自己說的把戲，同樣也是醫生、吳軍校自己安慰自己的把戲吧！李培培？她也會覺得我在救她嗎？不會的，沒有那玩意兒，她也許早就死了，但是不會覺得我是在救她。不管怎樣，我已下定決心，無論如何，一定要離開她。

售票員緩步走過來，雙手勾住我的脖子，踮起腳，嘴巴湊上來說：「2046，我太幸運了，上天總算是待我不薄一次，你不是正常人，你是非常人。」

我把她放下來，十分失望地對她說：「妳這是作死！」

車廂外面一片灰暗，整個大廳岑寂無聲，夜風吹過管道的聲音「呲呲」作響。我忐忑不安地嚮往張望。

「現在怎麼辦？車門都鎖了，我們出不去了。」

售票員沒有反應，我聽見後面窸窸窣窣的有動靜，扭過頭一看，發現她正披散著頭髮，一件一件地脫著衣服。

黑色短細跟皮鞋已經丟在一邊，純淨的雙腳踩在地板上，她把雙臂從寬大的制服袖子裡縮進去，蠕動著雙手，不緊不慢地解著裡面襯衫的扣子。

「出不去就不出去，誰說要出去了——反正這是最後一班進站，所有人已經都被我支走了，只剩下我們倆兒，而且我正好想要你，現在！」售票員眼睛裡放著光說。

說話間襯衫連帶內衣已被她從領口處抽了出來，丟在座椅上，正是我送給她的那件白色內衣。

「眼熟嗎？」她媚著眼睛斜看著我問，「為什麼你會有女孩兒的內衣？能告訴我嗎？」

她這麼輕緩著語調，輕佻的看著我，手指向腰間滑去。

我搶前一步，抵住她腰間的手。

「妳真瘋了嗎？快停下，這是什麼地方？別這樣……」

可是已經晚了。褲子完全隨著她的意願滑了下去，滑到腳下，一雙泛著幽幽藍光的細腿水落石出般的呈現在我眼前。

她完全放肆開來，挺著胸脯緊貼著我，一隻手突然抓住我的下體。

「為什麼不行，就是在這裡！你都硬了，對嗎……」

我急忙掙脫開來，閃到一邊，嘴裡說著：「不，我不能，我不能這麼做？」

但是我知道我已經被她控制了，她說的對，我已經硬了。

售票員挪動雙腳雙腿，宛若一尊甦醒的白色大理石聖母像，向我走來，赤條條的身上只套了件制服。非常不幸，我無法阻擋這些，如同被馴服了的狗，任憑售票員像一條迷幻的魚一樣游到我身邊，騎到我的腿上，把制服扣子一個一個解開，將散發著茉莉香味兒的雙乳對著我，引導著我的手，伸進她的兩腿之間……

「就作死一回看看。」

她話音剛落，兩條舌頭便電光石火般攪在了一起。

感覺整節車廂像掉進了大海，正在緩緩下墜，越陷越深；潮濕的氣流急速鑽進我的每一個毛孔，攪亂五臟六腑，一切都正從我手上消失，作死的聲音慢慢從眼前、從耳邊、從腦中消散，直至無影無蹤。我像只章魚一樣貪婪地吸附在她身上，把她的頭髮含在嘴裡，把她的舌頭含在嘴裡，把她的雙乳含在嘴裡，把她的腿含在嘴裡，把她的腳趾含在嘴裡，把她全部含在嘴裡，吃進去，咬開她的白色小內褲，蟹一樣鉗住她的腰和屁股，埋頭在她兩腿之間……。

售票員抿著嘴唇，雙腳朝天，無法自拔地斜臥在末節車廂的最後一個座椅上，細細的聲音像一塊兒發燙融化的黃油，如絲般歡暢地從她喉嚨裡滑下來；不可避免的，牛奶菲瘦削的身影闖入我正在發熱的腦中，就在這兒，這張座椅上，兩腿之間的手……我發起瘋來，一把抱起售票員，把她摁在地板上，掛在吊環扶手上，在車門上，不顧一切地進入她的身體；售票員仰面朝天，像正在施法的女巫一樣篩動著身子，響亮、迷戀、毫無顧忌的叫喊，傳遍每一節車廂，一直到車廂被擠碎，海水如同無頭的野獸，從四面八方呼嘯著朝我席捲而來……。

「腳還疼嗎？」

「不疼了……你中途怎麼下車了？」

「去廁所……」

「你不想說，對嗎？」

我點點頭。

「好，那我就不問。」

「……」

「對了，你怎麼會有女孩兒的內衣？是穿過的嗎？」

「這個也別問好嗎？」

「好。穿過的也好，我不嫌棄，我很喜歡。」

「……」

「不過好像小一點。你知道我的尺寸嗎？」

「我不知道。」

「想知道嗎？」

她拿起我的手，放在她胸脯上，「試試看，知道了嗎？」

「還沒感覺到。」

「得多久？」

「一年。」

她把我的手拽出來，我呆呆的望著車頂上晃晃悠悠的吊環扶手。

「妳聽說過 SRM 嗎？」

「什麼？」

「SRM。知道嗎，是什麼意思……保持真實運動組織啊！你沒聽過嗎？」

「什麼？」

「保持真實運動，Stay Real Movement，很有名的一個組織。」

「保持真實運動組織……」我喃喃的說，頭腦裡閃出一堆影像。

「聽說是牛奶菲發起的，一個很有爭議的作家。怎麼突然問到這個？」
我沒有回答她，腦海裡的影像一幀一幀連續不斷。
「……」
「我見過她，就在這兒，這輛車上。」
「誰啊？牛奶菲？不可能，你在開玩笑吧！」
「……」
「妳說的對，我是開玩笑的。」
說罷抬起胳膊把她緊緊抱住。

五

十月分一個陰冷的下午，在華佗街，小楊口腔診所像往常一樣開門營業。醫生的眼睛看起來已經明顯消腫，而且我很高興的發現他買了牛奶。
醫生抬頭看了我一眼，放下手中的報紙。
「戀愛了？做愛了？爽到了？」
我笑出聲來，我喜歡他的問法，伸出三個手指頭說：「三連中！」
「太不幸了——哪家女孩兒？」他說，「你年紀這麼大，要我給你弄點藥嗎？」
我笑而不答，走過來拍了拍他的肩膀。
「謝謝，別操那心了，把這個弄好就算你厲害了。」我指著牙齒對他說。
診所裡非常整潔，治療椅擦得乾乾淨淨。我順手拿來報紙，有些愜意地躺下來。

「有什麼新聞？」

醫生歎了口氣，穿上工作服，戴上頭燈，頗為失望的說：「物件上漲、女明星自殺、阿森納又折一陣，老一套，亂象怪生啊……」

我隨意翻看著，翻過新聞速覽，接著是體壇快訊，下面是娛樂副刊，這一版的頭條新聞是一行醒目的黑色大字：

「當紅歌星李雪橋陳屍寓所，警方疑似吸毒過量」

我忽地一下坐起身來，甚至打掉了醫生的頭燈，幾乎要從治療椅上滾下來！

「不不不不……」我心裡發瘋似的叫著，不敢相信自己的眼睛，抓住報紙定睛看了又看。沒錯，就是她！那笨女人都幹了什麼？我顫巍巍地坐下，一陣陣眩暈從眼睛裡掉出來。

「幹什麼，你怎麼了？看到什麼了？」醫生問。

「沒事。」我把手按在額頭上，輕歎了口氣，閉著眼坐了一會兒，將那頁報紙折起來。

「報紙……報紙借我看看，行嗎？」

「拿去了。」

我又重新躺下來，閉上眼睛，頂燈照得我頭暈目眩，我不停地抖動著腳後跟。醫生告訴我不要亂動。

我能說些什麼，我能想些什麼，我控制不住。

「有件事，想告訴你……」

「我不幹了！」

「……」

「好吧！我打算把診所轉讓出去……」

「太久了，以為可以待下去……」

「結果還是待不下去，什麼也沒有發現……」

「太累了，會死的……」

「你也三十了，找點事做……」

「回去，不幹了……」

「回去再開一家診所……」

「I was a white doll,still white now……」

我緊閉雙眼，像一具死屍一樣躺在那裡，任憑鑷子、刀具、渦旋機、冰冷的針頭和絮絮叨叨的歌聲在我嘴巴裡進進出出。

「別唱了——」

我「謔」的一下站起身來，抬手打掉醫生手裡的白磁片，刀具、鑷子、鉗子、針頭、碘酒散落一地。

「你他媽的在說什麼傻話？什麼不幹了，為什麼不幹？」

醫生完全驚住了，錯愕地看著眼前發生的一切。

「什麼為什麼？就是不幹了，幹不下去了，我他媽累了……」

「什麼累了！累？不准累——明白嗎？不准累！」

我發瘋似的沖醫生亂說一通，揮舞著手臂，說罷轉身向門口走去。

剛走出門口，醫生在身後喊道：

「你的狗怎麼樣了？」

「死了！」

我哆嗦著拿著那張報紙，不留餘地地向前走去，頭也不回一下，但是心裡一直在說：「別這樣，別這樣……」

此時離小楊口腔診所大約已有百米之遠，醫生果然追了過來。

非常不幸，我轉頭來。

我對著他大聲喊道：「祝你好運！」

那幸運的混蛋呆了半天才明白過來，將右手搭在前額上，朝我揮動了一下。

我魂不守舍地回到五路橋，拿出房門鑰匙，插入鎖孔，轉動門把手——

關於下一個場景，有一點需要補充的是，這是我最不願提及的三個場景中的一個。我一生中有三個場景是最不願提及的，這是最後之一，前兩個分別是我離開重型卡車街青年家園和雙塔寺街再次遇到李培培，其中後兩次就發生在最近三個月。就是這三個月，我感覺好像過完了我的一生。關於第一個，現在應該再也不會有人提及了，艾已經杳無音訊很久了（也許只有姓崔的偵探對此還有些興趣），也許很久以後他會在某個好事者寫的小說中再次現身；至於李培培那件事，那張報紙至今仍然在我靠近胸口的口袋保存著，不可否認的是，是我害了她，或者至少是原因的一部分，就是懷著這樣的心情，我打開了房門。

只見售票員雙膝跪地，食指湊近鼻孔，正從指甲上吸著什麼。聽見房門打開，她「啊——」的一聲尖叫，驚慌失措地退到牆邊，雙手背到後面，繼而不顧一切撲向桌面。紅色的膠囊從她身下滾落在地，桌子上是一塊兒斷成兩截的肥皂。我感覺一直漂浮在腦袋中的大氣泡，「嘭」的一下炸開了。

我走向前，一把抓住她的衣領，把她從桌面上拎起來。售票員哆哆嗦嗦，眼中充滿恐懼，頓頓地哭著。她雙手抱胸，急忙側身，試圖從我身邊溜走。我伸手擒住她的胳膊，用力將她摔在沙發上。

「啊——」售票員再一次尖叫起來，雙手雙腳在空中胡亂踢打。一粒一粒從她懷中掉下來的，正是「明日」。

「哪兒得來的？什麼時候開始的？」我急紅了眼說。

「沙發底下撿的……」售票員顫巍巍地答道。

「胡說！那天我檢查了，沙發底下不可能有！」

「真的……我撿到藏起來……」

我大吼一聲，掀翻了桌子。怪不得那天她非要匆匆忙忙的離開。

「什麼時候開始的，多久了？看著我，看著我——」

「上……上周……」她嚇壞了，哭出聲來。

我上前一步，鉗住她的下巴，惡狠狠的說：「張開嘴，讓我看看妳的牙……」

售票員用力掙扎，拍打我的手，嗚嗚地擠下眼淚，口水流到我手上。

我壓住她的胸口，夾緊她的脖子用力鉗開她的嘴巴：「看看妳的牙……」

所幸還是一口白牙。

售票員跪在地上，一邊咳嗽一邊哭，鼻涕和淚水一起流下來，整張臉腫脹變形。

看著這張扭曲的臉，我感覺被愚弄了，所有的信念全都瞬間倒塌。

「對不起，對不起……」

「走。」我微微地說了一句。
「對不起……」
「不，不，我不認識妳了，好嗎？妳馬上走！」
售票員呆呆的跪著，泣不成聲地望著我。
「走——」我聲嘶力竭地喊起來。
她走出房門的那一刻，我抓起桌上的肥皂，狠狠朝房門砸去。
在火車站西廣場，我徑直走向正在叫賣的吳軍校，一見面，揚起手中的報紙就問：「這是怎麼回事，告訴我，告訴我——」
吳軍校臉色大變，驅散周圍的人，麻利地收拾起東西，扯著我的衣服拉我到牆角。還沒站穩，我就將報紙貼在他臉上，激動地說：「看看，你說的，這東西不會害死人。怎麼會這樣？」雙手揪住他的衣領，甚至要將他提起來，「我要被你害死了！我不幹了，給我銷號！」
吳軍校閉著雙眼，一聲不吭。
「完了嗎？」
我鬆開手，他有條不紊地整理著衣領。
「今天你來幹什麼？今天不是你的日子。」
我沒有理會，怒氣衝衝看著他。
「我看看什麼報紙行嗎？」
他一邊看報紙，一邊拿出菸來遞給我。
「哦。這女的和你什麼關係？」

「是我害死她的，我給她送的貨！」

「你給她送的貨？你給她送的什麼貨？告訴我，你都知道哪些？你送什麼貨給她？」

他一抬手，猛地抓住我的脖子，指向一個警務站說：「看到那邊嗎？你害死她的對嗎？去，去報警，去啊！」說著用力將我向那邊推去。

「怎麼不去呢？」

看我無動於衷，吳軍校把菸點上，連抽了幾口。

「你在幹什麼？我早告訴過你，三十一，會有這種後果，我們不害任何人，我們是在幫她……」

我想起了售票員，愈發難過起來。

他抽了一口菸，手指著周圍的人對我說：「你看看他們，我們無法解救他們，為什麼？醒不來的！醒來是要付代價的，是死的！明白嗎？」

「……」

「那女的說她得了抑鬱症，你給她的，是治抑鬱的藥，你是在救她……當然，現在這樣，我也很抱歉。」

我仍然在想著售票員，進門的一幕幾乎使我哭出來。但我沒有問他「明日」是怎麼回事，很顯然，那樣會更糟。

吳軍校把菸踩滅，扶著我的肩膀說：

「我告訴你什麼，三十一，不要發問，更不要回答問題，你應該最清楚了。有人這樣給我講：這只是份工作，對我來講，所有的工作都是屎。這個也不例外。還有，告訴過你，要小心，小心背後，為什麼還會被跟蹤？你看，我都告訴過你。」

說完拎起大包就準備離開，我正要轉身，他突然拉住我，頭埋在我胸前說：「不要轉身，新人來接貨了，你們最好不要見面，等一下你再轉身。」

等了好久，我才從火車站離開。我沒有回五路橋，在老城區漫無目的的遊蕩，坐在「姚記羊雜」裡望著碗裡的羊雜湯發呆。從始至終，我都在想著售票員以及吳軍校說的是否是對的。售票員再也不會來了吧。我終將離開她，我最擔心的已經出現了，這一定會毀了她，會害死她。我不可能救得了她，「明日」更不可能，這是令人非常痛心的事實。

除了售票員，吳軍校說的基本上都是對的。也許真應該像醫生那樣，在完全變成黑娃娃之前離開。

只是我一直不可理喻的想著售票員，進門的一幕終於讓我流出眼淚來。

靠著兩瓶啤酒和一包清涼台，我在「丁度之屋」待到天亮，腦海裡殘存的全是義大利人的大胸、大屁股和大生殖器。

接近中午，我才回到五路橋，赫然發現房門被人撬開了。屋內一片狼藉，床、沙發、衣櫃被翻了個底朝天；床墊和沙發墊被刀劃開，棉絮飛的到處都是；羅茜也被撕成碎片，鐵盒裡的錢被席捲一空；背包、《月臺》、密匙盒丟在地上。我跌跌撞撞跑到桌櫃邊上，手忙腳亂打開最底層的抽屜。東西還在，我長出一口氣，倒在地上。

這不像是一般竊賊的手法，好像是有人在找什麼東西。我環顧四周，猛然發現後牆上被人用噴漆塗上一串紅字：

打電話：82529110

滅頂般的預感朝我襲來，我別無選擇，顫抖著撥通了號碼。

「誰啊？」這是柴三。

「喂……喂……我……」

電話那頭傳來小聲交談的聲音：「那傻×打來了……」

「等你很久了！」是「警官」的聲音，我眼前掠過一絲黑影。

「你聽著，現在什麼事也不要幹，桌子上有一罐噴漆，拿起來，把牆上的號碼塗掉。聽清楚了嗎？」

我哆哆嗦嗦的找到那瓶噴漆，對著牆全部噴上去，然後又拿起電話。

「小子，你夠膽，我的貨都敢黑！我說我手指都沒按上，盒子怎麼就開了？果然，少了兩塊兒，我幹你娘，你活夠了……」「警官」用古怪的南方口音憤怒的說。

「我沒有——我沒有——」我幾乎說不出話來。

「你聽好了，聽清楚，你的妞兒在我手上，把東西交出來，你的妞兒就沒事，否則，要你們的命——晚上八點，再打過來！記住，千萬別亂打電話！」

「不——不——」我嚎啕著喊出來，一下子癱倒在地，欲哭無淚。

報警是不可能的，我來不及想太多，立即奔出門去找吳軍校。

在老城區吳軍校的家門口，我語無倫次的向他講述了事情的經過。

吳軍校低頭抽菸，沉默不語。

最後他說：「在外面等著，我打個電話。」

我絕望地站在一汪臭水邊，腦子裡全是售票員的身影。

大約半個小時之後，吳軍校面色憔悴的走出來。

「解決了。去華佗街21號取人。」

說罷一擺手，接著又說：「什麼也不要問，趕緊去！明天的貨你不用去了，休息幾天，我另外派人。」

我什麼也沒說，什麼也沒想，找了輛車，惴惴不安地華佗街奔去。

21號位於華佗街的最西邊，再向西是一片殘垣斷壁，到處是拆毀的荒蕪的房屋，長滿雜草。越接近這個地方，我心頭的不安越強烈，臉上的愁雲越重，我感覺一切都晚了，「警官」是不會輕易放過我的，而且在我瘋狂地跑向21號的大門時，我一直在想：「我是個壞人，我是個壞人……」

這是一處廢棄已久的倉庫，推開鏽跡斑斑的鐵門，我看到剛剛丟棄的飯盒、菸盒和酒瓶。在一個豬圈牆邊，我終於發現了被吊起來的售票員。她已不成人形，渾身赤裸，只剩一件內衣掛在胸口，制服丟在一邊，臉上布滿淤青，鼻孔裡全是血塊，雙腿低垂，絲絲血跡順著大腿，從下體流出來……。

我發瘋似的抱著她，解開繩子，脫下衣服包著她，聲嘶力竭的喊著她的名字：「王岩，王岩，王岩……」

售票員氣息若有若無，翻眼看了我一下，又昏厥過去。

我抱著她沖出鐵門，跌跌撞撞跑到路中央，試圖攔下一輛車去醫院，然而有很多輛車經過，卻沒有一輛可以停下來。

猶猶豫豫之間，我緊抱著售票員，拚了命朝醫生的診所跑去。

醫生驚駭地看著我，一把拉我進來，隨即拉下門來。

「救我……」我一頭栽在地上，幾乎要死過去，緊緊抱著售票員，不肯鬆手。

「不……不，她，救她……快……」

醫生拉過來一張桌子，幫忙把售票員抬到桌面上。

「快啊，快救救她……」我跪在桌子旁邊，催促道。醫生小心翼翼揭開包在她身上的衣服。售票員已經陷入昏迷，下體湧出的血越來越多，順著腿一直流到腳後跟，一點一點滴到地面上。

「得先止血！」醫生十分恐懼的說，手忙腳亂的找來藥箱。

我握住售票員的手，一直小聲不斷的喊她：「王岩，王岩，王岩……」

醫生把大量的止血棉塞到她雙腿之間，但血流還是止不住，不斷向外冒出。

「我去找對面老左，他專門幹這個，他一定行的，我去找他，他一定行，他專幹這個……」說罷沖出大門。

過了一會兒，門打開，醫生帶來一個形容枯焦的中年男人，右手袖口處空無一物，只有左手露在外面。

他稍微看了一下情況，問醫生：「是剛墮嗎？」

醫生小聲應了一句。

「先打一針，拿止血鉗來。」老左吩咐到。

說罷捋起袖子手持止血鉗，在血流處塞進更多的止血棉，這邊醫生在售票員的手臂上打了一針。

但是所有的這些都毫無效果，鮮血仍然不斷湧出，流到桌面，滴在地板上。

我臉依著桌子跪在地上，扶著售票員的頭，驚恐地看著這一切。

「不行了，人不行了，救不過來了……」

聞聲我突然爬起來，一拳打在老左的面門上，咆哮著說：「住嘴，你他媽說誰不行了，救，繼續救……」

醫生一把抱住我的腰，死命攔住我：「小聲點……別犯傻！」

老左嘴唇開裂，啐了一口唾沫，罵罵咧咧爬起來。醫生趕緊又跑過去向他道歉，並打開門，囑咐他些什麼，送他出去。

回來後，看我仍呆呆的看著售票員，醫生慢慢走過來，歎了口氣對我說：「對不起，大動脈破裂……」

我魂不守舍地撫摸著她發白的臉，淚水湧了上來。

這時，售票員突然哼了一聲，我一下子醒過來，急切的叫：「王岩，王岩，王岩……我在這兒，不怕……快，救她……」

醫生也趕緊跑過來，撥開她的雙眼看。

售票員面色蒼白，嘴唇青灰，微微睜了一下眼睛，緊緊抓住我的手不放，輕輕地說：「……爸爸，爸爸救我，救我……」手越來越鬆，終於沒了動靜，眼睛安靜的閉上，再也沒有睜開。

我就那麼看著，毫無辦法。

……

我抬起頭，抽出手來，將她的兩隻手放到一起，癱坐在地上。

醫生又按了按她的胸口，看她的眼珠，呆了一會兒，把衣服拉上去蓋住了她的臉。

「她死了。」我喃喃地說。

醫生將門鎖死，走過來和我並肩坐下，沉默不語，一直坐著。

過了很久，大約是午夜時分，電話響了起來。我面如死灰向後仰著脖子，任憑它響著。

醫生從我身上找出電話，接通了放到我耳邊。

「喂，李成仁嗎？還記得我嗎？」

「我是崔偵探。」

「這次不打擾你，但是有件事我覺得你應該知道，你媽媽，她昨晚病逝了……」

我抓過電話，摔在地上。

「……喂，聽得到嗎……喂……聽得到……」

我猛地站起來，發瘋似的踩著電話，一直踩，一直踩到它不出聲，簡直要把它踩到地底下，然後「啊──」的一聲撲向醫案，抓起手術刀就向喉嚨刺去……。

醫生見狀抬起腿就是一腳，正踢在我拿刀的右臂上，手術刀飛了出去，我也摔倒在地，身體蜷縮著，嚎啕大哭起來。

「得了吧……這樣死了就有用了？你死了誰會高興？……要死死遠點！」

過了一陣兒，我躺在地上沒了響聲。醫生這才伸出手，想扶我起來。

「能告訴我嗎，發生什麼事？我們一起想辦法。」

我沒有理他，像只斷腿狗一樣只顧躺著，眼前就是灘售票員的血跡，朦朦朧朧，像迷幻的紅霧一般。

醫生沒有辦法，長歎一聲，就地和我並排躺下來，擋住我的視線。

我開口講話，把事情的經過原原本本的講給他聽，把李培培的事情也告訴了他。

「我很抱歉。」醫生說。

「抱歉什麼？」我問

「你所經歷的一切。」他說。

過了一會兒，我默默的問：

「我們是壞人嗎？」

「是。我們是壞人。」醫生疲倦的說，「我不太會安慰人，不知道該說些什麼。我聽說，明白所有事情之時，便是死亡來臨之時。我想她快死的時候應該明白你對她說的那些話了吧，那確實是作死的事情；那歌星自殺之前也應該明白，你救不了她，所以這不是你的錯。也許她走也是值得的，這不是一個她能待得下去的時代，基本上，這是一個產生壞人的時代。」

燈光從頭頂灑下來，照著桌子上的售票員，照著地上的片片血跡，照著摔壞的電話，照著仰面躺著的兩人，無聲的照著，照著死亡。

後半夜時分，我爬起來說：「我要回去。」

「你打算怎麼辦？別再幹蠢事！」醫生警覺地問。

我看了一下售票員的屍體，說：「不會的，要把她帶回去。」

醫生找了個大袋子，我將售票員包好，小心翼翼地將她裝進袋子裡。收拾好袋子，我對醫生說：「你聽好，記住這個號碼：070701。」

「什麼號碼？」

「別問了，讓你記住你就記住。有車嗎？」

「我去問問老左。」

說完就向門口走去，我一把拉住他。

「放心，他很可靠。」醫生說。

不一會兒，他跑回來，我把袋子背在身上，問他：「你什麼時候走？」

「明天。」

我驚了一下，放下袋子，擁抱了他。

「祝你好運。抱歉把你這兒弄髒了。」我含著淚水說。

外面一片漆黑，老左的車燈亮著，我鑽進去對他說：「五路橋。」

車剛剛開動，我一抬手，極快地將一張銀行卡扔到醫生身上，喊了一句：「記住那個號碼！」

在五路橋，我對一言不發的老左說：「謝謝！抱歉打了你。」

老左面無表情，調頭離去。

回到住處，我重新把床收拾好，鋪上被單，將售票員放到上面，然後打來熱水，擦洗她的身體。她的臉已經青如死灰，手臂和軀幹也已冰冷僵硬。我把她嘴角、眼角和鼻孔裡的血塊擦去，拉著她的手臂，輕輕撫過熱毛巾，眼淚又流了下來，一下滑倒在床邊，渾身顫抖著抽泣起來……。緩和了片刻，我抹掉眼淚，重新打來熱水，將她身上的每一寸肌膚擦拭乾淨，為她梳理頭髮，剔除指甲裡的污漬，修剪乾淨每一根手指和腳趾，最後覆蓋一條毯子在她身上。看樣子，我會以為她睡著了。

接著揀出她的衣服，泡在水中，用肥皂一件件將她的制服、襯衫、褲子、內衣洗乾淨。幹完這個之後，將近凌晨五點鐘，我走到床邊，在售票員身邊俯臥下來。神靈啊，不要再讓我夢見什麼了！

十月二十一日下午，週五，天氣陰沉，我在頭痛欲裂中醒來。售票員依然在我身邊，她醒不過來了。我走到陽臺，收起她的衣服，拿出熨斗，將制服、襯衫、褲子、內衣一件件熨平整，放到售票員身邊。

像往常一樣，我熱上牛奶，用牛奶水洗臉，做了芝士雞蛋三角，只是這次沒有切掉麵包邊。半個小時之後，我端著麵包和牛奶，放到售票員的床頭，找來一根蠟燭點上，坐在她旁邊，心緒平靜地看了她半天。然後站起身，走到桌櫃旁，打開最底層抽屜，從底下的暗格裡摸索出一個精緻的小布袋，打開，抖出來五枚包著油皮紙的紅銅色子彈，接著再一次探入暗格，拿出那把點三八式左輪手槍。

我仔細看著這把點三八，重約七百五十克，短杆、口徑零點三七五英寸、九點六五二毫米，彈容量五發、有效射程四十五米，槍管左側刻有「.38 SPECIAL」字樣，產地巴西，編號A301794。

我之所以知道上面這些，全是艾告訴我的，但他是個好人，這只是離開青年家園的時候，他送給我的另外一件禮物。

下午五點，我掀開售票員身上的毯子，將內衣、襯衫、褲子、制服一件件穿在她身上。外面下起雨來。蠟燭一點點燃盡。

我脫掉上衣，重新解開售票員的衣服，將那件白色內衣取下來套在我胸口上，然後拿出雨衣，將上好子彈的槍插到雨衣口袋裡。

即將出門的一刻，我面朝售票員跪下來，心裡念著她、媽媽、李培培，喃喃地說：「媽媽，對不起……」磕了三個頭。

這之後，我起身離開。時間是晚上九點鐘左右。

在樓下的垃圾桶旁，我撥通了報警電話，告訴他們在五路橋發現一具女屍，說完將電話丟進了垃圾桶。

雨下急起來，我罩上雨衣。雨衣足夠長，足以掩住我的雙腿。雨點打在我眼睛上，我在想：「一定要趕在吳軍校的人之前找到那三個雜碎。」

五路橋站地下大廳中央的售票廳裡再也不會出現王岩的身影了。從這裡開始，從這裡結束，這樣也很好。

無人問津，順利通過安檢。地鐵裡熙熙攘攘，我勉強有地方落腳。雖然氣味令我噁心，與各種人摩擦更令我厭惡，但我不得不走動起來，從車廂這頭擠到那頭，以便發現吳軍校的人。很多人都像，我不確定。總有一萬種方法可以到雙塔寺街，他有很多選擇。

到達雙塔寺街站時將近二十二點，這個時候中轉站人流如織，聲音嘈雜，ABCD四個出口，六部扶梯一刻不停地上上下下。我就坐在休息椅上，望著D出口處的電子鐘和其他出口的扶梯，心裡盤算著「警官」會何時現身。眼前的人來來往往，插進口袋的手滲出汗來。

現在，售票員應該已經被發現了吧，我想，五路橋一定會來很多人，她的將軍爸爸一定悲痛欲絕，我很抱歉。他們不知道我，但也不會太久，明天一過，什麼事都明白了，可笑「警官」一幫白痴，電話號碼還留在牆上。

時間剛過二十三點，A出口扶梯緩慢升上來一撥人，正是「警官」三人！

我心裡激顫了一下，背朝他們甩身站起來。我微微喘口氣，抽出手來，將手心的汗擦乾，重新放入口袋裡。

三人就在扶梯處站著，朝疾馳而去的地鐵望去。我戴上雨衣帽子，一步步向他們走去，決定要在下一班地鐵進站之前把事辦了，剛擦乾的手心又浸出汗來，嘴唇幾乎抖動起來。

柴三先看到我。

「呦——傻×來了！還敢來呢？」

「警官」聞聲一瞧，向前一步，盯著我上下打量，警覺地問：「東西呢？」

我不吭聲，我聽不見。

「操你媽，又裝啞巴！」

「警官」又向前一步，幾乎是拉著我的胳膊，問：「找到你的妞——」

我迅速掏出槍，對準他的額頭開了一槍。

「砰」的一下，「警官」向後倒撞在柴三身上，一滴血飛到我的手背上。

柴三起身就逃，大喊：「阿七，快跑——」

中轉站瞬間一片大亂，人們尖叫著四處逃竄，跌倒在扶梯臺階上，或者伏地爬行。

柴七笨拙地爬上電梯向外跑去，我努力對準他，開了第二槍，沒打中。柴三在扶梯口摔了一跤，拚了命地往扶梯上爬，我兩三步跑過去，一腳踹在他的後背，他的臉一下磕在臺階上，滿嘴是血，轉過頭來哭喪著臉向我擺手，突然間甩手擲出一把匕首，正中我的左臂。

我已經紅了眼，大罵一聲：「操你媽！」一槍打中他的面門。

柴三仰面倒在扶梯上，臺階一級一級滑過他的後背。我捂著血流不止的左臂，縱身跨過屍體，朝柴七追去。

他正搖動著肥碩的身體跑向地面扶梯，我不顧一切，緊追不捨。當我跑到扶梯口時，他已一步步爬向地面，然而雙塔寺街的地面扶梯和五路橋一樣，又長又慢，我站在扶梯底部，對著柴七傾注心力開了第四槍，再一次打偏，我氣惱極了。

等我踏上扶梯，心情冷靜下來，地下的混亂聲已經漸漸遠去。地面吹來的涼風，一陣陣撲到我臉上，左臂的血仍在流，但是感覺不到疼痛。我撥開帽子，一步步升到地面上來。

這是我第一次來到雙塔寺街地面，有內外兩條街，路燈閃爍著白光，「吱吱」作響，電視塔近在眼前，高聳入雲，外街面上燈火闌珊，空無一人。

「救命啊——」柴七呼喊著向外街的天橋跑去，我循聲緊追過去。在天橋頂，我追上他，把他踢翻在地，用槍指著他。遠處的警笛和紅燈已經閃閃逼近。

柴七癱倒在地，鼻涕流到嘴上，哭著說：「不要……不要殺我……不是我幹的……不是我……」我說了，我已經瘋了，對準他的頭頂，打出了本來留給我自己的最後一顆子彈。

六

時間是十月二十一日午夜十一點五十分，又回到了故事開始的那一刻。

……

我已經被擊斃了，從天橋上掉下來也已近十二秒。不知道故事講的是否完整，有沒有遺漏什麼，但這些我都管不了了。

在我眼裡的光最後消失之前，我想起了售票員讓我叫她的名字一萬遍的事。今夜過後，明日來臨，我的名字將會不可避免的印在報紙上，總該會有一萬遍吧，總該算是存在了吧，離開青年家園的原因總該說清了吧，目的也算是實現了吧！

吳相

作者簡介

吳相，本名楊紅力，男，一九八四年生，河南駐馬店。二〇〇七年畢業於河南大學。二〇〇八年開始文學創作，偶見作品發表，餘皆泥牛入海，然其心不止，孜孜追求至今。期間曾獲「第三屆新紀元全球華文青年文學獎」。兼愛電影和體育，尤喜西科塞斯與基恩，現居北京，從事環境檢測工作。

得獎感言

凌晨五點鐘收到郵件，沒有比這更厲害的鬧鐘了！

我在大約二十歲的時候，看了電影《情梟的黎明》（台譯《角頭風雲》），很慶幸在十多年後的某一天下班途中，在地鐵換乘站大廳的扶梯上，我還記得那個很酷的結尾電梯槍戰。這大概就是這篇小說的來源。

這是篇半虛構的小說，故事是虛構的，但是場景是真實的，因為我就是那樣每天乘地鐵來往。很多年來，我沒有存在感，一直處於一種無根的狀態，一種尋尋覓覓的徒勞中。要找回存在感有很多方式，其中最普遍的有兩種：文藝和走極端，前者如文學和電影，後者如犯罪和自戕，無論哪一種，無論結果如何，都應當令人欽佩。這可算是這篇小說的立意。

感謝我的妻子，感謝明基集團，感謝評委們的辛苦工作。

評審的話

◆小野

這篇小說的敘事手法非常新穎，故事中的主角其實已經死亡，整個故事以回溯的方式講述死前發生的一切。作者將犯罪類型小說的套路運用得宜，加上一段非理想的末日愛情，主角還願意為此赴死，情感動人。很有香港導演王家衛電影風格的影子，看得見作者有意識地經營小說的影像感。

◆周芬伶

題目太直白，但送貨員的設定不錯，交織各種奇奇怪怪之事，顯得合情合理，送貨員類似某個時代的推銷員，極虛幻極浮誇，如作者不老提王家衛，實可自成一路，提王家衛就low掉了，是可以再發展有潛力之作。

◆陳玉慧

一位送貨員捲入毒品的交易與走私，他回憶死亡前十二秒及之前的人生，作者書寫現代人漠大無際的孤寂，及邊緣人絕決的愛情；性成為與世界溝通交流的唯一可能，正像那本名為《月臺》之書，總是停留在第七章，結尾總是與自己的身影性交，是迷失靈魂的囈語，似乎只有如此，主人翁才能不墮入永世的黑暗，作者筆下的世界怪誕頹廢但也充滿了詩意。

◆鄭芬芬

寫作技巧高明，雖然在很多影像作品，或是小說創作中都可看到似曾相識的影子，甚至明顯受到日韓文化的影響，但整體仍舊有自己的特色與魅力。細節與情感描述細膩，在地域環境的建立上自成一個世界，也是氛圍強過主旨的作品。

◆蔡國榮

以毒品送貨員被擊斃前的「囈語」，講述一則沒來由，也無邏輯的故事，敘事奇特，而頗有韻致，影像感尤為強烈。情節時空雖然定位為現代大陸某城，行文卻香港味十足，溢滿著王家衛電影迷離而華麗的風格。

◆駱以軍

王家衛風格的北京版《重慶森林》，因此多了種北地雪國的寒冽氛圍。也多了些北方城市的粗野，性的哀豔與暴力。運鏡的節奏與強控制的打光或色調意識皆非常強，也非常會掌握這種黑幫末日情侶，身世如謎的抒情風格。如果被拍成片，應是一部非常好看，華麗的電影。

新人間叢書 255

河童之肉
第五屆「BenQ 華文世界電影小說獎」得獎作品集

作　　者	黃唯哲、溫文錦、吳孟寰、李振豪、吳相
主　　編	林芳如
編　　輯	謝翠鈺
校　　對	龔怡樺
企　　劃	林倩聿
美術設計	賴佳韋
封面插畫 內頁排版	呂瑋嘉
董 事 長 總 經 理	趙政岷
出 版 者	時報文化出版企業股份有限公司 10803 台北市和平西路三段二四〇號七樓 發行專線：（〇二）二三〇六六八四二 讀者服務專線：〇八〇〇二三一七〇五 （〇二）二三〇四七一〇三 讀者服務傳真：（〇二）二三〇四六八五八 郵撥：一九三四四七二四時報文化出版公司 信箱：台北郵政七九～九九信箱
時報悅讀網	http://www.readingtimes.com.tw
法律顧問	理律法律事務所　陳長文律師、李念祖律師
印　　刷	盈昌印刷有限公司
初版一刷	二〇一五年八月七日
定　　價	新台幣三八〇元

行政院新聞局局版北市業字第八〇號

國家圖書館出版品預行編目資料

河童之肉──第五屆「BenQ 華文世界電影小說獎」得獎作品集 / 黃唯哲、溫文錦、吳孟寰、李振豪、吳相作. -- 初版. -- 臺北市：時報文化，2015.08
面；　公分. --（新人間叢書；255）
ISBN 978-957-13-6339-4（平裝）
857.61　　104012542

ISBN 978-957-13-6339-4
Printed in Taiwan